Graciano Palomo

El vuelo del halcón
José María Aznar y la aventura de la derecha española

Colección Hombres de Hoy / 17

Graciano Palomo

El vuelo del halcón
José María Aznar y la aventura de la derecha española

EDICIONES TEMAS DE HOY

Colección: Hombres de Hoy

Diseño de cubierta: Rudesindo de la Fuente
Fotografía de cubierta: Doble Focal
EDICIONES TEMAS DE HOY, S. A. (T. H.)
Paseo de la Castellana, 93. 28046 Madrid
Primera edición: septiembre de 1990
Depósito legal: M-26.872-1990
ISBN: 84-7880-041-7
Compuesto en Cenit, S. A.
Impreso en Talleres Gráficos Peñalara, S. A.
Printed in Spain - Impreso en España

Indice

A las mujeres castellanas de mi familia,
de quienes aprendí que la vida es un soplo
que sólo merece vivirse con dignidad.

PRÓLOGO

Por debajo de la política, como por las entrañas de la ciudad, están los poceros y las ratas. Unas ratas blancas, casi ciegas, depredadoras, carroñeras. Por arriba los focos, las sonrisas, los abrazos a los niños, las utopías; y por la oscuridad, manchándose las manos, como descubrió Sartre, los fontaneros, los maquinistas, los cocineros, los burócratas. Graciano Palomo se ha puesto un mono, unas botas de goma, una linterna en la frente y un bolígrafo en la mano y se ha sumergido en las aguas de la derecha española, sorteando las ratas y hablando con los poceros y los fontaneros. Ha sacado a la superficie un alegato, un libro denuncia, una crónica de intrigas y conspiraciones de esa derecha que desde que se le murió el abuelito no sabe quién es su auténtico heredero, mientras el PSOE se ha hecho el partido de los bancos, de los nuncios y del imperio.

Nadie sabe cómo gobernaría la derecha en la actual monarquía parlamentaria. Sabemos cómo lo hizo con espadones, con dictadores, con la Restauración y cuando se hizo CEDA en la II República. Los conservadores españoles han mandado más con botas que con votos. Graciano Palomo nos describe en su libro cómo es la derecha actual, la que dirigida por el joven José María Aznar aspira a llegar a La Moncloa. ¿Es hoy el PP aquella derecha española que Luis Moreno define como hundida en el conservadurismo, el autoritarismo, el orden y la religiosidad? ¿Se ha desembarazado de los poderes fácticos? ¿Se ha hecho democrática, laica, europea?

Estamos ante un libro que intenta explicarlo y que aspira a ser un clásico de la derecha de la postransición. Nos describe adónde quiere ir el equipo de Aznar, su obsesión por buscar los votos moderados del centro, su ambición de tolerancia y de libertad, su despegue de los poderes económicos y confesionales. Aznar está al frente de una corriente que desea desembarazarse de los viejos demonios de la reacción política: el anticomunismo, el centralismo y el pecado original del franquismo.

Manuel Fraga, desde el palacio de Raxoy de la Xunta de Galicia, como Ramiro II El Monje, corta las cabezas, simbolizadas por las flores, y aunque se retiró de buena fe, pastorea con autoridad sus huestes y un guiño suyo sigue siendo ley en Génova 13. Sus cachorros o nietos políticos han aceptado plenamente la democracia. Son, según el autor, jóvenes, brillantes, números uno, ambiciosos, intrigantes y sin escrúpulos.

Este libro ha sacado a la superficie una crónica de intrigas y conspiraciones, y ha auscultado el corazón y los sótanos de Génova 13. Ha rastreado las huellas del «caso Naseiro», ha interpretado y analizado el coro de flipados y comisionistas, y se ha acercado con precisión hasta la intimidad de José María Aznar, al que se define como un *ordinary people*, cuya característica fundamental es la sensatez, rodeado de dificultades, peligros y enredos sin cuento.

El libro está hecho desde el rigor, la imparcialidad y la objetividad, como un paciente trabajo de investigación periodística, y si alguna crítica puede hacérsele es la de su dureza y su exceso de datos. Su autor, un *yuppie* amamantado en el ascetismo, entiende la «información total», sin contemplaciones, y ofrece una obra que engancha y se lee de un tirón.

José María Aznar intenta aquello que intentó sin éxito Fraga: «crear una fuerza democrática de derecha moderada, como las que hoy están gobernando en Inglaterra, Alemania, Japón y Estados Unidos». Este libro de redacción urgente, no reñida con el análisis severo, analiza y sopesa la aventura emprendida por una derecha con joven diseño que lanza el mensaje de que ya está preparada para gobernar y para completar el juego de la alternancia. Pero no es empeño fácil, ni parece vislumbrarse a corto plazo solución a sus ansias de poder.

Estamos, en definitiva, ante un trabajo en el que relucen todos los datos, nombres, hechos. Desde la «conjura de Marbella», una conspiración para derrocar al dios-padre, hasta la «operación Muñoz Grandes» (apuñalar a Fraga y colocar al señorito tenista Ferrer Salat). Un relato con exclusivas que darán titulares a los periódicos.

Una crónica periodística, en suma, que quiere y debe ser pasto de historiadores.

Raúl del Pozo
Madrid, 16 de junio de 1990

CAPÍTULO 1

EN EL CORAZON DE LA ALCANTARILLA

El bullicio y la animación en el afamado restaurante Río Grande, un dos tenedores situado en la calle Betis, en pleno barrio sevillano de Santa Cruz, no da más de sí este sábado 31 de marzo de 1990. El *maître*, Francisco Romero de la Osa, explica a los clientes que desean cenar y no han hecho reserva que no cabe un cubierto más y que hay que esperar más de una hora.

La celebración del X Congreso del Partido Popular, y el desembarco de altos cargos del Gobierno socialista para asistir a una cascada de inauguraciones de carreteras de entrada y salida a la capital andaluza, que se realizan ese fin de semana bajo la tijera de don Alfonso Guerra, han puesto a la puerta de Sevilla el cartel de «No hay billetes».

En una amplia mesa de Río Grande cenan en animada conversación Rosendo Naseiro Díaz —quien ha dejado a su oronda esposa, Olga Rodríguez Lorenzo, en el hotel Tryp Colón, porque ha preferido el descanso a la diversión nocturna—; Salvador Palop (Boro); Carlos Aragonés y su novia, la periodista Isabel Martínez Cubelles; Arturo Moreno Garcerán, vicesecretario general del PP, y su mujer, María Beltrán Garay; Cristina Alonso Mateo, ex secretaria personal de José María Aznar en la presidencia de la Junta de Castilla y León, y en la actualidad secretaria del vicepresidente segundo del Senado, Clemente Sanz Blanco, y una de las más entusiastas *fans* de la nueva promesa de la derecha; Guillermo Cortázar, flamante secretario del área de formación y electoral; y algunos militantes del PP y amigos, entre ellos Juan Amézaga. También comparte mesa y mantel el diputado por Valladolid Miguel Angel Cortés, amigo personal y hombre de confianza política de Aznar. Es el estado mayor del llamado «clan de Valladolid».

Los populares piden un primer plato común para todos, a base de «pescaíto» frito, jamón, pijotas, lomo, queso y merluza. El segundo es a elegir. Se las prometen muy felices en esta noche sevillana. Casi todos ocupan altas responsabilidades en el partido de Aznar «en esta hora de triunfo y euforia»; todos ellos son personas de confianza del «jefe» y, además, ganan buenos dividendos como socios de otras empresas, como la sociedad de cartera Futuro Financiero.

Ya que se encuentran en Andalucía, nada mejor para cerrar la velada del sábado que ir en busca de un «tablao» en el que Cristina Alonso pueda demostrar a sus amigos que gasta bien el dinero que invierte en una academia de danza de la calle de Zurbarán en Madrid. Eligen en primera instancia el local La Garrocha, en la calle Salado, pero es imposible entrar: no cabe un alfiler. Cristina tiene ganas de bailar, y arrastra a sus amigos. Está soltera, lleva una permanente que resalta sus bellos ojos marrón claro, va ensortijada hasta los dientes, y luce una minifalda considerable. Entran en la sala Candela, de aspecto un tanto miserable y cutre. La castellana saca a bailar a Salvador Palop, concejal popular del Ayuntamiento de Valencia, y con Boro suda considerablemente al ritmo de rumbas y más rumbas. Cristina Alonso Mateo conoce la mayor parte de los secretos de la vida política y personal de José María Aznar. Esa noche, y una vez que ha dejado «KO» la resistencia física del concejal de la capital del Turia, se empeña en compartir pista con el sonrosado Naseiro, que estalla el botón de la americana con su voluminosa barriga, y que por fin se ha desprendido del paraguas que le acompañó inseparablemente durante todo el Congreso. Los amigos del gallego dicen que, detrás de esa pinta de cuidador de vacas, «se esconde un auténtico cachondo» y una buena persona. Pero alguien del grupo hace desistir a la joven vallisoletana de bailar con el flamante miembro del comité ejecutivo y tesorero del PP, con rango de vicesecretario general.

—Rosendo es un alto cargo del partido, y no parece propio, Cristina. Andará por ahí algún fotógrafo, y esa foto haciendo el ridículo en la pista podría dar la vuelta a España. Ya sabes que al «jefe» no le gustan esas cosas; es más serio que el palo de un ciruelo —advierte Aragonés.

Además, Naseiro Díaz tiene problemas de corazón, y su esposa está en el hotel; y «aunque es una mujer muy sufrida, tampoco hay que abusar». Cristina e Isabel Martínez Cubelles, sin embargo, están dispuestas a seguir la juerga con el gallego o sin él. «¿Quién ha dicho que la nueva derecha es caricata y triste?»

—¡A la pista, Guillermo!

Guillermo Cortázar, treinta y ocho años, ex dirigente de Bandera Roja y del Partido Comunista de España entre 1971 y 1975, licenciado en Derecho e Historia, *master* por la Universidad de California, ha sido contratado por Aznar, a instancias de Arturo Moreno, para trabajar con los conservadores, y tan sólo lleva dos meses y medio militando en el Partido Popular. Será, a partir de ahora, el encargado de la formación ideológica y política de los militantes de la derecha «centrada» por expreso deseo del líder. Entrará a formar parte del famoso «círculo interior».

El embrujo de la noche sevillana les envuelve hasta el amanecer. El X Congreso es un paseo militar, y todo está «atado y bien atado». No existe disidencia que moleste, y para aplaudir —«que es para lo que hemos venido a Sevilla», afirma Aragonés—, se puede hacer hasta con los ojos pegados. Así que, ¡viva la noche! Alegres y confiados —«al fin y al cabo nosotros somos unos triunfadores, ¿eh, Arturo?»— disfrutan «a tope» de la velada y de las copas. Ignoran que un joven, impasible, enigmático y justiciero magistrado valenciano estrecha a esas horas el cerco que se cerrará sobre el cuello de algunos de ellos pocos días después.

Luis Manglano contempla esa noche en el Telediario la

euforia del cónclave popular, y se fija expresamente en un hombre pequeño y ya entrado en años que está sentado no muy lejos del nuevo presidente del PP. Manglano, militante de Comisiones Obreras y candidato frustrado a la dirección de la asociación Jueces para la Democracia, ha intervenido el teléfono 3513618 prefijo 96 de Borito el 4 de diciembre de 1989, a instancia de la policía, y ha abierto, tras escuchar las grabaciones, una carpeta en el Juzgado de Instrucción número 2 de Valencia con la siguiente inscripción: «Asunto: escuchas telefónicas. Atentado contra la salud pública.»

La Semana de Pasión

Salvador Palop Martínez, treinta y un años, soltero, es detenido a la una de la tarde del día 9 de abril en las oficinas de su grupo parlamentario en el Ayuntamiento valenciano, y acto seguido es conducido a los calabozos de la Jefatura Superior de Policía e incomunicado. La depresión profunda en la que entra le hace «cantar» todo después de treinta y ocho horas de duro interrogatorio, dividido en tres sesiones, al que le somete el arrojado y audaz juez.

A la misma hora, Rosendo Naseiro prepara una merluza a la gallega en la cocina de su pequeño apartamento en Alicante. Su mujer, Olga, realiza la limpieza del pisito y sacude el polvo de las alfombras. Llaman al timbre. Dos hombres encorbatados dan las buenas tardes.

—¿Es usted el señor Rosendo Naseiro Díaz?

—Sí, soy yo —responde el interrogado dejando a un lado la enorme cuchara de madera que lleva en la mano.

—Policía. Tenemos una orden del juez para que nos acompañe. Queda usted detenido y nos lo llevamos a Valencia.

—Un momento, por favor...

—No hay momentos —responde uno de los funcionarios—. Le llevamos a Valencia, —es la orden tajante.

—¿Qué pasa? —pregunta alarmada doña Olga.

—Señora, su marido está detenido.

—¿Por qué? —pregunta Rosendo.

—El juez se lo dirá.

Le suben a un coche celular; los policías van delante, Naseiro, callado y muy serio, detrás. No cruzan palabra durante todo el viaje.

A las once de la mañana, hora canaria, de ese mismo día, José María Aznar deshace su maleta en la habitación 324 del hotel Jardín Tropical de la urbanización San Eugenio, frente a la Plaza de las Américas, en el sur de Tenerife. Ha llegado a la isla acompañado de su esposa Ana y de sus tres hijos. Después de seis meses de frenética actividad y cargados de tensión psicológica, necesita estar una semana perdido «en una playa en el desierto», como suele bromear con sus colaboradores. Su hermana Elvira le ha recomendado el hotel Jardín Tropical, en el que paga diecisiete mil pesetas diarias por habitación (desayuno incluido) más el cuatro por ciento del ITE (en Canarias no existe el IVA).

—Don José María, si necesita una habitación con media vista —le dice el subdirector del centro, señor Lozano—, la habitación sólo le costará catorce mil pesetas.

—Es igual, quiero descansar —responde el jefe del PP.

Pasará allí una semana. Queda encargado de la «tienda» en Madrid el eficaz Francisco Alvarez Cascos (FAC), que es el único que sabe dónde localizarle. Alvarez Cascos permanecerá en el despacho el lunes, martes y miércoles por la mañana, y a primera hora de la tarde recogerá a Elisa y a los cuatro hijos y se irá a Gijón a disfrutar con los «paisanines».

Pero a las 12,56 minutos de la tarde del lunes se inicia su particular Semana de Pasión, en la que Poncio Pilato se aparecerá bajo el rostro del juez Manglano, dispuesto a crucificar al Partido Popular en las efigies del concejal Palop y el risueño Naseiro, su controvertido tesorero.

—Lo más grave, Paco —dice Juanjo Lucas—, es que estamos a lunes santo, y no sabemos cuándo llegará el sábado de gloria.

Un alucinante y morboso viaje al fondo de las cloacas económico-políticas, sin destino fijo, se anuncia a través de los escuetos teletipos que, fechados en Valencia, dan cuenta de las detenciones. Un apasionante argumento en el que es difícil distinguir con precisión la ambición política, la usura económica y el sexo. Todo mezclado y bien embarullado en un caso que conmoverá los cimientos políticos y del *establishment* económico de España.

Dos días después, el miércoles 11 de abril de 1990, a la una de la tarde, el Rey de España recibe en audiencia privada en su residencia del Palacio de la Zarzuela a un ex ministro del Gobierno, amigo personal del monarca, retirado ya de la lucha política.

—Estoy muy preocupado, Alfonso.

—Es para estarlo, Señor.

El lunes 9 de abril, España aparece con los cielos cubiertos y bajo amenaza de lluvia. El turismo exterior ha preferido otros lugares. La clase política, como el resto de los españoles, inicia una semana de vacaciones con la resaca del «caso Juan Guerra». Felipe González se retira a su particular Coto de Doñana, una vez pasado el trámite de la cuestión de confianza el jueves anterior, día 5, un debate en el que queda claro que la Cámara se ha dividido en dos. En el «bloque constitucional», según sectaria definición de José María Benegas, respiran al unísono el PSOE, CDS y los nacionalistas vascos y catalanes, a los que se une con fervor tropical el diputado de la Agrupación Independiente Canaria (AIC), Luis Mardones. En el otro se enmarca una oposición partidaria de exigir responsabilidades al Gobierno, con el Partido Popular e Izquierda Unida dispuestos a no dar tregua ni cuartel a un Gobierno bajo sospecha de corrupción y con un vicepresidente «impresentable» y seriamente «tocado». Destaca en este sector muy eficazmente el andalucista Alejandro Rojas Marcos, empeñado en llegar hasta el fondo de la «cloaca sevillana» para desenmascarar a «esos dos grandes embusteros llamados Alfonso Guerra y Felipe González, por este orden».

Ese lunes, el diario *El País* publica un sondeo de su empresa participada Demoscopia en el que se recoge la opinión de los españoles sobre los conflictos laborales —que entienden son justos—, así como sobre la situación política en general, la valoración de los líderes nacionales y extranjeros, la evolución de la intención de voto y, por último, el juicio acerca de los acontecimientos políticos en la Europa del Este. Cuando el director de Demoscopia, José Ignacio Wert, lee el periódico por la mañana en su despacho de la calle de Almagro 24, se sorprende de la valoración que los responsables periodísticos de *El País* han dado a su trabajo, destacando los conflictos sociales cuando la muestra ofrece una auténtica exclusiva periodística: en esos momentos la diferencia entre el centro-izquierda (PSOE) y el centro-derecha (PP) es la más corta desde el inicio de la democracia.

En la dirección del Partido Popular se percatan de los datos por la llamada de un periodista; esto ayuda a subir el tono de la euforia que les invade desde hace medio año. Por si fuera poco, ese mismo fin de semana, el domingo 8, el *crack* futbolístico del Real Madrid, hoy en el Torino italiano, Rafael Martín Vázquez, el segundo centrocampista más importante del mundo en opinión de los expertos, acaba de declararse sin complejos votante del Partido Popular. Según la encuesta, en el mes de marzo de 1990 el PSOE tiene una intención de voto del 28,9 por ciento, y el CDS del 1,7. Pero lo realmente significativo para el sociólogo Wert es que el PP sube tres puntos —¡es una subida espectacular!— desde diciembre de 1989 a abril de 1990, es decir, en sólo tres meses. Cada punto del censo viene a significar trescientos mil votos. Además, hay otro elemento sustantivo desde el punto de vista del análisis político y de la correlación de fuerzas: ese aumento se hace a expensas del voto centrista, lo que da como resultado la práctica desaparición del CDS, que pasa a ser extraparlamentario. El dato se corresponde casi sistemáticamente con la valoración de los líderes: Felipe González es el más aceptado, con un 5,7 (baja dos décimas), seguido de José María Aznar (4,5) —permanece estable desde diciembre— y Adolfo Suárez, que desciende tres puntos. Alfonso Guerra, por lo que se refiere a su valoración personal como dirigente, se hunde en la encuesta.

Alvarez Cascos apunta el dato para comunicárselo a su jefe, que ha partido esa mañana de vacaciones rumbo a Canarias. El secretario general recuerda las palabras y la palmada que le dio la noche anterior, a modo de despedida:

—Llevamos seis meses demasiado bonitos, Paco. Todo va como nunca hubiéramos podido imaginar. No sé... Se me hace un poco extraño, acostumbrados como estábamos en esta casa a que sucedieran cosas raras cada dos por tres... Confiemos en que todo siga igual.

—No seas gafe, presidente —exclama Cascos con una risotada—. Somos como la «quinta del Buitre».

El asturiano despacha esa mañana con Arturo Moreno, Carlos Aragonés y su jefe de gabinete, Alvaro García de la Cruz. Ahora, tras las elecciones de Melilla, el X Congreso, el debate sobre los Presupuestos y la cuestión de confianza, el objetivo prioritario son las elecciones andaluzas, el predio exclusivo del socialismo y específicamente de Alfonso Guerra. Gabino Puche, el candidato popular, no es un hombre de gran tirón electoral ni carismático, y en opinión de los expertos no es un buen póster electoral. Pero Aznar ha querido con esa nominación firmar el acta de pacificación interna del partido en una región minada por el «manchismo».

—Paco —dice Aznar—, hay que echar el resto en Andalucía. Si les metemos un gol en su campo lo van a acusar.

La mañana en la planta séptima de Génova 13 discurre con tranquilidad inusual. FAC tiene tiempo para devolver todas las llamadas que ha ido acumulando a lo largo de los días anteriores, y ha prometido a Elisa que, «por una vez», comerá en casa. A la una y media del mediodía, el portavoz del Partido Popular en el Ayuntamiento de Valencia marca excitado el número de la sede madrileña. Gloria Riaza, veintiséis años, soltera, la nueva y atractiva secretaria de ojos azules, descuelga el teléfono.

—Soy Martín Quirós, portavoz del Ayuntamiento de Valencia...

La funcionaria del PP oye la voz excitada de una persona descompuesta y nerviosa.

—¿Sí...?

—Es muy urgente, señorita. Muy urgente. Quiero hablar con el secretario general

—Pues no sé —responde Gloria—, ¿quién ha dicho que es, por favor?

—Martín Quirós, señorita. Páseme, por favor, es muy urgente.

—Un momento.

Gloria anuncia a su jefe que un tal Martín Quirós de Valencia está al teléfono, y que con voz angustiada desea comunicarle algo urgentísimo. FAC ordena que le pasen la comunicación. Martín Quirós, de sesenta años, es el «padre político» de Salvador Palop.

—¿Sí...?

—¿Don Francisco Alvarez Cascos?

—En persona.

—Soy el portavoz del Ayuntamiento de Valencia...

—Dime, amigo. ¿Qué pasa?

—Que han detenido a nuestro concejal Salvador Palop...

—¿Cómo? —pregunta FAC—. ¿Quién le ha detenido?

—Ha venido la policía judicial hasta nuestras oficinas del grupo parlamentario en el Ayuntamiento con un mandamiento del juez. Se lo han llevado, y no han dicho nada de los motivos. También han registrado las dependencias del partido; estaba presente Iñaqui Zaragüeta, el jefe de prensa.

—Palop... Palop... me suena, sí —responde perplejo Alvarez Cascos—. Creo que me lo presentó en Sevilla Aragonés, que es amigo suyo.

—Sí, hombre, sí, don Francisco, es el portavoz en la Comisión de Hacienda aquí en Valencia.

—Entonces, ¿no sabes nada de por qué ha sido detenido?

—No, no. No han dicho nada. Vamos a enterarnos.

—De acuerdo. Estad tranquilos —recomienda el secretario general—. Infórmame de todo, y dile a Pedro Agramunt que me llame.

Pedro Agramunt es el presidente del Partido Popular en la región valenciana, descabalgado del comité ejecutivo en el último Congreso de Sevilla. No goza de la confianza de los nuevos «amos» en Madrid, específicamente del vicesecretario general Juan José Lucas. Cascos llama al director de Información, que también está de guardia en la planta quinta. Pregunta si ha salido algo por los teletipos.

—No, todavía no. Pero no tardará.

—Estate atento, Miguel Angel, esto puede ser importante. Me temo que estamos ante una bomba de relojería que nos han puesto en los bajos.

El cielo ese lunes de pasión madrileño se ha nublado más, y han comenzado a caer las primeras gotas a las dos de la tarde. FAC comenta a su mujer, en su domicilio del edificio Feygon, el asunto de Palop.

—Vaya, Paco —dice Elisa—. ¿A que tampoco nos vamos de vacaciones?

—Este oficio es así, querida.

Come rápidamente, y a las cuatro y cuarto de la tarde ya está en su despacho. Rodríguez, que ha encargado que suban bocadillos y *sandwiches* de la cafetería Manila —de los que se nutrirá el equipo de prensa durante los próximos cuatro días—, tiene preparados los últimos despachos sobre la detención de Salvador Palop. Ninguna de las agencias ofrece información fidedigna acerca de las causas de la misma. La bomba está a punto de estallar. Son las cuatro y media de la tarde.

Ahora el que llama es Pedro Agramunt.

—Paco, que han detenido en Alicante a Rosendo.

—¡Qué dices! ¿Me estás hablando del tesorero?

—¡Coño, Paco, de quién voy a hablar!

—¿Nos hemos vuelto todos locos, o qué? ¿Cómo le han detenido?

—Estaba en su apartamento de Alicante, con su mujer. Ha llegado la policía con un mandato judicial, y se lo han llevado sin decir palabra.

—¿A qué hora?

—A la una, aproximadamente.

—¡Caray! Igual que con Palop. Bueno, atentos todos. ¡Esto huele mal! Esto es una operación contra nosotros. ¿Han visto la orden firmada por el juez?

—Yo no. Creo que a ellos se la han enseñado, lógicamente.

—¿Qué sabes del estado de ánimo de Naseiro y Palop?

—Rosendo se ha ido tranquilo, dice su mujer, pero Palop como un flan. Sabes que es muy nervioso. Están absolutamente incomunicados.

—¡La leche! Vamos a ver cómo salimos de esto. Supongo que ese juez sabe lo que se trae entre manos. Si no, aquí va a haber mucha leña. Es todo muy raro. Precisamente en este momento... Y, ¿de qué se les acusa?

—Nadie sabe nada. Se rumorea que, como también han sido detenidos varios constructores, puede tener algo que ver con la construcción. Pero nadie tiene idea.

En la operación relámpago llevada a cabo por la policía también han ido a parar con sus huesos en los calabozos de la Jefatura Superior de Policía de Valencia Luis Janini Tatay, delegado de Dragados y Construcciones en la Comunidad Valenciana; Carlos Bonet Ballester, representante de la compañía Huarte; el arquitecto Luis Latorre, empleado del Ayuntamiento de Cullera; y el promotor inmobiliario José Balaguer Cervera, de la misma localidad.

Alvarez Cascos se pone inmediatamente en contacto con el hotel Jardín Tropical de Tenerife. En ese momento, 15.35 hora canaria, José María Aznar termina el almuerzo y se dispone a dar un paseo por la playa de Las Américas en compañía de su hijo mayor José Mari. Hace un día espléndido en el sur de la isla.

—Presidente, un asunto de la máxima urgencia.

—Vale, Paco, subo a mi habitación. Llámame en dos minutos.

En el despacho del secretario general se encuentran en ese momento Miguel Angel Rodríguez y Carlos Aragonés. Están a punto de llegar Alberto Ruiz Gallardón y Rodrigo Rato.

—José Mari, nos han detenido a Rosendo Naseiro y a Salvador Palop, concejal...

—Sí, sí, le conozco —corta Aznar—. Estuvo en la comida multitudinaria de las generales en Valencia. ¿Cómo ha sido?

—No hay ninguna información fidedigna. Sólo sabemos que el juez de Instrucción número 2 de Valencia, un tal Luis Manglano, afiliado a Comisiones Obreras y a Justicia Democrática, les ha detenido e incomunicado...

—¿Incomunicados? Pero bueno...

—Sí, sí. También han detenido al delegado de Dragados, al de Huarte, a un promotor de Cullera y al arquitecto municipal.

—¡Cómo, y yo que venía a descansar! El tema es muy serio, por lo que dices. Hago la maleta y me voy para allá ahora mismo. ¿No crees, Paco?

—Mi opinión es que no, José Mari; debes continuar tus vacaciones. Interrumpirlas sería dar más importancia al tema de cara a la prensa.

—Bueno, bueno, como digas. Asume el mando. Si ya os decía yo que llevábamos seis meses sin nada raro... ¿Cuál es tu valoración?

—Pues que está clarísimo. Ya lo había avisado Guerra. Lo de la «catarsis» y todo eso. A Rato se lo insinuaron en el Congreso después del «debate Juan Guerra», y lo mismo a Federico Trillo, varios diputados socialistas.

Así lo reconocen ambos parlamentarios del PP en declaraciones posteriores a la periodista Pilar Gassent.

—Paco, haz lo que estimes conveniente. Cuentas con mi autorización y todo mi respaldo para tomar las medidas que consideres oportunas. Como siempre, secretario, confío plenamente en ti y en tu capacidad. ¿Está por ahí Rodri?

—Sí, aquí está. Te lo paso.

El director de Comunicación tiene recogida en una carpeta de cartón marrón claro toda la información que hasta el momento han facilitado las agencias de noticias.

—Miguel, ¿cómo lo ves de cara a los medios?

—¡Jodidísimo! A pesar de ser Semana Santa, lo darán a tope. Este es un caso para investigar, lógicamente. Aquí hay carnaza, José María. Se avecina una buena. Mi consejo es que te prepares y no digas una palabra hasta ver de qué va el asunto; para eso estamos nosotros.

—¿Tienes alguna información especial?

—Ninguna, jefe. Todo dios está llamándonos para ver qué decimos y si sabemos algo. Lo relacionan con cohecho y obras...

—Vale. Sed prudentes hasta saber por dónde van los tiros con toda seguridad. No podemos permitirnos el lujo de patinar. ¿Tú crees que debo volver, o es mejor quedarme?

—Coincido con Paco, debes quedarte. Danos instrucciones por teléfono. ¿Así que te ibas a perder en una playa en el desierto, eh? No, si yo debería haberme quedado en Valladolid... Con lo tranquilo que vivía.

—Déjate de bromas, Rodri, que esto es muy serio. Oye, pásame al secretario general.

Alvarez Cascos se pone de nuevo al teléfono.

—Dime, José Mari.

—Os hago caso y me quedo. Tenedme puntualmente informado. Me voy a dar un paseo y a reflexionar... ¡Qué raro todo! Dentro de una hora me volvéis a llamar. Ya sabes, actúa sin miedo, pero con prudencia. Sobre todo ninguna declaración hasta no saber datos concretos. Llama de mi parte a las personas que creas son necesarias. Y tranquilos, eh, tranquilos. Un fuerte abrazo, Paco.

—Muy fuerte, José Mari.

Esta es la primera conversación telefónica de las más de cuarenta conferencias que van a mantener el secretario general del Partido Popular y su presidente —a más de dos mil kilómetros de distancia—, desde el lunes 9 de abril al jueves 12, fecha en la que Aznar regresa a Madrid.

A las dos menos cinco de la tarde, el notario Félix Pastor Ridruejo, miembro del comité ejecutivo y uno de los hombres de máxima confianza del presidente Aznar, telefonea desde su finca Los Frentes, a siete kilómetros de Soria —llena de ovejas, corderos y carneros—, a su amigo y paisano Juan José Lucas, que se encuentra pasando la Semana Santa en su casa de El Burgo de Osma (Soria) con su mujer y sus dos hijos, a los que no ve durante la semana.

—Juanjo —responde María Dolores López de la Rica, esposa de Lucas— ha salido para Madrid urgentemente. Le han llamado desde Valencia y ha puesto cara de circunstancias; le he visto muy preocupado. ¿Es tan grave? Dejar sin acabar su partida de mus es muy raro...

—Me parece que sí —contesta el notario.

Pastor Ridruejo quiere «chequear» la noticia que acaba de dar la radio sobre la detención del concejal popular Salvador Palop y del tesorero Naseiro. «Este ''esquinao'' sabe de qué se trata, y por eso ha salido zumbando», reflexiona.

Pastor, primer presidente de la Federación de Partidos de Alianza Popular allá por el año 1977, decide que en estos momentos hay que mostrarse solidario y, a pesar de estar convaleciente de un grave accidente, se va para Madrid.

—¡Vamos! —le dice a su chófer, Miguel Angel Blázquez García—, quiero llegar pronto a la capital.

Durante la hora y cuarenta minutos de trayecto a bordo del Alfa Romeo de su hijo, después de haber destrozado su Saab en el accidente, Félix Pastor recuerda el «recado» que recibió varios días antes de parte de un grupo de funcionarios de la Administración de Justicia de Valencia pidiendo ver al secretario general para informarle de un asunto de la máxima gravedad. Pastor se lo comunicó a FAC, pero éste contestó que les recibiría después de las vacaciones de Semana Santa. El secreto profesional y la palabra dada de no revelar las fuentes impiden al notario dar ningún dato personal ni profesional de los citados funcionarios que comunican con Pastor para manifestarle su «horror» ante lo que se maquina en un juzgado valenciano, de lo cual tienen conocimiento por su quehacer profesional, y que según los mismos es la respuesta al «caso Guerra». Hablan, concretamente, de «pinchazos» telefónicos y de policías de por medio.

—No somos militantes, ni siquiera votantes del PP, pero como ciudadanos no nos parece bien lo que estamos viendo aquí.

Psicosis en el «gabinete de crisis»

La entrevista solicitada no se celebra jamás. Félix piensa que el aviso recibido tiene que ver con el escándalo, y que por mucho sigilo que el juez Manglano haya querido mostrar en sus investigaciones y en los «pinchazos» telefónicos, los funcionarios están al cabo de la calle. Cuando el notario llega a Génova 13 —en el número 5 tiene su despacho profesional—, se encuentra ya reunido el llamado «gabinete de crisis», al frente del cual está el secretario general dando órdenes y más órdenes, tenso, nervioso y excitado. El «gabinete de crisis» se crea de forma espontánea. Al núcleo inicial —Alvarez Cascos y Miguel Angel Rodríguez— se suman Alberto Ruiz Gallardón, Juan José Lucas, Carlos Aragonés, Félix Pastor Ridruejo, Arturo Moreno y Rodrigo Rato. Se requieren los servicios de José María Michavilla, asesor jurídico del grupo parlamentario popular, que llama así mismo a Carlos Aguilar Aguilar, letrado del Consejo de Estado y amigo personal suyo. Isabel Tocino está también al pie del cañón, apoyando en lo que puede. Los integrantes del «círculo interior» no lo olvidarán jamás.

A media tarde, los periodistas estrechan ya el cerco en torno al hotel Jardín Tropical de Tenerife en busca de una declaración de José María Aznar, que mantendrá el más absoluto mutismo hasta el sábado día 14, fecha en la que ofrece una rueda de prensa en Madrid.

En la planta séptima del cuartel general aliancista, lo primero es organizar la estrategia jurídica y la defensa de los compañeros en prisión. La falta de información sobre las causas de la detención es el principal escollo. El fiscal de carrera Alberto Ruiz Gallardón realiza un análisis técnico-jurídico muy frío, y cree encontrar importantes fisuras en la actuación del juez Luis Manglano. Este aplica a rajatabla el artículo 506 de la vigente Ley de Enjuiciamiento Criminal, restrictivo de los derechos fundamentales de la persona, aprobado en el Congreso con los votos del Partido Popular. Ruiz Gallardón, José María Michavilla y Carlos Aguilar constatan que ese artículo sólo se aplica en la práctica a los terroristas. De la misma opinión es el decano del Colegio de Abogados de Valencia, Guzmán Guía, al que se le encarga de inmediato la defensa de Boro Palop. En compañía de Pedro Agramunt, se persona en la jefatura de Policía para visitar a los detenidos.

Rosendo Naseiro ha sido trasladado a la cárcel Modelo de la ciudad del Turia para ser tratado de su dolencia cardiaca, cuestión que preocupa mucho en Madrid.

—Rosendo se puede quedar ahí muerto y salir con los pies por delante —advierte Cascos.

Agramunt y Guía visitan al jefe superior de Policía, Jesús Prol Vázquez, quien se encuentra desconcertado por el mandato extendido por el juez. El dirigente popular invoca su condición de diputado nacional para visitar a Naseiro y entregarle un bote de pastillas para su dolencia de corazón. El policía no se atreve a concederle la autorización, y pide permiso a Manglano.

—El diputado Agramunt y el Rey están sometidos al principio de legalidad, como cualquier otro ciudadano —contesta tajante el juez instructor, que deniega el permiso.

El ministro del Interior, José Luis Corcuera, que ve lo que se le viene encima, llama urgentemente al comisario Prol, que sólo puede informarle de la orden del juez y desvelarle la identidad de los dos inspectores adscritos a la sección de estupefacientes que llevan el caso, Enrique Durán y Enrique Peiró, este último miembro del Sindicato Profesional de Policía de Valencia, donde también los colaboradores del ministro recaban datos. Corcuera sabe que pende sobre su cabeza una bomba de relojería, y trata de «armonizar» algunos datos que poder ofrecer a los dirigentes del primer partido de la oposición. El delegado del Gobierno en la Comunidad Valenciana, Francisco Granados, dice «alucinar» por lo sucedido, y fuentes cercanas al vicepresidente Alfonso Guerra comentan que éste «está furioso». El ministro conecta también con el Presidente, al que hace un análisis de la situación. Felipe González ordena a su colaborador que le informe inmediatamente, «y a la hora que sea», de cualquier novedad importante que se produzca.

También le ha sido impedida la entrada en prisión a la hija de Naseiro, María Paz, que se acerca a llevarle las medicinas. Mari Paz tiene veinticuatro años, y estudia la carrera de Filosofía y Letras —rama Geografía e Historia— en la Universidad Autónoma de Madrid. El comportamiento del juez encrespa los ánimos populares.

Esa tarde-noche flota en Génova 13 la sensación de que todo puede ocurrir.

—Vamos a ver —dice Arturo Moreno—, ¿quién nos dice que no viene aquí ahora mismo la policía y sin mediar palabra nos meten en la cárcel?

—La verdad es que en estos momentos se echa de menos la inmunidad parlamentaria —tercia Félix Pastor—. ¡Felices los que disponéis de ella!

Cascos opina que es posible que la policía se presente con un mandamiento judicial para registrar la sede central.

—Pues si eso sucediese, está claro cómo tenemos que actuar —dice Juanjo, lleno de ira—. Lo mismo que harían mis paisanos con un par de pelotas: aquí no entra ni Dios, es decir, que nos plantamos y que nos detengan...

Los presentes se extrañan de la reacción «varonil» del vicesecretario general.

—Sí, hombre, sí, que nos lleven a la cárcel, y una vez

en ella, por nuestra condición de diputados y personas aforadas, el lío que se organiza es mayúsculo.

Por de pronto, lo que hacen es «limpiar» el despacho del tesorero nacional. Cascos y Lucas en persona bajan hasta la oficina de Naseiro en la sexta planta y retiran todos los papeles, incluidas sus tarjetas de presentación. No quedan sino la lámpara, la mesa, el sillón y las fotografías dedicadas por Fraga y Aznar.

El equipo jurídico es partidario de presentar inmediatamente el recurso de hábeas corpus, y para ello se conecta con el abogado Guzmán Guía.

—Eso crearía una situación de incomodidad al juez, y provocaría todavía más animadversión hacia los detenidos.

—Lo que quieras, Guzmán —insiste Ruiz Gallardón—, pero si de lo que ha hablado el juez es de indicios de cohecho, no entiendo cómo actúa de esa forma...

—Alberto, pero si lo que yo planteo es una cuestión de táctica. Este juez puede salir por peteneras. ¡Claro que llevas razón! Pero es una cuestión de táctica jurídica —insiste el letrado valenciano.

—Hay que presentar el recurso de hábeas corpus de manera inmediata —ordena el coordinador del equipo jurídico desde Madrid.

El decano del Colegio de Abogados de Valencia hace caso omiso de la instrucción de Ruiz Gallardón. En Génova 13 se piensa que quizás haya sido un error encomendarle el caso; se le eligió porque es afín al partido, y porque dada su posición de decano puede «conectar» mejor con Luis Manglano. Pero éste no recibe a nadie. Encastillado en su despacho del edificio de los juzgados de Valencia, prepara, junto al fiscal Miguel Angel Altés, la documentación para la causa y el interrogatorio de los detenidos, que desea se realice de forma inmediata. El «tercer hombre» del Partido Popular, Juan José Lucas, se muestra partidario de encargar la defensa de Palop y Naseiro a un abogado belicoso y duro, que ponga en aprietos al impasible juez.

—Necesitamos al Mohedano o a la Cristina Almeida de la derecha, que someta a Manglano al «cuarto grado» —insiste el soriano.

La indignación en el PP sube de tono cuando en la primera conferencia de prensa que ofrece el juez aparece junto a él el abogado de oficio de Palop, Rafael Monterde.

—Miguel Angel, prepara un comunicado diciendo la verdad de lo que sucede, pero denunciando la actuación del juez, que trata a nuestra gente peor que a Artapalo —ordena Cascos enfurecido.

Mientras tanto, en el sur de Tenerife, la centralita del hotel Jardín Tropical está bloqueada. Aznar ha dado orden de que sólo le pasen las llamadas que se identifiquen como del señor Alvarez Cascos o del señor Lucas Jiménez.

—No estoy para nadie más —ordena muy serio.

—¿Y de los periodistas que hay aquí abajo, señor?

—Que no estoy, y que no tengo ninguna declaración que hacer.

Ana Botella y los niños disfrutan de las instalaciones de la urbanización San Eugenio. Pero la «primera dama» del PP, enterada de lo que ocurre por su marido, no está tranquila.

Por su parte, Félix Pastor Ridruejo se enfrenta a la opinión del secretario general y se muestra partidario de que el presidente cancele de inmediato sus vacaciones y se ponga al frente de las operaciones en Madrid.

—Pero es dar más importancia a la cuestión de cara a la opinión pública —argumenta Paco Cascos.

—Es que el tema es muy grave. ¿Y la sensación que puede tener la gente de que mientras detienen al tesorero él continúa de vacaciones?

—Está el teléfono, Félix...

—No es lo mismo. Es una cuestión de imagen.

José María Aznar llama seis veces a lo largo de la tardenoche del primer día del «caso Naseiro». A las once menos veinte de la noche conecta otra vez con el despacho del secretario general.

—¿Qué información hay?

—Se habla de una cinta grabada por la intervención del teléfono a Palop... Hablan de cohecho... pero pura especulación —dice Alvarez Cascos.

—¡Es increíble! Pero este juez, ¿qué se ha creído? Espero que sepa lo que se trae entre manos... ¿Qué dice Alberto?

—Pues que se está columpiando. Denota mucha endeblez jurídica.

—Quiero que se trabaje en este campo a fondo. Díselo a Alberto y a sus colaboradores.

Federico Trillo llama a las seis de la tarde desde Cabo de Palos (Murcia), donde está de vacaciones; se entera del *affaire* cuando va a comprar un balón de fútbol de reglamento para su hijo mayor a Cartagena. Llama a Cascos.

—¿Qué pasa, Paco?

—Agárrate. Han detenido a Naseiro y Palop. Están incomunicados.

—¡No jodas! Eso no es posible.

—Pues lo es, Federico.

El martes 10, a la una de la tarde, se reúnen Michavilla, Trillo y FAC con Ruiz Gallardón. Trillo también es partidario de presentar de inmediato el hábeas corpus. Durante el almuerzo en la planta séptima, aconseja comunicar a los detenidos que no presten declaración alguna mientras no estén acompañados por un abogado de oficio. Por la tarde, el capitán de la Armada en excedencia vuelve a Cabo de Palos, lo que es interpretado inmediatamente como un «desmarque».

—Yo quedé muy «tocado» cuando el asunto de la corrupción Durán-Piñeiro en la Comunidad de Madrid, y además, mañana me nombran Hermano Mayor de la cofradía Nuestro Padre Jesús el Nazareno de Cartagena. Alberto está al frente del equipo jurídico, y creo que mi presencia aquí no resulta imprescindible, Paco —dice el secretario general adjunto.

Miguel Herrero se encuentra en la finca que su madre tiene en la localidad abulense de Sotillo de la Adrada. El miércoles 11 interviene en el espacio televisivo *La Tarántula*, pero antes llama a Cascos.

—¿Queréis algo de mí? —pregunta.

—No, no, tranquilo, Miguel; todo está bajo control, dentro de un orden —contesta el secretario general.

—Avísame si necesitáis algo por el alcalde de Sotillo, que es del partido.

Al día siguiente viaja a Méjico.

En el Partido Popular hay psicosis de espionaje, y nadie se encuentra seguro en la noche del 9 de abril. Los nervios son malos consejeros. Félix Pastor ha pasado por su despacho profesional en Génova 5, muy cerca del cuartel general aliancista, e informa a sus compañeros que le resulta muy sospechosa la presencia de una pareja dentro de un vehículo aparcado a escasos metros de la sede.

—¿Vosotros creéis que es normal que lleven tres horas dándose el «lote»? —pregunta extrañado el notario.

—Félix, aquí puede pasar de todo; que sean espías, o simplemente que los chicos no puedan pagarse la habitación en un hotel. ¡Como hace tiempo que no hago esas cosas! —contesta Lucas.

Deciden bajar personalmente. Cascos, Lucas y Pastor, disimuladamente, comienzan a dar vueltas en torno a un vehículo Simca 1200, matrícula antigua de Madrid. Efectivamente, los dos jóvenes están dándose «el pico» apasionadamente. A la tercera vuelta de los dirigentes populares, la pareja decide buscar un lugar más seguro para sus arrumacos amorosos.

Pasados unos días, el PP descubre que desde el primer piso del edificio colindante, en Génova 11, se les ha estado espiando mediante un pequeño artilugio parabólico. El inmueble en cuestión está encima de una sucursal del Chasse Manhattan Bank, al lado de la cafetería Salón de Juegos. A partir de esa fecha, todas las conversaciones importantes y confidenciales se realizarán en el patio central de la sede. Esta información llevará a deducir a la dirección del PP que el «pinchazo» a Salvador Palop se realiza con posterioridad al espionaje a la sede central. El secretario general considera urgente contratar a un experto en seguridad, y el elegido es el comisario Pedro Santiago Martín Pachón, médico de carrera, que será suspendido en sus funciones durante tres años por el director general de la Policía al incurrir en incompatibilidad de cargos. Es un hombre de FAC.

Mientras tanto, en los sótanos de la Jefatura de Policía de Valencia permanecen encerrados e incomunicados Salvador Palop, Luis Janini, Carlos Bonet, José Balaguer y Luis Latorre. Al primero le ha entrado una fuerte depresión. Comienza a saberse cómo ha sido la detención. Tres policías se presentaron ante el alcalde en funciones, Juan Ballester —dado que la alcaldesa, Clementina Ródenas, se encontraba en Madrid—, con una orden de registro de las dependencias municipales, cosa que los policías judiciales hacen muy rápidamente. Van en busca de algo concreto. Minutos después se dirigen a las oficinas del grupo popular en el Ayuntamiento, sitas en la calle del periodista Azatti, junto al edificio municipal. Boro se queda mudo. Se limita a hacer lo que le dicen, como un autómata, y se mesa continuamente los largos cabellos cortados a lo *yuppy*. Desde las dependencias del grupo los policías le conducen hasta su domicilio, en la calle de Cirilo Amorós número 1, en el barrio del Ensanche, para recoger una documentación que todavía, meses después, es un arcano.

Salvador Palop tiene treinta y un años y es abogado. Forma parte de la Junta de Compras del Ayuntamiento valenciano, del que es concejal desde las elecciones municipales de 1983. Fue secretario particular del ex diputado «ucedista», ya fallecido, Joaquín Muñoz Peirats, y, como él, es un liberal puro. En el PP se le considera un hombre de Naseiro en Valencia. Procede del Partido Liberal, y se integra en el PP tras la refundación. Tiene despacho propio, aunque se desconoce exactamente qué actividad desarrolla. Experto de su grupo en los asuntos de Hacienda en la Junta de Compras, Boro se autodefine como «un joven liberal, devoto de la escuela de Chicago». Su oratoria encendida y ampulosa provoca con frecuencia la hilaridad entre el resto de los concejales. Forma parte de la comisión ejecutiva provincial del PP hasta su dimisión, que formaliza el 16 de abril.

Naseiro en la cloaca

Mientras tanto, Rosendo Naseiro ha tomado posesión de la celda número 95 de la primera galería destinada a los jóvenes en la cárcel Modelo de Valencia, que está a cargo de Andrés Puga. Viste una camisa azul, pantalón a rayas y cazadora deportiva. Con la misma ropa pasará cuatro días. El juez Manglano ha decretado para él la incomunicación más absoluta. Le considera la pieza clave. Sólo el funcionario A.G.A. cambia alguna palabra a hurtadillas con el preso. Pide un sacerdote, pero se le deniega. El abogado de oficio tampoco aparece. Hace gimnasia para matar el tiempo. Antes, en el interior de la prisión, le han tomado las huellas de todos los dedos. Los funcionarios le han hecho bajarse los pantalones y los calzoncillos, y le han cacheado de arriba abajo. «Me siento vejado y humillado», piensa Rosendo para sus adentros. «Qué barbaridad. Esto debería estar prohibido.»

Le entregan seguidamente una colchoneta y una manta y, tras deambular por varios corredores, le conducen hasta una celda húmeda, pequeña y fría, en la que una litera para dos personas ocupa casi todo el espacio. Aquí pasa la primera noche... en blanco. El tesorero del PP piensa que se ha debido producir un golpe de Estado. «¿Qué estará ocurriendo con mis amigos y compañeros de la dirección del partido? ¿Qué será de Paco y de José Mari...? ¿Qué hará Manolo por Galicia?»

Al día siguiente le trasladan hasta una celda de la enfermería, que no dispone de retrete ni lavabo. Está horriblemente sucia. Pide aguafuerte y lejía para asear las paredes y el suelo de su propio calabozo, que deja limpio como una patena.

No olvidará mientras viva el «caseiro» de la parroquia

de Lanzós, en Villalba, el *shock* que sufre al ir a hacer sus necesidades en los servicios de la prisión. Los retretes están infectos, sucios, y el olor es irrespirable. A Naseiro, un hombre duro y hecho a sí mismo que a los dieciséis años cargaba carbón en los muelles de El Ferrol, y que conoce los olores de los tintes, le parece que aquello es demasiado. Ahora practica el golf, degusta la comida de los mejores restaurantes de España, y posee una buena colección de floreros y bodegones del siglo XVIII. Ha leído en la prensa que el SIDA campa por sus respetos en las prisiones del país, y lo que acaba de ver no puede producir otra cosa que una enfermedad muy seria. Se niega a hacer sus necesidades fisiológicas en aquellos servicios.

—Tráigame, por favor, una bolsa de las que se utilizan para echar la basura —pide al funcionario.

—No puedo —responde éste—, tengo que consultarlo.

Rosendo Naseiro, cincuenta y dos años, el «cacharrón de Lanzós», dueño entre otras empresas y negocios de la cadena de tintorerías Lindsay, hace sus necesidades durante los cinco días que dura su prisión incomunicada en un pozal y orina en una botella de plástico.

—Si salgo de aquí —masculla—, el resto de mis días lo dedicaré a pedir responsabilidades por esto. ¡Qué coño estará pasando!

Naseiro quiere mantener la calma y la cabeza fría. Echa de menos la medicina para su dolencia cardiaca que le ha prescrito el doctor Señor, su médico personal, y no logra conciliar el sueño. «Ni mi familia ni los de Génova me van a dejar ''tirao''. Seguro que ya están movilizándose... ¿Qué pensarán en estos momentos Manolo, José Mari y Paco? ¿Quién mandaría a este ''menda'' meterse en política?... ¡Carayo!»

Ignora que sus conversaciones con el «fantasma» de Palop han sido grabadas.

No muy lejos, en una celda de cemento de siete metros en los sótanos de la Jefatura Superior de Policía, Boro Palop está como un tigre enjaulado. La colchoneta es sucia y pestilente, y la manta tiene olor a «guerra civil». Los funcionarios de la prisión se ponen guantes de plástico para no contaminarse. El vecino de la derecha está acusado de violación, y el de la izquierda de asesinato. Se ha mojado el pelo, y el agua está tan sucia que parece que se ha puesto gomina. Hasta el tercer día no puede ducharse. La mayor parte de los detenidos padecen hepatitis vírica y SIDA.

Desde Madrid, Alvarez Cascos ha dado instrucciones a Mari Paz Naseiro y a la familia Palop para que se personen con un notario ante una comisaría de Policía y presenten una denuncia por desaparición, ya que no tienen noticias fehacientes de dónde se encuentran los detenidos catorce horas después de que la policía les incomunicase. A la una de la madrugada, el comisario jefe, Jesús Prol, amigo personal de José María Aznar —al que conoció cuando estaba destinado en Valladolid—, comunica que en los calabozos bajo su responsabilidad están Salvador Palop y los empresarios, pero que ignora cuál es el paradero de Rosendo Naseiro.

—¡Presenta una denuncia por desaparición! —truena Cascos desde Génova 13 a la hija del tesorero.

Así lo hace. A las tres de la madrugada, el comisario Prol Vázquez llama al hotel Astoria y pregunta por la señorita Naseiro.

—Su padre está en la celda número 95 de la galería para jóvenes de la cárcel Modelo. El juez decidió que fuese ingresado allí para que tuviera tratamiento médico, al conocer que padece del corazón.

—¡Qué amable! —responde irónicamente Mari Paz.

La familia Naseiro encarga la defensa de Rosendo al abogado Javier Boix, catedrático de Derecho Penal de la Universidad de Alicante. Mientras tanto, la clase política mantiene la respiración entrecortada. Angel Isidro Guimerá, jefe del Partido Popular en Canarias, declara desde Las Palmas que «la brutal y asesina detención de Naseiro se debe a la venganza sin límites de los socialistas, y es una respuesta al *affaire* Juan Guerra». En otro punto de España, Neftalí Isasi Gómez, diputado del PP por La Rioja, ha llegado a las siete de la tarde a su casa de Ollauri para pasar la Semana Santa con su familia. Su mujer, Inés, le informa de la detención de sus compañeros.

—¡Qué putada! ¡Ya decíamos en Madrid que mucho estaba tardando Guerra en meternos en un lío!

En el campo del Derecho, personalidades como Enrique Guimbernat, catedrático de Derecho Penal, opinan que el procedimiento seguido por el juez Manglano es «absolutamente inhabitual» en un tema de cohecho. El decano de los abogados de España, Antonio Pedrol Rius, pone el grito en el cielo contra el juez por limitar la actuación de los abogados. La dirección del PP pide al abogado de Reus que les asista desde su autoridad moral y representativa.

La que no está para abogados es la cúpula popular. Guzmán Guía Calvo, el teórico defensor de Palop, se adelanta al juez Manglano —que a esas alturas de la madrugada ya ha convocado dos conferencias de prensa— y anuncia que las detenciones son producto de un «delito de cohecho».

—¡Pero bueno —comenta Juan José Lucas—, ése es un abogado defensor o un fiscal! ¡Hay que joderse con qué clase de gente tenemos que lidiar! Siempre nos pasa igual.

El desliz del abogado Guía Calvo es hábilmente aprovechado por Luis Manglano, quien le lanza un directo al mentón durante la siguiente comparecencia ante los medios de comunicación.

—¡Ese señor debería estarse calladito! —responde a una pregunta, mientras esboza una sonrisa de agradecimiento al decano de los abogados valencianos por confirmar sus tesis sin pedírselo.

En privado, Manglano se asombra de que un abogado con experiencia pueda cometer semejantes errores de principiante. En la sala de máquinas del Partido Popular, el ingeniero Cascos ordena al director de Comunicación que elabore una nota de prensa que resalte la indefensión jurídica de sus militantes detenidos y sea una llamada al sentido humanitario del juez. Recuerda que «la prisión incomunicada que se ha decretado para estas personas es una medida restrictiva, y que en la práctica judicial sólo se viene aplicando en casos extremos, como los relativos a delitos de terrorismo o pertenencia a bandas armadas y tráfico de drogas, lo que no deja de causar sorpresa». Finalmente, urge a las autoridades judiciales a que no prolonguen «ni un minuto más» las detenciones, dada la trascendencia y el daño moral que el simple silencio puede ocasionar a las personas afectadas. Urge comunicarse con los detenidos, y para ello recaban información fehaciente, porque el asunto no parece fácil.

Al filo de las dos de la madrugada, Francisco Alvarez Cascos y Miguel Angel Rodríguez se quedan solos en el despacho del secretario general. Antes han cenado ensalada y filetes, que han subido de la cafetería Zurbano 10. Lucas se ha ido a cenar al VIPS con Isabel Tocino y su marido, José Manuel Bartolomé. FAC ha hablado con Fraga hacia las diez de la noche, pero no ha podido confirmarle nada más sino que Rosendo se encuentra detenido. La conversación ha sido lacónica y breve. El presidente-fundador, que ese día lo ha dedicado a premiar a alumnos de bachillerato de la comunidad gallega en Santiago de Compostela, se ha desmarcado del *affaire*.

—Yo no sé nada de este asunto, porque hace muchos meses que no me vengo ocupando de los asuntos de la dirección del partido.

Pero pone una pica en favor de su paisano.

—Estoy convencido, conociendo como conozco al señor Naseiro, un buen emigrante gallego, un hombre trabajador y serio, que sabrá defenderse ante la Justicia, y que todo lo que se le imputa quedará en nada.

Alvarez Cascos y Miguel Angel Rodríguez discuten la estrategia a seguir. No se ponen de acuerdo. Cascos trata de mantener el orden en medio de la confusión. La tensión se incrementa por la falta de información sobre lo que pasa en los juzgados valencianos y la auténtica dimensión del caso. El responsable de prensa tiene algunas ideas respecto al tratamiento informativo que debe seguirse, pero el secretario general dice que todo está bajo su control, y que en ningún caso está dispuesto a que se le vaya de las manos la situación y menos la cuestión informativa, que considera capital y decisiva en esos momentos. Hay disparidad de criterios y, en un momento dado, Rodríguez, presa de los nervios y la sobreexcitación, agarra una silla del despacho de Cascos y la golpea con fuerza hasta que la destroza. Se grita y se insulta, pero la sangre no llega al río; son dos colegas en medio de un barco a la deriva, y de nada sirve pelearse. Disculpas mutuas, y a continuar trabajando.

A esas horas de la madrugada todavía hay periodistas que rastrean la información para las últimas ediciones de sus periódicos, o para los redactores de los informativos matutinos de la radio.

—Lo único que puedo decir es que lo que el juez Manglano está haciendo con nuestra gente, especialmente con Naseiro —declara Rodríguez—, es inhumano.

Otras veces se pone directamente al teléfono el secretario general.

—El trato y la manera de proceder contra Naseiro y Palop no se hubieran atrevido a dárselos a Artapalo o a Mamarru. Manglano procede así porque son del Partido Popular. Para mí está clarísimo —argumenta FAC—: Naseiro y Palop están pagando un «plus» por militar en el PP.

Paco y Miguel Angel comentan la sensación que tienen ambos de no estar seguros, especialmente en sus conversaciones telefónicas. La noche transcurre larga e inquietante, especialmente por la ausencia de información y el vértigo de «estar vendidos».

—Como periodista nunca hubiera podido pensar que el primer partido de la oposición podía ser un juguete en manos de un juez —reflexiona en voz alta Miguel Angel Rodríguez.

—Precisamente por eso —tercia Alvarez Cascos.

Ambos están tendidos en el sofá del despacho oficial. Rodríguez se ha quitado los zapatos y se ha tomado un güisqui y tres cervezas. Paco va por el quinto café con leche. Se le han acentuado las ojeras, pero se encuentra seguro y con ganas de pelea. El timón de la nave está entre sus manos, y no puede defraudar a su jefe.

—¡Sólo falta que mi mujer se ponga a parir esta noche! —dice Rodri.

En Valladolid, su esposa, Mayte Ilárraz, ha salido de cuentas y espera su primer hijo.

—Si es chico puedes ponerle Luis, como Manglano —bromea Cascos.

—O Rosendo —se carcajea el jefe de prensa.

Nacerá el 17 de abril, y se llamará Clara.

En el sur de Tenerife, José María Aznar no concilia el sueño hasta las cuatro de la madrugada. Analiza la situación con Ana. Para ambos se dan demasiadas coincidencias, demasiadas casualidades.

—Supongo —dice Ana— que no te pillará de sorpresa. Ya te sacaron lo de los «grifos de oro», y ésta no será la última.

—Ana, yo sé la clase de negocio en el que estoy metido, y soy consciente de los peligros que entraña estar en política. Pero me cuesta acostumbrarme a estos procedimientos. A veces me pregunto si todo esto me compensa... Además, es demasiado fuerte lo de Rosendo Naseiro. Voy a dar la cara y a coger el toro por los cuernos. ¡Faltaría más...!

José María Aznar rememora esa madrugada la frase con que le agasajó el presidente de Baleares, Gabriel Cañellas, el mismo día en que el comité ejecutivo del PP le ratificaba como sucesor de Fraga, el 5 de septiembre de 1989:

«¡Recuerda que eres sólo un hombre!»

«¡Qué tontería! Soy ahora mismo el hombre más expuesto a las intrigas y maniobras de toda España. Sé cómo se las gastan mis adversarios políticos, y hasta qué punto los socialistas tienen apego al poder... Y lo que son capaces de hacer para mantenerlo. He dicho muchas veces que la democracia española tiene una asignatura pendiente: saber cómo y en qué condiciones el PSOE deja el poder», reflexiona Aznar. «A mí, no me sorprende nada. Y a los de dentro, los conozco a todos. Conozco muy bien esa casa.»

En el despacho de Luis Manglano, en la segunda planta

del edificio de los juzgados valencianos, la luz no se apaga hasta las tres y media de la madrugada. Manglano y el fiscal Altés preparan en solitario el interrogatorio de los detenidos, que comenzará a las nueve de la mañana del día siguiente, 10 de abril, martes de pasión. Los dos funcionarios de la Administración de Justicia deciden que el primero en declarar sea Salvador Palop, «que sufre una crisis nerviosa», y que la rueda se cierre con Naseiro, que «es el pez gordo».

A ciento setenta y cuatro kilómetros de distancia, en un apartamento de ochenta metros cuadrados situado en la segunda planta de un edificio de ladrillo rojo y ribetes blancos de la calle de la Cruz de Piedra número 17 del barrio de Vistahermosa, en Alicante, permanece en vela Olga Rodríguez Lorenzo, natural de Vigo, amiga de la familia de Mario Conde y emparentada con el famoso productor cinematográfico de la época franquista Cesáreo González. La última vez que ha sonado el teléfono ha sido a las tres y veinte de la madrugada. Su hija Mari Paz le ha informado que Rosendo, su marido, está en la cárcel Modelo.

Ella le acompañó hacía una semana a Sevilla, y mezclada entre el público vio a su «rapaciño» encaramado en la cúspide del poder del Partido Popular. No pudo evitar un sentimiento de orgullo, y pensó en los «paisanos» gallegos de Vigo y Villalba que le estarían viendo por televisión. Su Rosendo, un grande entre los grandes. «Algunas se morirán de envidia», pensaba feliz y satisfecha. Ahora está preso como un malhechor, como un terrorista. «¡Le han tratado peor que a los de la ETA! Si lleva razón don Manuel... No hay justicia. ¿Por qué, a ver, qué ha hecho él...? Sólo trabajar y ayudar. Si la política le ha costado dinero. ¿Cómo estará del corazón? Si se metió en política por ayudar a don Manuel...»

En Villalba (Lugo) la tarde-noche ha sido un hervidero de rumores.

—¡Ya lo decíamos! ¡Cómo había prosperado! Tan rápido... Sin estudios...

FAC se enfrenta a Corcuera

El discurrir de los acontecimientos en esa Semana de Pasión en los Juzgados de Valencia, y la respuesta paralela de tipo político, informativo y jurídico de la dirección popular son harto conocidos por los lectores. El juez Luis Manglano consume casi cien horas en los interrogatorios. Deja en libertad condicional y sin fianza a los seis detenidos, y celebra sus particulares conferencias de prensa, «pactadas» previamente con los periodistas: si la pregunta da en el blanco, él dirá, «no puedo contestar»; si es incorrecta, la respuesta es simplemente «no».

En el Partido Popular la estrategia se centra básicamente en la defensa jurídica, cuyo peso recae sobre Alberto Ruiz Gallardón, José María Michavilla y Carlos Aguilar. La información sigue «secuestrada», y el juez Manglano advierte a los interrogados que deben guardar secreto absoluto durante un mes. «De lo contrario, ¡atente a las consecuencias!», advierte a un Palop temeroso, claudicante y descompuesto.

En la tarde del lunes santo, día 9 de abril, ya es *vox populi* que el juez Manglano tiene en su poder unas cintas grabadas como consecuencia de la intervención del teléfono de Salvador Palop. Francisco Alvarez Cascos decide atacar por ese frente.

—Ya os lo decía yo. En esta misma casa siempre he tenido la sensación de que los teléfonos están pinchados. No podemos fiarnos.

Recuerda que el juez Vázquez Honrubia ha abierto dos causas sobre el tema, y que él mismo ha interpelado al ministro del Interior sobre espionaje telefónico, incluso en la sede del partido en Asturias. El «gabinete de crisis» acuerda presentar una denuncia en el juzgado de guardia de Madrid ante las sospechas de que los teléfonos del PP están «pinchados». Los noticiarios de todas las radios y de la televisión abren sus informaciones con la denuncia del PP. Hacia las siete de la tarde, Mamen García anuncia a su jefe que por el teléfono de centralita le llama el ministro del Interior. Oyen la conversación Juan José Lucas, Alberto Ruiz Gallardón y Luis Ramallo, entre otros.

—Paco, me he enterado de la denuncia; habéis armado un follón espantoso...

—Hombre, ministro, tú perdonarás; para follón el nuestro, que tenemos detenida a nuestra gente sin saber todavía por qué.

—¡Ah, yo en eso no intervengo! —responde Corcuera—. Como tampoco tengo información alguna sobre las presuntas escuchas en la sede del PP.

El secretario general decide poner voz de perro. Va al grano, mientras hace gestos ostensibles a sus compañeros, que no pierden ripio.

—Ministro, tenemos fundadas sospechas de espionaje y control telefónico. No deja de resultar coincidente y curioso que el «caso Manglano» se inicie por la intervención de un teléfono a un militante del Partido Popular.

—Pues eso tenéis que preguntárselo al juez, no a mí. Yo te digo y te garantizo que bajo nuestro conocimiento no se produce escucha telefónica alguna. ¡Te doy mi palabra!

—Pues yo te digo, ministro, que tenemos fundadas sospechas de que existe espionaje a nuestro partido. Por eso hemos puesto la denuncia. Estamos en nuestro derecho.

—Paco, allá vosotros con vuestra responsabilidad. Permíteme decirte que esas denuncias pueden tener un alcance peligroso, y que no benefician a nadie, absolutamente a nadie...

—Es evidente que a nosotros lo que no nos beneficia es que nos espíen.

—Bueno, señor secretario general, yo te reitero como ministro del Interior, para que se lo digas a José María Aznar, que el Gobierno es ajeno a todo, absolutamente a todo, y que no tenemos conocimiento de intervención telefónica alguna en vuestra sede.

—Te agradezco la llamada, ministro. Adiós. Un saludo.

El secretario general imparte las órdenes precisas para que nada importante y confidencial se hable por los teléfonos de la sede. El mismo, durante esos días y hasta que los teléfonos son revisados a fondo por una empresa de seguridad, irá hasta una cabina telefónica de la plaza de Alonso Martínez y desde ahí realizará las llamadas confidenciales. El nombre del jefe de la Brigada General de Información, Alberto Elías, se cita por esos días varias veces en la planta séptima de Génova 13. «No puede andar muy lejos», se opina.

Otro de los debates que el «gabinete de crisis» mantiene desde el lunes al miércoles es la conveniencia o no de que regrese el líder de sus vacaciones. Cascos, Rodríguez, Lucas y Ruiz Gallardón son partidarios de que continúe en Tenerife, mientras que Félix Pastor Ridruejo cree en solitario que debe volver inmediatamente.

—No es presentable ante nuestros militantes y la opinión pública que mientras suceden estos graves hechos, se dé la sensación de que el líder está de vacaciones, aunque lo cierto es que está colgado al teléfono. Pero es una cuestión de imagen, y en política es lo que cuenta.

En este tema será definitivo un editorial en primera página que el diario *El Independiente* publica el miércoles día 11, titulado «Aznar ante el caso Naseiro», en el que se califica de impresentable la actitud del jefe del PP al no haberse puesto al mando de la nave en unos momentos tan delicados. El «gabinete de crisis» decide a primera hora de la mañana recomendar al presidente la vuelta inmediata, «no sea que cunda el ejemplo y el resto de la prensa se suba a ese carro». Cuando a las nueve y veinte de la mañana Aznar tiene conocimiento del artículo periodístico en cuestión, dice a Miguel Angel Rodríguez:

—Ya no os hago caso, ¡me vuelvo! Lo estoy pasando peor aquí.

Aznar no dirá la verdad durante la conferencia de prensa que celebra el sábado santo, 14 de abril, día siguiente al de su regreso. Pese a su rostro curtido y bronceado por la brisa canaria, la procesión iba por dentro. Lógicamente, un líder político no puede permitirse debilidades, y hay que demostrar tranquilidad, serenidad y distancia ante las situaciones graves. La vuelta plantea sin embargo un problema. Hay que dar esquinazo a la prensa que acecha al presidente. La estrategia es no decir ni una palabra hasta no saber con exactitud lo que pasa y conocer las auténticas razones de la detención. Por lo tanto, hay que jugar al despiste. No hay otra salida. Cualquier palabra no conveniente y dicha sin conocimiento de causa puede ser una bomba de relojería con efecto *boomerang*.

Desde el gabinete de prensa se informa que José María Aznar regresa en un avión de Iberia, en vuelo regular que sale a las nueve y media del viernes 13 de abril del aeropuerto Reina Sofía de Tenerife. Desde el mismo gabinete se anuncia que retorna en un avión privado, y otros portavoces dicen incluso que el viaje lo realiza en un avión de carga. Lo cierto es que el trayecto Tenerife-Madrid lo hace de incógnito a última hora de la tarde del jueves 12 de abril. Al llegar a Barajas, un coche le recoge en la pista y sale por la zona de llegadas internacionales. Treinta periodistas esperaban en la terminal de vuelos nacionales. En el PP informan que el presidente no ha llegado, y anuncian que le esperan para ese día. En el aeropuerto, los reporteros gráficos captan el aterrizaje de un *jet* Hawker Siddeley de pabellón italiano y matrícula EC EKK que ha aterrizado en la llamada «zona de ayudas». Un vehículo se acerca hasta la pista a recoger a sus pasajeros. Los periodistas comunican con sus jefes de redacción.

—Ha llegado en avión privado, pero no ha sido posible hablar con él.

En realidad, el «supuesto Aznar» es el multimillonario italiano Carlo De Benedetti, que llega a España en uno de sus cortos viajes de negocios.

El «gabinete de crisis» del PP comprueba que el juez va poniendo en libertad condicional sin fianza a todos los detenidos a medida que van prestando declaración. Preocupa el estado psíquico de Palop y el físico de Naseiro. Cuando Rosendo es puesto en libertad, el viernes santo, la dirección del partido, molesta con la denominación acuñada en los medios de comunicación, «caso Naseiro», decide poner en marcha una táctica: repetir machaconamente que el «caso Naseiro» pasa a convertirse en el «caso Manglano». La idea parte del cerebro del asesor jurídico José María Michavilla. Alvarez Cascos, Rodríguez Bajón, Ruiz Gallardón, Rodrigo Rato y todo aquel portavoz que se precie debe referirse al asunto de esa guisa. El líder queda a salvo de esta servidumbre táctica. Se reserva para otros menesteres, no para agredir a un juez, aunque le manda velados recados en forma de amonestación.

En el mismo instante en que Salvador Palop recobra la libertad, en la tarde-noche del miércoles 11 de abril, la orden que recibe desde la dirección nacional es tajante: viajar urgentemente a Madrid. Doña Encarna Martínez, madre de Boro, protesta. Su hijo no está bien de salud.

—¡Siempre metido en estos líos de la política! ¡Tan joven! ¡Va tan deprisa! Ya me lo temía yo... ¡Ay, qué disgusto tan grande, pobre hijo mío!

Paco Alvarez Cascos llama el martes día 10 al doctor Ramiro Rivera, diputado del Partido Popular y miembro de la comisión ejecutiva, para pedirle consejo y su opinión profesional sobre lo que puede estar ocurriendo en el cerebro del concejal valenciano.

«¡Nada bueno!», contesta el médico, quien aconseja al secretario general que se monte un dispositivo clínico para atender a Borito y Rosendo una vez estén en la calle.

El polémico cirujano, uno de los mejores especialistas españoles de corazón, encarga a un grupo de médicos, militantes o próximos ideológicamente al Partido Popular —en cualquier caso «amigos de la casa»—, que constituyan de inmediato dos equipos de super-especialistas: uno de cardiovascular, a cuyo frente se sitúa el profesor Manuel Ajuria, ayudante de Rivera, integrado por otros cinco médicos; y un segundo equipo formado por varios psiquiatras a cuyo mando está José Miguel López Ibor, que ha sido llamado por Alberto Ruiz Gallardón, amigo y conocido de toda la vida.

El profesor Ramiro Rivera ha reservado la habitación número 254 de la clínica privada La Luz, donde pasa consulta. Situada en la calle del General Rodrigo número 8, en el barrio madrileño de Cuatro Caminos, La Luz es uno de los centros médicos más prestigiosos y caros de España. La habitación cuesta 15.400 pesetas diarias, cantidad a la que hay que añadir la alimentación, gastos y honorarios médicos y extras.

Salvador Palop llega a Madrid a las cinco y media de la madrugada, en un estado lamentable. Hasta el centro médico se acercan el secretario general, Ruiz Gallardón, y los amigos personales de Boro, entre ellos Carlos Aragonés, Miguel Angel Cortés y Arturo Moreno. Alberto Ruiz Gallardón avisa a su amigo López Ibor de que Palop se encuentra ya en la clínica convenida, y aquél, sin pérdida de tiempo, se dispone a hacerle un chequeo de urgencia. López Ibor pide consejo a sus colegas José Giner Ubago, catedrático de psiquiatría de la Universidad de Sevilla, y Valentín Conde López, de la Universidad de Valladolid.

—Es imposible hablar con él, no sacaréis nada relevante —anuncia el psiquiatra—. Tiene que descansar durante seis días, medicado convenientemente. Hasta entonces lo mejor es dejar que descanse e intentar que olvide lo ocurrido.

—¡Pues a ver lo que habrá dicho durante las veintiséis horas de interrogatorio ante el juez Manglano! —se alarma Cascos.

José Miguel López Ibor le hace tomar pastillas Trankimazin para calmar su «estado de ansiedad». Aragonés, Cortés y Moreno tratan de tranquilizar a su amigo. El equipo médico le somete a un completo chequeo: análisis de sangre, de orina, encefalogramas, tensión, etc. A la mañana siguiente, López Ibor ofrece su primer diagnóstico al secretario general y a Ruiz Gallardón.

—Sufre un estado difórico grave. Hay que seguir el tratamiento hasta que se recupere. Nada de conversaciones políticas. Sólo es conveniente que hable con sus amigos personales y con sus familiares, tratando en lo posible de olvidar lo sucedido. Su estado psíquico es muy serio.

Rafael Palop, padre de Boro, se asusta. Quizá hubiera sido mejor quedarse en Valencia. El psiquiatra le tranquiliza, manifestándole que su hijo se recuperará y que el cambio de escenario físico es básico en el tratamiento de estos casos. Salvador Palop abandona la clínica tres días después, el 15 de abril, domingo de Resurrección. Ya ha contado al psiquiatra los pormenores de los interrogatorios del juez Manglano y los «chantajes» de éste. Dice que durante ellos se metió en un armario y se tumbó sobre la mesa. También manifiesta que el juez destruyó cintas «sexuales» y las conversaciones con Marta, su novia madrileña.

En el domicilio familiar del barrio del Ensanche, conocido en Valencia como el «barrio de los arruinados», no hay tranquilidad. Los medios de comunicación acosan continuamente. El miércoles 18 regresa a Madrid; se aloja en la casa de su amigo Juan Francisco García Gómez, un ejecutivo de la multinacional Price Waterhouse, y continúa en tratamiento tomando las pastillas Trankimazin y Deanxit. Duerme mucho, y cuando está despierto anda como atontado. A Boro no sólo le afecta el proceso puesto en marcha por Luis Manglano, sino que le vuelve loco la certeza de que su carrera política ha sido cercenada de raíz.

—¡Se ha derrumbado mi fortuna! ¡Estoy acabado para siempre! —exclama entre sollozos, mientras se tapa la cabeza con las manos, un gesto típico que repetirá durante meses—. La política era mi vida, mi vocación, lo que me gusta.

Rosendo Naseiro Díaz es puesto en libertad condicional sin fianza el viernes 13 de abril a las diez de la noche. En los juzgados le recoge en su vehículo Pedro Agramunt Font de Mora y le lleva hasta su despacho de abogado situado en la plaza de Alfonso el Magnánimo número 5 de Valencia. Desde allí llaman al secretario general en Madrid.

—Estoy bien, Paco, me voy a Alicante. Quiero estar en mi casa, con mi familia.

—Rosendo, aquí tienes al doctor Señor esperándote para hacerte un reconocimiento y todo un equipo médico a tu disposición.

—Que no, yo me voy a Alicante. Me voy a Alicante, Paco... Yo me voy a mi casa con Olga y Mari Paz.

Naseiro pasará en su apartamento de Alicante varios días, hasta que por fin el psiquiatra le haga un reconocimiento.

—Lo que me temía, Alberto —confirma el doctor López Ibor—. Naseiro sufre un estado difórico, aunque menos grave.

El domingo 15, Cascos habla por teléfono con el tesorero, que continúa en su apartamento alicantino del barrio de Vistahermosa.

—Deberías venir a Madrid, Rosendo. ¿Estás seguro de que estás bien?

—Sí, sí.

Naseiro ha declarado nada más salir de la cárcel que tiene la conciencia tranquila y que no ve motivos para presentar la dimisión. Incluso se ha permitido posar para los fotógrafos haciendo la «V» de la victoria con ambas manos, mientras ofrece una amplia y abierta sonrisa. Pero el lunes 16, a las once de la mañana, el presidente popular recibe una llamada del tesorero.

—José María, te presento mi dimisión. Lo he pensado bien, y creo que es lo mejor que puedo hacer para no perjudicarte.

—De acuerdo. A mí también me parece correcto.

Naseiro sufre una profunda decepción. Fraga y Aznar le han dejado «tirado». Arrojará a la basura sus fotos dedicadas, que rescata su hija como recuerdo.

Los seis errores de Manglano

Al día siguiente, martes, a las diez de la mañana, llega por *fax* la carta formal de dimisión, remitida desde Alicante. Para las cuatro y media del 17 de abril está convocado el comité ejecutivo del Partido Popular en la sala de reuniones de la planta séptima. Hay seriedad, caras largas, preocupación. El único que se permite alguna broma a causa de su color moreno es el presidente. Son llamativas las ausencias de Miguel Herrero y Rodríguez de Miñón —de viaje por Méjico—, de Manuel Fraga, del propio Rosendo Naseiro, de Marcelino Oreja y de Abel Matutes.

El primer punto del orden del día es el análisis de las elecciones andaluzas. Arturo Moreno presenta un informe sobre la situación del partido en aquella comunidad y sobre la precampaña a realizar. Da a conocer una encuesta que ha encargado el PP según la cual el PSOE baja bastante en relación con las elecciones anteriores y puede perder, incluso, la mayoría absoluta. Sigue manteniéndose la tendencia al alza del PP, hay un importante aumento en la intención de voto del Partido Andalucista, un descenso de Izquierda Unida, y la desaparición del CDS.

El segundo punto se refiere al «caso Naseiro». Interviene en primer lugar José María Aznar, que habla pausada y quedamente mirando al techo y a la derecha, y algunas veces al frente.

—A alguno de vosotros ya os he dicho que la historia de los últimos seis meses era demasiado bella para no vernos envueltos en algún problema serio... Estábamos en la distancia más corta que ha existido nunca entre el PSOE y el PP. Que cada uno saque sus propias conclusiones. Yo, por mi parte, afronto este caso dispuesto a llegar hasta el fondo y hasta el final. Acepto este y todos los envites que se me presenten... Ya sabía que iban a por mí. Rosendo Naseiro me ha mandado una carta en la que me presenta su dimisión; soy partidario de aceptarla.

El comité ejecutivo la acepta.

—Salvador Palop ha enviado otra dimitiendo de sus cargos en el partido hasta que los tribunales sustancien su caso. Propongo que se remita al partido en Valencia, y que allí decidan los órganos provinciales lo que estimen más conveniente...

El comité ejecutivo lo acepta. Aznar concede la palabra a Francisco Alvarez Cascos, que relata cronológicamente los acontecimientos subrayando el papel jugado por cada persona durante la crisis. Menciona una llamada que él mismo recibe en la tarde-noche del lunes del portavoz de Minoría Catalana en el Congreso de los Diputados, Miguel Roca, en la que el político catalán le expresa en nombre de su partido y de Jordi Pujol su pesar por lo sucedido y le hace ver su fe absoluta en la inocencia de Rosendo Naseiro y del Partido Popular. «Nosotros sabemos de esto», indica Roca. «Ya conocéis las imputaciones a Luis Prenafeta.»

Seguidamente, Alberto Ruiz Gallardón lee ante el comité el informe técnico-jurídico que ha elaborado. Hace especial hincapié en la violación de garantías por parte del juez Manglano y en el «trato inhumano» aplicado a los detenidos. Ruiz Gallardón cree que a medida que pasen los días podrá encontrar «más fisuras jurídicas» en la actuación del magistrado. Apunta lo que él denomina como los «seis errores de Manglano»:

> «1. Asume dos funciones.—Detiene como jefe de policía judicial a los implicados, y acto seguido se erige como instructor de la causa.
>
> 2. Viola el secreto del sumario.—Convoca ruedas de prensa en presencia del fiscal, sin que éste eleve recurso alguno.
>
> 3. Incomunicados para prestar declaración.—El abogado de oficio no es suficiente.
>
> 4. Competencia territorial.—Si los delitos de los que tiene conocimiento no se han cometido en su distrito competencial, debe inhibirse en beneficio de la Audiencia. Manglano ha investigado presuntas irregularidades en Valencia, Elche, Cullera y Madrid.
>
> 5. Competencia jerárquica.—No ha remitido desde el primer momento la causa al Tribunal Supremo, cuando ha conocido que hay personas aforadas.

6. Conflicto de leyes para la incomunicación.—La ley no permite al juez aplicar la incomunicación a detenidos por cohecho.»

En el comité ejecutivo se recuerda que el presidente del Consejo General del Poder Judicial, Antonio Hernández Gil —ante el que se ha protestado reiteradamente por la actuación de Luis Manglano—, está operado de próstata, y, en cualquier caso, su salud es delicada. No controla lo que sucede en el máximo órgano de gobierno de la justicia.

El primer miembro del comité en hacer uso de la palabra es Francisco Javier Rupérez Rubio, que apoya la propuesta del presidente de pedir una comisión de investigación parlamentaria y abrir otra en el interior del partido para depurar responsabilidades.

—Esto, en el fondo —subraya Rupérez—, es una cuestión política harto complicada, y no hay más remedio que ir hasta el final; no queda otra salida.

Intervienen después Luis Ramallo, José Manuel Otero Novas, Rodolfo Martín Villa, Félix Pastor y Rodrigo Rato. Todos están de acuerdo en presionar en el Parlamento para que investiguen. Nadie, sin embargo, cita al diputado Angel Sanchís, cuya sombra planea sobre la reunión. El tono de las intervenciones no deja lugar a dudas: esto es una operación política montada desde el Gobierno. Concretamente, Javier Rupérez cita un comentario periodístico en el que se da el nombre del responsable del «pinchazo» telefónico a Salvador Palop: el comisario Alberto Elías, jefe de la Brigada de Información, dependiente directamente en la práctica del vicepresidente Alfonso Guerra.

La reunión dura dos horas y diez minutos. A su término, Aznar comenta a su «número dos» que ha sido el comité ejecutivo más sólido, positivo y unido al que ha asistido nunca.

—No ha habido una sola fisura, pese a lo escabroso del tema —responde Cascos.

En el mundo periodístico no se opina igual. La ausencia de Marcelino Oreja es interpretada por determinados observadores como un distanciamiento claro del eurodiputado. Alguno llama incluso a su sobrino Jaime Mayor Oreja para confirmar tal extremo. Mayor Oreja recurre sin pérdida de tiempo al secretario general.

—Paco, Marcelino me encarga decirte que está más unido que nunca a la dirección del partido, y que aplaude todas y cada una de las decisiones que se adopten encaminadas a esclarecer el caso.

—Lo sé, Jaime, él mismo ha llamado mostrándose totalmente identificado con la comisión de investigación parlamentaria.

—Ya, pero la prensa ve interpretaciones...

—Es evidente que cada uno es libre de opinar, Jaime.

—Bueno, que quede constancia, Paco.

—Queda.

Mientras tanto, en Valencia, el conflicto interno y larvado que se vive hace meses en la organización del Partido Popular se acrecienta ante el «caso Palop». Pedro Agramunt Font de Mora, treinta y nueve años, abogado, diputado, dos hijos, casado con Carmen Sáenz Merino —conocida en Valencia como «Lady Godiva» por su bombonería en el bulevar de Isabel la Católica, e hija del empresario de Lois Internacional, Joaquín, que exporta vaqueros de esta marca a los Estados Unidos y Europa occidental—, pasa de la presidencia de la patronal valenciana a la presidencia regional del Partido Popular en la Comunidad. El portavoz municipal, Martín Quirós, es la cabeza visible de la contestación a Agramunt, entre otras razones porque a partir de su llegada a la presidencia el PP es conocido en Valencia como el «partido de la patronal».

El jueves 19 de abril se reúne en Valencia el comité ejecutivo provincial bajo la presidencia de Agramunt. El recuerdo de Palop, que no asiste, está presente. Ha dimitido de sus cargos en el PP, pero no como concejal.

—Pido a los concejales y demás cargos electos un mayor esfuerzo económico para las arcas del partido, que no están precisamente boyantes —solicita el presidente provincial.

—Vamos a ver si nos aclaramos de una vez —salta como una pantera Martín Quirós—. A ti te hicimos presidente porque prometiste arreglar ese problema trayendo cien millones; hasta ahora sólo hemos visto treinta. Así que ya puedes ingeniártelas y aportar los setenta restantes.

Agramunt sabe que el «libro de estilo» de los grandes negocios que en la región valenciana y en toda España se ha impuesto respecto a los ayuntamientos, diputaciones y comunidades autónomas es éste: el 0,5 por ciento para el partido en la oposición, y el 1,5 por ciento para el que gobierna. El estallido del escándalo Palop-Naseiro va a complicar un juego que viene siendo practicado desde tiempo atrás.

El presidente Felipe González se ha ido el domingo de Ramos a su refugio del coto de Doñana, y el vicepresidente ha alquilado un chalé en el pueblo gaditano de Conill. Los «fontaneros» han quedado al cuidado de los asuntos, y con celeridad sospechosa invitan a comer a determinados columnistas para hacerles llegar un claro mensaje: el Gobierno ha sido el último en enterarse. Uno de estos «fontaneros» es José Nevado Infante, recientemente nombrado director general de Relaciones Informativas del Ministerio del Portavoz. Procede del gabinete de prensa del MOPU, es militante del PSOE y está vinculado a la línea «guerrista» del Partido Socialista. Pero los más firmes defensores de la inocencia y la pulcritud gubernamental están en el Centro Democrático y Social y en la Fiscalía del Tribunal Superior de Justicia de Valencia. Rafael Martínez Campillo, secretario de organización del CDS, considera «perversa» la interpretación de que el «caso Naseiro» es una *vendetta* por el «caso Guerra». Enrique Beltrán, fiscal jefe del Tribunal Superior de Valencia, arremete a su vez contra el Partido Popular, al que manda «a la puñetera mierda» por considerar «sospechosa» la actuación judicial. Beltrán, en su defensa de Manglano, quita sin embargo hierro al tema.

Los hechos que escandalizan a la sociedad española no son nuevos en la vida pública, ni en el Partido Popular. Lo nuevo son las pruebas sonoras a través del «pinchazo» telefónico. En 1986, un diputado de una provincia del norte, conocido y con responsabilidades de ámbito nacional, informa a Manuel Fraga de que no está dispuesto a tolerar que el tesorero nacional Angel Sanchís llame al consejero de Obras Públicas de su comunidad pidiendo que reciba al empresario Gustavo Durán y que le facilite «trabajo». A cambio, Durán realizará determinados favores al partido en forma de donativos. Por aquel entonces, cesa en el gobierno regional de Cantabria, presidido por Díaz de Entresotos, el funcionario Gaspar Laredo, acusado de un presunto delito de prevaricación, nunca bien aclarado ni explicado, y que en principio se relaciona con un impago de nóminas e irregularidades en la importación de vehículos. También dimite el consejero de la presidencia, Manuel Pardo Castillo.

En el verano de 1986, el mismo diputado se sorprende al ver comiendo juntos en el Club Marítimo de Santander al consejero de Obras Públicas y Urbanismo, Angel Arozamena Sierra, amigo personal de Manuel Fraga, ex presidente del Metropolitano de Barcelona y hermano del vicepresidente del Tribunal Constitucional, hoy jubilado, con Gustavo Durán, amigo y recomendado de Angel Sanchís. A la vuelta de las vacaciones, el diputado escribe una carta al presidente nacional comunicándole que no está dispuesto a tolerar «amistades peligrosas». Manuel Fraga redacta una carta de su puño y letra, escrita a toda velocidad, en la que dice, entre otras cosas, que la política es un noble oficio en el que a veces hay que recurrir a medios poco claros para poder ejercerlo.

Días después, Fraga invita a almorzar en el restaurante Club 24 de la calle de Claudio Coello al destinatario de su carta, con el objetivo esencial de tranquilizarle. Las quejas contra su tesorero Sanchís no son nuevas. Conoce que éste suele hacer alarde en los restaurantes y en presencia de los periodistas —a los que invita incluso a pasar fines de semana enteros en París, en los mejores hoteles— de grandes cantidades de dinero, que en algunos casos saca del interior de un cinturón con cremallera de piel de cocodrilo.

Durante una reunión con los grandes banqueros del país, a los que Fraga recurre con frecuencia en busca de dinero, entre los que se encuentran Emilio Botín padre, Alfonso Escámez, Pablo Garnica, Carlos March —con el que siempre tuvo una pésima relación— y José Angel Sánchez Asiaín, los banqueros piden a Fraga que destituya a Sanchís, ya que no desean negociar con ese interlocutor. El líder político le defiende por su eficacia a la hora de encontrar los recursos que Alianza Popular necesita. La opinión generalizada de los grandes señores de las finanzas es que el tesorero del partido conservador es un «indeseable». Pero don Manuel no quiere saber nada, y deja hacer. Le interesa, sobre todo, la eficacia.

En otra ocasión, un vicepresidente de AP recomienda a Fraga que se ponga un sueldo como presidente del partido.

—Manolo, dedicas todo el tiempo al partido, es lógico y normal que tengas un sueldo. Lo más justo...

Fraga monta en cólera y responde que la propuesta es un insulto, que él no está en esto por dinero, y que no aceptará de ningún modo cobrar un salario. El vicepresidente hace la propuesta con toda intención, porque se rumorea entre la alta dirección de la casa que la persona que paga los viajes de Fraga, las cacerías a Yugoslavia y las excursiones a Argentina no es otro que Angel Sanchís Perales. La búsqueda desesperada de recursos económicos con destino al partido, la cerrazón empresarial y la desconfianza bancaria son algunas de las causas fundamentales del abandono de Fraga en diciembre de 1986.

Se abre la veda del «halcón»

«A perro flaco todo son pulgas», reza el refrán castellano. De repente, en un abrir y cerrar de ojos, el velero «aznarista» que navega durante medio año —justo hasta el 9 de abril de 1990— con las velas desplegadas, alegre y confiado como nunca lo había hecho la derecha rumbo al puerto del palacio de La Moncloa, se ve envuelto en una sórdida y violenta borrasca, cuyo primer soplo se lleva por delante a varios contramaestres. El furor de la tormenta hace incluso temer por la propia vida del capitán de la nave.

Durante dos largos meses de sufrimiento personal y político profundo, Aznar, a caballo entre Andalucía y Madrid, recorre muchos kilómetros y se encierra cuando puede en su despacho con las manos en los bolsillos, tratando de encontrar luz y sosiego. Relee docenas de veces las dos versiones del poema de Rudyard Kipling *If* que cuelgan de las paredes de su lugar de trabajo:

«Si puedes conservarte sereno ante el abismo,
capitán de tus nervios cuando todos te entregan,
y tener absoluta confianza en ti mismo
cuando el mundo te acusa y los hombres te niegan...»

Y recuerda los consejos del abuelo Manuel: «Mide tus fuerzas, no te dejes llevar por el entusiasmo ni por los nervios. Camina tranquilo por la vida, pase lo que pase.»

Se percata de que el «caso Naseiro» o «Manglano», como prefiere denominarlo, le ha golpeado de lleno, en tres aspectos fundamentales: ralentiza la construcción de la alternativa, le ha volado las cañerías de la financiación, y le ha dinamitado el equipo del que estaba tan orgulloso. Se ha abierto la veda para la caza y captura de su persona. Los primeros en iniciar la partida son Fernando Suárez y Antonio Hernández Mancha; otros lo hacen más soterradamente. La prensa destaca su responsabilidad política. El viernes 27 de abril, Isabel Tocino y Fernando Suárez se encuentran en Bruselas.

—La situación es muy seria, Isabel. Creo que Aznar debería convocar a la junta directiva nacional inmediatamente para dar explicaciones.

—Creo que ya está convocada para el 21 de mayo.

Fernando Suárez regresa a Madrid el sábado 28, y ese mismo día hace llegar al presidente de su partido una carta con fecha 24 de abril en la que pide una reunión extraordinaria de la junta directiva nacional con este argumento: «Como la práctica de nuestro partido ha sido la de que los asuntos económicos nunca se han conocido a fondo por los órganos colegiados, sino tratados únicamente por determinados dirigentes individuales, me parece justo que se determine con claridad hasta dónde llega la responsabilidad política exigible a unos y otros.» Lo que saca de quicio a la dirección del PP es la «postdata», en la que anuncia su intención de viajar a Méjico del 21 al 26 de mayo en condición de presidente de la delegación del Parlamento Europeo para Méjico y Centroamérica, por lo que recomienda que se busque una fecha buena para él.

Por la tarde de ese mismo día, Mari Cruz Landín, secretaria de Juanjo Lucas, le anuncia que tiene a Manuel Fraga al teléfono. Desea conocer cómo está la situación en el partido. Lucas le informa de la carta del eurodiputado.

—A ése ya le conocemos sobradamente —contesta despreciativo el presidente-fundador.

Fernando Suárez quiere saber si el ánimo de los «barones» decapitados está por iniciar una ofensiva en toda regla contra el «muchacho». Conecta con Alfonso Osorio, Arturo García Tizón, Gabriel Camuñas, Miguel Herrero e Isabel Ugalde, entre otros. Comprueba que éstos diagnostican una situación muy difícil para Aznar; pero cosa distinta es encontrar la fuerza suficiente dentro del partido para derribarlo en estos momentos. Hernández Mancha también enseña las uñas, y aconseja públicamente a José María Aznar que se busque «el mejor abogado penalista». Este le contesta desde el desprecio y el desdén. Mancha, además, se permite hacer un elogio del juez Manglano, al mismo tiempo que pide responsabilidades al más alto nivel dentro del Partido Popular.

El problema para la dirección es que hasta el día 7 de mayo no conoce el contenido del sumario. A las cuatro y media de ese mismo día se reúne la comisión permanente sin haber leído los setecientos folios de la causa, que llegan a manos de Ruiz Gallardón pasadas las seis y media. Aznar informa en primer lugar, y se muestra partidario de llegar al fondo de la cuestión, «caiga quien caiga». Félix Pastor, siempre en el papel de referencia ética de la derecha, habla de una democracia vigilada y lanza un aviso muy serio a los que están por el pacto con el PSOE.

—Si ello se produjese, en ese mismo instante yo causaría baja en este partido, que quedaría descalificado para siempre, y con él la derecha española.

El navarro Jaime Ignacio del Burgo es el más duro. Afirma que la sociedad está esperando una respuesta que no se ve por ninguna parte, para pedir a continuación que rueden más cabezas. Gaspar Ariño, Gabriel Canellas y José Luis Alvarez, entre otros, muestran su lealtad al presidente, pero piden rapidez y acierto en las decisiones, conjugándose el binomio de «no abandonar a los nuestros a su suerte, pero sí exigir responsabilidades». El secretario general lanza seguidamente una bengala rompedora sobre la comisión, para que nadie se llame a engaño.

—Los señores Naseiro, que es amigo personal mío, y Sanchís tienen las llaves de la santabárbara de esta casa, y como animales heridos pueden hacer mucho daño si quieren, pueden hacer saltar todo esto en pedazos.

Unos días antes, cuando Angel Sanchís regresa de su finca La Moraleja en Salta (Argentina), se encuentra con unas declaraciones de Alberto Ruiz Gallardón que no le gustan nada. Llama a Federico Trillo para interesarse por los trámites parlamentarios de su posible suplicatorio.

—Oye, Federico, Alberto ha sido muy generoso con otros, pero no conmigo. Advierto que tengo archivos y memoria. Vosotros sabréis lo que os traéis entre manos.

Rosendo Naseiro también está dolido, y es azuzado por su hija Mari Paz para que salga a defenderse, lógicamente atacando. Lo hará ella misma involucrando a los dos máximos dirigentes del PP con palabras muy duras hacia su actitud política y humana.

Durante esa misma reunión de la comisión permanente, se produce un hecho revelador del distanciamiento de algunos dirigentes. Miguel Herrero, que ya ha vuelto de América, piensa que es la ocasión, en ese momento dramático y delicado, para que el líder salga en los medios de información rodeado de los «pesos pesados» del partido: Martín Villa, Oreja, Alvarez, Tocino y él mismo. Su sorpresa es mayúscula al contemplar que las cámaras de televisión le filman rodeado de personas como Arturo Moreno y Carlos Aragonés, justamente los hombres responsables del escándalo. A partir de ahí, construirá la teoría de «la cúpula» y «el minarete».

Finalizada la comisión permanente, Aznar, Cascos, Lucas y Ruiz Gallardón se encierran a estudiar los folios instruidos por el juez Manglano. Es el más duro golpe asestado desde la sucesión. Hay dos sorpresas: la primera, el tono general de las conversaciones, que es barriobajero y soez, un lenguaje propio de delincuentes; la segunda, el descubrimiento de un complot urdido por el llamado «clan de Valladolid» para hacerse con las áreas más importantes del PP: economía, Parlamento, territorial y hasta la secretaría general. Su objetivo esencial es cargarse a Juan José Lucas y Cascos. De ese modo, Aznar sería su prisionero. El 10 de abril, cuando la prensa da cuenta de la existencia de la empresa de intermediación Futuro Financiero, Aznar pregunta a Moreno si hay «algo más» detrás de todo esto. Este responde que no, razón por la cual Aznar no acepta su primera carta de dimisión. Cascos también le interroga severamente, pero el vicesecretario general lo niega todo.

El presidente pasa su peor semana desde que en 1989 estallase en Valladolid el escándalo de los «grifos de oro». Sólo las declaraciones de la *vedette* Norma Duval jurándole amor político eterno y manifestando estar subyugada por su carisma, hasta el punto de querer enrolarse *full time* para trabajar junto a él, le levantan un poco el ánimo. La prensa especula con su dimisión día tras día, y no hay rueda de prensa en la que no le interroguen sobre lo mismo, lo cual le debilita y le deprime. En el «círculo interior» pesa como una losa la posibilidad de que el magistrado Luis Román Puerta llame a declarar al líder y a Fraga.

—José María, no te engañes, ningún dirigente puede soportar políticamente una foto subiendo las escaleras del Tribunal Supremo para prestar declaración —analiza Lucas, y asiente Paco Cascos—. Es su certificado de defunción política.

—Sin embargo —responde Aznar—, van dados los que quieren descabezarme. Yo no arrojo la toalla, no tengo por qué —responde enfurecido—. En Andalucía no recibo más que palabras de aliento. Estoy dando la cara, y ya he demostrado que no me arrugo, ¡cojones!

El PP se moviliza en todos los frentes para que la comparecencia ante el Supremo no se produzca. Durante dos horas y media Félix Pastor se encierra con Aznar a solas en el local del partido en Valladolid, donde ha acudido a traspasar los poderes regionales a Lucas.

—Jose, tienes que beber hasta la última gota de la cicuta que han puesto en tu cáliz. Y, además, debes saber que después vendrán otros cálices. Recuerda que tienes que responder ante cinco millones trescientos mil españoles que han depositado en ti su confianza. Si no estás dispuesto, lo mejor es que te vayas ya.

—Yo estoy dispuesto a eso y mucho más —responde encorajinado.

Ana Botella no se separa de él ni un momento. «Mi marido se crece en los momentos difíciles; puedo atestiguar que duerme muy bien sin tomar somníferos.» Durante el mes de mayo de 1990 corren por las redacciones de los periódicos las más fantásticas versiones sobre la depresión «de caballo» que sufre el jefe popular, y que, según esos rumores, le han llevado ya hasta el psiquiatra.

En la noche del 7 de mayo, después de la comisión permanente y del estudio del sumario, tiene lugar una cena en el piso 13, A y B, del Paseo de la Castellana 144, Edificio Feygon. Elisa Fernández Escandón ha preparado su especialidad: los salmones al horno que durante el puente del 1 de mayo ha pescado su marido Paco Cascos en los ríos asturianos y cántabros. Es una de las cenas mensuales que desde los tiempos de la Refundación celebran los antiguos secretarios generales adjuntos del PP. Están presentes José María Aznar y su esposa, Ana Botella; el matrimonio anfitrión; Arturo Moreno y su mujer, María Beltrán Garay; Juan José Lucas (su mujer vive en Soria); Isabel Tocino y su marido, José Manuel Bartolomé; María de los Angeles Alarcó Canosa (su marido, Rodrigo Rato, tiene una conferencia ineludible en Alcalá de Henares), y Alberto Ruiz Gallardón y su mujer, María del Mar Utrera. Federico Trillo, habitual en estos encuentros gastronómicos, está de viaje parlamentario por Inglaterra y Taiwan, lo que dará pie a acuñar la denominación, dentro del PP, de «grupo de Taiwan» —en el que está también Luis Ramallo—, formado por los acusados de abandonar el barco cuando la tempestad arrecia.

La cena no tiene tintes optimistas. El jefe acaba de conocer la profundidad del caso, y se muestra tristón y reservado; no se fía de nadie. Sin embargo, para relajar el ambiente, se hacen chistes con María de los Angeles sobre si la ausencia de Rodrigo se debe a causas políticas o es debida a otras féminas, bromas que ésta recibe con sentido del humor. La cena es servida por Iciar y Elena, las hijas de FAC. Ana Botella pregunta a Lucas qué pasará ahora, tras conocerse el sumario.

—Ana, es lo mejor que podía pasar; ya se sabe todo, y no nos tenemos que desayunar todos los días con un sapo distinto. La política es un maratón, no un *sprint* de cien metros. La clave está en aguantar, y luego iniciar con éxito el contraataque. ¡Alegra esa cara, leche, que todavía tenemos que dar mucha guerra!

A su lado está Arturo Moreno, que actúa y se comporta

como si la historia no fuera con él. Su tono y actitud reflejan que no está dispuesto a ser el chivo expiatorio que cargue con toda la responsabilidad, y que desea mantener el puesto de primera línea que corresponde a un vicesecretario general. María, su mujer, no es tan optimista. Durante la cena se habla del tema de actualidad. Mar Utrera expresa su convencimiento y temor de que el teléfono de su domicilio esté «pinchado».

Ese mismo día, Miguel Herrero almuerza en solitario en Casa Ciriaco, y allí se lo encuentra la periodista Pilar Gassent.

—¡Ah, yo no sé nada de nada, querida Pilar! —exclama Herrero.

—¡Cómo no vas a saber tú, Miguel! ¿Has leído las cintas íntegras que publica mi periódico?

—No, pero ahora mismo lo voy a comprar. ¡Eres muy buena vendedora!

—¿A ti te parece que hay causa para «empapelar» a Naseiro y Sanchís?

—Creo que no. Pero, desde luego, ¡a quién se le ocurre confiar esos temas a ese par de individuos!

Fuego contra el «clan de Valladolid»

La publicación del sumario íntegro provoca un terremoto político entre la derecha. El «clan de Valladolid» está en el punto de mira de todos los que piden responsabilidades; para colmo, se ha corrido por todo el país que se trata de un grupo de homosexuales, lo que provoca, entre otras cosas, que doña Angeles Martín, madre de Miguel Angel Cortés, diputado y conspicuo miembro del grupo, no pueda salir a la calle en Valladolid ante los insultos y comentarios malintencionados que tiene que oír.

El 9 de mayo, Arturo Moreno se encuentra en Sevilla como responsable de acción electoral del partido, alojado en el hotel Tryp Colón, habitación 374. Recibe una llamada de

Aznar para que viaje urgentemente a Madrid y se ponga a las órdenes del secretario general. El jefe se muestra seco, dolido y distante. Está siendo presionado por Pastor Ridruejo, Trillo, Pío Cabanillas, Martín Villa y Lucas, entre otros, para que cese fulminantemente a Moreno. Este se resiste a presentar su «segunda» dimisión, porque sabe que ahora le sería aceptada. Como primera medida, se le releva como apoderado para Andalucía. Al día siguiente mantiene una reunión de casi cuatro horas con FAC en el despacho de éste. Se examina la situación creada. Moreno está abrumado; se hace cargo del grado de responsabilidad que tiene ante la opinión pública del partido, y está dispuesto a asumirla. Cascos asiente.

—Bueno, te presento la dimisión —dice Moreno en un momento cargado de tensión.

—Arturo —contesta Cascos—, tú has sido nombrado vicesecretario general por el comité ejecutivo a propuesta del presidente, y creo que una decisión de esa naturaleza debes tomarla con José María delante. Mañana tenemos previsto Lucas y yo viajar a Jaén para encontrarnos con él. Vente con nosotros y lo hablas con él.

Moreno, sin embargo, todavía no se da por vencido, y se revuelve con otros argumentos.

—Mira, Paco, lo único que reconozco es que he mantenido conversaciones telefónicas con Palop, de las que no recuerdo detalles, pero sin ninguna importancia...

—Sí, sí, lo que quieras, Arturo, pero el reflejo que llega a la opinión es que preparábais un complot y un grupo organizado, y ante eso no queda más remedio que asumir tu responsabilidad. Yo te conozco, sé de tu dedicación y lo que estás sufriendo, doy fe de tu categoría personal y nunca he pensado que vayas a traicionar la confianza que el presidente ha puesto en ti en aras de una conspiración...

—¡Joder, Paco, eso es verdad...!

—Pero también es verdad, Arturo, que si tomas esa decisión antes de que la presión de la opinión pública caiga sobre ti, nadie podrá decir luego que lo hiciste por esa presión, sino de *motu proprio*. Ya sabes que la dinámica de la opinión pública es irreversible...

A las cinco de la madrugada del 11 de mayo de 1990, José Bustos está al volante del Audi 100, anterior vehículo del presidente, que ahora ha pasado a disposición del secretario general, para recoger a Paco Cascos, Juanjo Lucas y Arturo Moreno y llevarles hasta Jaén. Lucas lleva el fajo de periódicos que ha comprado la noche anterior en un VIPS.

—¿Cómo viene la prensa? —pregunta Moreno.

—¡Macho, mejor que no la leas! —recomienda el soriano.

El viaje hasta el parador nacional de Santa Catalina es un calvario para Arturo y sus compañeros. Estos, generalmente, permanecen en silencio; saben que Moreno necesita desahogarse. Le dejan hablar.

—¡He arruinado mi carrera política! ¡He destrozado la empresa de mi mujer! ¡La he hecho polvo a ella! ¡He quedado como un conspirador y un traidor...! ¡Dios mío, qué duro es esto! Dejé mi empresa en Valladolid por ayudar a Jose; todo iba fantásticamente. ¡Qué golpe! ¡Qué será ahora de mis amigos...! Encima, no hay nada de nada...

Arturo Moreno rompe a llorar. A la mitad del camino pide a Lucas y a Cascos que le dejen un papel y un bolígrafo. Comienza a preparar, entre sollozos, los argumentos para la dimisión. Al llegar al parador, donde aguarda Aznar, se encierra en una habitación y redacta la carta manuscrita definitiva, que entrega al presidente. Quince minutos son suficientes para llenar dos cuartillas. «Aspiro a vivir en un país donde el fin no justifique los medios... ¡Van a perder, presidente!... José María, seguiremos adelante, aunque lloremos cuando nadie nos ve.»

Aznar recibe la carta de su ex colaborador entre lágrimas, y se despide de Moreno con un abrazo. Es un momento dramático para el líder; el equipo, «su» equipo, se desmorona.

Descabezado el jefe del «clan», el resto quiere batirse en retirada, pero Aznar no está para bromas y ordena muy severamente a Carlos Aragonés, secretario de Estudios y Programas, que permanezca en el puesto, al igual que Guillermo Cortázar, un hombre de Moreno, pero que es el primero en convencerle de que debe marcharse. Miguel Angel Cortés sufre el 24 de mayo el boicot de sus compañeros diputados, cuando sube a defender en el Congreso las enmiendas a los presupuestos del Ministerio de Cultura: todos abandonan sus escaños. Santiago López Valdivieso, por su parte, provoca una crisis en la organización provincial de Valladolid por su inquina contra Cortés, ante la ira del presidente Aznar.

La dirección popular decide atacar en todos los frentes externos. La campaña contra el juez Manglano, muy afectado, no cesa, y a ella contribuyen los jueces de la Asociación Profesional de la Magistratura y el propio decano del Colegio de Abogados de España, Antonio Pedrol Rius. El PP tiene noticias de que los inspectores jefes Enrique Durán y Enrique Peiró, ambos especialistas en estupefacientes, han estado en contacto con el comisario Elías, y quiere que comparezcan ante el Parlamento, porque la «droga» no es sino una coartada para llevar a cabo un trabajo político. Del Burgo se encargará de ello. El Partido Popular dispone de informes confidenciales facilitados por sus «topos» en la Policía que indican que los inspectores Durán y Peiró están siendo sometidos a fuertes presiones por parte de sus superiores jerárquicos para que no hablen. El ataque contra el Fiscal General del Estado, Leopoldo Torres, que el secretario general Alvarez Cascos realiza a tumba abierta en el Congreso, ha dado resultado, y el mismo Torres declara el domingo 28 de mayo, ante el estupor general, que no ve indicios de delito en ninguno de los inculpados.

Pero el problema para Aznar es la prensa. Descubre que su buena estrella y el «periodo de gracia» que le han otorgado los medios de comunicación ha llegado a su fin.

—Me desayuno cada día con un sapo —dice a sus colaboradores.

—¡Pues yo me ceno! —responde Lucas, que desde que estalla el escándalo se acerca indefectiblemente todas las noches a comprar los periódicos al VIPS más cercano, en algunas ocasiones acompañado por Isabel Tocino y su marido.

Algunos medios creen saber quién ha sido el traidor. *Tiempo* apunta hacia Jorge Verstrynge, como un último «favor» a su amigo Guerra, cosa que descarta el propio Aznar. Otros hablan de Segurado. Verstrynge, desde su despacho enfrente de Génova 13, llama a la sede popular y le pide a Marisa Granja que manifieste a su jefe cuán agradecido está por el gesto de exculparle. También llama a Lucas, que se encuentra despachando con Cascos; a ambos les sorprende la llamada.

—¿Qué querrá éste ahora? —pregunta Juanjo.

—¡Vete a saber! A lo mejor pedir el reingreso en el partido, ¡ja, ja, ja! —bromea Paco.

Se cruzan apuestas en los cenáculos políticos y en los medios de prensa sobre si Aznar llegará al verano como presidente o no. Incluso, desde un despacho cercano a la central de Banesto, algún antiguo «barón» redacta un plan de emergencia para salvar al «muchacho». Consiste en convocar un congreso extraordinario, bajo la firma de cincuenta notables históricos del partido, comprometiéndose a volver a elegir a Aznar. No hace falta. El «abrazo» del Rey el 16 de mayo, al recibir en audiencia a todo el comité ejecutivo, es interpretado como un respaldo claro del monarca a su liderazgo. Curiosamente, la audiencia estaba previsto que se produjese el 27 de abril, pero fue cancelada al tener que desplazarse el jefe del PP a Nicaragua para asistir a la toma de posesión de Violeta Chamorro.

—Nunca pude llegar a pensar que un acto protocolario con el Jefe del Estado tuviese tanta trascendencia política —comenta un alto dirigente del PP.

Felipe González realiza ese mismo día desde Canadá un acto de ayuda al jefe de la oposición, al considerar que no debe dimitir. La intervención de González provoca una profunda irritación en el presidente popular y su «estado mayor».

—José, como dice *La Eneida*, no te fíes de los griegos ni

cuando te traen regalos —apunta un erudito Lucas recordando sus tiempos de seminarista.

Hacía algunas semanas que el Gobierno había tendido «cables» a diversas personalidades del PP para llegar a un arreglo. Los ministros Enrique Múgica, Javier Solana y Virgilio Zapatero hablan a sus interlocutores populares del «misticismo que os embarga y que no conduce a ningún lado». Pero las debilidades pactistas en el «círculo interior» son cortadas de raíz por la autoridad de Pastor Ridruejo, que sigue amenazando sin cesar:

—Si se produce la más leve sospecha de pacto, estarás acabado para siempre, José María, y en ese mismo momento me borro del PP.

El presidente del Congreso, Félix Pons, comenta al portavoz Rodrigo Rato antes de viajar a Estados Unidos que las cosas no pueden seguir así, y que los escándalos no benefician a nadie. Rato lo interpreta como una mano tendida hacia el pacto y así lo comunica a la dirección. La misma sugerencia se le hace al vicepresidente segundo del Congreso, Federico Trillo, un puesto al que aspiraba Lucas «para vivir tranquilo». Pons pide «recuperar el tono».

—Con el PSOE no se puede ir a ningún lado. González cree que todo el mundo acaba por ir finalmente de rodillas a La Moncloa, y ese juego se ha demostrado que no es bueno para la derecha. Ahí están los ejemplos de Fraga, de Suárez y del propio Mancha —razona Rato ante sus compañeros.

—Es justo y necesario —matiza Lucas.

Esa noche del 16 de mayo, miércoles, Aznar se reúne con noventa diputados populares en la Casa de Granada, durante una cena que organiza Gabriel Díaz Berbell. Cada mes una provincia distinta se encarga de ofrecer una cena al grupo parlamentario. Habitualmente asisten a estos encuentros de veinte a treinta y cinco diputados. En esta ocasión se ventea sangre. Aznar sabe que el grupo parlamentario se cuartea, y desea dejar constancia de que no hay vacío de poder ni de liderazgo.

—Tengo datos para el contraataque, pero es el momento

de resistir —anuncia tranquilizador—. Nadie podrá decir que no estoy dando la cara, y sépase que nada ni nadie, ni de dentro ni de fuera, me va a meter debajo de una silla. ¡Ah!, y los que están organizando mi entierro, quiero que sepan que tendrán que esperar todavía un tiempo.

La gran cita interior es el 21 de mayo, lunes, día en el que ha sido convocada la junta directiva nacional, máximo órgano del partido entre congresos. Ante ella tiene que exponer su informe interno sobre el «caso Naseiro» Alberto Ruiz Gallardón. El fiscal con aspiraciones a presidir la Comunidad de Madrid —«está haciendo méritos desesperadamente», comenta un alto dirigente popular— consume veintiséis días en la elaboración de un «ladrillo» judírico de setenta y dos páginas al que da redacción final y pone en román paladino el poeta y periodista Juan Van Halen. Ruiz Gallardón tiene como colaboradores en el equipo jurídico a la senadora Rosa Vindel, Pilar Buxó, Jesús Trillo —hermano de Federico, abogado del Estado y con despacho en la Fundación Cánovas del Castillo—, José María Michavilla y Jesús Pedroche, colaborador político en la Comunidad de Madrid y hombre de la plena confianza de Ruiz Gallardón.

El viernes 18 de mayo el trabajo está finalizado. Ese mismo día Alberto viaja a Santiago de Compostela para dar cuenta a Fraga de sus pesquisas. También informa a José María Aznar, que no está dispuesto a que toda la responsabilidad recaiga sobre el «clan de Valladolid» —«los míos». El domingo 20 el informe aparece publicado en el diario *El Mundo* bajo la firma de Raúl Heras, quien, a las nueve y media de la mañana, recibe la llamada de Ruiz Gallardón.

—La que has organizado, Raúl, ahora tengo a todo el mundo presionándome. Me han llamado Fraga y Aznar; hay un follón tremendo. Me has hecho una grandísima putada.

—Pues lo siento, Alberto. Es claro que el informe existe, y me lo ha dado quien me lo podía dar: un miembro de tu equipo. Pero, lógicamente, no te diré quién es.

Entre las llamadas que recibe el autor del informe está la de Angel Sanchís, que amenaza por enésima vez con «tirar de la manta». Naseiro tampoco está para bromas. Ambos disponen de la suficiente dinamita en sus polvorines como para liquidar a los más importantes personajes de la derecha. Abel Matutes sigue desde Bruselas la crisis sin asomar la oreja. Hay que actuar con toda rapidez. Alberto reúne a Jesús Trillo —a quien el «aparato» acusa de haber filtrado el informe—, Jesús Pedroche y Van Halen en el restaurante Jai Alai; hay que modificar a toda marcha las principales conclusiones y, por tanto, las recomendaciones finales. Se suprime la petición de expulsiones, para dejar la cuestión al comité de disciplina. Irene, la secretaria de Ruiz Gallardón, encargada de mecanografiar el nuevo texto, hace horas extraordinarias.

El lunes 21, Angel Sanchís, Rosendo Naseiro y Salvador Palop se reúnen en torno a una mesa de la casa del primero en La Moraleja para analizar la situación y adoptar una postura conjunta. «No vamos a tolerar que nos decapiten gratuitamente.» Así lo expresan al secretario general y al vicesecretario general.

—Nos sentimos desamparados, desprotegidos, no sentimos el cariño ni la protección del partido. Allá vosotros, luego no vengáis con lamentos —amenaza Sanchís.

—Es justo y necesario tener sentido común, Angel —recomienda Lucas, que durante tres meses irá con el extintor político de un lado a otro.

A las once de la mañana del lunes 21 de mayo se reúne la junta directiva nacional, formada por doscientos ochenta y siete miembros, con las llamativas ausencias de Manuel Fraga, que no asiste a ninguna de las reuniones desde que preside en Galicia, y de Fernando Suárez, que está en Méjico. El día anterior, Aznar, Cascos, Lucas y Rato han preparado la estrategia. Alguien comenta que sería bueno que iniciase las intervenciones algún «peso pesado», apoyando al líder, para influir en el ánimo del resto. Se apunta el nombre de Herrero de Miñón.

—Eso sólo puede pedírselo a Miguel el propio presidente —contesta Rato, buen conocedor de su ex jefe.

Aznar no está para pedir favores a nadie. En ausencia de Fernando Suárez, el único que puede montar un número es Antonio Hernández Mancha. Se estudian los posibles supuestos de su ataque, a tenor de las declaraciones en la prensa: depuración de responsabilidades en la dirección nacional, que se produzca una identificación con las posiciones del juez Manglano, y que el PP se persone en el sumario ante el Tribunal Supremo. Se acuerda que a las cuestiones políticas le respondan Cascos, Pastor Ridruejo y Lucas, y a las jurídicas Ruiz Gallardón. En cuanto a las primeras, la respuesta debe ir en el sentido de que la defensa de Manglano supone colocarse en la situación de ocasionar «el máximo daño al partido». Si exige responsabilidades a la dirección se presupone que dispone de información fehaciente, en cuyo caso se le exigirá que la presente públicamente en ese mismo acto. A la personación del PP en el sumario, se le contestará que se está estudiando el tema. Al final, Mancha sólo se referirá a esa última cuestión, y abandonará la sala antes de la réplica y la votación.

Aznar abre la sesión dando la palabra a Ruiz Gallardón, que lee el informe. Está flanqueado por el secretario y el vicesecretario general, su reducida «guardia de corps». Para terminar, dice:

—Se ha dañado nuestra capacidad de ser alternativa. Pero podemos recuperarnos.

El primero en pedir la palabra es el «santo Job», como se le denomina internamente, Marcelino Oreja Aguirre.

—Tenemos que estar más unidos que nunca, pase lo que pase; la sociedad espera de nosotros un sentido de responsabilidad, y sería intolerable por el buen nombre del partido que alguien intente aprovechar la ocasión para sus intereses personales.

Oreja llama a la responsabilidad desde la unión y el compañerismo. El «aparato» nunca se lo agradecerá bastante.

Federico Trillo está en el uso de la palabra. Ya se ha acuñado el término «grupo de Taiwan», del que se le presume la jefatura.

—El informe de Alberto es una lección de autoexperiencia. No se puede exigir responsabilidades a unos compañeros concretos sin exigir muchas más; hay que esperar a que fallen los Tribunales, no sea que vayamos a condenar a algunas personas y la Justicia las absuelva. Ahora bien, tienen que quedar muy claras nuestras referencias éticas, que luego pedimos a los demás.

Trillo ha sido informado de que alguien del *entourage* «aznarista» ha estado soltando a la prensa que él se ha «escaqueado» durante la crisis, y le manda un aviso.

—No se puede ser hipócrita a estas alturas del festejo; la confianza se ha roto porque alguien, ostensiblemente —mira a Miguel Angel Rodríguez—, ha puesto en marcha el peligroso juego de la «sospecha». Reitero mi lealtad y amistad a José María Aznar, el hombre sin cuyo liderazgo no es viable la alternativa popular, que ha colocado en sus más altas cotas de credibilidad, y al fundador Manuel Fraga.

Isabel Tocino está preparada. Viste una blusa de seda roja y una minifalda de color negro.

—Quiero dejar clara mi lealtad a Aznar y a la dirección nacional; no se puede pensar otra cosa.

Seguidamente lanza un obús contra el «clan de Valladolid», al que acusa de crear un grupo interno, cosa que califica de «muy grave», y al que recomienda «asumir su responsabilidad después de meditar». Carlos Aragonés, el joven de ojos azules por el que suspiran todas las niñas de Génova 13, que se ha quitado la chaqueta, hace grandes aspavientos en señal de repulsa por las palabras de Isabel. Trata de replicar, pero Aznar le corta en seco. Se pone en pie y abandona la sala seguido de Lucas, que trata inútilmente de apaciguarle. Volverá a por su chaqueta.

—Esto es la hostia. ¡Lo que hay que oír! Aquí se han dicho cosas muy graves, y el presidente no me ha dejado contestar —se queja amargamente—. A esta tía le podría decir yo un par de cosas, por ejemplo la que nos montó en la Junta de Castilla y León cuando la carta de recomendación a su «chacha»... y ahora viene en plan Juana de Arco...

Rodolfo Martín Villa, cuyo papel y autoridad moral han crecido considerablemente, interviene para decir que al margen del juicio ético que merezcan las actuaciones de los implicados, «las cosas se han hecho muy poco profesionalmente y con un alto grado de inmadurez». Luis Ramallo, Loyola de Palacio y otros miembros de la junta apoyan al ex ministro, y se muestran partidarios de sacrificar todo en aras de la unidad del partido. Precisamente Ramallo, el impetuoso «toro» extremeño, sentado junto a Aragonés, le pregunta en un momento dado:

—A propósito, Carlos, ¿qué hay del mariconeo?

—Déjate de coñas, Luisito...

—Bueno, pero hay o no mariquitas entre nosotros.

Aragonés opta por ofrecer una sonrisa forzada. Durante varias semanas se juega en Génova 13 a peligrosas adivinanzas y a la confección de parejas homosexuales. La primavera agoniza, y se espera la llegada del solsticio de verano, como Carlos V esperaba las primeras nieves sobre Flandes. La última gran prueba para el «halcón» resta todavía por llegar. Cada encuesta es un suspiro: la batalla de Andalucía.

Pero la fortuna sonríe de nuevo a José María. Sólo se pierden dos escaños, uno de ellos por la mano del alcalde de Rota, Felipe Benítez Ruiz Mateos, primo hermano del expropiado empresario de Rumasa: dos mil votos van a parar a la Agrupación de Electores, y «roba» un escaño al PP en Cádiz.

Aznar salva un nuevo y dificilísimo escollo en seis meses de infarto, tiempo que no olvidará mientras viva.

—Tengo la impresión de que en lugar de seis meses he vivido seis años. He aprendido mucho, sobre todo. A partir de ahora, voy a tener sumo cuidado. Será difícil que me cuelen un gol.

El mismo día de las elecciones anuncia el nombramiento del «fraguista» Mariano Rajoy como vicesecretario general del PP en sustitución de Arturo Moreno. Todo un dato.

CAPÍTULO 2
LA DECISION DE PERBES

Palacio de la Asunción, carretera de Rueda s/n, Valladolid. Lunes, 28 de agosto de 1989. Diez y treinta y seis minutos de la mañana. José María Aznar ordena a Cristina Alonso Mateo, su secretaria particular, que marque el teléfono 471616 de su domicilio particular en la Avenida de Recoletos número 4, 9.º B, en pleno centro de Valladolid, y que le ponga con su esposa.

—¡Niña, que me ha tocado! —anuncia una voz profunda y nerviosa por el hilo telefónico.

—¡Qué dices, José! ¿Qué te ha tocado?

—¡Ana, leche, que ya está, ya está! Fraga me acaba de llamar comunicándome que el sucesor soy yo... Además del candidato a la Presidencia del Gobierno en las próximas elecciones.

Ana Botella Serrano ha acudido a primera hora de la mañana desde el chalé donde pasa el verano con su familia —en la localidad de Quintanilla de Onésimo, a veintidós kilómetros de Valladolid— hasta el piso alquilado que tienen enfrente del Campo Grande, por el que paga 200.000 pesetas mensuales, para pedir un presupuesto de pintura con vistas al próximo otoño. La noticia que acaba de darle su marido la deja lívida, muda. Se lo temía.

—¡No sé qué decirte, José...!

—¡Pues sí que empezamos bien! Oye, Ana, habrá que preparar todo... buena se nos viene encima. Lo comprendes, ¿no?

Por un instante, en la mente de Ana se dibuja el cuadro de lo que se avecina familiar y personalmente. Se repone rápidamente, y contesta:

—Bueno, ¡enhorabuena, hombre! Al fin y al cabo es lo que deseabas. La verdad es que se ha precipitado mucho. ¡Ay, José, ésta sí que es buena! Tranquilo, organízate, ¡y a por ellos!... Entonces, no iremos esta tarde a la corrida de toros en Cuéllar, como teníamos previsto...

—¿Por qué? Vamos a Cuéllar, por supuesto, no voy a dejar tirados a los segovianos. Además, hay que empezar ya haciendo campaña. Voy a hacer unas llamadas y enseguida regreso a Onésimo.

—Vale, pues allí nos vemos. Te quiero, José.

—Un beso muy fuerte, Ana.

Tras colgar el teléfono, Ana Botella se queda pensativa y recorre nostálgicamente con la mirada el piso que ha sido su hogar durante dos años y medio. En un rápido *flash* se acuerda de sus hijos, especialmente del benjamín, Alonso, que ha nacido aquí; de los problemas habidos y del cariño demostrado por los pucelanos. Ahora hay que pensar en el guardamuebles, en nuevos colegios, en pedir el traslado otra vez en la Administración, ¡en tantas cosas...! Especialmente en los riesgos que se ciernen sobre la carrera política de su marido.

—Un salto en el vacío —musita—. ¡Cómo es la vida! Todavía no es el momento. ¡Ojalá tengamos suerte... sí que es un envite serio...!

Llama al pintor, que espera en la habitación de al lado.

—Señor, lo siento mucho, no hay pintura que valga. Dejamos la casa.

—¿Ha pasado algo grave, señora? La veo distinta.

—Pues la verdad, no sé si es algo gordo o gordísimo. Mire, mi marido va a ser el sucesor de don Manuel Fraga y el candidato a Presidente en las próximas elecciones, por el Partido Popular, claro.

—¡Enhorabuena, doña Ana! Me alegro muchísimo. A ver si me llaman para pintar el palacio de La Moncloa cuando se instalen ustedes allí.

Ana suelta una carcajada que pone al descubierto unos dientes blancos y grandes, perfectamente alineados. Va vestida con una minifalda azul marino y una camisa blanca de manga corta.

—¡Qué fácil lo pone usted! Si llegamos, se lo prometo... y si hace falta. Nunca he estado en aquella casa.

Diez minutos antes, a las diez y veintiséis minutos de un soleado y caluroso día en la capital castellana, el presidente de la Junta de Castilla y León recibe una llamada desde Perbes. Es el líder histórico de la derecha española.

—Buenos días, José María. ¿Cómo va ese verano por Valladolid?

—Muy bien, don Manuel. ¿Y usted?

—Perfectamente, mi querido amigo. Después de mucho meditar he pensado que la mejor solución es que tomes las riendas tú. Lo he meditado mucho, insisto; sabes que deseaba profundamente hacer las cosas bien en esta ocasión. Te pido que empieces a actuar en consecuencia...

—¿Está convencido, don Manuel?

—Sin la menor duda, querido Aznar.

—Pues entonces, quiero verle pronto; lo antes posible.

—Vente para Galicia.

—Un abrazo muy fuerte, don Manuel.

—Lo mismo para ti, José María.

Manuel Fraga telefonea seguidamente al secretario general del Partido Popular, Francisco Alvarez Cascos, que se encuentra en Gijón, y al secretario general adjunto, Juan José Lucas, que disputa en esos momentos una partida de mus en la cafetería 2000 de la localidad soriana de El Burgo de Osma junto al alcalde de la localidad, Javier Gómez Gómez, también del Partido Popular. El presidente reparte las órdenes lacónicamente, como acostumbra a hablar por teléfono:

—Ponga en marcha los planes previstos, y llamen a Aznar.

Lucas queda traspuesto durante unos segundos tras la llamada del «patrón». A su lado, el alcalde Gómez se percata de inmediato de que el amigo de su paisano ha triunfado, y ve la ocasión de convertirse por un día en un personaje de la política nacional. Llama a Esther Terreros Baquerín, de Antena-3 en Soria, que en ese momento realiza su programa *¡Viva la gente!* en emisión provincial, y le da cuenta de la noticia: Aznar es el hombre. Pero hay que confirmarla. Para eso está Juanjo, y no muy lejos, en su finca de Los Frentes, Félix Pastor Ridruejo, y en El Royo Jesús Posada. Esther abre a la una de la tarde el informativo que su emisora tiene en cadena para toda España y ofrece la exclusiva. En pocos minutos todo el país conoce la confirmación de lo que horas antes es un rumor por todas las redacciones de los medios informativos, con evidente disgusto para el sucesor, el designante y la dirección popular. Había órdenes estrictas de no filtrar la noticia hasta no ser conocida por todos los vicepresidentes de labios del nuevo jefe.

Los planes a los que Fraga se refiere han sido cuidadosamente preparados por los protagonistas de la Refundación desde meses atrás, y ultimados a gran velocidad acuciados por las circunstancias políticas en el mes de agosto de 1989.

Los «cuatro jinetes» de la Refundación

Francisco Alvarez Cascos Fernández, el secretario general, tiene cuarenta y dos años, es gijonés, mide 1,82 m de estatura, está casado y es padre de cuatro hijos. Ingeniero de caminos, canales y puertos, es un brillante parlamentario, trabaja catorce horas diarias, es un duro organizador y correoso como adversario político. Ha sido elegido por Fraga como «número dos» del partido merced a los buenos oficios del *lobby* gallego.

Juan José Lucas Jiménez es el secretario general adjunto de Organización. Tiene cuarenta y cinco años, es técnico superior del INEM, y fue director general con UCD. Soriano de El Burgo de Osma, está casado y tiene dos hijos. Mide 1,79 m de estatura. Austero, trabajador incansable y negociador nato, deja la vicepresidencia de la Junta de Castilla y León para preparar el regreso de Fraga; es el «comisionado» por excelencia de Aznar en Madrid.

Federico Trillo-Figueroa Martínez-Conde, secretario general adjunto de Coordinación, treinta y siete años, nacido en Cartagena (Murcia), ojos azules y nariz aguileña, está casado y tiene cuatro hijos. Es miembro supernumerario del Opus Dei, mide 1,71 m de estatura, y fue número uno en las oposiciones al Cuerpo Jurídico de la Armada y al Cuerpo de Letrados del Consejo de Estado. De memoria prodigiosa, se le reconoce gran capacidad como «muñidor» y una ambición sin límites.

Rodrigo Rato Figaredo, el secretario general adjunto de Acción Electoral, es madrileño y tiene cuarenta y un años. Está casado, tiene una hija y mide 1,76 m de estatura. Escaso de pelo, este abogado ha sido copropietario de la Rueda de Emisoras Rato y es amigo y hombre de confianza de Aznar, aunque menos que de Miguel Herrero, del que fue íntimo colaborador en el grupo parlamentario popular.

Los cuatro son jóvenes, ambiciosos, inteligentes y conocen a fondo las cañerías, el cuadro de luces, los desagües, fugas y escaleras de emergencia del Partido Popular. Semanas antes del «Congreso de la Refundación», el 20 de enero de 1989, se produce en los aledaños de Fraga una sórdida lucha por la secretaría general. Trillo cree habérsela merecido con su trabajo desde la Fundación Cánovas como coordinador del movimiento para el regreso del «patrón», y cuenta para ello con el apoyo de Aznar. Pero Fraga tiene reservada una sorpresa que no se ha barajado en la prensa: el hombre elegido es Alvarez Cascos, su compañero de pesca en los fríos ríos asturianos, un hombre «de provincias», prácticamente desconocido en la política nacional y «fraguista» puro, con aspiraciones y una enorme capacidad de resistencia y encaje. Federico Trillo se mueve bien en los ambientes madrileños y entre las bambalinas de los medios informativos. Sufre una profunda decepción cuando es postergado en beneficio del asturiano. Tanto es así que una periodista amiga, conocedora del estado de ánimo de Federico, le remite poco después unos consejos escritos que no tienen desperdicio y que reflejan bien cómo bajan las aguas en esos momentos por el Partido Popular.

La misiva en cuestión dice así:

«De Curri
a Federico.

Las opciones que a ti se te plantean en estos momentos son solamente dos:

1. Marcharte a tu casa.
2. Seguir en la política.

1. Si la decisión que has adoptado es la número uno, libre eres. Pero sé consciente de que si ahora mismo pegas un portazo y te marchas, tienes que olvidarte —al menos durante varios años— de una vida política, por tres motivos: porque quedas quemado con AP, quedas quemado con el CDS y quedas quemado ante la opinión pública. Las razones de orden ético, moral y personal que tú nos estás explicando estos días no tienen ninguna venta de cara a la galería. No cometas el error de pensar que porque tú adviertas que Fraga está tomando un curso equivocado, te va a hacer caso absolutamente nadie, ni los políticos ni los periodistas. Un político inteligente —como se supone que eres tú— ya tenía que saber de antemano cómo es Fraga y quién es Fraga. Si la conclusión que saca la opinión pública es la que tú has descubierto, que el proyecto de Fraga es una birria, a los tres meses de haberte traído, el tonto eres tú, no Fraga. Si haces unas declaraciones criticando a Fraga, estarás en los periódicos dos días, y a partir del tercero se olvidará todo el mundo de ti. Y no te creas que te va a quedar un capital político para el día de mañana, ni que la gente recordará que Federico Trillo era un joven brillante, político de mente lúcida: la gente no lo recordará cuando pasen

seis meses (me juego contigo el champán y las rosas amarillas).

2. Si la decisión que adoptas es la de continuar en la política, *tienes que aceptar lo que te está ofreciendo Fraga* (hazme el favor de no romper el papel y seguir leyendo). Estas son las razones:

—Lo único que te falta para demostrar (por lo menos a mí) que eres un buen político es que no sabes ser un hijo de puta cuando hace falta. Todavía tienes mucho de jurista, y te encanta perderte en discusiones sobre competencias, organigramas y categorías en lugar de plantearte las guerras en su conjunto.

—¿Te quieres cargar a Fraga? A Fraga sólo le vas a hacer daño dentro, sólo te lo vas a cargar desde dentro. Si le echas un pulso a Fraga, lo pierdes, te lleva treinta años de ventaja en este negocio y es muchísimo más hijo de puta que tú. A Fraga no le va a hacer daño nada de lo que le digas (y si le hace daño se repondrá con echarse una siesta), y a Fraga le va a hacer muy poco daño lo que hagas (son dos días en los periódicos y fuera).

—¿Te quieres cargar a Cascos? Pues cárgatelo como se cargan a los secretarios generales en todos los partidos, desde dentro, nunca dando un portazo y marchándose (¿o no te acuerdas que para echar a García Tizón ha habido que cargarse a Mancha?). Los mejores consejos son los que se dan a los demás y no los que uno se da a sí mismo, ¿no? Pues acuérdate de todos los consejos que le has dado a Aznar de que no se metiera en el caparazón y diera las batallas que hay que dar y no se creyera que quedándose quietecito en Valladolid las masas van a ir a traerle a Madrid por aclamación.

—El proyecto Aznar es el único proyecto político en el que puede embarcarse en los próximos años un señor como tú (y te lo digo yo tal día como hoy, que tiene mérito). Puedes ponerle todos los epítetos que se te ocurran. Y cuando hayas acabado de insultarle en cuerpo y alma, ponte a pensar qué pasa si Federico Trillo se desengancha ahora mismo de José María Aznar. Puede que te resulte fácil explicarle a un periodista por qué has dejado tirado a Fraga, pero, ¿cómo le contarías a Juan Ibáñez que has dejado tirado a Aznar? Y pregúntate quién iba a salir ganando de la comparación entre lo que tú has hecho y lo que Aznar ha hecho.

—Como te vayas, te quemas con el CDS (me ahorro explicarte las razones). En el CDS, como en el PSOE, como en el PCE, los políticos son hijos de puta con escamas que llegan a la cumbre a base de aguantar que sus líderes les propinen las coces que consideren adecuadas en cada momento. Ningún político de ningún partido va a tomar nota de tu bello y ético gesto.

—Lo que tienes que hacer es pensar en ti. No te imagines que vas a ir a Génova para trabajar diez horas diarias por el proyecto Aznar, o por un viaje en barco maravilloso. No hay barcos ni maravillosos, ni que merezcan la pena. Siéntate en la silla de secretario general adjunto (aunque te duela el trasero al hacerlo), no pases en el despacho más de seis horas al día, y de ésas dedica cinco y media a funcionar para Federico Trillo. Toma las decisiones que le interesan a Federico Trillo para su futuro. No pienses en los demás, piensa en ti sólo.

—Date un plazo de tres meses. Para marcharte siempre tendrás tiempo. Si dentro de un mes ves que todo está tan mal como es de suponer, vete comprando la mercería o el estanco para dejarlo. Cuando te vayas (si es que Cascos dura tres meses, que no creo), habrá gente que entenderá por qué te has ido. Ahora no hay nadie (excepto Betina, Teófilo y yo) que lo vaya a interpretar como otra cosa que no sea un ataque de cuernos.»

Cascos sabe desde el primer momento de la frustración del cartagenero, entre otras personas por José María Aznar. Este, a los cinco minutos de ser elegido en el IX Congreso nuevo vicepresidente junto a Isabel Tocino, Fernando Suárez, Abel Matutes, Marcelino Oreja, Miguel Herrero y Félix Pastor, se le acerca en un pasillo del Palacio de Exposiciones y Congresos y le espeta:

—Paco, quiero que sepas desde este mismo momento que tú no eras mi candidato a la secretaría general. Quiero decírtelo pronto y personalmente para evitar malentendidos.

—Te agradezco la sinceridad, José María. Estoy seguro de que nos entenderemos.

Alvarez Cascos sabe también que han intentado torcer la voluntad de Fraga elaborando un *dossier* en el que se recoge su inveterada y manifiesta afición a las chicas bonitas, y específicamente la chispa de sus ojos cuando recorren unas piernas de mujer bien construidas. Aunque para don Manuel eso, de ser cierto, no resulta un dato relevante, y menos aún negativo. Diferencias personales e intereses al margen, los «cuatro jinetes» son conscientes de que viajan en la misma nave, y de que no hay salvación posible en solitario para ninguno. La prueba de las elecciones europeas en junio de ese mismo año ha resultado un duro golpe para la Refundación, y corta de raíz las expectativas depositadas en la «operación Oreja». El «manchismo» aprovecha la ocasión para disparar fuego graneado contra la nueva dirección, y hay quien desde las páginas de los periódicos anuncia ya el principio del fin de la Refundación, a la postre el proyecto más definitivo en la dilatada carrera política del «león de Villalba». Resistir a toda costa, esa es la consigna.

Los secretarios generales elaboran un informe autocrítico sobre la «operación Oreja», en el que se afirma textualmente: «La Refundación se hace con Marcelino Oreja como gran esperanza del nuevo Partido Popular, pero las elecciones europeas han demostrado que no es la persona adecuada para liderar el partido en un futuro como alternativa de Gobierno.» En descargo del «caballero guipuzcoano», los redactores subrayan el papel jugado por el expropiado José María Ruiz Mateos como succionador de votos de la derecha. Pero la conclusión es definitiva: Marcelino no resulta ser el líder que buscan.

Los meses de julio y agosto son de gran actividad para el «aparato» del PP. El escenario político es complicado. El presidente González parece decidido a convocar elecciones anticipadas, sobre la base de dos realidades políticas: su Gobierno está en un *impasse* político desde la huelga general del 14-D, y el principal partido de la oposición se encuentra en horas bajas, como han demostrado los resultados europeos. Además, no tiene candidato a la Presidencia del Gobierno, tras el anuncio hecho por Fraga de que no volverá a ser candidato. «Hay que cogerlos a contrapelo», dirá textualmente González.

Por tanto, los secretarios generales tratan de elaborar un *planning* de trabajo de acuerdo con los supuestos más probables. Antes, los cuatro se han juramentado para mantener el «espíritu de unidad» a toda costa —«En ello nos va la supervivencia política», repite Cascos—, y acuerdan celebrar cenas periódicas en casa de cada uno, con esposas incluidas, para estrechar vínculos personales y de amistad dentro del estrecho margen que ofrece el oficio político.

El 25 de junio, Fraga inicia una gira por Argentina y Brasil acompañado por José Cuiña, presidente de la Diputación de Pontevedra y uno de los hombres fuertes de la derecha en Galicia. Antes, anuncia su intención de establecer un turno rotatorio entre los nueve (Segurado y Rupérez se incorporaron después del IX Congreso) vicepresidentes, al objeto de «ir probando sus capacidades» con vistas a la sucesión. Fraga conoce muy bien de qué pasta está hecha su gente y sabe que la propuesta va a disgustar a los «barones», pero quiere conocer su reacción pública y sus actitudes. En Madrid deja un servicio de información que le tendrá puntualmente al corriente de lo que acontece, capitaneado por Enrique Beotas y compuesto además por María Fernanda de Miguel, Alicia Infante y Miguel Jurado, su equipo de confianza. A las siete de la mañana parten los *fax* desde Génova 13, mientras los vicepresidentes lanzan *sottovoce* invectivas contra el jefe que se patea por esos días la pampa, Buenos Aires, Bahía y Río de Janeiro. Fraga se lleva una sorpresa cuando conoce en la capital bonaerense las declaraciones de Aznar afirmando: «Yo no tengo que hacer ningún mérito. Llevo diez años de militancia en este partido, y no estoy dispuesto a pasar ningún examen como si fuera un colegial.» El presidente había dado órdenes tajantes a su hombre de prensa:

—¡Beotas, protéjame a Aznar! ¡Cuídemelo!

Las declaraciones del presidente castellano-leonés desconciertan al «patrón», que imparte instrucciones muy severas desde el país sudamericano. El 5 de julio regresa a Madrid. Acuden a recibirle en Barajas Marcelino Oreja y José Antonio Segurado, quien por aquellos días apremia al presidente:

—Manolo, es muy importante que designes sucesor. Tiene que ser ya, Manolo, es de la máxima urgencia.

Ese mismo día, Fraga reúne en su despacho a los secretarios generales para que le hagan un repaso de la situación y le informen de los trabajos realizados en su ausencia. En un momento dado, se vuelve hacia el responsable de Organización.

—Oiga, Lucas, ¿puede decirme quién está asesorando a José María?

—No lo sé, don Manuel, lo voy a investigar inmediatamente. Pero seguro que se trata de un perturbado.

Fraga se retira el 1 de agosto a su semiderruido chalé de Perbes, dinamitado poco tiempo antes por el Exército Guerrilleiro do Pobo Galego y que se encuentra en obras. Lleva su cartera repleta de papeles. En Madrid quedan los «cuatro jinetes» ultimando los trabajos para el duro otoño político que se avecina. La incógnita continúa siendo la fecha exacta de las elecciones, la carta que se reserva Felipe González y que se lleva a su retiro de Doñana para madurar mientras lee el último libro del escritor de Arcos de la Frontera (Cádiz) Antonio Hernández, *Volverá a reír la primavera*. El 5 de agosto, Enrique Beotas, coordinador general de Medios de Comunicación Social del PP, acude a primera hora de la mañana, según su costumbre, a darse un masaje, sauna, baño turco o *jacuzzi* en el gimnasio Palladium Sport Center de la calle Carlos Maurrás, frecuentado por políticos, *yuppies* y artistas de moda. Mientras se cambia de ropa, oye una conversación en las cabinas de al lado. Reconoce la voz del periodista Carlos Carnicero, cuñado de José María Benegas, que conversa con Luis Larroque, ex teniente de alcalde del Ayuntamiento de Madrid y miembro de la Comisión Ejecutiva Federal del PSOE, que también se encuentra en el vestuario.

—Qué poca gente hay en el gimnasio hoy. Se está cojonudamente. Por cierto, ¿hay ya fecha exacta para las elecciones? —pregunta el periodista.

—Sí, Felipe ha dado orden de que nos preparemos para finales de octubre —responde Larroque.

Aquello interesa a Beotas, que procura no hacer ruido y agudiza el oído.

—Seguro. En la Federación Socialista de Madrid también lo tenemos claro. Aprovechamos el verano para preparar la «batalla de Madrid», que se presenta dura y difícil. Esta vez serán en domingo, el 29 de octubre —interviene Larroque.

El jefe de prensa de Fraga no necesita oír más. Se vuelve a vestir y se dirige a la cafetería Oliveri, que está en la acera de enfrente. Marca el número de Perbes e informa al «patrón» de la conversación que acaba de escuchar.

—Muy interesante y agradecido, Beotas —responde Fraga—. Esas elecciones son un factor distorsionante para la estrategia prevista, porque tenía previsto nombrar sucesor después del 18 de diciembre, fecha en la que se celebran las gallegas. De este modo tengo que activar el mecanismo sucesorio y acelerar el calendario. Hablaré con el secretario general.

Paco Alvarez Cascos convoca a los secretarios generales adjuntos a tres reuniones durante el mes de agosto en su despacho de la planta séptima de Génova 13. A las dos primeras no asiste Federico Trillo, que acaba de ser padre por cuarta vez y veranea junto a su esposa, la abogada María José Molinuevo Gil de Vergara, en Cabo de Palos, cerca de Cartagena. Cascos permanece prácticamente todo el estío en Madrid, para horror de sus secretarias Mamen y Charo que, sin embargo, siguen a su jefe con el mismo fervor con que los sargentos obedecían las órdenes del capitán Napoleón Bonaparte. Cientos de litros de cerveza se consumen ese verano en dicha planta séptima. Los fines de semana Alvarez Cascos vuela a Asturias, donde ejercita su paciencia y habilidad en el arte de la pesca y en el de escanciar sidra.

Juan José Lucas alterna el trabajo en Madrid con viajes cortos a El Burgo de Osma a bordo del Renault 25 blanco con teléfono propiedad del partido, la confección de las listas, el mus y las entrevistas en Quintanilla de Onésimo con Aznar. En cuanto a Rodrigo Rato, parte a finales de julio hacia el Polo Norte, para celebrar las bodas de oro de sus padres junto con todos sus hermanos. Regresa el 6 de agosto a Santiago de Compostela, donde se entrevista con Fraga para analizar una encuesta de Metra Seis sobre las elecciones autonómicas en Galicia y ponerse a su disposición como secretario de Acción Electoral del partido. Rato se instala con su mujer María de los Angeles y su hija Angelita en la localidad de Vivero (Lugo), donde don Ramón Alarcó Canosa, abuelo materno de su esposa, tiene una casa. Ello le permite acompañar a Fraga durante el verano por los pueblos de Lugo, Orense y La Coruña dentro de la febril precampaña electoral que despliega en agosto.

El viernes 11 de agosto se reúnen Lucas y Rato en el despacho del secretario general Alvarez Cascos. Ultiman un documento estratégico, que remiten a Perbes, en el que se contempla el escenario político previsible —Fraga ya conoce por diferentes fuentes la fecha de la consulta electoral—, así como los pasos a seguir dentro de los órganos del partido (convocatoria del comité ejecutivo, comité electoral, reunión de los vicepresidentes y junta directiva nacional). El secretario adjunto de Organización ha perfilado los candidatos cabezas de lista en cada una de las cincuenta circunscripciones electorales, con al objetivo básico de cerrar una de las vías de agua tradicionales del partido, una novedad histórica en la formación de la derecha que merecerá el elogio encendido del fundador. Se trata de parar los pies a muchas «baronías», de segar ambiciones caciquiles regionales y provinciales, de amortiguar en lo posible la tensión y el desgaste que provoca siempre la confección de listas electorales. Fraga cuenta en sus *Memorias* que los peores momentos de su vida política los ha pasado durante la confección de las listas, «cuando se desatan todas las ambiciones y vuelan los cuchillos largos».

Cascos vuelve a convocar a sus adjuntos el jueves 17 de agosto, al objeto de adelantar el trabajo y darle una redacción definitiva para su remisión al presidente. De la sucesión sólo se habla de pasada, pero flota como principal cuestión en el ambiente. La tercera y última reunión del «aparato», antes de la peregrinación hasta el «santuario» de Perbes, tiene lugar el viernes 25 de agosto en el mismo lugar. Las diez de la mañana es la hora convenida. Trillo regresa muy moreno de Cabo de Palos, y se gastan bromas y se cuentan chistes. Funciona el «espíritu de unidad», y hay satisfacción general por el trabajo desarrollado desde enero de ese mismo año, cuando se les encomiendan sus responsabilidades en el IX Congreso. Son conscientes de que se inicia una nueva etapa decisiva para el partido y, seguramente, también para cada uno de ellos; de que se acerca la «hora H» y de que, en buena parte, el rumbo que tome la nave popular depende de ellos. Durante el verano, Fraga ha recibido docenas de visitas y miles de cartas, telegramas, llamadas telefónicas apostando por tal o cual candidato, presiones, súplicas o sugerencias.

Todos visten de *sport*, hace un calor sofocante en Madrid, y el aire acondicionado no funciona adecuadamente en la casa de la derecha. Mamen García sirve cafés y vasos de agua, y tiene la orden de su jefe de que no le pase llamadas, salvo si telefonea don Manuel. En primer lugar, repasan la lista de candidatos números uno, y se pasa a continuación a debatir la gran cuestión que preocupa a todos y que flota en el ambiente: el nombre del sucesor. Cascos toma la palabra:

—El presidente nos espera mañana. Yo creo que la única manera de que tenga en consideración nuestras opiniones respecto al sucesor es que le presentemos una propuesta única, avalada por los cuatro secretarios generales.

—Es justo y necesario —interviene Lucas.

—Es evidente que hay que resolver la cuestión del candidato cuanto antes —apremia Trillo—. Me llamó hace unos días Marcelino a Cabo de Palos. Estuvo cenando con Fraga en Perbes, y me ha dicho que le ha encontrado relajado y animado.

—¿Y qué más cuenta Oreja? —pregunta Cascos.

—Pues que tenemos que estar más unidos que nunca para lo que se avecina; que no podemos dar la imagen de pelea continua.

—Es un auténtico señor y una gran persona —dice el asturiano, con el que coinciden Lucas y Trillo.

—Mi opinión es que debemos ser lo más asépticos posible en el planteamiento del nombre si queremos que Fraga se fíe de nosotros —interviene Rodrigo—. Considero un acierto la propuesta de Paco de alcanzar un consenso entre los cuatro.

Trillo interviene de nuevo para urgir una solución. Pero nadie tira la primera piedra; cada uno espera el pronunciamiento de los otros. El secretario general dice que el comité ejecutivo tiene que tenerlo claro, para presentarlo con garantías a la junta directiva nacional y evitar polémicas en los medios informativos en una cuestión tan importante y trascendental.

Juan José Lucas sabe a qué juega. El ha venido a Madrid para llevar a la cumbre a José María Aznar, «el mejor candidato posible». El día 20 de agosto, domingo, estuvo todo el día con los Aznar en el chalé de Quintanilla de Onésimo acompañado de Lola, su mujer, y ha vencido las últimas reticencias de José María para que acepte en el caso de que

Fraga le proponga. El presidente de Castilla y León duda, y argumenta que no ha llegado su momento, que está a gusto en Valladolid, y que las circunstancias no son favorables, «más bien muy adversas». Juanjo insiste:

—Déjate de coñas, José, no olvides la «ley de los gases»: cuando se deja libre un espacio, inmediatamente es ocupado por otro. Esta es una oportunidad que si se presenta hay que aprovechar. Luego, a lo mejor no se presenta otra.

—No sé, no sé —duda José María.

—¡Hazme caso, leche, que los sorianos tenemos olfato! —dice finalmente Lucas, venciendo las objeciones de Aznar—. Hay que jugarse el órdago a la grande... Si no, ¿para qué estamos aquí? Desde luego, no por dinero, porque el sueldo que cobro...

Paco Cascos planea genérica e intencionadamente sobre la cuestión. El, *a priori*, mantiene una actitud de neutralidad. Se debe sólo al «patrón». Esa es su única lealtad y adscripción. Está a verlas venir.

—Don Manuel pretenderá saber el grado de identificación personal de cada uno de nosotros con el nombre que propongamos. Y estoy seguro de que hará de abogado del diablo. Por lo tanto, es evidente que no hay que presentar fisuras entre nosotros.

Lucas cree que no se puede esperar más, y pone directamente sobre la mesa el nombre de Aznar.

—¡Vamos a ver si entramos en harina de una puta vez! Yo propongo a José María. Ahora mismo es el único candidato posible con unas mínimas garantías de éxito. Lo demás son pamplinas, sinceramente lo creo.

—Yo estoy de acuerdo con Juanjo —dice Trillo—. Pero añado también el nombre de Marcelino Oreja.

—De acuerdo en lo de añadir, pero con diferencia —opina Lucas, que ha decidido apretar el acelerador a fondo.

—Mi propuesta es Herrero y Aznar —se lanza Rato.

—¡Ni de coña! —salta Trillo—. Hablemos claro, Rodrigo, llevar a Fraga el nombre de Miguel es poco realista. Tú sabes bien que don Manuel no lo aceptaría nunca.

—Totalmente de acuerdo —opina Lucas.

Miguel Herrero y Manuel Fraga entran en colisión frontal en febrero de 1986, a raíz del VII Congreso de AP, en el que por vez primera se practica el sistema de listas abiertas para la elección del comité ejecutivo. Durante la multitudinaria cena que se celebra en la antigua estación de Delicias, Cristina Jáuregui, mujer de Miguel Herrero, está sentada a la derecha del presidente; en un momento determinado le pasan a Fraga un papel que éste lee muy atentamente. Son los resultados de la votación al citado órgano de dirección.

—¿Me deja ver el secreto, don Manuel? —pregunta Cristina.

—No. Tu marido ha salido muy bien, si es lo que te interesa —responde Fraga muy serio.

A partir de ese instante, el presidente cambia de actitud con la mujer de Miguel Herrero, con la que no vuelve a cruzar palabra durante la cena. Meses después, en septiembre de 1986, José María Ruiz Gallardón, presidente del VII Congreso, acude hasta el domicilio del díscolo diputado madrileño en la calle Mayor 70, a pedir ayuda para su hijo Alberto, a la sazón nombrado secretario general en sustitución de Jorge Verstrynge. En el recibidor de la señorial casa de Herrero, Ruiz Gallardón comenta abrumado que en esa elección «abierta» al comité ejecutivo Miguel había conseguido doscientos cuarenta y siete votos más que el fundador, y más apoyos que la persona oficialmente más votada, Fernández Albor. Gallardón relata a su interlocutor que él mismo se encargó de destruir las papeletas después del escrutinio. Este dato, contrastado con otras dos fuentes, es sin embargo puesto en tela de juicio por los organizadores del congreso, especialmente por el encargado del sistema informático, Alfredo Navarro, que entiende como matemáticamente imposible un «pucherazo».

El 5 de octubre de 1988, Fraga, en plena campaña por la reconquista del poder en Alianza Popular, invita a su ex colaborador a un almuerzo en el Club 24 conocido también como restaurante Bidasoa.

—¿Cómo ves esto, Miguel? —pregunta Fraga.

—Mal, Manolo, para qué engañarte —responde Miguel, lanzando una de sus típicas risitas.

—¿Qué remedio tiene, a tu juicio?

—No tiene. Eso es lo dramático, Manolo.

Fraga no perdona. En el mes de noviembre de 1989, en el mismo restaurante, Fraga se come las migas de pan que andan sueltas por el mantel del reservado. Sus invitados son un plantel de columnistas y comentaristas políticos que Beotas ha sentado en la mesa del «patrón». Entre ellos, Víctor Márquez Reviriego, Raúl del Pozo y Carlos E. Rodríguez. Uno de ellos le pregunta por la posible candidatura de Miguel Herrero a la alcaldía de Madrid, ahora con muchas posibilidades para el PP tras los resultados del 29-0.

—No veo otra razón para que Herrero sea nuestro candidato, salvo el hecho de que tiene su domicilio enfrente del despacho del alcalde de Madrid. Y no tengo más que decir.

Paco Alvarez Cascos acepta ser el portavoz de los «cuatro jinetes» en la defensa del candidato que se elija. En un momento de la reunión, Rodrigo Rato sale a telefonear, y vuelve luego a incorporarse a la sesión de trabajo. El secretario general no se pronuncia todavía abiertamente. Pregunta a Lucas cómo quedaría Castilla y León si la situación se decanta finalmente por Aznar. ¿Quién ocuparía su lugar?

—Todo está previsto, Paco, no te preocupes. Posada le sustituirá. Todo bajo control, secretario.

—Bien —insiste Cascos—, pero si «quemamos» en unas elecciones que en principio se presentan muy difíciles a nuestro mejor hombre...

—Eso no se sostiene. ¿Cómo vamos a pedir votos y decir que no presentamos a nuestro mejor candidato por miedo a que se queme? —dice Lucas.

—Llevas toda la razón —coincide Paco—. Lo que quiero decir es que en Galicia hay mucha gente que apoya a Tocino.

—¿En serio? —pregunta escéptico Trillo.

—Sí, sí. Incluso se ha hecho una pequeña encuesta entre el comité ejecutivo gallego, pedida por Fraga. Aznar saca nueve votos, y Tocino cinco —informa el secretario general.

Rato vuelve a citar el nombre de Miguel Herrero, aunque sin demasiada convicción.

—Bueno —pregunta Cascos—, me gustaría conocer más opiniones respecto a José María.

—Por mí, «OK» —concluye Trillo.

—Yo también estoy de acuerdo básicamente, pero veo riesgos —opina Rato.

—Pues creo que está claro —resume Paco Cascos—. Defenderé la candidatura de Aznar ante el «patrón». Por cierto, esta tarde me voy a Palma de Mallorca a participar en un acto político del partido que tengo comprometido.

—¡Coño, Paco, no irás a ver a Matutes! —bromea Federico—. Ha dicho que no juega en esto.

Se recuerda en la reunión que el comisario europeo ha tanteado sus posibilidades con Manuel Fraga durante el verano, y que la respuesta del gallego ha sido negativa.

—Estás mejor en Europa, Abel.

Esa misma tarde, Lucas, Trillo y Rato vuelan hacia Santiago de Compostela. Cascos coge un avión hacia Palma, para dirigirse a Santiago, vía Madrid, a primera hora de la mañana del día siguiente. Trillo, Lucas y Rato se hospedan en el hotel Araguaney. Por la noche se van a cenar al restaurante Fornós en la parte vieja, muy cerca del palacio de Fonseca, sede del parlamento regional gallego. Se hartan de marisco y piden el mejor ribeiro. Después, unas copas y a descansar. Están totalmente de acuerdo en que sólo hay un nombre; hay que convencer a don Manuel de que Isabel no sirve en las actuales circunstancias.

—¡La gente luego habla! —se queja Trillo—. Isabel y yo somos los dos socios del Opus Dei, y ya ves, yo me opongo a su candidatura. La quiero como a una hermana, me he ocupado de ella cuando pasó lo de la muerte de su hija Valeria, pero creo que no tiene comparación con Aznar, sinceramente. ¿No crees, Juanjo?

—¡A mí qué me vas a decir, Fede! Si yo me la he jugado

por José Mari en los peores momentos. Dimití de diputado para irme con él a la Junta, contra mis intereses personales. Dimití de la Junta para estar junto a Fraga y prepararle el camino. Yo no he vuelto a Madrid por azar, ¡cojones de un grillo casero!

Por aquellos días la prensa cruza apuestas. Miguel Herrero encuentra apoyo a su candidatura en *Diario 16*, mientras que el *Ya* cree que la mejor solución es Marcelino Oreja. Desgraciadamente para ellos, Fraga lee por esos días con más interés *La Voz de Galicia* o *La Región* de Orense que la prensa de Madrid.

Batalla en las ruinas de don Manuel

Sábado 26 de agosto. Nace un precioso día en la localidad coruñesa de Perbes. Don Manuel Fraga Iribarne, sesenta y siete años, vestido con un chandal azul desteñido, sale a las siete de la mañana a pasear solo por la playa que se encuentra al lado de su residencia veraniega. Una trascendental decisión le agobia y agita su enorme humanidad. Todavía realiza algún pequeño *sprint* por las arenas de la playa. «¡No puedo fallar en esta ocasión! Volví para hacer una sucesión ordenada, y está a punto de culminarse. A mí no me queda más ambición que Galicia», se repite para sus adentros.

Fraga, el hijo de emigrantes que desde estas playas partieron hacia Cuba, está convencido de que su agitada vida pública, que siempre enfoca hacia la Historia y el servicio al Estado, pende ahora de acertar en la «sucesión ordenada» para enmendar el «error Mancha», ese grupo de petimetres que estuvieron a punto de acabar con su partido y que le hicieron «gritar cada vez más para que se le oyera en Alianza Popular», como cuando cambiaron la fidelidad a Frank Josep Strauss por la de Khol. Este verano está contento porque, pese al revés en las elecciones europeas que ha puesto patas abajo la «operación Oreja», tiene en casa a su nieto

Manolo —al que ha hecho famoso en todas las revistas—, hijo de Ignacio, Napo, que está con él en Perbes.

De vuelta en el chalé se ducha, se viste con un traje de verano y corbata, y desayuna opíparamente, según su costumbre. Espera a los cuatro magníficos secretarios generales, que están llevando a cabo un trabajo espléndido. ¡Fue un acierto nombrar este equipo! Está orgulloso de ellos.

En el aeropuerto de Labacolla, Lucas, Trillo y Rato esperan el avión que trae a Paco Cascos. A las nueve y media de la mañana, los cuatro suben al Volkswagen Golf GTI negro de Rodrigo, y enfilan hacia la casa del «patrón». Durante la hora y media larga de trayecto, se da un repaso general a la situación y se vuelven a juramentar para defender «a muerte» la candidatura de Aznar.

—¡A ver si te luces, Paco! —anima Lucas.

—¡Echale toda la gracia asturiana! —ironiza Federico.

Rato se parte de risa. Pero están muy nerviosos, inquietos y desazonados.

—¡No, si al final igual le propongo a Mancha! —bromea Cascos.

Don Manuel les recibe a la puerta de su casa, trajeado y con un pasador de la Diputación de La Coruña sujetándole la corbata. Los secretarios generales van todos de *sport*.

—¡Bienvenidos a estas ruinas! —saluda Fraga, extendiendo la mano a sus invitados mientras sonríe levemente.

Les hace pasar directamente a la biblioteca, desde la cual, a través de un gran ventanal, se ve al fondo la ría de Betanzos. Hay libros por todos lados, una chimenea, un sofá y dos sillas. Fraga reparte papeles a los secretarios generales. Se estudian en primer lugar las medidas sobre el *timing* a corto plazo: convocatoria de los órganos del partido, y puesta en marcha de la precampaña electoral.

Aunque Felipe González anuncia oficialmente la fecha de las elecciones en el Consejo de Ministros del viernes 30, Fraga ha recibido información confidencial de que las elecciones serán el 29 de octubre. Está confirmado.

En un momento dado, el anfitrión se pone en pie y comienza a pasear por la biblioteca. La tensión aumenta considerablemente; el «patrón» da muestras de nerviosismo, de estar inquieto. Quiere comprobar el grado de convencimiento y compromiso de sus hombres en esa situación, y el método a seguir para «hacer la operación sucesoria». Manuel Fraga quiere estar a la altura de las circunstancias, y ofrecer ante sus capitanes una muestra de su dimensión y grandeza histórica. A algunos de ellos están a punto de saltárseles las lágrimas. El general en jefe describe el escenario en el que va a librarse la batalla.

—Mis queridos amigos, soy un hombre que cree en lo que hace. El socialismo necesariamente está a la baja, y nuestro partido es la única alternativa que hay en España. Consciente de mis limitaciones, y fiel a mi palabra de que no volvería a ser candidato a la Presidencia del Gobierno de la Nación, no quiero ni debo ser un obstáculo para las ideas en las que creo. Yo divido al electorado, y por tanto tengo que tomar una decisión: nombrar al nuevo candidato.

Silencio. La tensión aumenta. Los «cuatro jinetes» escuchan en silencio e impacientes las palabras del «patrón», que pasea sin parar por la sala a grandes zancadas. Seguidamente, Fraga hace un repaso de todos los vicepresidentes con palabras elogiosas, y destaca sus cualidades más sobresalientes.

—Don Miguel Herrero es un parlamentario brillantísimo, de primer orden. Una cabeza privilegiada...

El ambiente está cargado. Sólo habla don Manuel. Lucas se mueve en su silla, como si le hubiera picado un escorpión mesetario. Cascos se sujeta la cabeza con las manos, a la espera de su momento. Rato mira con ojos desconfiados y escépticos, y Federico toma notas. Alguno se acuerda de un viejo dicho que circula por la casa: Cuando Fraga quiere decapitar a alguien, antes le hace un gran elogio.

—Doña Isabel Tocino es una mujer popularísima, muy querida entre las bases, que tiene una estupenda telegenia y habla magníficamente. Además, cuenta con una preparación intelectual de primer orden. He recibido miles de telegramas apoyándola...

Lucas y Trillo se muerden las uñas. Rodrigo sigue como una esfinge, y Paco se encuentra ligeramente azorado y se acuerda interiormente de «la Santina». Fraga pasea como un profesor ante sus alumnos. «¡No puedo fallar en esta ocasión!», se repite interiormente.

—Don José María Aznar, presidente de Castilla y León, es un hombre que cumple lo que promete. Un joven con experiencia de gobierno, lleno de cualidades, que está haciendo un trabajo magnífico en su comunidad, nuestro buque insignia.

Silencio. Don Manuel toma asiento en el sofá. Hace un breve panegírico del resto de los vicepresidentes, entre los que destaca «a ese gran caballero» que es Marcelino Oreja, y se deshace en elogios hacia José Antonio Segurado, al que pone por las nubes subrayando su dedicación, entusiasmo y seriedad. Para los capitanes de su guardia pretoriana queda clara una conclusión: la pelota está entre el tejado de Isabel Tocino y el de José María Aznar. No hace referencia alguna a Matutes. En una ocasión, le dijo a Lucas en la Fundación Cánovas del Castillo:

—A ése ya se le ha pasado su hora.

Fraga se dirige al grupo.

—Y ahora, mis queridos amigos, espero sus propuestas.

Los secretarios generales adjuntos centran sus miradas en Alvarez Cascos. El asturiano está dispuesto a echar el resto, a dejarse el pellejo como ha prometido a sus compañeros; carraspea e inicia el ataque a la fortaleza del gallego, por el que siente devoción política y cariño personal.

—Presidente, los cuatro secretarios generales, después de mucho análisis y reflexión, teniendo siempre presente el interés del partido, que no es otro que el de España, como usted nos ha enseñado, hemos concluido que el mejor candidato es don José María Aznar López...

Fraga ha entendido perfectamente. Mueve la cabeza de un lado para otro, mira a Cascos, al techo, a Lucas, a Federico, a Rodrigo, cruza las piernas. Paco recorre con la mirada a sus compañeros del «aparato», que le transmiten un «OK» y gestos casi imperceptibles de aliento.

—Siga, Cascos —ordena Fraga.

—Don Manuel, el Partido Popular existe, y sus militantes tienen un peso, como le hemos oído a usted muchas veces. Este ha sido el espacio y la zona de nuestro debate.

Pausa. El ambiente está al rojo vivo. Trillo mira fijamente con sus ojos azules al asturiano que le arrebató el puesto con el que soñaba; ahora es su aliado. Lucas quiere intervenir, porque está dispuesto a dejarse la piel a tiras en el envite —«¡Total, para vivir no necesito mucho!»—. Rodrigo desea que Paco desembuche de una vez. Fraga sigue inquieto.

—Prosiga, Paco.

—Don José María Aznar es un hombre de partido, tiene experiencia de gobierno, cuenta con el apoyo de las bases, no despierta rechazo en el electorado, sus expectativas electorales son más altas que las de cualquier otro candidato posible, y mantiene magníficas relaciones con los medios de comunicación. Para los secretarios generales del partido, presidente, la conclusión es evidente: el candidato debe ser Aznar.

FAC ha concluido su exposición. Fraga quiere jugar a la contra y conocer si hay fisuras, si los «cuatro jinetes» cabalgan a lomos del mismo corcel o si, por el contrario, la unidad es ficticia.

—Mis queridos amigos, les agradezco su sinceridad. Veo un problema. Aznar gobierna una comunidad importante. ¿Qué pasa si la abandona?

—Nada, don Manuel, está todo pensado —responde rápidamente Lucas, que repite los mismos argumentos del día anterior—. Ya hay un nuevo sustituto.

Fraga se queda pensativo unos segundos, y vuelve al contraataque.

—Muy bien, amigo Lucas. ¿No les parece a ustedes que corren el riesgo de aniquilar una esperanza por exigirle responsabilidades antes de tiempo?

—Don Manuel, si no presentamos al mejor, estaremos

negando todo el sistema democrático. Si Aznar saca alrededor de ciento diez diputados, es ya la gran esperanza —contesta el soriano.

Intervienen a continuación Federico, Rodrigo y Paco, que apoyan «a tope» las tesis expuestas por Lucas. El «patrón» no se da por vencido, y continúa poniendo pegas. Reitera que está recibiendo muchas presiones, y que Isabel Tocino cuenta con más partidarios. En un momento determinado, para intentar descubrir si Fraga guarda en la manga un «tapado», Juanjo Lucas propone el nombre de Francisco Alvarez Cascos. Fraga contesta:

—No. Y si el secretario general me lo consulta, yo se lo desaconsejaría de inmediato.

A las dos y cuarto de la tarde el anfitrión decide levantar la sesión. Les espera una mesa reservada para seis en el restaurante A Cabana, a seis kilómetros de Perbes, situado en la localidad de Puentedeume, parroquia de Miño. Tiene unas magníficas vistas a la ría, y su cocina es de las más afamadas de la comarca. El sexto cubierto es para José Manuel Romay Beccaria, presidente del comité electoral nacional, hombre de confianza de Fraga y el más conspicuo representante del *lobby* gallego; pero no se presenta.

Fraga llama al camarero y pide un primer plato común para todos, a base de camarones (quisquillas) y percebes: «Muchos camarones, y muchos percebes.» Albariño de Cambados a todo pasto. Ya bien acomodados en la mesa, Lucas le pasa los papeles con los candidatos números uno. Fraga se cala las gafas y matiza algunos nombres.

—¡Muy buen trabajo éste. Ojalá estuviesen ya completadas las listas al cien por cien! Nos evitaríamos muchos problemas...

De segundo plato, don Manuel pide rodaballo, Cascos mero a la plancha, Lucas solomillo muy hecho, y Trillo y Rato se apuntan a la merluza. El «patrón» les habla de las maravillas de la zona; de los planes que tiene si es elegido presidente de la Xunta, y de los emigrantes gallegos. Los secretarios están preocupados; ven la nominación de su candidato en el aire, y a Isabel Tocino luciendo en los carteles electorales de la inminente campaña. A los postres, el presidente vuelve a sacar el tema;

—Yo creo, mis queridos amigos, que Isabel Tocino sería un elemento sorpresa que impresionaría gratamente al electorado —dice Fraga, ante la consternación de sus colaboradores.

El «león de Villalba» lanza en ese momento una «bomba de neutrones» sobre los «cachorros» populares, que destroza las esperanzas «aznaristas».

—En estos momentos Isabel tiene quinientos mil votos más que Aznar.

Pide que traigan puros, que sólo coge Juanjo Lucas. Al finalizar el almuerzo, Fraga se dirige al ventanal para contemplar el paisaje de la ría. Trillo y Cascos están cerca. Comenta:

—El candidato tendrá también que ser mi sucesor. Yo sólo me quedo con mi jefe de gabinete —Federico Trillo— y mi secretaria, María Antonia. Además, si se nombra un candidato las vicepresidencias rotatorias no harán falta ya. El sucesor dirigirá el partido por delegación mía.

Aquello deja perplejo a los secretarios generales, que creen posible que Fraga salga por otro registro distinto del previsto. El pesimismo cunde entre el «aparato»; salen hundidos y desmoralizados de la comida. El presidente invita a Cascos a subir a su Volvo durante el retorno hasta Perbes. Detrás, en el coche de Rodrigo, va el resto.

El secretario general le dice a don Manuel que la revisión del criterio rotatorio y la delegación de funciones en el candidato implica la sucesión en el partido, y que ellos nunca habían pensado en forzar una alternativa a la jefatura del mismo.

—Mira Paco, lo he meditado mucho. Las cosas nos vienen impuestas. Me veo forzado por las circunstancias a elegir al candidato ahora. Mi intención era hacerlo después de las elecciones gallegas, para evitar tensiones internas innecesarias, que tanto nos perjudican. Probablemente Felipe quiere convocar elecciones anticipadas, entre otras cosas, para cogernos «en cueros». Pero no me voy a dejar cazar como un conejo.

Alvarez Cascos deja hablar a un Manuel Fraga muy distinto del que ha conocido durante la reunión de trabajo y el almuerzo.

—La gente me criticó cuando anuncié lo del «examen» a los vicepresidentes, juzgando erróneamente que lo que pretendía era reservarme la posibilidad de volver a ser candidato en las elecciones generales. Estoy acostumbrado a este tipo de interpretaciones. Ahora voy a demostrarles la seriedad de mi planteamiento e iniciar de manera irreversible la sucesión ordenada, que ha sido la razón verdadera de mi vuelta al frente del partido.

El secretario general se emociona; esta es la verdadera estatura política de un hombre de Estado que, pese a sus muchos y grandes errores, demuestra ahora una generosidad impresionante en medio de la incomprensión y la crítica. Nunca había visto al «teniente Manolo» tan serio, y eso que ha pasado con él largas horas de trabajo y de ocio.

Después de un embarazoso silencio, Fraga continúa:

—¿Tú crees, Paco, que es posible que si yo propongo a Aznar como candidato resulta serio que la dirección del partido recaiga cada semana en otro vicepresidente?

—No. No lo es, don Manuel.

Por vez primera, quizá por la lealtad de su secretario general o por el influjo del almuerzo, Fraga suelta prenda.

—Es probable que el candidato sea José María. Pero no seguro. Tengo que darle más vueltas.

Alvarez Cascos esboza una leve sonrisa de satisfacción. Están a punto de conseguirlo.

—Adiós, Paco. Será usted el primero en saber la decisión.

Fraga se despide también de los secretarios generales adjuntos, que han llegado minutos después.

—Meditaré lo que me han dicho durante este fin de semana, para tomar una decisión definitiva. El lunes les diré lo que pienso.

Los cuatro vuelven a subir al coche de Rodrigo, y un poco más tarde aparcan en un bar de aspecto cutre. Necesitan un trago, o dos o tres, y hasta diez de aguardiente de la tierra. Lucas y Cascos prefieren el güisqui Ballantines *twelve years old*.

—¡Creo que Fraga se ha decidido por Aznar! —anuncia victorioso Cascos.

—¡Paco tan optimista como siempre! —contesta Lucas.

—No sólo creo que le va a nombrar candidato, sino que también será jefe del partido —insiste el asturiano.

Los tres adjuntos no comparten esas perspectivas tan halagüeñas. Más bien opinan que la elegida será Tocino. Están convencidos de que han perdido la partida.

—Juanjo, creo que debes llamar a José María —recomienda Cascos.

Lucas cuenta al presidente de Castilla y León lo acaecido con Fraga. Cascos tiene su coche oficial —un Fiat Croma—, que le espera para llevarle a Gijón. Rato se queda en Vivero con su familia, pero antes acerca a Lucas y a Trillo hasta el aeropuerto de Santiago. En el avión de regreso a Madrid, los dirigentes del PP comparten asiento con el doctor Iglesias, padre del cantante Julio Iglesias, que se declara votante del centro derecha y muestra su admiración por Adolfo Suárez y Manuel Fraga.

—¿Quién le parece a usted un buen candidato del PP? —pregunta Trillo.

—Pues doña Isabel Tocino —contesta el ginecólogo.

—¡La leche, sí que vamos apañados! —masculla Lucas.

Lunes 28 de agosto, diez de la mañana. Orense. Sede del Partido Popular. Fraga ordena que localicen a Alvarez Cascos, a Lucas y a Trillo. Con Rato se verá esa misma mañana.

—He reflexionado durante el fin de semana. José María Aznar es el sucesor. Activen los planes.

A Trillo le pregunta si es posible repescar a Juan Ramón Calero en Murcia. Aznar recibe en primer lugar la llamada de Lucas, luego la de Cascos, y finalmente la de Fraga. El día anterior, domingo, Trillo llama a José María Aznar desde Cabo de Palos.

—Lo sé todo, Federico. Ya sé que la candidata va a ser Isabel.

El miércoles 30 de agosto, a las doce de la mañana, se encuentran reunidos José María Aznar, Francisco Alvarez Cascos, Juan José Lucas, Rodrigo Rato y Carlos Aragonés en la finca Villacreces de Quintanilla de Onésimo. Fuera esperan decenas de periodistas. Hay que poner en marcha la «operación aterrizaje»: pulsar el ambiente en el partido, especialmente entre los vicepresidentes y «barones»; hacer las cosas con tiento y preocupación.

Meses más tarde, durante una cacería en la finca palentina del senador por Castilla y León José Luis Sainz, Tote, éste elogia al fundador por su visión y acierto histórico al nominar a Aznar.

—¡Lucas me hizo cambiar la decisión! —reconoce Fraga.

El «halcón» ya tiene permiso para emprender el gran vuelo; un viaje tan arriesgado y difícil como apasionante.

Un largo verano para Isabel

Domingo, 27 de agosto de 1989. La apacible tarde cántabra se desparrama con suavidad sobre el chalé de los Tocino, al igual que desaparecen de la vida las cosas intensamente tiernas, familiares y entrañables. Isabel Tocino Biscarolaga, cuarenta años, madre de seis hijos —Jimena, Carla, Katherina, Alvaro, Isadora y Flavia—, profesora de Derecho Civil en la Universidad Complutense de Madrid, especialista en Derecho Nuclear, aficionada a la jardinería y miembro supernumerario del Opus Dei, ha pasado todo el mes de agosto junto a su familia en la casa que tienen sus padres en Santander. Ha sido un verano presidido por la memoria de su hija Valeria, fallecida trágicamente poco tiempo antes al caer en la piscina del chalé de La Moraleja, la residencia habitual de la familia en Madrid.

Son las siete y media, y los Tocino ponen fin a las vacaciones estivales con una merienda pasiega a la que también se une una tía de Isabel. La rubia, menuda y agresiva diputada ha protagonizado en menos de cuatro años una fulgurante carrera en el partido de la derecha. Ingresa en Alianza Popular en 1985 de la mano del fundador, de cuya hija Adriana es profesora, para encargarse de inmediato de los temas de Educación y de los de la «condición femenina». Fraga ordena a sus más directos colaboradores que promocionen a la compañera universitaria, seducido por su energía, claridad de ideas y belleza. Las mujeres rubias han sido siempre la debilidad de don Manuel. Tocino debuta en un acto público de AP en Teruel, como «telonera» del entonces secretario general, Jorge Verstrynge Rojas. Al finalizar su encendida arenga a los turolenses en el cine Marín, Verstrynge le dice:

—Oye, Isabel, tú has toreado ya en muchas plazas, ¿eh? A este paso peligra mi puesto, ¡ji, ji, ji!

—Jorge, no olvides que hablar en público es lo mío. Llevo años haciéndolo en la universidad y en la enseñanza.

La sórdida lucha política llevará año y medio después a Jorge a filtrar a la prensa una comprometedora carta que Tocino envía al presidente de Castilla y León, José María Aznar, en la que solicita una recomendación laboral para una amiga, y otra en la que Tocino recomienda la compra de periódicos por cuenta del partido, concretamente de *Diario 16*. En un tiempo récord Isabel se convierte en una mujer popular en toda España, y su presencia en los medios de comunicación es constante. Tocino es la primera en presidir el partido dentro del turno rotatorio que establece el «patrón» para ir probando a sus voraces delfines.

—Varios vicepresidentes me llamaron con objeto de rogarme primero, e insistirme y presionarme después, para que no aceptara el encargo. Cuando esos mismos vicepresidentes se dieron cuenta de que presidir en primer lugar podía presuponer algún mérito de cara a la sucesión, se mostraron dispuestos a llevar diligentemente a la práctica la orden de Fraga.

Esa tarde del domingo 27 de agosto comunican a Isabel que ha muerto una hermana de su madre, y tiene que aplazar el viaje de regreso a la capital para poder estar presente en el funeral en Santander. A las nueve y media de la noche recibe una misteriosa llamada telefónica:

—Isabel, acabo de estar con Fraga, y puedo anunciarte que tú serás la candidata del PP en las próximas elecciones generales y su sucesora al frente del partido. ¡Prepárate!

Tocino se queda de una pieza. Juzga, por la personalidad del comunicante, que tiene que estar en lo cierto. Pero ella no ha hablado con don Manuel durante todo el verano. La noticia, que comenta con José Manuel Bartolomé, su marido, provoca que no pegue ojo en toda la noche. «¡Tengo que hablar con Fraga!», se repite a sí misma. Durante el mes de agosto ha recibido también dos llamadas comunicándole la decisión del «patrón» en idéntico sentido, pero no le han parecido demasiado dignas de crédito.

—No diré quién me hizo esa llamada telefónica, lo reservo para mis memorias —insiste cuando se intenta conocer la identidad del equivocado comunicante.

Debió partir del círculo considerado como «íntimo» de Fraga. Los nombres que se apuntan son los de José Manuel Romay Beccaria o el propio Pío Cabanillas, aunque hay también quien la atribuye a Alvarez Cascos o al propio Federico Trillo. La identidad exacta del comunicante sólo figura en el cerebro de Isabel y en la agenda del propio portador del equivocado mensaje.

A la mañana siguiente, lunes 28 de agosto, a la salida de la iglesia donde tiene lugar el funeral por la tía fallecida, le entregan un ejemplar del diario *ABC* que en portada, con una gran foto de Aznar, ofrece la noticia de su designación. «Me quedé lívida», confiesa. ¿A qué vino el anuncio de la noche anterior? A las tres de la tarde, la primera edición del Telediario se abre con la misma noticia. Pocos minutos después suena el teléfono: es José María Aznar.

—¡Enhorabuena, José María!

—Ya sabes, Isabel, que me ha tocado.

—Sí, sí, lo he visto en *ABC* y en televisión.

—Bueno, quisiera saber si puedo contar con tu apoyo.

—¡Qué cosas dices, José María! Por supuesto, por supuesto.

—Muchas gracias. Hablaremos en Madrid.

Durante aquel verano del 89 circula por Madrid un rumor, que en los medios periodísticos y políticos se ofrece como hecho cierto, según el cual el marido de una destacada personalidad del Partido Popular, ha dejado embarazada a la *baby-sitter* que trabaja en su casa. El presunto afectado permanecerá ajeno a esta especie hasta el mes de septiembre del mismo año, una vez que Manuel Fraga ha nombrado ya sucesor.

El comité ejecutivo del Partido Popular se reúne el día 2 de septiembre, a las cuatro y media de la tarde, para conocer la propuesta del presidente de delegar sus poderes en la persona de Aznar. En el número 924 de la revista *Cambio 16* correspondiente al 14 de agosto, el periodista José Luis Gutiérrez había publicado un recuadro bajo el título «La sirvienta» en el que decía:

> «Estos días el Partido Popular deshoja la margarita sobre quién será el candidato número uno por el partido. Algo que ambicionan muchos, aunque no existen garantías de victoria. Pero hay otro debate más sutil y soterrado, en el que aparece implicado uno de los altos dirigentes del partido.
>
> Un matrimonio inusitadamente religioso y de copiosa prole cuyo equilibrio interno se ve súbitamente roto por una historia de sexo casi de preguerra: el señor de la casa ha dejado embarazada a la joven sirvienta. La cotidianidad, la presencia de una persona juvenil y perturbadora cristaliza en unos amores prohibidos, aunque se habla de la susodicha jovencita, acaso siguiendo el ejemplo de los tránsfugas de Leguina, que sorprendentemente siempre acude a sus encuentros con un magnetofón de buena memoria: la ma-

quinita tiene abundantes pruebas sonoras de las acaloradas promesas de su amante.»

Todos los miembros del comité ejecutivo conocen el rumor referido a esa personalidad del partido. Mientras se espera la llegada de Manuel Fraga, el extravertido José Antonio Segurado, tostado como un grano de café por el sol balear, comenta jocoso y malévolo la columna del Guti.

Las miradas de los presentes se entrecruzan pícaramente; saben a quién se refiere sin citarlo el barbado columnista.

El personaje en cuestión conoce la naturaleza del rumor cuando esa misma noche la periodista Pilar Cernuda lo comenta en la tertulia radiofónica de *La Linterna*. Cernuda muestra su solidaridad como mujer con la afectada, y desmiente a continuación tal «información», lo que motiva una llamada de agradecimiento por parte de ésta, cuya indignación corre paralela a su decepción por los modales que se utilizan en la vida política. El *affaire* está a punto de provocar su retirada política, convencida de que «la calumnia y la injuria» han sido urdidas desde las filas de su propio partido. A estas alturas se muestra segura de conocer la identidad del «alma caritativa» que jugó en ese agitado verano con su vida personal, pero el dato lo reserva para sus memorias. Fraga conocía las habladurías acerca del marido de este personaje, pero es sabido cuánto desprecia el «patrón» tales comentarios.

—Y tu marido, ¿qué dice? —pregunta un compañero de partido a la presunta implicada.

—Está dolido, muy afectado. Ya le he convencido de que es parte del «impuesto revolucionario» que tiene que pagar como cónyuge por estar yo en política.

Los mismos comentarios y rumores volverán a reproducirse en la primavera de 1990.

CAPÍTULO 3
EL CHICO DE AL LADO

Francisco Franco ha dado ya los primeros síntomas de que su final está próximo; se apresta conscientemente, con la única ayuda desinteresada de su hija Carmen, a «rendir la vida ante el Altísimo».

Vicente Gil, el fiel médico personal desde los tiempos del frente, no duerme por aquellos días ante el temor de que en cualquier momento una comunicación desde el palacio de El Pardo anuncie el agravamiento del estado de salud del Generalísimo. El final se produce el 20 de noviembre de 1975. España pasa una página de su historia.

Escasos kilómetros más al noroeste, un hombre joven, alto y rubio, que habita en el palacio de La Zarzuela, se prepara concienzudamente —no sin mil intrigas y dificultades— para convertirse en lo que posteriormente se denominará el «corazón del cambio», que va a trocar el *status* de súbditos de los españoles por el de ciudadanos.

La primavera de 1975 prende con fuerza en las algaradas estudiantiles de la Universidad Complutense de Madrid, avanzadilla desde los años cincuenta y sesenta de las más serias protestas contra el Régimen. Más de trescientos alumnos del quinto curso de la Facultad de Derecho de esa universidad, cuyo decano es Rafael Gíbert, inician el 25 de marzo de 1975 un viaje de quince días por Turquía, Grecia y Roma. Es el típico viaje de fin de carrera. Cada uno ha pagado veinticinco mil pesetas. Es la ocasión para que los alumnos de una misma promoción se vean las caras, que durante cinco años han ignorado por mor de la masificación y los distintos grupos de trabajo y estudio confeccionados para poder dar cabida a la ingente cantidad de aspirantes a licenciados en Derecho.

Tras quince días de viaje, los universitarios apuran las últimas chanzas y bromas antes de regresar a Madrid. En el aeropuerto Ataturk de Estambul, un vetusto DC-8 de la compañía Aviaco llena su panza de jóvenes que han ocupado ya los asientos delanteros y centrales.

—Buenas tardes. ¿Está libre este asiento?

—Sí.

—¿Puedo ocuparlo?

—Claro.

—Gracias. Me llamo José María Aznar.

—Hola. Yo, Ana Botella.

—Encantado.

Se produce a continuación un embarazoso silencio. Ana, algo turbada, se concentra en ver despegar los aviones, mientras su compañero de asiento, moreno zaíno, melena, bigotito antiguo y poblado, traza en un mapa de la revista *Ronda* el itinerario seguido en la *tournée.*

—¿Qué te ha parecido el viaje? —rompe el silencio José María Aznar.

—Bien. Me ha gustado mucho y me lo he pasado muy bien. Creo que ha sido muy interesante. Atenas y Roma son ciudades imponentes; pero la que más me ha impresionado ha sido Estambul. ¡Me he quedado sobrecogida!

—A mí me han gustado más Roma y Atenas. Son ciudades sobre las que se ha construido la Historia del mundo —sentencia un cultivado Aznar.

El «flechazo» se produce. José María Aznar pone en diez minutos los cimientos eruditos sobre los que va a llevar a cabo la conquista de una atractiva morena de veintidós años con la que se ha topado «por casualidad» en la parte trasera de un vuelo chárter. Las tres horas y media de vuelo de regreso bastan al pretendiente para hacer ver a su compañera de promoción la «profundidad de su pensamiento», así como que su preparación intelectual va más allá de las simples y devaluadas disciplinas de la carrera de Derecho.

—¿Sabes que no es tan tonta como parece? —espeta Aznar a un amigo de promoción nada más poner pie en el aeropuerto de Barajas.

—¡No jodas, José Mari, no me digas que ya te has enamorado...!

—Esa chica me gusta. Tiene algo especial.

Está claro: Cupido ha desplegado sus alas durante un suceso tan prosaico y común como un viaje fin de carrera. Cinco días después, durante un paseo por el madrileño parque de El Retiro, Aznar propone a Ana Botella que se case con él.

—¡Hombre, no vayas tan deprisa...! —contesta la novia.

Iba. Durante el mes de abril de 1975, José María Aznar y Ana Botella se ven todos los días. Y el 28 de octubre de 1977 se casan.

La boda se celebra con gran pompa, como corresponde a dos familias de la burguesía, en la iglesia de San Agustín en la calle Joaquín Costa, del barrio de El Viso —donde vive la novia—, en pleno corazón de la capital. Del órgano salen las notas preferidas del novio: el *Adagio* de Albinoni. Los padrinos son doña Elvira López, madre del novio, y don Ernesto Botella, padre de la novia. El cóctel tiene lugar en Pavillón, y la noche de bodas la pasan en el hotel Villamagna, un cinco estrellas lujo, en la *suite junior*, treinta y cinco mil pesetas de aquel entonces por noche. Hoy alcanza el precio de ciento diez mil pesetas. La cuenta la paga don Manuel Aznar. La misma atención la tuvo con todos los hijos.

Allí tiene lugar la primera anécdota de los recién casados. Ana está acostumbrada al jaleo de sus doce hermanos, y duerme a pierna suelta pase lo que pase a su alrededor, incluyendo ruidos, gritos, peleas o luces. El, acostumbrado al orden y al silencio de su casa, se desvela ante cualquier alteración. No se conocen lo suficiente, y mucho menos durmiendo juntos. Ella, inocente, se levanta a medianoche al baño, y en su caminar va encendiendo luces, apartando enseres, caminando ruidosamente... El había pedido antes de dormir que se bajaran las persianas hasta los topes, y que se apagaran todas las luces. Ella hace lo normal, e incluso va con cuidado, comparado con los pocos miramientos con que hacía estas cosas en su casa. Se lava las manos, hace ruido al descolgar la toalla, y cuando vuelve se encuentra a un José María completamente alarmado que le pregunta incorporado en la cama: «¿Qué te pasa?, ¿qué sucede?» Y ella, que nada, que ha ido al baño. Y él, que hombre, que parece que se ha caído el hotel. Y ella, que ha intentado no hacer ruido. Y él, que con sólo encender una luz ya le parece que se ha hundido la habitación. Que esas cosas le ponen muy nervioso, y que ya no pegará ojo en toda la noche; que se ha desvelado. Ella se queda mirando el techo, y piensa lo mismo que años más tarde le dirá a José María su consejero de Economía de la Junta de Castilla y León, Miguel Pérez Villar: «Esto parece un funeral de tercera.»

El 29 de octubre parten hacia la isla de Madeira. Diez días de amor y rosas.

El abuelo Manuel

José María Alfredo Aznar López nace en Madrid a las siete de la mañana del 25 de febrero de 1953. Está bajo el amparo de Piscis. En la clínica de San Luis de los Franceses de la calle Claudio Coello de Madrid, hoy desaparecida, se oyen sus primeros sollozos cuando viene al mundo de la mano del doctor Pablo Sela Figaredo, tío del que hoy es su portavoz parlamentario, Rodrigo Rato.

Es el cuarto hijo de una familia de clase media-alta. Su biografía personal, hasta hoy, es un arcano. Sólo tiene treinta y siete años, tres más que Javier de Paz, ex secretario general de las Juventudes Socialistas. Mide 1,71 metros de estatura. Es moreno y comienza a lucir un pequeño estómago. Pesa sesenta y nueve kilogramos.

Su familia por parte de padre procede de Echalar (Navarra), un precioso pueblo al norte del Viejo Reyno, famoso por sus «palomeras» y por el arte de cazar estas aves. Allí nació y allí está enterrado su abuelo Manuel Aznar, embajador y periodista, que jugará un papel decisivo en la formación del presidente conservador. Murió el 10 de noviembre de 1975, diez días antes que el general Franco.

—Tú, siempre tranquilo —aconseja con frecuencia a su nieto—. No te pongas nervioso por nada.

Don Manuel Aznar compagina su acendrado liberalismo con una buena amistad con Francisco Franco. Es el primer director de *El Sol*, periódico que hace época y en cuyas páginas acoge entre otras plumas ilustres las de don José Ortega y Gasset y don Miguel de Unamuno. También dirige *El Diario de la Marina* en La Habana (Cuba).

El abuelo Aznar traba gran amistad con el general Franco durante la guerra de Africa, y contribuye en buena medida con su pluma de corresponsal de guerra a mitificar la figura del entonces general más joven de Europa. Publica sus crónicas en *El Sol*. Manuel Aznar y Francisco Franco Bahamonde mantienen los mismos puntos de vista acerca de la necesidad de un ejército profesional y, en general, la defensa apasionada de la presencia española en Africa. Reivindica a ultranza el papel de la Legión —fundada por Millán Astray— y de las tropas regulares como unidades de élite y vanguardia de la fuerza colonial. El militar gallego y el periodista navarro conversan durante muchas horas al fuego de las hogueras en las faldas del Rif. Mientras el primero sólo bebe pequeños sorbos de té, el corresponsal se pone ciego de aguardiente. Su amistad con el laureado le salvará la vida.

Al estallar la Guerra Civil en 1936, Manuel Aznar se encuentra en Madrid, y aunque liberal y muy en la línea de su conocido y relativamente amigo Indalecio Prieto, es detenido por las fuerzas del Frente Popular y encarcelado en la «checa» de Las cuarenta fanegas, sita en el paseo de La Habana, en el lugar donde hoy está ubicado el edificio de Televisión Española. Por aquel entonces formaba parte del consejo de empresa de la Compañía Metropolitana de

Tranvías, donde conoce e intima con Alfredo Sánchez Tejerino, trabajador afiliado a la Federación Anarquista Ibérica (FAI), quien, al enterarse de la suerte corrida por su amigo Aznar, corre a la «checa» y a punta de pistola le sitúa en condiciones de intentar el paso a la zona nacional.

Manuel Aznar se va directamente a Francia. Desde el país vecino regresa a España por Zaragoza, donde es detenido —en esta ocasión por las fuerzas nacionales— y conducido a Valladolid. El periodista conoce en la ciudad del Pisuerga la tragedia de las dos Españas, ambas oliendo a sangre hasta los huesos. En la «checa» madrileña aprecia la fuerza del extremismo izquierdista; en la capital castellana sabe de la demencia fratricida de los exaltados falangistas. Es el dilema histórico del liberalismo: para los «rojos» representa la reacción y el capitalismo anacrónico que hay que aniquilar; para la derecha montaraz, el principio de todos los males.

En Valladolid es condenado a muerte en juicio sumarísimo, procedimiento muy al uso en aquellos días. Enterado el general Juan Yagüe, al que conoció cuando el desastre de Annual, levanta la sentencia inmediatamente. También intervienen a su favor José Félix de Lequerica, personaje importante en el posterior régimen franquista; Andrés Onésimo Redondo, hermano del fundador de las Juntas Ofensivas Nacional-Sindicalistas (JONS); el marqués de Valdeiglesias, y el periodista Víctor de la Serna.

—¡Pero hombre, Manolo, qué te han hecho estos cafres!

Así le recibe y libra de la prisión Juan Yagüe, el general que un día pudo reemplazar a Franco.

—¡Qué vida, mi general, apestado allí y traidor aquí! —responde el periodista—. ¿Qué hemos hecho con España?

Cuando el militar soriano cuenta lo sucedido a su «amigo Franquito» en su despacho del impresionante palacio gótico de la Capitanía General de Burgos, éste, sin inmutarse, exclama:

—Es la guerra, Juanito. ¿Dónde está Aznar?

—Se ha ido a Francia.

Franco no le olvidará finalizada la Guerra Civil. El caso de Manuel Aznar, un hombre inequívocamente de derechas, se repite también con otros personajes de la época en el bando nacional. Quizá el más relevante es el caso de Angel Herrera, posteriormente cardenal Herrera Oria, fundador de la Editorial Católica, quien tiene que exiliarse en Friburgo (Alemania) y se libra de una muerte segura gracias a la intervención directa del embajador del Vaticano ante Franco. La derecha rabiosa y montaraz pretende pasar por el pelotón de fusilamiento a todo aquel de quien pueda sospecharse la más leve brizna de liberalismo o moderación.

Aznar regresa de nuevo a España desde Francia. Sigue el curso de la guerra desde el frente como periodista, informando para el diario baturro *El Heraldo de Aragón*. En 1940 escribe un libro titulado *Historia militar de la guerra de España* que dedica a sus hijos Manuel, Javier y José María, «combatientes de España». Sostiene la tesis de que la rebelión de Franco no puede considerarse como un pronunciamiento, y defiende la «actitud pulcra y desinteresada» del general para con la República.

Se había casado con doña Mercedes Acedo, con la que tiene cinco hijos. El mayor de ellos es Manuel Aznar, progenitor del actual presidente del Partido Popular. El navarro compaginará a lo largo de su vida profesional el ejercicio del periodismo y la diplomacia. El primer destino en el servicio exterior lo obtiene como ministro plenipotenciario en la embajada de Washington en 1946. Posteriormente ocupará la jefatura de la representación española en Argentina, con Juan Domingo Perón como primer mandatario; Santo Domingo, Marruecos y las Naciones Unidas serán sus otros destinos. En los intervalos de su labor diplomática es nombrado presidente de la agencia de noticias EFE, y director del rotativo catalán *La Vanguardia* y la revista *Semana*.

Las crónicas familiares cuentan que don Manuel Aznar siempre tuvo especial predilección por su nieto José María, quizá porque en estos momentos es el miembro más distinguido y relevante desde el punto de vista público de la saga.

El presidente popular recuerda mucho los consejos dados por su abuelo. El más importante de todos:

—Tú, siempre tranquilo, hijo. Sereno. Haz lo que creas que debas hacer, y deja que suene lo que tenga que sonar. No te pongas nervioso por nada.

Esta máxima le será de inestimable ayuda en la crítica situación de los meses de abril y mayo de 1990 creada por el llamado «caso Naseiro».

Poco antes de la muerte de Franco, Manuel Aznar, a la sazón embajador en la ONU, visita a Francisco Franco en su residencia de El Pardo. Es un encuentro entre dos viejos «africanistas». El Jefe del Estado ha dado su «enterado» hace cincuenta horas para que sean fusilados cinco miembros de ETA y el GRAPO. Serán llevados al paredón el 18 de septiembre de 1975. El mundo, con el papa Montini a la cabeza, es un clamor contra el Régimen. Carlos Arias Navarro oficia de Presidente de un Gobierno a la deriva, acorralado internacionalmente.

—Excelencia, la tormenta azota el barco con fuerza —resume Aznar.

—Hemos resistido cosas peores. ¿Se acuerda usted, Aznar, de la retirada de embajadores y del veto para entrar en la ONU? —contesta Franco.

—Sí, sí, Excelencia, ya lo creo.

El Caudillo es un dictador anciano y acabado, con el parkinson traicionándole el pulso y las lágrimas corriendo a borbotones por las mejillas cuando recuerda hechos militares de la guerra de Africa. Manuel Aznar rememora la figura de aquel «comandantín» que él ha visto desafiar las balas de los secuaces rifeños de Abd-el-Krim en la toma de la cábila de Beni-Arós al frente del Tercio Juan de Austria, primero de la Legión.

—¡El tiempo todo lo puede! —sentencia el periodista mientras abandona El Pardo y el centinela de la última garita se cuadra militarmente.

El padre del líder conservador hereda el nombre de su abuelo: Manuel. De profesión, periodista. Nace en 1916, y actualmente está jubilado. La Guerra Civil le sorprende estudiando Derecho, y le parte la carrera por la mitad. Es hecho prisionero —al igual que su padre— por las fuerzas republicanas, e internado en la «checa» Siete Fuegos de Madrid. Una vez liberado, se incorpora a las filas del ejército nacional como alférez provisional.

Al fin de la contienda decide abandonar la carrera de Derecho y enrolarse en el periodismo. Es nombrado profesor de la Escuela de Periodismo que dirige Juan Gómez Aparicio, y durante veinte años será director de programación de la Cadena SER.

A raíz de un conflicto interno en la Cadena SER deja la radio para aceptar una oferta como director comercial de Gallina Blanca, cargo que ocupa sólo durante tres meses porque en 1960 Manuel Fraga, a la sazón ministro de Información y Turismo, le nombra director de Radio Nacional de España, emisora que depende directamente del titular de este departamento ministerial. Son los tiempos en los que el ministro Fraga impone a los redactores no sólo el contenido de las noticias, sino hasta la hora en que deben levantarse. El siguiente puesto profesional del padre de José María es el de subdirector general de Radiodifusión, a las órdenes directas de Jesús Aparicio Bernal, entonces director general.

—Mirad —decía con frecuencia Manuel Aznar a sus cuatro hijos cuando llegaba a casa—, hay muchas formas de ser ladrón, no sólo atracando un banco.

¡Qué cosas vería! Agitadas deben bajar las aguas políticas por aquellas fechas. En cualquier caso, no gustan al hijo del embajador, que no encuentra sino problemas en su trabajo. A las primeras de cambio decide aceptar una oferta para dirigir la incipiente Escuela de Cine, Radio y Televisión, que depende, como todo, del Ministerio de Información y Turismo y de su titular, Manuel Fraga Iribarne.

En 1973, Antonio Barrera de Irimo accede a la presidencia de la Compañía Telefónica Nacional de España y le nombra director del Servicio de Información y Relaciones

Sociales (SIRS), que será su último cargo hasta la jubilación. Hoy sólo vive para ayudar en lo que pueda a la carrera de su hijo, y para preocuparse de sus nietos.

Don Manuel Aznar mandaba en la radio, pero la casa, el hogar, era y es un predio exclusivo de una asturiana llamada Elvira López Valdivieso, madre del presidente del Partido Popular. Contraen matrimonio en el Principado. Las condiciones de vida en la España de la posguerra son difíciles para todos, pero los Aznar consiguen formar una familia de clase media, unida y sólida. Don Manuel y doña Elvira tienen cuatro hijos. Manuel, el mayor, es en la actualidad asesor para temas de seguridad social, trabajo y sanidad del Defensor del Pueblo. Mercedes, conocida familiarmente como Piti, es licenciada en Filosofía y Letras y especialista en arte. Trabaja en la empresa Diseño, dedicada a organizar exposiciones de arte, y fue compañera en el colegio de Nuestra Señora Santa María, situado en el Parque del Conde de Orgaz de Madrid, de las hijas de Fraga, Carmen —Pipo— y María Isabel. Elvira, militante permanente de la causa de su hermano, es directora de publicidad del diario *El Independiente*. Y el pequeño, José María, es la estrella de la familia.

Paliza en el Pilar

La infancia de José María Aznar transcurre en el barrio de Salamanca de Madrid, la cuna de la burguesía madrileña. Desde el domicilio familiar en la calle Ibiza número 39 al colegio del Pilar apenas hay kilómetro y medio. En el seno de la familia Aznar se cumplen los principios católicos al uso: los domingos misa, y después a ver a las tías. La compra de los pasteles en Embassy al mediodía se convierte para los Aznar casi en una religión. El matriarcado impone sus normas y la educación. Los domingos, a las diez de la noche, en casa. El sereno está avisado.

José María es enviado al famoso colegio del Pilar, semillero de hombres célebres en los últimos cuarenta años de la historia política, económica, cultural y social de España. Los religiosos marianistas han creado un centro que, sobre la base de la disciplina y el rigor, moldea muchos líderes. Ingresa a los seis años en el citado centro religioso. La sorpresa para sus antiguos profesores será mayúscula cuando Aznar comience a aparecer en las páginas de los periódicos. Es un estudiante normal que, si bien no cosecha nunca un suspenso ni tiene que repetir curso, no destaca tampoco por su brillantez, ni su *curriculum* académico está entre los primeros.

«La verdad —afirma D. Ignacio Zabala, actual director del colegio— es que nadie daba un duro por un triunfo tan rápido y espectacular de este muchacho. Para nosotros fue una sorpresa cuando se alzó con la presidencia de Castilla y León; pero cuando ya abrimos los ojos como platos, fue en el verano de 1989, al obtener la nominación nacional del Partido Popular y ser el sucesor de Fraga. Nunca se sabe.»

El pequeño Aznar odia las matemáticas, lo que obliga a sus padres a buscarle un profesor particular. Pasa completamente desapercibido entre sus compañeros de promoción y profesores, a no ser por un hecho escasamente académico, y revelador de cómo se las gastaban los tutores religiosos de entonces.

El 14 de marzo de 1963, José María Aznar tiene diez años y estudia el curso de ingreso en el Bachillerato. Es un niño lleno de pecas y bastante travieso. A las seis y media de la tarde, como todos los días, llega a su casa de la calle Ibiza. Esa tarde, la cara del pequeño es un poema. Doña Elvira, su madre, se percata de forma inmediata de que algo le ha ocurrido a su benjamín.

—¿Qué te pasa, hijo...?

—Nada, mamá...

—¿Cómo que nada? —ruge la temperamental asturiana.

—Te he dicho que nada, mamá.

Los nervios traicionan al muchacho. Entre sollozos, se dirige a toda velocidad a su cuarto. Allí no puede por menos que mostrar a su madre una espalda llena de moratones y señales producto de los golpes que un profesor violento y expeditivo propina esa tarde a su alumno. ¡La letra con sangre entra!, es el principio en boga. Doña Elvira López Valdivieso no necesita reparar en argumentos o razones de alta escuela pedagógica. Todo el genio innato de las mujeres norteñas estalla en cólera ante lo que han hecho en un colegio de curas con su pequeño. Ni corta ni perezosa se dirige al Pilar. Se celebra una fiesta. Para fiestas está ella. Quiere hablar con el director.

—Perdone señora, pero don José Barrena está en la fiesta y no puede atenderla.

—Pues si no me atiende, yo duermo hoy en esta sala de espera. Así que ustedes verán.

Eleuterio Rodríguez Santín, el hermano conserje, turbado y nervioso, va en busca del director, a quien relata al oído el enfado monumental que tiene la madre de un alumno de ingreso, que amenaza, incluso, con un encierro en toda regla.

—Mire usted, padre Barrena, lo que han hecho con mi hijo, destrozándole la espalda. Es suficiente para echar por tierra todo el prestigio de su colegio. ¡Es una indignidad tratar así a un niño de diez años...! ¡Esto no puede quedar impune! No señor.

El profesor en cuestión, cuyo nombre no ha sido revelado pese al paso del tiempo, es trasladado de curso. El incidente provoca una reunión urgente del claustro, y se recuerda muy seriamente que el castigo corporal está totalmente prohibido. Es la única historia «reseñable» del paso de siete años del bachiller Aznar por el colegio del Pilar.

José María es un muchacho que no depara sustos a sus padres. Extraordinariamente casero y familiar, nada respondón, podría etiquetársele como un jovenzuelo de «orden», escasamente «ligón» y muy introvertido. Las anécdotas que se han podido reconstruir de su infancia pueden adjudicarse a cualquier muchacho español de entonces y de hoy. Cuando cumple nueve años, su madre le lleva a conocer el Palacio Real. La entrada debe parecerle cara a doña Elvira, quien, al comprobar que los niños de ocho años pasan gratis, trata de convencer al conserje de que su niño tiene un año menos.

—¡Pero mamá —suelta el pecoso José María—, si ya he cumplido los nueve!

El funcionario sonríe y le deja ver el palacio sin pasar por taquilla. También promete lo que todos los niños han prometido alguna vez a su madre:

—¡Mamá, cuando sea mayor y gane mucho dinero te compraré un abrigo de visón!

Hoy tiene treinta y siete años, ha ganado las oposiciones de Inspector de Finanzas del Estado, ha sido diputado, presidente de la Junta de Castilla y León y lidera el Partido Popular. Pero el abrigo continúa haciendo guardia en la peletería.

Sus mejores amigos de ayer son los mismos que los de hoy: Jaime de Piniés, sobrino del ex embajador en las Naciones Unidas; José Montesinos, y el empresario Juan Villalonga.

El único motivo de alarma para sus padres estuvo en su afición a los «libros extraños» para su edad. José María Gironella, el célebre autor de *Un millón de muertos*, *Los cipreses creen en Dios* y *Ha estallado la paz*, le dedica a los once años su famosa trilogía con esta frase: «Al lector más joven que tengo.»

Las ambiciones y sueños infantiles del muchacho del barrio de Salamanca andan muy lejos del protagonismo político. Como cualquier niño de la época aspira a ser torero o futbolista del Real Madrid. El fútbol es otra de las constantes en la vida del presidente del Partido Popular. Su abuelo materno ya fue directivo del Real Oviedo, y un tío abuelo llegó a internacional: Domingo Acedo, Tío Txomin. Todavía hoy se producen discusiones en las reuniones familiares a propósito de las lealtades futbolísticas. Manuel, el hermano mayor, es un forofo del Atlético de Madrid, y José María, el pequeño, es un hincha enfervorizado del Real Madrid.

Tal es su afición futbolística, que de pequeñito se ganó alguna bronca de doña Elvira porque utilizaba las sábanas como pancartas en favor del legendario Paco Gento, pintadas con el grito «¡Hala Madrid!» De este equipo le hizo socio el que fuera famosísimo guionista de seriales «rosa» para la Cadena SER, Guillermo Sautier Casaseca, el mismo que hizo llorar a millones de «marías» de la posguerra y bien entrado el desarrollismo. «Tío Guillermo» suele recogerle las tardes del domingo para llevarle al estadio Santiago Bernabéu. De su afición al deporte de la pelota hubiese podido hablar también su gato Criki, al que hace parar los balones de tela que le tira con furia. Siendo presidente de Castilla y León, durante las tardes de fútbol en el Nuevo Estadio José Zorrilla de Valladolid retransmitía el encuentro a través de los micrófonos de la COPE o de la SER. Un comentarista de lujo político para la radio.

A los seis años también anda con montera y capote. Su ídolo es Antoñete. A la salida del colegio frecuenta la cafetería California, donde saborea sus famosas tortitas con nata. Las tardes de los sábados y domingos las dedica a la discoteca Royalty, en el barrio de Salamanca. Allí se «pincha» su música preferida de entonces: The Beatles, Rolling Stones, Los Brincos. Hoy se inclina por las canciones de Julio Iglesias en el pop, y por Ludwig van Beethoven en la música clásica. Lo que Mahler es para Alfonso Guerra, Beethoven lo es para Aznar.

En el aspecto deportivo, y además de su afición al fútbol, José María practica mucho el balonmano. Forma parte del equipo oficial de su colegio. Su entusiasmo en ambas disciplinas deportivas conduce, en más de una ocasión, a la rotura de las gafas de la vieja «tata María», cuando ésta se queda dormida y el pequeño José Mari juega con la pelota, algo que le tiene absolutamente prohibido su madre. Más de un cristal de la casa hubo que reparar también por esa afición.

A esta edad, sus lecturas preferidas son los tebeos que compra con el duro semanal que le da su padre: El TBO, El Jabato, Hazañas Bélicas; como cualquier otro niño. Más adelante, Emilio Salgari y Enid Blyton resultan ser sus autores habituales.

Otra gran afición son los coches. Sus hermanos recuerdan que, de chiquillo, anda siempre estorbando por los pasillos de casa con un coche de pedales que le regalan sus padres. Su primer vehículo es un vetusto Seat 1500 que le cede su padre. Cuando gana las oposiciones lo cambia por un Seat 124-D. Posteriormente adquiere un Renault-5, con el que hará su campaña a diputado por Avila. Hoy es propietario de un Audi 80, color azul marino y matrícula de Avila, que utiliza su mujer. El dispone de coche oficial del partido.

Ponerse al volante de un vehículo es para el líder de la derecha la mejor forma de relajarse. En los dos años y medio que pasa al frente del Gobierno castellano-leonés es frecuente verle por las pésimas carreteras de su Comunidad al volante del Renault-25 oficial, para desesperación del servicio de seguridad. Lo mismo hace durante la campaña electoral de octubre de 1989, a bordo del Audi 100 propiedad del partido. Alguna bronca amistosa ocasiona el hecho con su chófer particular, el extremeño Juan Vilches.

José María Aznar también disfruta dando largos paseos en solitario, especialmente por el campo. Le gusta madrugar. Este *hobby* le ocasionó un disgusto de pequeño. Tenía nueve años, y veraneaba con sus padres en el Gran Hotel de la isla de La Toja. Le habían regalado una gaita gallega, con la que «amenizaba» a los demás huéspedes a primerísima hora de la mañana. Hasta que uno de ellos, harto de tanta gaita, le lanzó desde su habitación un cubo de agua. A partir de ahí se acabaron las dianas floreadas en la bella isla gallega.

A Aznar le molesta mucho la presencia de la escolta, a la que con frecuencia invita a dedicarse a sus asuntos particulares. Las playas de Ribadesella en Asturias conocen sus largas caminatas durante los veraneos con su familia materna.

El amigo José Antonio

Para colmar las inquietudes políticas y sociales de un joven motivado de los años sesenta está la ideología de su padre: el falangismo. José María Aznar fue un admirador y entusiasta de José Antonio Primo de Rivera, fundador de la Falange —«un soñador para un pueblo»—, y de su doctrina social. Pero no sólo en las ideas. Los gestos «descamisados», el populismo, la fuerza del liderazgo del hijo del dictador, atrajeron política y humanamente al presidente popular. Su padre le habla en muchas ocasiones de la gesta del capitán falangista asesinado por los «rojos» tras un juicio sumarísimo en la cárcel Modelo de Alicante. Hoy Aznar procura sobrevolar esta «debilidad» de juventud, pero en la praxis política intenta conectar con las fuerzas sociales, siempre aleccionado en este aspecto por su inseparable mentor Félix Pastor Ridruejo.

También es lector empedernido y admirador de Manuel Azaña y de Indalecio Prieto. En todas estas figuras de la historia reciente de España hay un común denominador: su acendrado nacionalismo, su amor a España, desde distintas ópticas y conceptos, pero impregnado de un sentido patriótico.

En la Universidad Complutense de Madrid se licencia en Derecho con parecido nivel académico con el que realiza el Bachillerato en el Pilar. Sus familiares y compañeros de promoción coinciden en afirmar que nunca estuvo especialmente interesado en conseguir un brillante expediente académico. Se limita a aprobar las asignaturas sin importarle demasiado la obtención de matrículas de honor o calificaciones sobresalientes. «Nunca se le vio apretar los codos, a excepción del año que preparó la oposición», concluye su hermana Elvira, buena conocedora del presidente popular.

Su esposa Ana se queja de su obsesión por el orden; es un «tic» maniático que le hace colocar una misma cosa cien veces en el mismo sitio, especialmente los periódicos.

Sus colaboradores en el partido hablan de un Aznar que en cuanto puede y sus obligaciones se lo permiten se escapa a casa a jugar con sus hijos: José María, de once años; Ana, de nueve; y Alonso, de veinte meses, nacido en Valladolid cuando su padre ya era presidente de la Junta de Castilla y León. En su domicilio alquilado de la Avenida de los Madroños número 19, 3.º E, en el Parque del Conde de Orgaz de Madrid, el líder popular hace de borriquillo sobre el que se suben sus hijos; o pega los cromos de las figuras futbolísticas del Mundial 90. No le gustan los niños, «salvo los suyos», matiza Ana Botella, quien no tiene reparo en calificar a su marido como un hombre de carácter un tanto cerrado e introvertido.

Como buenos funcionarios previsores, José María Aznar y Ana Botella compran al inicio de los ochenta un piso en Madrid con una hipoteca a quince años, por el que continúan pagando del orden de cien mil pesetas mensuales, algo menos de lo que perciben por el arrendamiento del mismo. Restan nueve años para amortizarlo, pero han hecho un magnífico negocio: el inmueble vale hoy tres veces más de lo que costó.

Otros datos de la vida personal del jefe de la oposición hacen referencia a su austeridad, a veces rayana con la tacañería, incluso en su atuendo personal. Es un líder de cuatro trajes —dos de invierno, uno de entretiempo y otro de verano—, casi todos de colores oscuros o grises. Y alguna chaqueta de cuadros, también de fondos oscuros. Sus camisas a rayas se han hecho famosas a través de la pequeña pantalla y en las fotografías de prensa; las adquiere su mujer en tiendas *prêt-à-porter* o en las rebajas, según confiesa ella misma.

No siempre fue así. De jovencito y soltero, no viste prenda que no lleve el sello de Justy o de Justo Arroyo, y usa zapatos Castellanos, asesorado por su hermana Piti. Es un joven al que los jerséis le pican y las servilletas con flecos le producen dentera. Todavía hoy es así, escrupuloso en grado sumo. No tolera un mantel con la mínima mancha.

En cuestión de comidas es un forofo de los *spaghetti* y la coca-cola. A esta última fórmula sigue afiliado. Nunca ha bebido alcohol, a no ser buen vino de Rioja y Vega Sicilia, que le regala el propietario de estas últimas bodegas, su amigo David Alvarez. Odia el champán, y por ello siempre brinda con vino. De pequeño lo hacía con gaseosa, otra de sus bebidas preferidas. Doña Elvira, la madre, sabe que debe tener siempre plátanos y yogures en la nevera, aunque el postre favorito de su hijo es el helado de chocolate.

Desayuna diariamente café con leche y un bollo. Fuma tabaco rubio americano Winston, y le molesta muchísimo que le pidan y dar tabaco, aunque desde que ocupa cargos públicos relevantes ofrece siempre a quien está delante. Cuando cortejaba a su novia y la iba a buscar a casa, llevaba siempre un paquete de Fortuna en el bolsillo, porque los numerosos hermanos de ella eran propensos a pedir tabaco. El Winston resultaba demasiado caro. Su afición al ahorro se notará de forma inmediata al aterrizar en la presidencia del Partido Popular. Una de las primeras medidas que adopta es ordenar una profunda reestructuración de la organización, encaminada a conseguir una mejora en el binomio gasto-rendimiento. La verdad es que no andaban muy boyantes las arcas del PP, y encontrar dinero conlleva humillaciones y riesgos, algunos de ellos graves.

Estamos ante un Piscis típico. Sentimental y tímido. Trata de ocultar la extremada timidez tras la capa de frialdad de la que hace gala, pero se emociona mucho y es de lágrima fácil.

En la universidad tiene como principales profesores titulares a Mariano Aguilar Navarro, en Derecho Internacional Público; Eduardo García de Enterría y Laureano López Rodó, en Derecho Administrativo; Luis Sánchez Agesta, en Político; Antonio Hernández Gil, en Derecho Civil; García Pelayo, en Historia del Derecho; Garrigues, en Mercantil, y Torcuato Fernández-Miranda. Un claustro profesoral de lujo; otra cosa distinta es que impartan clases. Sus disciplinas preferidas son Derecho Internacional, Historia del Derecho y Administrativo, justamente asignaturas que —excepto la última— nada tienen que ver con la oposición que realiza posteriormente.

El joven José María no suele juntarse con chicas, ni busca obsesivamente su compañía; le ponían y ponen nervioso. Lo reconoce con cierto sonrojo. En Sevilla, durante el mes de marzo de 1990, y en presencia de la presidenta popular en la ciudad del Guadalquivir, Soledad Becerril, afirma: «Lo único que me pone nervioso son las mujeres»; declaración que permite comentar a la periodista Carmen Rigalt: «Aznar no es un prodigio de simpatía, pero se deja querer. A veces dan ganas de hacerle arrumacos, pellizcarle las tibias mejillas o hurgar en la profundidad de su bigote.»

El bigote es una característica sobresaliente de su físico. Quizá la única. Para algunas señoras ofrece un algo en qué fijarse; para otras le aproximan en parecido a Charlot. Se deja el poblado mostacho a los dieciocho años, para «hacerse el mayor». Tiene cara aniñada. Poco antes de casarse —para estas cosas es muy suyo—, decide dar una sorpresa a su novia y se lo afeita. Esta queda asombrada de lo joven que parece su «chico» sin bigote. Así que, con la misma mirada cariñosa que le brinda cuando en la madrugada del 30 de octubre de 1989 se conoce oficialmente que ha roto el techo electoral de Fraga, le dice: «José, déjate el bigote otra vez, que si te casas así pensaré que estoy cometiendo un infanticidio.»

Se han dado las interpretaciones más variopintas respecto a su bigote. Entre ellas, que oculta tras el poblado y negro mostacho una cicatriz que le impide pronunciar con más claridad cuando habla. «Semejante chorrada sólo puede haber sido imaginada por una mente calenturienta o por un mal hijo de su madre», responde el interesado con una contundencia ofensiva y desconocida en él. «Llevo bigote porque me gusta y porque me da la real y democrática gana. En esta cuestión no hago caso ni a mi mujer.»

Ana Botella Serrano es una madrileña de treinta y seis años, morena, de 1,68 m. de estatura y cincuenta y cinco kilos de peso. Tiene ojos negros-castaños, melena larga entre negra y cobriza, lunares en la cara y un magnífico tipo para ser una mujer que ha dado a luz tres hijos. Denota fuerte personalidad. A primera vista resulta una clásica mujer española, cultivada, y de ojos vivos, inquietos e inteligentes.

Muy segura de sí misma, como buena Leo. Es la primera hija de una familia numerosa de trece hermanos, una familia de clase media-alta. Un hogar, confiesa, donde nunca ha faltado de nada; pero con una familia tan numerosa, tampoco nunca sobró de nada. Don Ernesto Botella, ingeniero industrial, y doña Ana Serrano enseñaron a sus hijos el valor del ahorro y la austeridad. Algunos de sus hermanos han salido de izquierdas, al contrario que ella, que se afilió muy pronto a Alianza Popular, justo el mismo día y a la misma hora que su marido.

Ana es sobrina del famoso ginecólogo y ex rector de la Universidad Central, José Botella Llusiá. De aquí, en parte, surge la creencia generalizada de que la esposa del líder pertenece al Opus Dei en calidad de supernumeraria, cuestión que ella desmiente tajantemente: «No hay un solo miembro de mi familia que pertenezca a esa institución», dice entre indiferente y sorprendida, sin saber la razón por la que le aplican esa militancia. «Resulta tremendo, y a veces dramático, cómo puede prender en el corazón de la sociedad un rumor, y más si es mentira.» Esta creencia quizá pueda deberse a que durante su estancia en Valladolid matriculó a sus hijos en un colegio dirigido y regentado por el Opus Dei.

Ana Botella estudia el Bachillerato en el colegio de las Madres Irlandesas. Se licencia en Derecho en la misma promoción que su marido, y al acabar la carrera, en 1975, oposita al Cuerpo Técnico de la Administración Civil del Estado (TAC). Obtiene plaza y destino en el Ministerio del Interior, cuyo titular era entonces Rodolfo Martín Villa, en la actualidad uno de los colaboradores más próximos de su marido en el Partido Popular. Se le destina a la Secretaría General Técnica del departamento, con el cometido esencial de preparar los informes técnicos que se remiten al Consejo de Ministros.

Ana Botella es una mujer conservadora. Algunos dicen que tan conservadora como inteligente y agradable. Desde luego, sí es muy religiosa, aunque «sin caer en la beatería», matiza. En el recibidor de su domicilio puede contemplarse una fotografía con el papa Juan Pablo II, tomada en la biblioteca particular de éste en El Vaticano, con motivo de una audiencia privada concedida al matrimonio Aznar con ocasión de la canonización de una beata castellana. Ana luce mantilla española. El matrimonio es de misa dominical y sacramentos.

A nadie se le oculta en el Partido Popular que la mujer de Aznar influye mucho en su marido. Incluso hay quien ha visto en aquella ácida intervención de Alfonso Guerra contra la oposición, en el famoso mitin de Sevilla celebrado el 25 de febrero de 1990, en pleno escándalo por la actuación de su hermano Juan, descalificando al Partido Popular y reduciendo su dialéctica interna a una lucha entre «opusdeístas» y liberales, una referencia a la sombra poderosa e influyente de Ana Botella. Su mano llega claramente a cuestiones políticas concretas. A diferencia de la actual segunda dama del país, la diputada Carmen Romero, Ana Botella confiesa hablar de política concreta con el jefe de la oposición. «Le influye mucho», reconocen algunos miembros de la familia. «Hablamos con frecuencia de política. Todos los días. Me cuenta sus problemas en este sentido; me consulta. Yo le doy mis puntos de vista y mi parecer. El, luego hace lo que le da la gana. No se puede olvidar que yo he vivido muy de cerca su carrera día a día.»

Desde el 1 de enero de 1990, Ana Botella goza de una situación de excedencia laboral en la Administración, hasta que su hijo Alonso cumpla los tres años, es decir, hasta junio de 1992. Para entonces confía en que su marido sea ya jefe del Gobierno, si bien es consciente de que en cualquier curva pueden quedar maltrechos todos los proyectos e ilusiones, como quedó patente en la primavera de 1990. Siguiendo los pasos profesionales y políticos de su esposo, estuvo destinada en el Servicio de Expropiación del IRYDA en Logroño en 1979; vuelve a Madrid en 1982 para reintegrarse en el Ministerio del Interior, y, posteriormente, pasa a la Delegación de Hacienda de Valladolid desde 1987 hasta 1990.

Los hijos son una preocupación fundamental en la vida de los Aznar. José María, el mayor, es aficionado al fútbol como su padre y la política le importa bastante poco. Durante la estancia en Valladolid, el primogénito de los Aznar se quejó un día a su madre:

—Mamá, todos los niños del colegio me invitan a sus cumpleaños. Me parece que lo hacen porque papá es el presidente. Y yo quiero que me inviten por mí, no por mi padre.

«Pasa» de todo lo que rodea públicamente a su padre. Le aburre. Ana, de ocho años, lleva con enorme naturalidad la popularidad de su progenitor, sus apariciones por televisión o su cara en los carteles electorales. El hijo menor, Alonso, es una fotocopia de su padre. Tiene una mirada que atraviesa. Poco antes de las elecciones generales del 29 de octubre de 1989, Alonso viaja junto a su madre en el asiento trasero del Audi 80 familiar por el Paseo de la Castellana de Madrid. De las farolas de la principal arteria de la capital cuelgan los carteles con la foto de su padre. A cada farola que pasan, Alonso grita: «¡Papá, papá, papá, papá...!» Así hasta cincuenta veces. Su madre no puede contener la risa y la emoción. Decide aparcar el coche. Las lágrimas asoman.

Aznar baña, siempre que sus ocupaciones se lo permiten, a sus hijos. Le divierte y le relaja. En su chalé de veraneo de Quintanilla de Onésimo (Valladolid), el pequeño Alonso coge por las noches la mano de su padre y por señas le pide la Luna. Este le contesta, también por señas, que la cosa es imposible. Que todavía el presidente de la Junta de Castilla y León no tiene competencias para dar a su hijo ese capricho.

Ana y José María no parecen muy dispuestos a aumentar el número de hijos. «Ya tengo treinta y seis años», enfatiza la esposa. Presumen de cenar siempre juntos. Lo hacen desde hace trece años. Cuando el presidente del Partido Popular se encuentra en Madrid no acepta cena alguna en la que no esté presente su mujer; ella lo sabe y lo impone. Lo justifica de la siguiente manera: «Durante todo el día está ausente del hogar, y suele comer fuera; lo normal en una convivencia de matrimonio es que al menos se cene juntos.»

Confiesa que no vale la pena vivir con un hombre con el que sólo se tropieza circunstancialmente por el pasillo de casa. «Un matrimonio así no tiene sentido para mí», reflexiona Ana. Dice no haber sentido nunca la tentación de cambiar de hombre, «porque, hasta la fecha, me ha ido muy bien». Ello no significa que no se produzcan peleas familiares a propósito de alguna cuestión, fundamentalmente por el estricto sentido del orden de José María.

El mejor regalo que Ana ha hecho a su marido, según éste, ha sido las obras completas de Manuel Azaña, que tiene siempre a mano en su pequeña biblioteca y que ella adquirió hace ya más de catorce años en la madrileña Cuesta de Moyano al precio de mil doscientas pesetas. Julián Marías y Miguel Delibes son dos de los escritores preferidos y más leídos por el líder de la derecha. Los temas históricos figuran entre los de su mayor interés. Su último libro de lectura es la obra *Tiempos modernos*, del escritor norteamericano Paul Sherman.

En su domicilio actual del Parque del Conde de Orgaz, por el que pagan mensualmente de alquiler alrededor de doscientas ochenta mil pesetas, muy cerca del piso que compraron hace años, el jefe de la oposición no dispone de despacho propio. Una pequeña mesa de color marrón oscuro le sirve como escritorio y mesa de trabajo. De vuelta a Madrid, ya como jefe del Partido Popular, Ana pensó en instalarse en La Moraleja, pero su marido se negó en redondo.

—Ana, me destrozaría. ¡La Moraleja!, estás loca.

La funcionaria dio veinte mil vueltas por todo Madrid. Todo está carísimo. ¿Se ha planteado el matrimonio Aznar vivir próximamente en el palacio de La Moncloa?

—No hemos hablado de eso. No somos tan insensatos. Quizá en alguna chanza o broma ha salido el tema. Nada serio.

Ana Botella, sin embargo, está convencida de que su marido logrará su principal objetivo político: llegar a la Presidencia del Gobierno. A ello no sólo contribuirá «la inteligencia, el trabajo, la honestidad y el estilo serio y ético» de su marido, sino también el desmoronamiento del proyecto socialista. Es lo que pensaba antes de estallar el más serio de los obstáculos con que se ha encontrado Aznar: el «caso Naseiro».

—En la realidad, las diferencias hoy entre la izquierda y la derecha en cuestiones de política concreta son prácticamente inexistentes —reflexiona Ana Botella.

Aznar tiene una mujer muy celosa, a la que no le gusta que se quede solo. Como casi todos los políticos, el presidente del Partido Popular tiene en su esposa a su primera partidaria y votante. Su principal «hincha». En cuestión de amigos, los Aznar no se fían de los nuevos. Recelan del interés espontáneo y creciente de algunos que, de repente, les han descubierto para el aprecio. El más íntimo es Juan Villalonga, padrino de su hijo y compañero del colegio. Otro de los que forman el «círculo íntimo» de las amistades del matrimonio Aznar es Miguel Blesa, compañero de oposición y destinado con él a la Delegación de Hacienda de La Rioja. Ambos protagonizaron una anécdota reveladora del amor de los españoles por los inspectores fiscales: José María y Miguel buscaban piso de alquiler en Logroño; corría el año 1979. Pero cuando presentan sus datos para materializar el contrato de arrendamiento del inmueble, éste siempre se ha alquilado cinco minutos antes o el propietario, súbitamente, decide cambiar de opinión, venderlo o dejarlo vacío. Así hasta siete veces.

Tampoco su padre parece muy contento con los servicios fiscales de José María. Tras la «reforma Ordóñez», Manuel Aznar le pide a su hijo que le haga la declaración, después de lo cual no duda en exclamar:

—¡Coño, hijo, desde que me haces tú los papeles cada vez pago más!

Para esos temas es de una intransigencia tremenda.

Las responsabilidades políticas le han alejado de su familia. Pocos días antes de ser «coronado» en el X Congreso de Sevilla, su madre se queja de que hace dos meses que no ve a su vástago.

—Hijo, no cambies, por favor, no cambies —le amonesta doña Elvira cada vez que le ve.

—¡Madre, leche, que no he cambiado nada!

Pero algo sí ha cambiado; es inevitable, aunque sólo sea por cuestión de agenda y seguridad.

Cómo librarse de la «mili»

El lector va a conocer al final de este capítulo lo que en el lenguaje periodístico se conoce como un *scoop*, una exclusiva.

José María Alfredo Aznar López, jefe de la oposición política española, no ha hecho el servicio militar. Hacer la «mili» ha sido siempre en España como obtener la mayoría de edad o ir al infierno: una frontera. Un antes y un después. El presidente del Partido Popular siempre quiso evitar su incorporación a filas. Al finalizar la carrera tiene veinticuatro años y ha pedido ya tres prórrogas por estudios. Dios se le aparece entonces en la menuda figura del teniente general Manuel Gutiérrez Mellado, a la sazón ministro de Defensa y vicepresidente del Gobierno de Adolfo Suárez, quien, el 17 de abril de 1978, firma la Orden Ministerial número 1198/78 que aparece ese mismo día en el Boletín Oficial del Estado, relativa al «Servicio Militar, Exenciones y Reducciones». «La experiencia ha confirmado», dice textualmente la Orden, «que los contingentes anualmente incorporados a filas comprenden un determinado porcentaje de reclutas casados, con uno o más hijos, y viudos en iguales circunstancias familiares, que no son contemplados por la Ley 55/1968 General del Servicio Militar. La protección a estas familias aconseja arbitrar soluciones de carácter temporal, siempre que lo permitan las primordiales necesidades de los Ejércitos. En su virtud, previa autorización del Gobierno, a propuesta de este Ministerio de Defensa, se dispone:

—Se declaran exentos del servicio militar activo los reclutas procedentes del reemplazo de 1977 e inscritos en Marina del reemplazo de 1978 y agregados a los mismos que, debiendo incorporarse a filas durante el año 1978, acrediten documentalmente ser casados y con uno o más hijos.»

José María Aznar se casa el 28 de octubre de 1977, y su primer hijo nace el 30 de noviembre de 1978 en Logroño. Mes y medio después de quedar embarazada Ana Botella, se publica la Orden que permite «escaquearse» del servicio militar a José María. En estas fechas ya es inspector de Hacienda, y su mujer trabaja como técnico de la Administración en el Gobierno Civil de Logroño. La norma se dicta para los supuestos de insuficiencia de medios. ¿Podía acogerse entonces Aznar a la Orden Ministerial del Gobierno Suárez?

La disposición del general Gutiérrez Mellado y el resto de las normas en este sentido quedan derogadas por la Ley 19/1984 del 8 de junio de 1984 del Servicio Militar y el Reglamento que lo desarrolla, aprobada el 21 de marzo de 1986 por el Gobierno socialista.

Aznar siente por aquel entonces auténtico pavor al uniforme caqui, y, sobre todo, entiende que va a perder dieciocho meses en un momento clave de su vida. Lo mismo que pensaban y piensan millones de jóvenes españoles.

El dato —al margen de la anécdota—, relevante en un dirigente político, es que José María Aznar podría convertirse en el primer Presidente de Gobierno de la historia de España que no ha servido a la patria con las armas. Aunque ya estamos acostumbrados, porque el ministro socialista de Defensa, Narcís Serra, se libró de la «mili» por pies planos.

Capítulo 4

LA CONJURA DE MARBELLA

—«Fverstrynge», ¿qué le pasa a usted?

—Nada, «patrón», que no creo en esto.

—No diga chorradas y a trabajar, que hay mucho que hacer.

—No se enfade, don Manuel. Es que no aguanto más. Esto no es lo mío. Le digo que estoy más cerca de Alfonso Guerra que de muchos de aquí. El ambiente se me hace irrespirable. No se aceptan cosas elementales como el divorcio, el aborto, el subsidio social. Viven en el siglo XIX.

—«Fverstrynge», déjese de tonterías y liquide al presidente de Madrid, que es una calamidad. Ese señor Ruiz Soto no crea más que problemas.

Transcurren los primeros días del mes de julio de 1986. El 22 de junio del mismo año se han celebrado elecciones generales, y Alianza Popular obtiene ciento cuatro diputados, dos menos que en 1982. El PSOE revalida la mayoría absoluta y se dispone a gobernar con los mismos métodos y maneras que en la legislatura anterior. En los medios informativos se habla del PRI mejicano en modelo español. Toda la prensa se hace eco del «techo» de Manuel Fraga y de su incapacidad para derrotar al Partido Socialista. La derecha económica y política se encuentra desazonada, y a ello contribuyen también los rigores del verano.

El Partido Demócrata Popular (PDP) decide formalmente a los pocos días romper la Coalición Popular, y trata de constituirse en grupo parlamentario propio. El fantasmagórico

Partido Liberal de José Antonio Segurado puede seguir el mismo camino. En el seno de AP se desata una lucha abierta y declarada, producto de ambiciones frustradas e impotencia política, en muchos casos azuzada desde el exterior.

Jorge Verstrynge Rojas, treinta y seis años, profesor de sociología en la Facultad de Ciencias Políticas de la Universidad Complutense de Madrid, es el secretario general del primer partido de la oposición. Como secretario general adjunto, encargado de los temas autonómicos, figura José María Aznar, alineado espiritualmente en las filas del grupo que lidera Miguel Herrero y Rodríguez de Miñón, portavoz popular en el Congreso de los Diputados.

En enero de 1986, Verstrynge mantiene una conversación con su presidente en la que le plantea su intención de abandonar la secretaría general y, probablemente, también el partido. Está harto del trato que recibe de Fraga, y se sabe rodeado de enemigos internos que piden a diario su cabeza.

Bombardeo para dos

En la madrugada del 15 de abril de ese mismo año, el presidente norteamericano Ronald Reagan decide bombardear Trípoli y el cuartel general del líder libio Muhammar-el Gadafi, poniendo un nudo en la garganta del mundo. Manuel Antonio Rico, director y conductor del programa de la Cadena COPE *Primera hora*, despierta a las cinco de la mañana al secretario general de Alianza Popular en su domicilio particular de la calle de Clara del Rey para informarle de la noticia y pedirle su opinión al respecto. María Vidaurreta, que se encuentra acostada, oye las palabras de su marido.

—Si lo que ustedes me cuentan es cierto, y no tengo por qué dudarlo —declara Verstrynge—, la intervención armada norteamericana me parece un despropósito y una barbaridad. Es una vergüenza que en pleno siglo XX los americanos se permitan el lujo de entrar a sangre y fuego en otro país.

Si hay que arreglar algo, arréglese, pero con métodos civilizados. Este señor Reagan me parece que se ha vuelto loco.

—Jorge, te has pasado —comenta su esposa una vez colgado el teléfono.

A las ocho de la mañana, Luis de Benito, director del espacio *España a las ocho* de Radio Nacional de España, conecta con don Manuel Fraga por el mismo motivo informativo.

—La intervención de los Estados Unidos en Libia —dice el presidente aliancista— está más que justificada. Es intolerable que un personaje como Gadafi esté permanentemente amenazando a todos y ponga en peligro la paz y la seguridad mundial. Por tanto, mi opinión es de respaldo total al presidente Reagan y a la acción militar que ha puesto en marcha.

Verstrynge sale de su casa a las ocho y media de la mañana en el coche oficial que le distingue como «número dos» de AP, con dirección a la calle Génova. En la Castellana, a la altura del Paseo de La Habana, suena el teléfono del coche.

—Jorge, te vas a enterar. Prepárate, porque tu jefe te va a echar una bronca de campeonato. Le he oído en Radio Nacional, y te he oído a ti en la COPE. Te va a «hostiar»... Yo me alegro sinceramente de haberte oído decir eso. Pero lo siento por ti. Vas a tener problemas.

Es Enrique Curiel, vicesecretario general del Partido Comunista de España, compañero de claustro y amigo del dirigente aliancista.

Poco antes de las nueve, María Antonia Ayala, la fiel y permanente secretaria de Fraga, esposa del diputado autonómico madrileño de AP Carlos Collado, llama por el interfono al secretario general para que acuda al despacho del presidente, al que encuentra enojado.

—Tú, «Fverstrynge», eres un frívolo. Nos han pillado en una contradicción. ¿Cómo en un partido serio el presidente puede opinar una cosa y el secretario general otra? ¿Cómo, a ver?

—Manolo...

—Ni Manolo, ni leches... Has metido la pata hasta el corvejón. ¿Cuántas veces te he dicho que pienses las cosas antes, y que no contestes al primero que te pregunta?

Pausa.

—Jorge, a ver si aprendes de una vez para siempre. Ronald Reagan es nuestro amigo, y, además, es un gran estadista... Y Gadafi es un desalmado al que hay que parar los pies; un terrorista; un delincuente.

—Bueno, pero yo puedo opinar...

—Tú no opinas nada... A ver cómo lo arreglas ahora.

Fraga y Verstrynge, que habitualmente se llaman de «usted», cuando se enfadan se tutean. Es una costumbre muy francesa. Ese trato resulta demasiado duro para el deshilachado y nervioso secretario general. Sale del despacho de su presidente rojo de ira. Está acostumbrado a los modales del «patrón», «pero todo tiene un límite», piensa. «Por si me queda alguna duda, esto viene a confirmar que o yo me voy sin pérdida de tiempo, o jubilamos a "Zapatones" y los "fragadependientes" de la forma que sea.»

Alfonso Guerra tiene conocimiento pocas horas después de la bronca que Fraga propina al secretario general, y relata el incidente a Felipe González. Los sevillanos se desternillan de risa.

—La verdad es que son impresentables, Alfonso. A este paso te vas a tener que encargar tú de organizar Alianza Popular, ¡je, je, je!

—Este chico, Jorge, no puede más. Me llama todos los días. Su pretensión es ingresar con el tiempo en el PSOE.

—¡Pero qué carajo dices, Alfonso! Si me dio toda la caña del mundo cuando el «caso Flick», y Willy Galeote le amenazó con destrozarle recordando su pasado nazi... Acuérdate del incidente, en el que tuvo incluso que mediar Gregorio como presidente del Congreso.

—Bueno, bueno, Felipe, que las cosas no son a veces como parecen. Cada día me doy más cuenta. Es un buen chico, y coincide en muchos puntos con nosotros.

—¿Qué?

—Sí, Felipe, sí. Por ejemplo, es ateo. Le gustan las «tías» más que a nosotros, y sus inquietudes sociales están en una línea avanzada. No te asustes, Felipe, que es así. Mira, me ha pasado un artículo que escribió en 1979, y que no le ha dejado publicar Fraga, titulado «Sobre el futuro del capitalismo», que puede firmar Pablo Castellano o Francisco Bustelo.

—Tú sabrás, Alfonso. De esas cosas, el que sabe eres tú.

No es la primera vez que el vicepresidente habla de su amigo Jorge Verstrynge con el Presidente del Gobierno. El artículo de tres folios y medio al que se refiere Alfonso Guerra, redactado por Verstrynge en 1979, duerme siete años en el cajón antes de ver la luz. En dicho trabajo, el «segundo» de Manuel Fraga reivindica a Carlos Marx, arremete contra el excesivo beneficio del capital, y revaloriza el papel del Estado frente a los «cambalaches» de la economía de mercado.

Verstrynge estrecha cada día más sus relaciones personales con Alfonso Guerra y otros dirigentes socialistas. Acude a las cenas privadas y actos sociales restringidos que los nuevos gobernantes del país imponen según su nuevo estilo. Favorece este acercamiento su esposa, María Vidaurreta, a quien nunca le cayó bien Fraga, y a la que éste corresponde con el mismo grado de simpatía y afecto. Estos contactos son conocidos por el «patrón», que recibe informaciones confidenciales en las que se acusa incluso a su «número dos» de pasar documentos secretos del partido al vicepresidente del Gobierno. Durante el debate parlamentario sobre el Estado de la Nación de 1984, mientras Fraga lee su discurso, Guerra lo coteja desde su escaño con una copia del mismo que ha llegado a sus manos horas antes. Casi a punto de comenzar el debate, Guerra y Verstrynge se encuentran en el Salón de Pasos Perdidos del Congreso. El vicepresidente, irónico y prepotente, se dirige al secretario general de AP, que porta una gran cartera de cuero marrón repleta de informes.

—Jorge, dile a tu señorito que sea más discreto con los papeles. Mira, aquí tengo su discurso. ¡Hay que ver las cosas que escribe! Anda que si lee lo que aparece en el folio veinticinco, ¡vais «apañaos»!

Los enemigos del secretario general se apresuran a acusarle ante Fraga de ser el «topo» del PSOE en Alianza Popular. En aquella ocasión, sin embargo, el jefe de prensa del partido, Felipe López Núñez, y María Pilar Andrés Montalvo (Marilar), se habían apresurado al repartir la intervención del presidente de AP entre los medios informativos. Una de las copias llega a manos de Antonio de Miguel, del gabinete de prensa del grupo socialista, que corre presto a llevársela a sus jefes.

El *affaire* provoca una investigación del juez de Madrid Vázquez Honrubia —a instancias de José María Ruiz Gallardón— sobre las pretendidas «escuchas telefónicas», quien llama a declarar, entre otros, al periodista José Antonio Sánchez, de *ABC.* Honrubia decide archivar el caso en dos ocasiones.

No será la última vez que hasta el Gobierno lleguen papeles e interioridades del primer partido de la oposición. Durante el mes de junio de 1986, en plena campaña para las elecciones generales, Felipe González anuncia al grupo de periodistas que cubre las actividades del PSOE, durante un café en los jardines del palacio de La Moncloa, que Coalición Popular se romperá después de la consulta. El mensaje es fiable: le ha llegado por un alto dirigente de la propia Coalición.

Fraga se percata de que la ofensiva contra Verstrynge arrecia. Escribe en sus *Memorias*: «Diciembre 1985. Miércoles, 12. Cena en casa de Juan Arespacochaga. Asisten José María Ruiz Gallardón, Manuel Jiménez Quilez y Antonio Navarro. Fuerte ofensiva contra Jorge Verstrynge, cuya cabeza salvo por segunda vez.»

Durante la mañana del bombardeo de Trípoli, Jorge se dedica a escuchar las noticias de la radio sobre el conflicto armado en el Magreb y a pasear por su despacho recordando su trayectoria, desde que de la mano de Carlos Argos ingresa en Reforma Democrática hasta el puesto de confianza al lado de Manuel Fraga. «Yo no tengo apellido, no tengo fortuna, ni bufete, ni banco, ni religión, ni creo en la otra vida. Entonces, ¿qué hago yo con estos señores, si lo único que tengo que conservar es una miserable colección de trenes en miniatura? Yo me voy. No aguanto más.»

Desfilan por su mente los momentos iniciales de su carrera política —enero de 1977—, cuando aterriza en la sede de la calle Silva con melena larga y pantalones de campana.

—¿Qué hago? ¿Puedo ayudarte en algo? —preguntaba a Carlos Argos, jefe del gabinete de Fraga.

—Vete y me compras un paquete de Winston.

Recuerda sus primeros viajes a provincias en compañía de María Vidaurreta. Rememora su primer cargo en Alianza Popular, en octubre de 1977, cuando el partido se debate entre la vida y la muerte. Al dimitir José Cholbi como vicesecretario de Acción Territorial, Fraga pide con urgencia a su jefe de gabinete un hombre para sustituir al dimisionario.

—Don Manuel, yo creo que Jorge Verstrynge, este chico tan activo e ilusionado, podría ocupar el puesto.

—¿Quién?

—Verstrynge...

—Argos, responde usted con su cabeza si la cosa no resulta.

Asomado a la ventana, Jorge rememora la campaña a la alcaldía de Madrid en 1984, en la que compite contra el profesor Tierno Galván, cuando Fraga le prohíbe hacer campaña en los barrios del sur y en las discotecas.

—¡Usted, «Fverstrynge», tiene que patearse los barrios de Chamberí, Salamanca, Moncloa, Castellana, donde está nuestra gente! ¡No pierda el tiempo donde no va a ganar más que un mamporro...!

—Perdone, don Manuel, los votos hay que conseguirlos donde no los tenemos... Sepa usted que la derecha no da un Presidente del Gobierno, ni un alcalde de Madrid.

—¡No me discuta, «Fverstrynge», y haga lo que le digo!

Jorge Verstrynge no olvidará mientras viva la bronca que le propina su jefe delante de todo el comité ejecutivo cuando una tarde se presenta vestido con una zamarra de cuero negra. El secretario general se sienta en el sillón que le corresponde, al lado de su presidente. Fraga ve venir de esa guisa a su «número dos», se quita las gafas, levanta la cabeza ladeándola ligeramente, resopla, y dice:

—«Fverstrynge», ¿usted cree que esa es manera de presentarse a una reunión de caballeros, como viene vestido al estilo de un trapero de Wyoming...?

El secretario general recorre con la mirada a los divertidos miembros de la ejecutiva, muchos de los cuales están a punto de soltar la carcajada. Otros se tapan disimuladamente la cara con las manos para que no se les note la juerga que se traen. Jorge enrojece hasta los cabellos, y a trompicones contesta:

—¿Qué tiene de malo esta vestimenta, don Manuel? Me siento cómodo...

—¡Váyase a cambiar inmediatamente, y se presenta usted aquí como una persona seria, no como un frívolo!

—Creo, don Manuel, que ser un caballero no tiene nada que ver con la forma de vestir. Yo tengo treinta y seis años...

—Pues la tiene, mi querido amigo. ¡Haga lo que le digo!

Fraga siempre creyó que su secretario general era una marioneta en manos de María Vidaurreta. Así se lo confesaba el 19 de diciembre de 1988 al autor de este libro delante del hotel Sofitel de Estrasburgo, mientras esperan el coche que ha de trasladarles hasta la sede del Parlamento Europeo.

—Amigo Palomo, de ese señor no quiero hablar. Para mí se acabó. Pero si usted quiere conocer y escribir esa historia, deberá investigar a su mujer. María Vidaurreta le ha hecho mucho daño.

En sus *Memorias*, Manuel Fraga despacha al que durante seis años fue su «número dos» y teórico hombre de confianza de esta manera: «Algunas personas, cegadas por la ambición, pueden destruir en horas unas oportunidades hechas a lo largo de años. Una cabeza fría, una vocación política, unas oportunidades generosamente ofrecidas y mantenidas (incluso en momentos de notorios errores y fracasos), se frustran por pruritos de ascenso social fantasmagórico, por tentaciones burguesas, por adulaciones bastas, por un último punto de desarraigo moral y de quiebra de unas lealtades que nunca deberían fallar.»

Jorge Verstrynge recibe, como hace casi a diario, la visita del secretario general adjunto para temas autonómicos, José María Aznar, cuyo despacho está situado en la planta sexta, un piso más abajo. Ese día no entran a estudiar temas concretos. El secretario general viste un traje *sport*, y el adjunto ha acudido muy puesto, con corbata y americana cruzada.

—¿Qué hay, Jorge?

—Pues jodido, José María. Ya te lo he contado en otras ocasiones.

—Pero hombre, ¿por qué no intentas arreglarlo? Hay que hacer las cosas bien. Sin necesidad de follones. Este es tu partido, después de todo lo que has pasado. Tú has hecho la travesía del desierto, y has estado en sus momentos más bajos. Aguanta. Ya conoces a Fraga.

—No puedo, José María. No puedo más. Si además no es sólo Fraga. Es toda esa panda de aduladores y la carcundia que le rodea y le «come el coco». Tú los conoces bien, aunque quieras «pasar». Así es imposible ir a ninguna parte.

—Todo lo que quieras, Jorge. Yo soy realista. Habrá que cambiar lo mucho que no nos gusta de esta casa y de este partido, pero fuera de aquí, ¿qué hay, eh?. ¡Nada! Salvo el PSOE, y yo no soy socialista...

Verstrynge se queda callado. Aprecia a José María Aznar. Valora su trabajo y sus análisis objetivos e inteligentes. Conoce su voluntad de renovación en el partido y, en general, se han entendido perfectamente durante estos años. Pero es un hombre ligado a Miguel Herrero y Rodríguez de Miñón, su enemigo mortal, el hombre que ha querido siempre pasarle la apisonadora por la espalda. El cuerpo le pide decir a su adjunto que son muy jóvenes, que ellos no han conocido la guerra ni la posguerra, y que pueden tener legítimamente otra alternativa al margen de Alianza Popular. Pero se calla.

—Yo haré lo imposible para que sigas en el partido, Jorge. Y sobre todo, hay que evitar a toda costa los enfrentamientos internos y que trasciendan a la prensa. Hay que aprender del ejemplo de UCD.

—Te lo agradezco, pero lo veo muy difícil, querido.

Cuando Aznar abandona el despacho de su jefe inmediato, Verstrynge rememora la primera ocasión en la que habló a Fraga de su sustituto. En 1982, Alianza Popular celebra su VI Congreso en Barcelona. Verstrynge conduce su Citroën CX-GTI a doscientos kilómetros por hora por la autopista catalana. Enterado Fraga del ardor automovilístico del secretario general, le larga, como de costumbre, una bronca fenomenal en el hotel Princesa Sofía de la Ciudad Condal.

—Es usted un irresponsable. ¿Qué pasa si tiene un accidente y se mata?

—Pues nada, don Manuel, nombra usted otro secretario general, y punto.

—¿Ah, sí? ¿A quién?

—Mire, ahí está José María Aznar. Sería un magnífico sustituto. Es el más equilibrado de los que hay por aquí. El único, don Manuel, que tiene los nervios bien templados. Debe pensar en ello.

Antes de irse ese día a comer en el restaurante El Bodegón con Alfonso Osorio, Jorge Verstrynge piensa que es el momento de dar al presidente algunos nombres para su sustitución.

—Aznar tiene ventajas: ha realizado un magnífico trabajo en la LOAPA, es frío, no da la lata y se las apaña solo cuando se le encarga un trabajo. No le gusta arrollar y busca el pacto. Sólo le veo un inconveniente: es amigo de Miguel Herrero. Claro que mi amigo Gabriel Camuñas también tiene cualidades políticas y podría hacerlo bien. Además, tiene ganas, ¡qué caray!

Antes de que se inicien las vacaciones de verano, suceden cosas muy importantes en Alianza Popular. Tras la traición democristiana, que deja muy afectado a Fraga, Jorge

Verstrynge le propone sutilmente plantear la dirección del partido de una forma distinta.

—Don Manuel, usted tiene que hacer ahora como Napoleón.

—¿Cómo dice, «Fverstrynge»? Napoleón hizo muchas cosas, mi querido amigo. A qué se refiere...

—A la vuelta de la isla de Elba, dictó una constitución para Francia. Optó por una normalidad constitucional, y no por una monarquía absoluta. Perdone que le diga, don Manuel, o usted democratiza el partido, o se lo democratizan los demás. Eso está bastante claro.

—¿Qué propone usted?

—Si me permite la sugerencia, don Manuel, creo que podría constituirse una comisión de «gente razonable» que redactase la reforma del partido, para hacer sus decisiones más colegiadas y con más democracia interna.

—¿Qué nombres propone usted, «Fverstrynge»?

—Pues a Fernando Suárez, Félix Pastor Ridruejo, Alfonso Osorio y yo mismo.

—Bien —contesta Fraga—, añada además estos nombres: Juan Ramón Calero, Hernández Mancha y José María Ruiz Gallardón.

La comisión especial mantiene tres reuniones, que se llevan a cabo en la sala del comité ejecutivo nacional. Mancha nunca asistió. Durante esas reuniones, Fraga se acercaba frecuentemente a «echar un vistazo» con cara de preocupación, y con la excusa de ir al servicio. En las sesiones de trabajo se acuerda que en los congresos se institucionalicen las listas abiertas, y se limitan los poderes del presidente en beneficio del comité ejecutivo. Al término de la tercera reunión, Ruiz Gallardón le comunica a Fraga:

—Manolo, éstos están perpetrando un golpe de Estado contra ti.

El presidente llama al secretario general y le pregunta si han ultimado alguna propuesta.

—Sí, don Manuel.

—¿Tiene algún papel escrito?

—Aquí lo tiene.

Manuel Fraga se coloca las lentes y lee atentamente el contenido del informe. Su gesto se vuelve adusto y serio.

—«Fverstrynge», esa comisión no se volverá a reunir más.

Galicia: operación a vida o muerte

En la primera semana de julio de 1986, Fraga decide eliminar a Gerardo Fernández Albor de la presidencia de la Xunta de Galicia, y apostar por el vicepresidente José Luis Barreiro. Las elecciones generales de mayo no han arrojado buenos resultados en la Baviera particular del «teniente Manolo», que está furioso y desea cambios drásticos en la dirección gallega. Fraga comenta su decisión con sus colaboradores más próximos, y encuentra oposición en algunos de ellos, que alegan fundamentalmente motivos de oportunidad política. Barreiro les parece a todos la persona más cualificada para dirigir el gobierno y el partido en Galicia, pero descabalgar al doctor Albor en esos momentos es considerado *sottovoce* como una «auténtica bestialidad». La traición de los democristianos está reciente, así como la fuga al CDS de diputados como José Ramón Lasuén o Antonio Jiménez Blanco. Entre los que se oponen abiertamente se encuentra el secretario general.

—Debe usted partir de un principio: cuando no se aumentan los votos —dice Fraga—, tiene que haber un responsable. Elija usted entre Albor o yo. Escoja usted, «Fverstrynge».

—Es que las cosas no son así, don Manuel.

—De Galicia sé yo, mi querido amigo. Usted es andaluz.

—Pero usted lo que quiere es fusilar a los subalternos.

—He dicho que tiene que escoger un responsable de los malos resultados: o Fernández Albor o yo.

Manuel Fraga llama entonces a un curioso personaje, dedicado hoy a los negocios privados, entre ellos la publicidad y las relaciones públicas en la empresa DARDO, S. A., llamado Javier Carabias, para que monte la operación de acoso y derribo contra el presidente gallego. Carabias se traslada a Galicia con la máxima urgencia, por si es menester ablandar las voluntades políticas de parlamentarios y miembros del gobierno autónomo.

Agoniza septiembre en el Paseo de la Castellana, que es un poco la mejilla de España, y un hermoso maquillaje de otoño hace dudar entre ir de Madrid al cielo o del cielo a Madrid. Muy cerca, en la calle Claudio Coello, Miguel Jimeno, el *maître* del Club 24, sienta a dos ilustres personajes de la derecha española, Manuel Fraga y Gerardo Fernández Albor, en una mesa del restaurante. Es el mediodía del 30 de septiembre de 1986, y esperan al gran valido de la reciente historia política gallega: José Luis Barreiro Rivas, cuarenta y un años, dos hijos, licenciado en sociología y ciencias políticas, ex seminarista en la Universidad de Comillas. El vicepresidente gallego es uno de los pocos miembros de Alianza Popular que se permiten el lujo de acudir con retraso a las citas con el «patrón». Pasan los minutos y, cuando por fin aparece el hombre más poderoso de Galicia, se encuentra al viejo «león de Villalba» y al doctor de La Rosaleda sumidos en una intensa conversación.

—Mi querido amigo Barreiro —exclama rápido Fraga, a modo de saludo—, acabamos de nombrarle a usted sucesor del doctor Albor para la próxima legislatura.

A José Luis Barreiro no le da tiempo a cumplir con la cortesía de un saludo.

—Es que esa no es la cuestión, don Manuel: no nos estamos jugando quién va a ser el patrón del barco para la próxima legislatura gallega, sino qué hacemos, qué medidas tomamos, para que ese barco llegue a flote a las próximas elecciones gallegas.

La cumbre tripartita sigue por esos derroteros, y mientras Fraga parece no querer enterarse de que el volcán de la derecha gallega, dividida en cotos de caza electoral personales e intransferibles, está a punto de entrar en erupción, el doctor Albor da la sensación de estar silbando *blues* con la mirada perdida en el cielo de Madrid. Barreiro regresa a Galicia esa misma tarde con la sensación de haber sido nombrado heredero universal de una fortuna que está siendo dilapidada, segundo a segundo, por un presidente de la Xunta que lleva años ejerciendo el papel de «reina madre». Sólo un cambio de actitud de Manuel Fraga tomándose en serio el problema gallego, o un *harakiri* de Fernández Albor, impensable en una persona de sus características psicológicas, puede alterar la convicción que late en el subconsciente del joven vicepresidente según la cual la solución a los profundos e irreversibles problemas de la derecha gallega pasa por una «intervención quirúrgica», con los consiguientes traumas del posoperatorio. Barreiro sabe ya, durante la estéril sobremesa en el Club 24, que no le va a quedar más remedio que afrontar la responsabilidad de una operación a vida o muerte.

En Galicia ha estado sonando durante los últimos meses el «tam-tam» de los empresarios, de los «notables» provinciales, de los poderes fácticos, anunciando a todo el que quisiese oírlo que con Gerardo Fernández Albor la derecha sociológica gallega está condenada al naufragio. Un periodista gallego se atreve a anunciar varios meses antes que «algo huele a golpe de Estado en Raxoi». El presidente Albor estaba entrando en barrena ante la opinión pública gallega.

El «heredero» vuelve a tomar posesión de su despacho en Raxoi, y comienza a descifrar los mensajes que tiene sobre su mesa, con un inquietante y subliminal contenido común. ¡Hay que echar a Gerardo! Una copia del discurso que días después va a pronunciar Pucho Mantiñán, presidente de la Confederación Gallega de Empresarios, durante el congreso anual de esta institución, abriría ahora mismo los ojos de los historiadores, como abrió aquella tarde los ojos de José Luis Barreiro. Jamás la clase empresarial de un país se había permitido una censura más cruel, mejor argumentada y tan irreversible hacia un Presidente de Gobierno, como la que el presidente de la CEG hizo del doctor Albor ante sus compañeros de la Confederación. Cacharro Pardo en Lugo, desde la atalaya de la Diputación Provincial, tiene ya asumida, y la había ratificado en una reunión personal con Barreiro en casa de este último, la necesidad imperativa de arrancar al doctor de La Rosaleda de su despacho de Raxoi. En Orense, Victorino Núñez, el gran «padrino» político de la zona, asume —eso sí, «a la gallega»— la necesidad de llevar a cabo un golpe de Estado contra Albor. Enrique Marfany y Páramo Neira, a la sazón líderes de dos agrupaciones políticas que mantienen en el poder a Fernández Albor, los cristiano-demócratas y liberales, estaban enterados y expectantes ante las maniobras orquestales en la oscuridad...

Al atardecer del 28 de octubre, el presidente Fernández Albor huele a muerto político. Todos los oráculos que manejan las fuerzas vivas de Galicia traen malos presagios para el galeno, que vive de espaldas a la gran conspiración de silencio que se extiende por el noroeste español. Barreiro está reunido a esas horas con algunos columnistas gallegos, y anuncia que va a ocurrir algo en las próximas dos semanas que puede cambiar la historia de Galicia.

—Os mantendré oportunamente informados —anuncia en un tono trascendental.

Los chicos de la prensa abandonan minutos después el despacho del vicepresidente, convencidos de que hay que velar plumas y «olivettis» durante las próximas dos semanas. Sólo uno de ellos, el redactor jefe del *Faro de Vigo*, se arriesga a construir una hipótesis, y la lanza al día siguiente en primera página para despertar a la opinión pública la mañana del 30 de octubre con esta noticia: «El gobierno gallego quiere forzar la dimisión de Albor.» Javier Sánchez de Dios sólo ha recogido lo que es un secreto a voces, y no le parecen importantes los matices mientras desarrolla en sus folios la bomba informativa. En efecto, la derecha gallega está decidida a prescindir de los «servicios» del doctor Albor, pero jamás se ha planteado la estrategia para ser desarrollada en un consejo de gobierno. Barreiro ha sincronizado ya todos los relojes para iniciar la operación de acoso y derribo en el seno del partido, y la hora «D» y el día «H» están marcados en el calendario para que coincidan con una reunión regional del partido en la que se van a renovar algunos cargos ejecutivos. Está fijada para diez días después de la chispa imprecisa que hace saltar el periódico de Vigo, cuyo papel histórico es el de haber precipitado los acontecimientos.

Suenan las once campanadas en el reloj de la catedral, y el gobierno gallego entra en la sala de consejos. En la cabecera de la enorme mesa donde durante seis años se ha fraguado el destino de Galicia espera el presidente con la primera página del *Faro* convenientemente desplegada ante sus *conselleiros*. Mira hacia Barreiro como debió mirar Julio César a Bruto antes de que le asestase la puñalada:

—Exijo que firméis una nota de apoyo a mi persona.

—Gerardo, a un presidente no le pueden apoyar sus *conselleiros* porque es él, precisamente, el que tiene la potestad de nombrarlos y de cesarlos —contesta Barreiro.

—Pero bueno, habrá alguna fórmula para volver a la normalidad, después de la situación creada por esta noticia —dice Albor con la voz quebrada.

—Es que ni yo, ni creo que la mayoría de nosotros, estamos dispuestos a volver a eso que tú llamas normalidad y nosotros llamamos caos —responde implacable Barreiro.

—Pero, ¿de qué me acusáis, qué he hecho mal? —gime el presidente.

Un coro de voces estalla en ese momento en el salón de consejos, y se oyen comentarios contrarios a la gestión de Albor para todos los gustos. «Es que no sabes gobernar», dicen unos. «Hay que adoptar soluciones drásticas», añaden otros. «Contigo vamos directamente a una catástrofe política», coinciden todos. Nadie sugiere su dimisión, pero el presidente la da en todo momento por hecha, y cuando se alcanza el clímax en las descalificaciones un hilillo de voz del viejo doctor de La Rosaleda impone una especie de toque de silencio en la sala...

—Yo, con tal de no dimitir, estoy dispuesto a que hagas

y deshagas gobiernos, lleves la Xunta como estimes conveniente, lo que tú quieras, con tal de seguir en mi cargo.

Albor pronuncia estas palabras con voz llorosa y la mirada conmovedora clavada en los ojos duros y fríos de su vicepresidente.

—Es que ya no queda más remedio que llegar al final como presidente, Gerardo —contesta Barreiro—, y después de estas escenas, o nos cesas a todos, o tienes que dejar el timón.

En ese momento, el doctor Albor se levanta, echa a andar sin pronunciar una sola palabra, y desaparece por el pasillo camino de su despacho. Como dice un testigo presencial, «parecía un viejo elefante camino de su cementerio». Pasan las horas, no se detiene el Sol para contemplar la derrota, y el palacio permanece en un silencio tenso inundado de malos augurios. En un despacho cercano al de la presidencia, se escucha la voz de los asesores presidenciales:

—El presidente estaría dispuesto a dejar el sillón si se le asegura el retiro.

La voz es la de Gonzalo Anaya, yerno del doctor Fernández Albor, a la sazón asesor del presidente. Sus interlocutores son el jefe del gabinete, Alfonso Pérez Rivera, y el jefe de prensa, Valentín Villagrasa. No se ha podido probar que el presidente haya inspirado a su yerno una negociación de este tipo, un precedente que habría sido peligrosísimo para la estabilidad de las instituciones. Los mensajeros parten inmediatamente hacia el despacho de Barreiro, y le comunican los términos de la oferta. El vicepresidente monta en cólera, y vuelve a plantear en términos políticos lo que el «yernísimo» ha planteado en otros términos: «O nos cesa, o se va.»

Cae la noche sobre Galicia. Manuel Fraga está hablando por teléfono con Albor desde su despacho de Génova 13. Al cabo de unos minutos sin obtener resultados que permitan vislumbrar una salida, el «patrón» le pide a Albor que avise a Barreiro. Comienza un dramático diálogo telefónico, en el que Albor hace el papel de oyente.

—No, si a mí me parece todo muy bien, salvo que no me haya avisado, amigo Barreiro —exclama Fraga.

—Pero si llevo avisándole desde hace dos años, don Manuel, de que la situación es insostenible, que la derecha gallega es un *puzzle* con docenas de piezas, y que va a estallar en cualquier momento aprovechando la falta de autoridad del señor Albor —reprocha Barreiro.

—Pero pudo usted haber esperado unas semanas, y yo le ceso al doctor Albor, mi querido amigo. Le pido unas semanas, y le prometo que le doy solución a este asunto —ruge Fraga por la línea telefónica.

—Hombre, don Manuel, yo todavía podría esperar, pero Galicia no debe esperar ni un segundo más. Se trata de que por una vez Galicia genere sus propias soluciones, y no de que tenga que esperar a que llegue usted de Madrid y se baje del avión con las soluciones generadas en los despachos de la calle Génova —contesta Barreiro.

Es el final. Se oye un rugido ininteligible al otro lado de la línea telefónica, y luego un *clic* eterno, agorero, como si se hubiese roto para siempre el cordón umbilical que unía al padre de la derecha española con su amado hijo de Forcarei.

Luego llega la noche, la húmeda e inescrutable noche galaica, y Javier Suárez Vence, Víctor Vázquez Portomeñe, Fernando Garrido Valenzuela y José Luis Barreiro se alejan como una Santa Compaña fantasmagórica a compartir un sueño: el sueño de una victoria. A la mañana siguiente, todo está consumado. Fraga, como un lobo de mar de tierra adentro, ha dado un golpe de timón en Madrid y ha provocado, otra vez, el cambio de rumbo de la historia de Galicia. Habla por teléfono con algunos *conselleiros* para que doblequen la férrea decisión de José Luis Barreiro. Habla dos veces más con su «delfín» gallego para intentar conducirle al buen camino. Nada.

No hubo más. Sólo una última conversación en Perbes, cuando Fraga es un jubilado y Barreiro un «apestado» perseguido por la derecha gallega. Estamos a 2 de enero de 1987.

No ha faltado el día anterior el festín de Año Nuevo, ni la lubina que le envían todos los años desde Vigo...

—Yo no volveré a la política, amigo mío, soy un viejo profesor cansado que sólo quiere que los demás aprendan de sus experiencias —se lamenta Manuel Fraga—. Pero usted, en cambio, tendrá que volver, la historia gallega está condenada a pasar por sus manos. Sólo le exijo un requisito indispensable: que haga usted público su arrepentimiento por todo lo que ha hecho.

—No puedo arrepentirme de lo que creo que era bueno para Galicia, don Manuel —exclama Barreiro.

Es una conversación serena, pero estéril. A los pocos meses, se produce la última conversación telefónica entre el viejo «patrón» y su «hijo pródigo» gallego. Estamos en junio, y se huele en el aire la moción de censura. A José Luis Barreiro quieren enviarle sus ex compañeros de partido a la hoguera...

—Tenía usted razón, señor Barreiro: lo que intentó hacer habría sido la solución a todos nuestros males. Y estoy dispuesto a decir esto en público, a reponerle a usted en el lugar que le corresponde dentro de la derecha gallega. Pero más adelante; antes tiene usted que volver al partido y esperar pacientemente unos meses —dice Fraga.

—Muy bien, pero solicito una entrevista con usted en persona. Estoy dispuesto a hacer lo que me pide, si me escucha antes cara a cara —contesta Barreiro.

—Bueno, pues nos vemos en agosto en Perbes, mi querido amigo. Pero antes tiene que darme su palabra de que volverá al partido.

—Así no vale, don Manuel, antes tenemos que hablar usted y yo en persona —insiste Barreiro.

—Amigo Barreiro —ruge el viejo león—, si no me da usted su palabra ahora mismo de que volverá al partido, iré a Villalba y mi única obsesión será organizar su entierro. ¿Me oye usted?

—Hágame usted el favor de colgar el teléfono —contesta Barreiro—. Si no me veré obligado a colgárselo yo a usted...

Llovizná esa tarde, como si el dios de la lluvia llorase

sobre, por y para Galicia. Fernández Albor contempla la lluvia golpeando los cristales de su despacho, y comenta simplemente: «Llueve.» O sea, lo que llevan siglos comentando los gallegos cuando *mexan* por ellos.

Teorías para una crisis

El presidente de Alianza Popular reconoce que vive por entonces días dramáticos. Incluso lo ha escrito. Ve claro que el sueño para el que ha nacido se esfuma definitivamente. El ha sido el «número uno» en todo: en las oposiciones, en la milicia, en la diplomacia, en la mesa, en la capacidad de trabajo. Pero no es el hombre que desean los españoles del siglo XX al frente de su Gobierno, como demuestran las sucesivas elecciones. Los sondeos hablan de un líder con muchos años, con «muertos» en el armario, y que recuerda en exceso al régimen anterior, al que ha servido eficaz y lealmente. Un «zapatones» que se recorre el país varias veces al año, que cree que hacer muchas cosas a la vez es hacerlas bien. Un hombre, un líder, en definitiva, para otras ocasiones, no para la normalidad. Esto le deprime profundamente. No acepta el veredicto de la realidad, ni los análisis más sesudos y objetivos. Cree que todavía es posible el milagro.

—Reagan tiene más años que yo, y es presidente de Estados Unidos —repite constantemente a los que le aconsejan pensar en la retirada.

El engaño que sufre por parte de sus socios de coalición —«a los que he regalado escaño y pan»— es la puntilla en ese momento para una persona que siempre se definió a sí misma como «un hombre de Estado». «¡Qué ingenuo he sido!», reconoce.

Lo basa todo en la actividad, sin percatarse de que los españoles de hoy desean ser dirigidos por una persona normal, capaz de admitir los errores. No quieren que nadie les diga todos los días a qué hora deben acostarse y levantarse. A este respecto, las anécdotas sobre Fraga son incontables.

—¿Saben ustedes —dice casi a diario a su equipo dirigente en la reunión de «maitines»— por qué los curas y los militares han mandado siempre en España?

—No, don Manuel —contestan al unísono.

—Pues porque madrugan, mis queridos amigos. Porque madrugan.

Fraga se resiste a aceptar la realidad de que un aventurero llamado Adolfo Suárez, «que por no saber no sabe decir ni ''buenos días'' en inglés», le haya robado el protagonismo de la transición y del centro; y que un abogado laboralista «de tres al cuarto, más vago que la casaca de un caminero, fulero y de escasa consistencia intelectual», le haya cerrado definitivamente el camino hacia aquello que con tanto ardor persigue, y que ha jurado solemnemente a su tía Amadora alcanzar: mandar en España. Hay que hacer algo.

Tiene en esos momentos sesenta y cuatro años, y en 1993 tendrá setenta y uno. Bien. ¿Por qué no puede conseguirlo, si goza de buena salud mental y física, puede bajar de peso, no fuma y tiene todavía ojo para distinguir a una «señora estupenda»?

El día 15 de julio de 1986 se celebrará el último comité ejecutivo de la temporada. Está previsto para las cinco de la tarde. Allí se encontrará con Osorio, Herrero, Suárez, Camuñas, «las mismas caras ambiciosas de siempre, dispuestos a asesinarme en cuanto me descuide. Estoy rodeado de Brutos». El calor en Madrid es agobiante. Todo se muestra en su contra. Las depresiones y los momentos bajos también se ceban en hombres berroqueños y acostumbrados a ganar. El partido es una jaula de grillos donde los conflictos internos han dejado de ser noticia. Los más relevantes son el de Cantabria con Juan Hormaechea y el de Juan Ramón Calero, secretario general adjunto de AP en Madrid, que quiere cargarse al presidente provincial de Huelva, Antonio Fernández Jurado. «A un tipo como yo no se le tumba tan fácilmente. Ya lo he demostrado en otras ocasiones. Voy a luchar hasta el final», razona don Manuel.

Hay que pasar a la ofensiva. Fraga recuerda una tesis

realizada en sus años de alumno de la Escuela Diplomática, en la que comenta las tesis estratégicas y tácticas del famoso general Karl von Clausewitz. Su título era *De la guerra y de la paz*. «Tengo que aplicar en estos momentos lo mejor de esos principios clásicos», musita.

Después de la reunión del comité ejecutivo, sube hasta el despacho de Fraga su cuñado, el senador Carlos Robles Piquer, conocido en los ambientes políticos como «el cuñadísimo». Robles Piquer, sesenta y un años, siete hijos, casado con Elisa Fraga Iribarne, diplomático, ex embajador en Libia y Roma, eurodiputado, ex ministro y ex director general de RTVE con el Gobierno de UCD, pasa por alinearse en el sector más duro y reaccionario de Alianza Popular. Es uno de los más conspicuos integrantes de la «vieja guardia fraguista», amamantado política y profesionalmente durante el franquismo y con notable influencia sobre su cuñado. En los ambientes aliancistas se le reconoce especial habilidad para convencer al «patrón» a la hora de tomar decisiones trascendentales, especialmente aquellas referidas al guillotinado político de notorias cabezas del partido.

Fraga, a solas con su cuñado en su inmenso despacho de la planta séptima, con las espaldas bien guardadas por el jefe de seguridad, Carlos Vicente, y los teléfonos al recaudo de María Antonia, ha dado orden de que no se le moleste bajo ningún concepto, «a no ser que llame el Rey, el Presidente del Gobierno, el ministro del Interior, o mi tía Amadora». En mangas de camisa, el presidente de Alianza Popular comenta a su familiar y confidente sus cuitas y estado de ánimo.

—¿Tú qué opinas, Carlos?

—Hombre, Manolo, yo creo que exageras... Lo que está claro es que eres el líder indiscutible de la derecha... Pero también reconoce que no es fácil ganar a los socialistas...

Carlos Robles Piquer, gafas con más de diez dioptrías en cada ojo, de enorme y curvada corpulencia, es partidario de entrar al cuerpo a cuerpo con el adversario político. No olvidará nunca los meses que la dirección del PSOE le hizo

La familia Aznar-López. José María está en brazos de la «tata» María, junto con sus padres y sus tres hermanos. Una típica familia española de clase media y de orden.

El benjamín José María posa bien alineado junto a su hermano Manuel y sus hermanas Elvira y Mercedes —Piti—. De su hermano mayor sólo le separan sus aficiones futbolísticas.

El niño Aznar a los cinco años, sentado y a la izquierda, con unos compañeros de aventuras durante las vacaciones.

José María Aznar

José María, íntimo amigo de Piniés, inventaron juntos un gran sistema de comunicación a distancia, y se pasaban las clases de Latín contándose sus "cosillas". A sus vastos conocimientos de Política, unía otros no menos "bastos" de Griego, Latín, Sociología... También le gustaba el teatro, sobre todo el de la "Comedia". Aunque está magníficamente dotado para Telecomunicaciones, hará Derecho.

Pilarista de «preu». El texto y la foto pertenecen a la revista del colegio.

El día de su boda con Ana Botella. La fiesta se celebra en Pavillón. Ya piensan en la política. Ana será su consejera más importante, y en esas fechas ya es una entusiasta de Manuel Fraga. El prefiere a Adolfo Suárez.

José María, escoltado por dos mujeres decisivas en su vida: a su derecha Elvira, su incondicional hermana; a su izquierda Ana, su mujer.

El líder del Partido Popular en una foto inédita, con melena y en bañador, jugando con su hija Ana en la piscina de su casa. Sus hijos son la gran pasión de su vida.

Desde hace trece años, José María cena todas las noches con Ana, funcionaria en excedencia que no le abandona ni a sol ni a sombra. El dice estar encantado. La «primera dama» de la derecha española ejerce su papel a fondo. (Foto: COVER.)

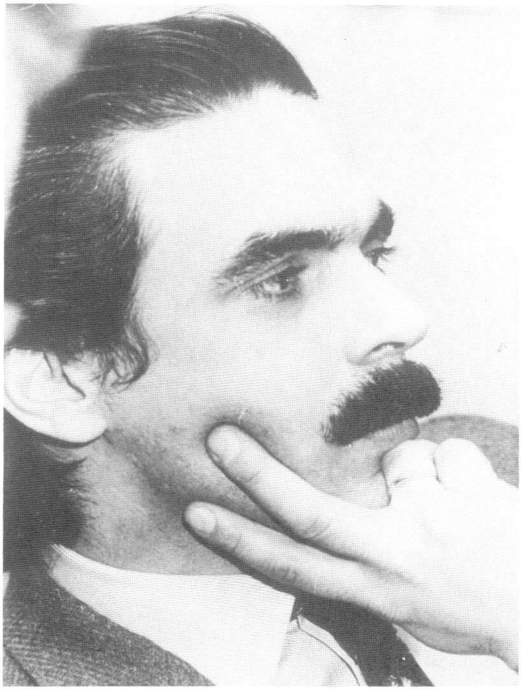

El joven «halcón» de mirada penetrante, reflexivo y prudente. Cuando ha tomado una decisión, se lanza en picado sobre la presa que ha elegido como objetivo. Tenía entonces veintiocho años.

En este congreso comienza su carrera política, como secretario regional de AP en La Rioja. A la derecha, Félix Pastor Ridruejo, su gran valedor y «consejero áulico». «Lo que diga Félix...»

«Halcón Aznar» ha cazado su primera presa importante: el gobierno de Castilla y León, la meseta. Aquí aparece el día de su jura ante el crucifijo, la Constitución y los Evangelios. (Foto: Ricardo.)

El conde de Barcelona será la primera personalidad a la que se conceda la medalla de oro de Castilla y León. La mirada y la sonrisa del joven presidente lo dicen todo. (Foto: Cacho.)

Cabezazo ante la madre superiora. Castilla es tierra de creyentes y de profunda espiritualidad. Su triunfo se lo ofrecerá a la abulense Virgen de Sonsoles.

La imagen es clave para un político, sobre todo si está rodeado de niños. El joven presidente castellano no desaprovecha oportunidad alguna. Su paso por la meseta fue un prodigio de gestos.

Allí donde fueres, haz lo que vieres. El juego de la pelota es cosa de hombres. Aznar golpea la pelota con la derecha en un frontón palentino. No faltan los aplausos para el presidente.

Marcelino Oreja y Francisco Alvarez Cascos salen de una mina asturiana tiznados de carbón. Las elecciones europeas demostraron que la «solución Oreja» no era más que una operación de salón.

pasar cuando dirigía Radiotelevisión Española, especialmente «esa especie ambigua y venenosa llamada Alfonso Guerra». El vicepresidente del Gobierno denomina por aquellos días al hombre que el presidente Leopoldo Calvo Sotelo ha elegido para dirigir la televisión pública «mamut prehistórico», título tan generoso y expresivo que permite al interesado escribir años después un librito titulado *La botica del mamut*, en el que devuelve a los socialistas su generosidad en la utilización de los epítetos.

El jefe de la oposición parlamentaria y el senador hablan durante largo rato. Analizan la situación política general, y establecen unos principios teóricos. Después, Fraga ordena a su secretaria que llame a Jorge Verstrynge.

—Ahora no puedo. Dile al «patrón» que estoy resolviendo un asunto urgente. Tengo aquí en mi despacho al presidente de Sevilla, que le han cortado el teléfono, la luz y el agua de la sede provincial por falta de pago, y tengo que arreglarlo con el tesorero. Dile que en cuanto pueda iré.

Una vez que Verstrynge tiene la garantía de Begoña Urquijo, colaboradora de Angel Sanchís en la secretaría de Finanzas de AP, de que mandaría rápidamente un dinero —no más de doscientas mil pesetas— para arreglar el entuerto económico provincial, se presenta en el despacho del jefe: se ha puesto la chaqueta y se ha arreglado un poco. A don Manuel le gusta verle bien compuesto.

—Siéntese, «Fverstrynge».

—Sí, don Manuel... —responde el secretario general.

Fraga pierde la mirada, y de refilón mira a su cuñado, que parece hipnotizado y ausente, y luce unos brazos blancos como la leche. Inicia entonces unos planteamientos basados en distintos e hipotéticos supuestos:

—Primero, que el Gobierno del rey Hassan II de Marruecos desencadene un ataque contra Ceuta y Melilla...

El secretario general se revuelve en su asiento. Robles Piquer sigue ausente, mirando de refilón al «rubio» y, en ocasiones, al hermano de su mujer Elisa.

—En ese supuesto —continúa Fraga, que ha notado la

inquietud del secretario general—, se pondría al partido en el Gobierno en una situación complicada, entre otras razones porque el rey Hassan II se fía más de nosotros que de Felipe González y sus muchachos. El Presidente del Gobierno se vería obligado en esa delicadísima circunstancia a acudir a nosotros para que intentáramos un pacto o negociación con Marruecos y el monarca alahuita. La puerta de entrada en el Gobierno quedaría abierta para nosotros.

Fraga se detiene un momento. Nota el ambiente cargado. Pero está dispuesto a «desembuchar» todo. A Jorge Verstrynge le ha entrado el «baile de San Vito», y se revuelve constantemente en el sofá. Intuye que tiene que oír aún fantasías mucho más gruesas.

—El segundo supuesto, mis queridos amigos, es la posibilidad de que la Ley de la Función Militar que el Gobierno prepara provoque un profundo malestar en el seno de las fuerzas armadas españolas. Ese ruido de sables, y con los militares enfadados en grado sumo, provocaría el temor, más bien el pavor, en el Gobierno socialista, que podría conducir a una dimisión del Gobierno o a intentar un Gobierno de coalición. Evidentemente, ese Gobierno no puede hacerse con otra fuerza política que no sea Alianza Popular, porque no les creo tan burros como para que, en una situación como esa, llamen a formar parte del Gobierno a los nacionalistas catalanes o vascos o a Suárez.

Fraga se levanta un instante a abrir una de las ventanas de su despacho, para que salga el humo que sueltan los cigarros de Robles Piquer y Verstrynge. Nadie dice una palabra. El secretario general se ha puesto ligeramente rojo, y se mesa continuamente los cabellos. De vez en cuando se echa para atrás en el respaldo del sillón. Robles Piquer sigue imperturbable y ausente.

—El tercero de los supuestos —Fraga cruza las piernas y deja ver unos calcetines negros gastados por el uso y los lavados— es un atentado por parte de ETA contra Felipe González. ¿Qué pasaría? Pues que el socialismo y el partido hegemónico se quedarían sin líder y se rompería el equilibrio y el *status quo* existente y que ahora parece irreversible.

Nueva pausa. La situación se vuelve más tensa. Sólo habla Manuel Fraga. Se oyen voces en el antedespacho. Alguien desea ver a toda costa al presidente. Está acostumbrado.

Fraga ha terminado su ejercicio de política-ficción. Son las ocho y diez minutos de la tarde. Carlos Robles Piquer aprovecha el momento y, sin pérdida de tiempo, alega una reunión importante para salir corriendo del despacho. Jorge Verstrynge se queda frente a frente con don Manuel. Los segundos parecen horas. El secretario general no acierta a pronunciar palabra. No sabe qué decir, ni cómo comenzar.

—Don Manuel... —balbucea.

—¿Le pasa algo? No se alarme, «Fverstrynge», estamos hablando de supuestos políticos, algo que realizan todos los partidos y dirigentes serios del mundo. ¿Usted qué sugiere?

—Nada.

—Pues entonces, márchese.

El secretario general de Alianza Popular comenta los supuestos de Manuel Fraga con sus hombres de confianza en el partido, Gabriel Camuñas y Carlos Ruiz Soto, entre otros. Más adelante, cuando su salida del partido es ya un hecho, informará de lo escuchado también a Alfonso Guerra, y éste a Felipe González.

Cada día está más inquieto y nervioso. Si agosto no estuviera a la vuelta de la esquina, al flaco secretario general le hubiera dado un soponcio. Y es que el mes de julio de 1986 todavía reserva sorpresas políticas, especialmente para Manuel Fraga Iribarne.

El jefe del gabinete de estrategia y vicepresidente del partido, Alfonso Osorio, elabora un plan que pasa a denominarse «Documento de los nueve» en el que se contienen las líneas maestras que debe seguir Alianza Popular para situarse en unos años como alternativa real de gobierno. Firman el trabajo, además del jefe de estrategia, Rodrigo Rato, Juan Ramón Calero, José Ramón Lasuén, Gabriel Camuñas, Antonio Navarro, Miguel Angel Planas, Miguel Herrero y Rodríguez de Miñón y José María Aznar. Básicamente, el plan consiste en buscar un entendimiento con las fuerzas nacionalistas de centro-derecha en Cataluña y el País Vasco, con el objetivo básico de poder formar una mayoría en el Parlamento nacional. Es decir, con Convergencia i Unió o Jordi Pujol, y con el Partido Nacionalista Vasco o Javier Arzalluz. «Sin dar respuesta a esta necesidad política, la derecha española en su actual configuración no podrá gobernar nunca», escribe Osorio en el documento, y suscriben el resto de los dirigentes.

En el informe se contiene otro apunte de táctica política de gran relevancia. Por primera vez, se plantea a Manuel Fraga desde las instancias superiores del partido, de una forma oficial y solemne y con la firma de relevantes personalidades del mismo, entre ellas Aznar, la posibilidad de que dé un paso al frente y acepte ser el Pablo Iglesias de la derecha española, que reine sobre ella sin quemarse día a día en su difícil y complicado gobierno. Pero Fraga no está para esas «menudencias».

—Buenos días, Manolo —saluda Osorio al ser recibido en el despacho del presidente.

—¿Qué me traes, Alfonso?

—El trabajo de cuatro meses que ya te comenté.

—Es un documento no pedido.

—Bien, pero creo que es mi obligación traértelo.

—¡Ah!, muy bien. Lo veré. Buenos días.

—Buenos días.

Eso fue todo. Nunca más se supo de aquel papel diseñado con tanto cuidado y secreto, como si hubiera de cambiar el rumbo de la derecha. Alfonso Osorio, un peso pesado del centro-derecha, se aleja paulatinamente de la vida del partido y del Parlamento, hastiado de tanta «bisoñez, inmadurez e incompetencia». No asiste al IX Congreso de la Refundación, no figura en las listas electorales de 1989, y tan sólo conserva su carné de militante. Contempla de soslayo, entre escéptico y divertido, el ardor político de los nuevos «cachorros» de la derecha, a algunos de los cuales él amamantó. Refugiado en la vicepresidencia de Petromed y en la presidencia de BPmed, espera sin ningún entusiasmo ni convicción que el «nieto de don Manuel Aznar» se digne hacerle algún encargo, «si desea, le interesa o quiere aprovechar en algo mi experiencia política».

Al «Documento de los nueve», que tanto contraría a Fraga Iribarne, José María Aznar aporta sus conocimientos sobre la realidad nacionalista y regional de España. Aunque estampa su firma en el mencionado trabajo, no se recuerda intervención alguna suya en el tema clave de la jubilación de Fraga. Ese mismo mes de julio, Alfonso Osorio, con la libertad que produce el no vivir de la política, da carta de naturaleza pública a una nueva tesis, ya que el jefe se resiste a la retirada: don Manuel Fraga debe ser el candidato de Alianza Popular a la alcaldía de Madrid en las elecciones municipales y autonómicas de 1988. Se trata de probar en España lo que en Francia ha sido un éxito: la famosísima «operación Chirac».

Osorio comenta su llamativa propuesta con el secretario general y varios dirigentes del partido, entre ellos Gabriel Camuñas, Juan Ramón Calero, Antonio Hernández Mancha, José María Aznar y Rodrigo Rato. Jorge Verstrynge hace suya de inmediato la iniciativa del «brujo» Osorio, pero es el propio Fraga quien le interroga abiertamente sobre ella una vez que la prensa ya se hace eco de la citada operación en versión hispana.

—¿Ha oído usted la propuesta de Osorio?

—Sí, y creo que Alfonso tiene razón, don Manuel.

—¿Ah, sí? ¿Por qué?

—Usted es excesivo en los medios, es un líder nacional y hasta internacional, el líder histórico de la derecha española, pero no ha ganado nunca hasta ahora una elección democráticamente. Los resultados de las últimas elecciones generales en Madrid demuestran que un buen candidato de Alianza Popular puede derrotar al del Partido Socialista, una vez desaparecido don Enrique Tierno Galván.

—Me quiere usted decir que no gano democráticamente —avisa Fraga.

—Déjeme continuar, por favor, don Manuel.

—Siga.

—Si gana la alcaldía de Madrid, que no es ninguna tontería, y demuestra usted que sabe gobernar democráticamente, sin dejar un ahorcado en cada farola, habrá demostrado a los españoles que ahora le niegan su confianza dos cosas: que puede ganar, y que sabe gobernar con métodos democráticos. Habrá dado un paso importantísimo, don Manuel.

—¿Usted lo duda?

—No lo dudo yo, don Manuel, no se enfade, por favor. Lo dudan muchos españoles. Por eso considero inteligente la propuesta de Osorio. Si sale bien, habrá dado un paso decisivo, muy importante, pero que muy importante... No se enfade.

Anatomía de un motín

Los promotores de la «operación Chirac» juegan, sin embargo, con las cartas marcadas. En el fondo, ninguno de los que apoyan con tanto ardor la candidatura de Manuel Fraga a la alcaldía de Madrid, a excepción de su inspirador, Alfonso Osorio, desean un final feliz en el supuesto de que triunfasen sus tesis. Osorio, después de haber pilotado la primera parte de la transición como «hombre fuerte» del Gobierno de Adolfo Suárez desde su puesto de vicepresidente político, no aspira ya a otra cosa que a influir en las grandes decisiones de la vida política de la derecha, desde posiciones razonables y democráticas. Sabe que no es un líder. En cuanto al resto, están en la conjura. No soportan por más tiempo el liderazgo de Fraga; hay que acabar con él como sea. Reconocen que la tarea entraña riesgos, y que no es tan fácil. En el fondo, muy pocos son capaces de mirar directamente a los ojos del «patrón».

Antes de finalizar el mes de julio, Carlos Ruiz Soto, Fernando Suárez, Gabriel Camuñas, Luis Olarra y Alfonso Osorio mantienen una reunión con el secretario general fuera del edificio oficial del partido.

—Si Fraga acepta la nominación a la alcaldía y se pega el batacazo, habrá quedado claro que si no es capaz de ganar a Juanito Barranco, ¡cómo va a ser capaz de vencer a Felipe González! Su carrera estará acabada —opina el doctor Ruiz Soto, quien muy pronto sufrirá en sus carnes la venganza de Fraga, quien le aparta de la presidencia de AP en Madrid.

Los demás apuestan por el mismo objetivo, pero guardan la ropa. Los dos únicos «conjurados» capaces de plantar cara a Manuel Fraga son Fernando Suárez y Luis Olarra. Olarra, concretamente, es capaz de encararse con Fraga o con Buda, si resucitase. Este atrabiliario empresario vasco se sube al tren de Alianza Popular en 1979, convencido de que AP —a cuyas arcas, según propia confesión, aporta más de quinientos millones de pesetas— funciona como un consejo de administración. Pero se olvida de que el depositario del mayor número de acciones en dicha «empresa» es el propio Manuel Fraga. Pronto estallará la guerra inevitable entre ambos personajes. Sentado sobre una sólida posición económica —controvertida respecto a muchos de sus negocios—, Olarra ha resultado ser el crítico más duro entre los muchos que hasta el día de hoy le han surgido al presidente de la Xunta de Galicia. A Fraga se le ha criticado desde todos los ángulos políticos, tal como reconoce el interesado: «Lo único que todavía no me han llamado es maricón, aunque un profesor cubano insinuó en un periódico de La Habana que tenía pinta de amanerado y poco macho tan sólo porque hice una declaración contra el régimen de Batista. Lo cual demuestra que, además de gilipollas, tenía poca vista el colega», dice divertido don Manuel.

Nadie hasta el estallido del «caso Naseiro» ha osado poner en tela de juicio su honorabilidad personal ni su ética política. Nadie, salvo Luis Olarra. El 11 de diciembre de 1989, con motivo de la presentación del libro del periodista Pedro J. Ramírez *La rosa y el capullo*, Olarra, puro en ristre y con los mismos «tics» contundentes que le hicieron famoso durante la elaboración de la Constitución, acapara la atención de la mesa en el lujoso Salón Real del hotel Ritz. Comparte almuerzo con Ramón Pi, Mauricio Fernández, Ramón Tamames, Pedro Pérez, Abel Hernández, José Luis Sanz y el autor de este libro. La política es el obligado tema de conversación. El empresario vizcaíno se hace enseguida con el protagonismo cuando, sin venir demasiado a cuento y a propósito de los nuevos aires que al Partido Popular ha insuflado José María Aznar, dice:

—Ese muchacho no llegará a nada. Fraga le despedazará en cuanto quiera volar por sí solo un poquito. ¡Si lo sabré yo!

Ante la sorpresa de la concurrencia, especialmente de algunos de los comensales que han servido como «asesores externos» a la joven promesa popular, contraataca con su vozarrón y hablar entrecortado:

—¿Qué, no lo creéis? Os lo digo yo, que conozco al personaje. Ese chiquillo del bigote no le dura un envite.

Luis Olarra hace una pausa para tragarse un pedazo de solomillo. Todos están pendientes del próximo comentario. Ramón Tamames interviene:

—Luis, me parece que lo ves demasiado claro: Fraga no puede regresar de nuevo, no sería presentable.

—¿Claro? ¿Claro, Ramón? ¡Coño, que tú también le conoces! Si creo que habéis sido socios.

—Porque le conozco, te digo que no es tan burro, aunque su ambición no tiene límites. Don Manuel es único, pero no tonto.

—Mirad, Fraga es el tío más sinvergüenza que he conocido nunca. Sin embargo, ahí le tienes. Toda España cree que es un santo. Y que no tiene un duro —apostilla el empresario vasco.

Ante el silencio que genera la incredulidad general, Olarra mira a un lado y a otro de la mesa y ataca de nuevo:

—¡Os lo juro! Tengo pruebas.

Fraga, por su parte, corresponde en su «alta estima» al vizcaíno, que finalmente es expedientado y expulsado de Alianza Popular por declarar a un medio informativo, entre otras cosas, que Fraga «sólo quiere a su lado a mamporreros».

—Ese señor del puro es sencillamente un animal. Una bestia parda, tan romo de inteligencia como de lomo. Punto —afirma Fraga—. No tengo más que decir, yo sólo me ocupo de cuestiones importantes.

En julio de 1986 no reina el optimismo entre los «conjurados». El propio Jorge Verstrynge es consciente de la dificultad de la operación.

—No os engañéis. Fraga no tiene sustituto. Conozco bien este partido, y las bases están con él... Claro, porque no le conocen...

—Todo lo que quieras, Jorge —responde el ginecólogo Carlos Ruiz Soto—, pero con esas bases no gana unas elecciones. Y en política, hay que ganar. De una puta vez.

—A los «mamporreros» —interviene Olarra— les va cojonudamente. ¿Las bases son Pío Cabanillas, Robles Piquer, Ruiz Gallardón, Lapuerta, etc.?

—La verdad es que vamos camino de convertir Génova en el «ministerio de la oposición»... Así nos llama mi amigo Alfonso Guerra —interviene de nuevo Verstrynge.

—Se quejarán los «sociatas»... Mientras esté Fraga y su camarilla, ellos lo tienen seguro —apunta Camuñas.

—Con Fraga o con el que haya —corta Verstrynge—. No os engañéis: este país es de izquierda o de centro izquierda. La cosa está muy clara, queridos.

—Yo no lo creo. Lo que sucede es que hay que hacer las cosas bien y con sentido común, y me temo que mientras Fraga sea el jefe de la derecha eso es imposible —tercia Osorio.

El 28 de julio, lunes, el presidente de Alianza Popular

mantiene la última entrevista antes de las vacaciones veraniegas con su secretario general.

—Bueno, «patrón». ¿Ha pensado ya algo en relación con su candidatura a la alcaldía de Madrid? —pregunta Verstrynge.

—En principio, no me parece mala idea —contesta el presidente.

—Entonces, don Manuel, ¿hará una declaración previa sobre la cuestión antes de irse a Perbes?

—No. Le autorizo a usted, que tiene más tablas para estos asuntos y se lleva bien con la prensa, a decir que yo figuro entre los posibles candidatos de Alianza Popular a la alcaldía de Madrid... Nada más.

—Que pase unas buenas vacaciones, don Manuel. Y que se le dé bien la pesca.

—Igualmente, mi querido amigo. ¿Dónde va a pasarlas usted?

—En Marbella.

—¡Hombre!, ahí van los socialistas ricos ahora... ¿No lo hará usted para estar más cerca de ellos?

—¡Qué cosas tiene, «patrón», ji, ji, ji!

Fraga se encamina hacia el noroeste. Su secretario general hacia el sur, donde ha alquilado un chalé que comparte con su mujer, María Vidaurreta, y sus hijos Eric y Sigfrido. Durante el trayecto en coche hacia Marbella, Verstrynge comenta con su esposa su difícil situación como secretario general.

—Si no me voy, me cesan, María. Estoy seguro.

—Vale, ¿y qué?

—Pues que los ingresos van a mermar considerablemente, y que me tendré que replantear la vida en general, sobre todo en términos económicos. La «pasta» que gano ahora no va a ser fácil conseguirla.

—Tú sabrás, pero si estás a disgusto... A veces no entiendo nada. Estás «chinchando» todo el día, y luego te quejas.

Las vacaciones en Marbella son una continuación de las conspiraciones sobre el asfalto de Madrid. Los «tartufescos», motejados así por la «guardia de corps» de Fraga, residen muy cerca unos de otros. El chalé de Verstrynge está situado en la urbanización marbellí de Elviria, y se lo ha alquilado a un escolta de AP al precio de cien mil pesetas al mes. Allí están Gabriel Camuñas y su esposa, la hija del ex capitán general de Aragón, Luis Caruana, al que se le presumieron aficiones golpistas el 23-F; Luis Olarra, Gabino Puche y Antonio Hernández Mancha. Los dos últimos veranean en la Cerihuela, en Torremolinos. Mancha preside por aquel entonces AP de Andalucía.

Las revistas de información general desplazan ese verano a sus enviados especiales a tierras andaluzas, donde se tuestan y conspiran y divierten los políticos. Jorge Verstrynge hace a comienzos del mes de agosto unas declaraciones, en su calidad de «número dos» de la derecha española, en las que pide democracia interna en AP y una orientación decisiva hacia el centro. Es su testamento político. Manuel Fraga deja por unos días su residencia de Perbes para desplazarse hasta Santo Domingo, donde acude a la toma de posesión como presidente de su amigo Joaquín Balaguer, de ochenta y dos años, ciego e inválido. Allí es informado de las declaraciones de «Jorgito». Ordena a su fiel Rogelio Baón que le haga llegar el mensaje de que está «largando demasiado», y Baón le transmite la irritación de Fraga a través del entonces diputado toledano Arturo García Tizón.

—Jorge, dice «Zapatones» que si el sol de Marbella te ha reblandecido las meninges. Que te va a ajustar las cuentas a la vuelta.

—¿Y tú cómo los sabes, Arturito? ¡Qué gracia, ji, ji, ji!

—Pues porque me ha llamado Rogelio Baón, que está con él en Santo Domingo, para que te transmita el mensaje.

—¿Entonces qué pasa, que un secretario general no puede hablar?

—¡Ah! Yo me limito a hacer de correa de transmisión, Jorge. ¡Joder, no vayas a creer...! Soy un mandado.

—¿Sabes lo que te digo? Que si no está de acuerdo con

lo que he dicho, que me cese el 1 de septiembre cuando vuelva. ¡Leche, ya está bien de amenazas!

Mientras tanto, Alfonso Osorio pasea en su pequeña barca por aguas del Cantábrico, y oye música por las noches en la Plaza Porticada de Santander. «Esos chiquillos no saben con quién se la juegan», comenta cuando se le pregunta por la operación interna en marcha.

—Alfonso, ¿qué hacemos? Cada día hay más gente con nosotros...

—Por mí, haced lo que os dé la gana. A mí dejadme tranquilo. Ya he dicho todo lo que tenía que decir. Fraga hará lo que quiera. Al final, os dará una patada en el trasero, y a correr. Es lo que ha hecho siempre.

Abajo, en el sur, los «conjurados» reciben la noticia de que su postura es secundada por distintas organizaciones provinciales. En principio, muestran su apoyo los presidentes provinciales de Burgos, Palencia, Zamora, Toledo (García Tizón), Ciudad Real, Sevilla, Barcelona (Jorge Fernández), Las Palmas, Málaga (Lorca Navarrete), Almería, Huelva (Fernández Jurado), Granada (Díaz Berbell), Córdoba (Hernández Mancha), Guadalajara (Paco Tomey), Lérida, Badajoz, Salamanca, Pontevedra (Mariano Rajoy) y Lugo (Cacharro Pardo).

En una de las reuniones al calor de la cerveza y el *gin tonic* en el chalé de Verstrynge, Antonio Hernández Mancha se propone a sí mismo como secretario general.

—Por mí hecho, yo me voy —dice Verstrynge.

—O te largan, Jorgito —apostilla Olarra.

El teléfono funciona «a tope» durante todo el verano. Verstrynge marca casi a diario, según lo convenido antes de partir, el número 404 23 00 de Madrid.

—Moncho, apunta, macho. Ya tenemos también a Antonio Fernández Jurado, el presidente de Huelva, a Cacharro de Lugo, y a Rajoy. ¡Esto va en serio!

—No paras, Jorge. Fraga se va a coger un «cabreo» monumental cuando se entere.

—Sí, sí, y Carlos Manglano en Valencia, y Ricardo Mena, presidente de Sevilla.

—Lo doy, entonces.

—¿Y para qué crees que te llamo, por *sport*? —dice un eufórico Verstrynge.

José Ramón Verano, redactor político de la agencia Europa Press, apaga la grabadora conectada al teléfono en la que recoge las noticias y, jocosamente, se dirige a sus compañeros de redacción:

—Este es el mes de mi vida que más exclusivas estoy dando. ¿Vosotros creéis que AP es un partido serio? Se van de vacaciones y no paran de conspirar. ¡Están como cabras! Sin embargo, en el PSOE no está localizable ni dios. ¡Joder, qué tropa...!

¿Qué papel desempeña Aznar, secretario general adjunto para la formación política, durante estos meses decisivos en la marcha de AP? Los datos más fiables y las opiniones contrastadas coinciden en señalar que se mantiene a buen recaudo; nada y guarda la ropa. Su obsesión es recomponer la relación personal y política entre Manuel Fraga, Miguel Herrero y Jorge Verstrynge, especialmente entre estos dos últimos, muy deteriorada desde que el ex portavoz de UCD en el Congreso desembarcara con armas y bagaje en Alianza Popular. Pero es una tarea imposible.

Miguel Herrero plantea en numerosas ocasiones a Fraga la necesidad perentoria de eliminar al «rubio» de un puesto tan relevante, por «incapaz e inconsciente».

—Además, Manolo, ya sabes que tiene «amistades peligrosas».

Aznar no ceja de intentar un acercamiento, o al menos un cese en las hostilidades. En vano.

—Jorge, tú y Miguel estáis condenados a entenderos. Un partido no puede funcionar con el secretario general y el portavoz en el Congreso a leche limpia... Esto es insostenible.

—¿Qué quieres que haga, José María? Si está siempre buscándome las cosquillas, queriendo echarme e indisponiéndome con el «patrón».

—No hombre, no, que no es así... El dice que tú intentas segarle la hierba bajo los pies en el partido, y que le indispones con las organizaciones.

—¿Yo? ¡Qué coño! Si él a mí no me da puta cancha en el Parlamento, siendo como soy el secretario general.

—El sostiene que no es verdad.

—Dirá lo que le dé la gana, pero es cierto. A no ser que Fraga esté jugando a enfrentarnos... Que todo puede ser. Te voy a decir una cosa, José Mari, porque te aprecio y te tengo estima, a pesar de que sé que eres amigo de Herrero.

—¿De qué se trata? —se inquieta Aznar.

—Mira, en 1982, cuando la victoria apabullante del PSOE, la de los diez millones de votos, y cuando AP se convierte en la primera fuerza de la oposición, se plantea tener un primer contacto institucional entre una delegación del Gobierno y nuestro partido. Herrero fue con el cuento a Fraga de que yo me veía con Alfonso Guerra y que era su confidente, y que no podía estar en esa reunión. Y que el que tenía que ir era él.

—Y bien...

—Pues que el propio Guerra llamó a Fraga para decirle que el encuentro se celebraba si el interlocutor por parte de Alianza Popular era yo, y nunca Miguel Herrero. Fraga tragó. Desde entonces, tu amiguito me ha «puteado» todo lo que ha podido. No me da intervención en el Congreso, me quita las comisiones importantes, «etecé», «etecé», «etecé», querido.

—Y tú a él...

—¿Y qué quieres que haga?

—¡Hombre...! Dos dirigentes del mismo partido enfrentados así, no me parece serio. De verdad.

—Mira, te voy a hacer otra confidencia. Cuando el 11 de marzo de 1985 el *Washington Post* publica lo del escándalo del *consulting* Grey, del que eran socios en España José Ramón Lasuén y Miguel Herrero, por el *lobby* de las eléctricas, tuve a tu amigo Miguelito empalado en una pica y presto a decapitarle. ¡Lo tenía «a huevo», José María...! ¿Sabes de una puta vez quién lo impidió? Fraga. El asunto olía mal, y hubiese destruido... a Miguel en esa ocasión.

—¡La leche, cómo os las gastáis!

—¿Qué quieres? Esto es la política. Ya te he dicho que estoy convencido de que este juego lo alienta el ciudadano de Villalba, querido mío.

—No lo creo, Jorge.

El presidente Fraga anotó en sus *Memorias* a raíz de ese incidente: «Nuevos problemas: José Ramón Lasuén y Miguel Herrero se han dejado meter en una sociedad americana de estudios que tiene problemas; les aconsejo la inmediata liquidación de sus participaciones.»

—La verdad es, secretario general —dice Aznar, un tanto decepcionado—, que porque yo me tomo todo esto con filosofía, paciencia y tranquilidad, y me dedico a trabajar en los temas que me encargan, que si no, era para mandaros a todos a hacer puñetas.

—Eres un tipo cojonudo, José María, pero te has metido en un avispero. ¿Sabes la última?

—No. ¿Qué ha pasado?

—Pues que el paisano de Fraga, el de Villalba, Rosendo Naseiro, ese gordito que se ha traído el «patrón» para fiscalizar las cuentas, anda por la casa tijera en mano cortando teléfonos. Dice que aquí se habla mucho por teléfono y se trabaja poco...

—¡Ja, ja, ja!...

—Como te lo cuento, José Mari. Ayer dejó al presidente de Nuevas Generaciones, Gonzalo Robles, con el teléfono en la mano.

—¡Ja, ja, ja...!

—Estaba hablando y con los pies encima de la mesa, ya sabes. Se acercó el bueno de Naseiro y, ¡zas!, cortó el cable del teléfono directo.

—¿Y qué hizo Gonzalito?

—¡Qué va a hacer! Se quedó con cara de payo... y con el teléfono en la mano. La escena era de película de Almodóvar —comenta divertido Verstrynge.

—Angel Sanchís estará más «cabreado» que una mona.

—Imagínatelo. Anda poniéndole «chinitas». El que

manda en los cuartos ahora es el de Villalba. Tiene el apoyo total de Fraga. Y encima dice que no es de Alianza Popular, ni piensa serlo. Que está aquí por su paisano, que es «fraguista», y punto. Pero me parece un buen tipo...

Un paisano para llevar las cuentas

Rosendo Naseiro Díaz, un próspero hombre de negocios hecho a sí mismo, escasamente cultivado y buen catador de aguardientes, acepta el sacrificio que le pide su amigo y admirado Fraga.

—¡Por usted, don Manuel, lo que quiera! Pero sepa que sólo lo hago por usted. Y no me afiliaré a Alianza Popular.

Fraga no está conforme con la administración de los recursos, y le preocupa la forma que tiene el partido de devorarlos. Además de los casi cuatrocientos millones de pesetas que cuesta el alquiler de la sede central, se dilapida demasiado y, en muchos casos, las cuentas no cuadran. Hay demasiados capítulos genéricos sin especificar, demasiada laxitud, demasiado resquicio para el «trinque». Los rumores sobre el quehacer y las andanzas del tesorero Angel Sanchís, un valenciano que practica la moda del «negocio total», van en aumento. Fraga llama a un hombre de su entera confianza, rico por su actividad privada, para que en una primera etapa fiscalice los gastos en Alianza Popular, y posteriormente se haga cargo de la tesorería. Don Manuel tiene un alto concepto —según la tradición anglosajona que tanto admira— de los hombres acaudalados y poderosos, especialmente de aquellos que se han labrado su propia fortuna. Este es el caso de Naseiro Díaz, que ha sabido montar con Renfe una serie de empresas que le permiten ya poder vivir sin trabajar e introducirse en el complejo mundo de la construcción y la promoción inmobiliaria.

—Tengo que hacer un esfuerzo, don Manuel, para dejar mis negocios. Sólo le pido que no me obligue a afiliarme al partido. Estoy por usted, y cuando acabe mi trabajo, me voy.

Fraga sólo ha tenido entre sus colaboradores íntimos a dos personas que no han sido militantes: Enrique Beotas en prensa, y Rosendo Naseiro en las finanzas. Más tarde abrirá ficha de afiliado. A lo primero que se dedica con ahínco el astuto empresario gallego es a realizar inventario y a «levantar las alfombras» de la casa. Tras mes y medio de trabajo, de sondeo en los despachos, de investigar en las «alcantarillas» de la sede central, Naseiro elabora un documento secreto que sólo envía al presidente. Lo mecanografía él mismo para evitar filtraciones. En Génova 13 se habla y se rumorea acerca del «informe Naseiro» y sus conclusiones, pero nadie las conoce. La redacción es tosca, con errores sintácticos e incluso faltas de ortografía; pero la claridad y rotundidad es absoluta, como corresponde a un informe económico. El trabajo, titulado «Consideraciones en torno a la gestión económica de AP», lleva fecha del 2 de agosto de 1986, y está mecanografiado con letra de máquina antigua. Consta de diez folios y cuatro apartados. El primero de ellos se refiere al juicio crítico de la contabilidad, y afirma que el presupuesto «consolidado» de Alianza Popular arranca con un déficit superior a los cuatrocientos millones de pesetas, y viene a representar un treinta y cinco por ciento más de gastos que de ingresos. Naseiro se queja en su informe de que ha solicitado «estados contables obligatorios a toda Contabilidad (Cuentas de Explotación y Pérdidas y Ganancias; Inventario de Almacenes, etc.), pero al parecer no se rinden». «El juicio que la Contabilidad de A. P. puede merecer a cualquier experto, por modestos que fueran sus conocimientos», señala textualmente, «es que estamos ante una Contabilidad confusa, en la que se advierten graves deficiencias de sistemática y de fondo».

Rosendo Naseiro expresa en términos muy duros el estado financiero en que se encuentran las arcas del partido conservador. Dice que los saldos de las cuentas de balance y la suma algebraica de los movimientos en el primer semestre de 1986 no se corresponden con los saldos al 30 de junio del mismo año.

«Las Cuentas del Grupo 6 (Compras y Gastos) sorprendentemente son abonadas en numerosísimas ocasiones.» Más adelante, el informe confidencial subraya que «la Cuenta 640 ‘‘Gastos e Inmuebles’’, se convierte en un auténtico ‘‘cajón de sastre’’». Los gastos jurídicos, por ejemplo, se incluyen en el epígrafe de «Gastos Financieros». «Las Cuentas de Existencias funcionan ininterrumpidamente, cuando su movimiento ortodoxo debe quedar supeditado al término del año. Se echan en falta determinadas cuentas de naturaleza fiscal, inclusive en perjuicio de A. P.»

Rosendo Naseiro, ratificado como tesorero del partido en el IX Congreso, una vez dado de alta como militante, propone una reducción drástica del gasto y una regulación de la plantilla, hasta reducirla en la sede central a sesenta personas. En ese momento, son casi doscientas. Propone, en este contexto, la supresión de la figura de los gerentes y de las secretarías técnicas provinciales. Dentro del área de personal, el hombre de Fraga estima como imprescindible y urgente la reducción de los llamados «gastos de funcionamiento», especialmente en las partidas «gastos de comidas», «viajes y estancias» y «gastos de representación». Sólo en estos capítulos, en 1986 AP se gasta casi doscientos millones de pesetas. Los lujosos restaurantes Las Reses en la calle de Orfila, El Descubrimiento, en el Centro Colón, Lur Maitea, en la calle de Fernando El Santo, o el Bidasoa, son algunos de los más favorecidos, asiduamente visitados por los *gourmets* de Alianza Popular. Sin embargo, Naseiro introduce una apostilla digna de reseñarse:

> «Naturalmente, dejamos a salvo a los altos mandos de A. P., porque la dotación que se les acredita, más que primar su plena dedicación al partido (sinceramente nos parece impagable el cometido que realizan), tiene por finalidad dotarles de los imprescindibles medios financieros que luego destinan al interés del Partido. Es más, debe relevárseles de justificación alguna, pues de otro

modo sería someter a sevicias a estos perceptores y al propio Partido.»

Debe pensar básicamente Naseiro en el presidente Fraga y sus gastos de representación, que según fuentes de la alta dirección de AP, se acercan a los setenta y cinco millones anuales, por todos los conceptos. Sin embargo, este capítulo es uno de los secretos mejor guardados de Alianza Popular, ahora Partido Popular. No deja de sorprender que los sucesores de Fraga al frente del mismo tras su dimisión, Antonio Hernández Mancha y Arturo García Tizón, no tuviesen nunca acceso a ese importante capítulo de gastos del anterior presidente. «Es más, es que ni se nos ocurrió preguntarlo», dice el ex secretario general García Tizón.

En este sentido, el eurodiputado Miguel Arias Cañete confiesa que durante su estancia en Estrasburgo como miembro del Parlamento Europeo, el grupo puso a disposición de Manuel Fraga un depósito económico sin fondo para que lo utilizase a su mejor entender para invitaciones a periodistas, personalidades, etc. Entre los periodistas que fueron agasajados por Fraga durante su estancia en Estrasburgo se encuentran Raúl del Pozo, Víctor Márquez Reviriego, Julián Lago, Javier González Ferrari, Ismael Fuente, Lorenzo Contreras, María José Telenti, Javier González Méndez, el que esto escribe y Manuel Trapote, entre otros.

Por contra, Rosendo Naseiro señala también en su informe con rotundidad: «Los militantes que ostenten cargos electos deben restringir su contraprestación económica a la percepción oficial.» El apartado de compras de «materiales varios y quincallería» es una de las obsesiones de Naseiro. Deja entrever que alguno o algunos han puesto el «cazo», que la racionalidad ha brillado por su ausencia, y propone que las «fuertes inversiones —típicas de las campañas electorales—, deben estar supervisadas por una Comisión de Compras y Gastos». Lo que quiere decir que no lo estaban. Había discrecionalidad absoluta.

Alianza Popular se gasta una media de dos mil quinientos

a tres mil millones de pesetas por campaña electoral general. Y de mil a mil quinientos millones de pesetas en campañas provinciales o autonómicas. Las fuentes más fiables estiman que Alianza Popular, desde su fundación hasta ahora, ha consumido como mínimo alrededor de veinticinco mil millones de pesetas. Cifras lo suficientemente elocuentes como para carecer de fiscalización. Abordando el tema de la cuestión fiscal en Alianza Popular, Naseiro escribe:

> «Alianza Popular, que en tan innumerables ocasiones es paladín de la legalidad, podría —como contraste y paradoja— ser objeto de severas críticas y hasta de sanciones por su laxitud a la hora de cumplir las normas fiscales. Aun con los contados documentos contables de que hemos dispuesto, es muy fácil deducir que Alianza Popular es un mediocre administrador en la observancia de las leyes tributarias.»

Algo debió llamar la atención de Rosendo Naseiro, o algún encontronazo fuerte tuvo que producirse con el coordinador general segundo y tesorero, el diputado por Valencia Angel Sanchís Perales. Algo que no gustó en absoluto al íntimo colaborador de Fraga, que en el capítulo que denomina «Modificaciones orgánicas urgentes» dice: «Con vistas a conseguir que sea operativa y transparente la gestión económica de A. P. (ingresos y gastos), es preciso que la Intervención se desgaje del área de influencia del Coordinador General Segundo (Angel Sanchís). La Intervención debe ser un órgano de *staff*, dependiente directamente del Presidente y del Secretario General.» Justifica esta pretensión con el argumento, bastante lógico, de que «la eficacia de la Intervención queda en entredicho, por la paradójica circunstancia de que sea el inferior quien tenga que fiscalizar los actos, decisiones y comportamientos del inmediato superior». El empresario de Villalba cierra sus reflexiones al particular con esta palabra: «Increíble.»

Antes de estampar una rúbrica desvaída y lineal, el investigador comisionado escribe:

> «De seguir adelante con la figura del Supervisor Nacional, y que este cargo fuere asumido por el que suscribe e informa, solicitamos de la Presidencia:
>
> —Que se institucionalice este puesto dentro del organigrama del Partido, como órgano de asesoramiento y censura (...), y que orgánicamente dependa de forma directa del Presidente y del Secretario General.
>
> —Que se perfilen sus cometidos, con conocimiento general de todos los departamentos del Partido.
>
> —Que se integre en el área de sus competencias el departamento de Contabilidad (...).
>
> —Que se le faculte para (...) contratar a un profesional experto y de su absoluta confianza (...)»

Pero quizá lo más significativo del documento sea la hoja que ha sido arrancada. La número tres. ¿Qué decía ese folio? ¿Qué secretos revelaba? Por aquellos días hace fortuna en AP el rumor de que existe un importante agujero en las cuentas de Alianza Popular. Un capítulo de muchos millones de pesetas que no ha sido justificado y que se ha volatilizado por arte de magia. Rosendo Naseiro Díaz ha pedido todo tipo de explicaciones, y ha realizado ante Angel Sanchís y su segundo, el interventor Diego Moyano Clavijo, todo tipo de pesquisas. Pero sin resultado positivo alguno. Según una fuente de la alta dirección de Alianza Popular, Naseiro informa al presidente del hecho; la conversación entre Fraga y Naseiro se desarrolla en el despacho oficial de Fraga.

—Buenos días, don Manuel.

—¿Qué hay, amigo Naseiro? ¿Tiene algo que decirme?

—Creo que sí.

—¡A ver! Desembuche.

—Creo que los responsables son el «rubio», su cuñado, el valenciano, y el de Algete, el interventor.

A Fraga, que se encuentra de pie, le da un ligero vahído;

se pone lívido como la cera, y se apoya en la pared para no caerse. Muy poca gente sabe que Fraga padece una hernia de hiato, y que la misma le produce en ocasiones un corte de la respiración y un cierto hipido. Algunas fuentes coinciden en señalar que a partir de esa fecha Manuel Fraga no levanta cabeza hasta su dimisión.

La carta de renuncia a la presidencia del partido y de su abandono de la vida política, sin embargo, durmió todavía algún tiempo en la caja fuerte de Alianza Popular. Jorge Verstrynge es destituido el 1 de septiembre, y Angel Sanchís no repite como tesorero. Carlos Robles Piquer sigue influyendo en su cuñado, pero alejado de cargos relevantes en el Partido Popular. Diego Moyano, el ciudadano empadronado en la urbanización Santo Domingo del pueblo de Algete, trabajó hasta 1989 en la tesorería del Partido Popular. De las finanzas del Partido Popular y sus conexiones se han escrito en los últimos meses ríos de tinta. Naseiro y Sanchís se han hecho famosos y han tenido que abandonar el partido. Pero esta historia ya se ha relatado en otro lugar.

El agrio sabor de la venganza

Se estrena septiembre de 1986. Fraga vuelve con un kilo de más de Perbes —«ese magnífico pan gallego tiene la culpa»—, y con el convencimiento de que tiene que hacer un último esfuerzo, ya sea para continuar o bien para que otros puedan hacerlo. «Pero todos los síntomas son de que un círculo se está cerrando.»

«Creo que soy Quijote Fraga», reflexiona don Manuel. Pero si Don Quijote es un valeroso idealista, es también alguien que no siempre supo entender el realismo de Sancho...

Para el presidente aliancista no han sido unas vacaciones relajadas. De buena gana se hubiera quedado en Galicia, entre el calor sincero de los suyos... Ahora de nuevo a lidiar con los «traidores», ésos que sólo quieren aprovecharse de uno. «Creo que nadie, al menos ningún hombre», continúa con su diálogo interior, «me hizo cambiar el paso. Pero he de admitir no pocas ingenuidades con éste o aquél que no merecían confianza».

Son las cuatro y media de la tarde del 1 de septiembre de 1986. Un Verstrynge moreno y con el pelo cortado a cepillo, enfundado en un traje de verano «mil rayas», saluda con efusión a todo el que se encuentra, según su costumbre. Pero está preocupado. Es consciente de que se va a abrir una nueva y trascendental etapa en su carrera política y en su vida personal.

—¡Hola, querida! —dice a Magda, su secretaria—. ¿Sabes si ha venido Fraga?

—Creo que no.

—Dile a María Antonia que estoy aquí, por si quiere algo.

A las cinco menos diez minutos, Verstrynge entra en el despacho del presidente, quien le tiende la mano sin demasiada efusión.

Volviendo la cabeza, pregunta:

—¿Qué tal su señora?

—Muy bien, muchas gracias, don Manuel.

—¿Tiene algo que contarme, «Fverstrynge»?

—No.

—¿Y esas declaraciones que ha hecho durante el mes de agosto?

—Don Manuel, creía haber entendido que las habíamos pactado entre usted y yo.

—Sólo el tema de la alcaldía...

Jorge Verstrynge se calla. Fraga pregunta:

—Sobre usted, ¿qué ha decidido?

—Que me voy. Ya lo he comentado con mi familia.

—¿Es definitivo?

—No se enfade, por favor, don Manuel. Es mejor así. Si no me voy, me tiene que cesar. No pasa nada.

—Bueno, mañana hablaremos.

—Adiós, entonces. ¡Ah! ¿Convoco «maitines» para mañana? —pregunta Verstrynge mientras se dirige a la puerta.

—No, no —responde Fraga—, hágalo para el lunes.

—Como usted quiera, presidente.

De inmediato, Manuel Fraga se pone en marcha. No le va a torear a él este imberbe de Verstrynge, «que me lo debe todo y ahora me traiciona». «A éste le relevo *ipso facto*», decide el líder de la derecha.

Llama a continuación a José María Ruiz Gallardón y a su hijo Alberto. Al segundo le pide que acepte la secretaría general de forma instantánea; al primero, que ayude económicamente a su hijo. Le necesita en ese puesto. Punto. Ya está todo planeado y ejecutado.

—Y me fui a casa a dormir, para proceder al día siguiente a las ejecuciones —recuerda Fraga.

En el camino hacia su domicilio particular en el barrio de La Moncloa, reflexiona: «Procede aplicar el principio de la campana de Huesca. La conspiración veraniega ha tenido tres cabezas: el secretario general, Verstrynge; el presidente de Madrid, Ruiz Soto; y el vocinglero Luis Olarra.»

El «león de Villalba», el duro, el hombre al que no le tembló el pulso en el Ministerio de la Gobernación, el «número uno» en todo, también tiene sentimientos. Sufre el desgarro de lo que considera una traición: «¡Qué duro es esto...!» La vista se le nubla ligeramente. Se frota la cara con las manos, resopla y suspira profundamente. Estanis, el chófer, le observa por el espejo retrovisor. «¡Cómo está el patrón!», piensa.

«Pero tengo que cumplir con mi obligación. ¡Faltaría más! A Verstrynge tengo que relevarlo yo mismo; haré que la lealísima organización madrileña le ajuste las cuentas a Ruiz Soto; y en cuanto a Olarra, llevaré sus increíbles declaraciones a los órganos competentes del partido.»

El Volvo 740 turbo «intercooler» blindado y metalizado se acerca a su casa. Hace un bochorno de muerte. Los escoltas de la Policía Nacional están en su puesto. El sudor le empapa. El cielo madrileño amenaza tormenta.

«Y después, a observar la reacción del conjunto de los militantes, y también del conjunto de la sociedad española. ¡Qué duro es esto...! Tengo que hacerlo», reflexiona.

A la una de la madrugada suena el teléfono en el domicilio particular de Jorge Verstrynge. Llama Fernando Suárez González, vicepresidente de AP.

—¡Estás cesado! Que no te enteras, Jorge.

—¿Cómo lo sabes?

—Me lo acaba de decir José Antonio Sánchez, de *ABC*. Se lo ha dicho su compañera Luisa Palma, que lo publica hoy en el periódico. Ya sabes que ésta no falla. Está superenterado de lo que sucede en el partido.

Silencio. Pausa larga.

—¿Te sorprende? —pregunta Suárez.

—No. Lo esperaba.

—¿Sabes ya quién es tu sustituto?

—No.

—Pues agárrate...

—Si estoy tumbado, Fernando.

—Entonces mejor: Juan Ramón Calero, el murciano.

—¡Qué me dices...! Lo ha conseguido el mamón. ¡Lo que ha conspirado para ello! —estalla Verstrynge.

—¿Y qué vas a hacer ahora?

—Lo que pueda, Fernando. Tengo alguna idea. Lo que más me preocupa en estos momentos es que no se machaque a mi gente. Pero estoy seguro de que los van a pasar a cuchillo...

—¡Qué cosas dices, Jorge! Cálmate.

—Pero si estoy tranquilo. Tú sabes, Fernando, que esa gente enloquece en cuanto huele poder. No van a dejar piedra sobre piedra en todo aquello que signifique discrepancia frente al jefe o moderación. Tú mismo las vas a pasar canutas.

—¡Bueno, estoy temblando! A ver si se atreven conmigo. Yo soy vicepresidente, y sé que estoy valorado por las bases del partido. ¡A ver si ésos pueden decir lo mismo!

—Ten cuidado, Fernando.

—Bueno, mañana hablaremos. Lo que pueda hacer por ti, ya sabes.

—Bueno, querido, adiós.

Jorge Verstrynge comunica la noticia que acaban de transmitirle a María Vidaurreta, quien la recibe sin inmutarse. Sus hijos, Sigfrido y Eric, de trece y ocho años, duermen. Se acerca hasta sus habitaciones y los contempla durante unos minutos. Su domicilio en la calle de Clara del Rey número 79 está en calma. Reina el silencio. Descuelga el teléfono. Necesita relajarse y reflexionar. Antes de conciliar el sueño tiene un último pensamiento para su enemigo Miguel Herrero: «¡Lo que va a disfrutar el chico...! Pero se equivoca si cree que se lo va a ''montar''. ¡Pues anda que no lo tiene crudo!»

También se acuerda de Isabel Tocino, a la que cree haber ayudado todo lo que ha podido: «Es el gol más importante que me han metido desde que estoy en esa casa. ¡Qué razón llevaba Jaime Boneu, cuando me advirtió que era del Opus! ¡Vaya con la rubia! ¡Mira que tiene cara la ''tía''! Parecía una mosquita muerta cuando le pregunté, ''¿tú eres del Opus, niña?'', y contestó, ''¿estás de broma o qué?''.»

El martes, día 2 de septiembre de 1986, Manuel Fraga celebra «maitines», pese a que ha ordenado a Verstrynge el día anterior no convocarlos. El presidente popular ofrece esta versión de los hechos:

> «Se celebran ''maitines'' entre rumores y ambiente de crisis. El tantán de los teléfonos debió funcionar a fondo aquella noche; algunos diarios daban versiones poco centradas de lo que estaba pasando. El secretario general no asistió; me vi obligado a llamarle por teléfono. Por fin compareció; le ofrecí, con el relevo, mi amistad y salidas razonables. No supo estar a la altura de las circunstancias, y desde entonces sólo ha actuado por el resentimiento.»

Fraga añade:

> «Tras informar al comité ejecutivo del cese, pasamos a funcionar sin más trámites. El primer paso estaba dado,

y con él, la apertura de un proceso que habría de poner a prueba la solidez del partido con tanto esfuerzo creado; pero era indispensable, y la prueba habría de ser superada con notoria fortuna.»

Y apostilla:

«El mismo día subieron las bolsas y el embajador español en Chile, Miguel Solano, fue llamado a consultas a Madrid.»

Hay otras versiones. Los hechos, en realidad, parecen ocurrir de esta manera.

A las once de la mañana, Jorge Verstrynge Rojas está ya en el despacho de su presidente.

—Mi querido amigo —dice Fraga—, deseo que me presente usted la dimisión como secretario general.

—No señor. No, don Manuel, yo no dimito. Usted, si quiere, me cesa, pero yo no dimito.

La conversación sube de tono. Fraga Iribarne frunce el ceño y comienza a mover los brazos. A Verstrynge se le nota nervioso, inquieto, pero firme. Polifemo está dispuesto a tragarse la presa.

—Entonces, ¿por qué has hecho esas declaraciones en Marbella? —pregunta Fraga.

—Para ponértelo fácil, Manolo. Pero si yo dimito sería como reconocer mi culpabilidad, y yo no tengo en absoluto ese sentimiento. Me he limitado a pedir una dirección colegiada en el partido y un escoramiento hacia posiciones más moderadas, modernas y progresistas.

Fraga y Verstrynge se tutean. Están enfadados, coléricos, tensos. A esa hora la sede de Alianza Popular es un hervidero. Se ventea sangre. En los despachos y pasillos se susurra más que se habla. Se cruzan apuestas. Se pronostica la caída de éste o de aquél. Se conspira «a tope». La candidatura de Juan Ramón Calero se desvanece. Se le ha visto demasiado el plumero. Fraga quiere en estos momentos a hombres incondicionales y jóvenes para evitar malentendidos, y Alberto Ruiz Gallardón es el elegido. El «patrón» recompensa la fidelidad y lealtad del padre. Ha funcionado el «pacto de familia». Los «fragadependientes» están de enhorabuena. El «rubio» ha caído como Juan el Bautista, y dejará tras de sí un reguero de sangre.

—Bueno, bueno, Jorge. Es decir, que tú no dimites.

—No.

—Por última vez, debo entender que no presentas de *motu proprio* la dimisión como secretario general...

—No, Manolo.

—¿Es tu última palabra?

—La última.

Manuel Fraga Iribarne da un pequeño golpe con la mano en su escritorio. El eterno reloj de oro le baila en la muñeca izquierda. Con cierta parsimonia, abre uno de los cajones de la mesa y saca un papel.

—El cese, «Fverstrynge». Ahí lo tienes, por escrito.

—Muy bien. Gracias.

El ya ex secretario general recoge el folio con membrete de Alianza Popular. Está firmado por Manuel Fraga, que le recuerda el poder que tiene de cesar según los estatutos. Una rúbrica saltarina y rápida, casi irreconocible. Fraga se ha arrellanado en su sillón presidencial. Mira a su interlocutor. Hasta hace un minuto era su «delfín». Ahora ya es un «apestado».

—Dentro de dos horas tendrá lugar el acto de relevo. ¿Le importaría a usted pronunciar unas palabras?

—No.

—¿No hay palabras?

—No, señor Fraga. He dicho que no voy a hablar.

El ex secretario general se ha puesto tieso. La cara está descompuesta, y tiene ganas de marcharse. El de Tánger, con traje gris marengo cruzado, quiere salir de allí con la mayor dignidad que sea posible.

—¿Puede saberse por qué? —insiste Fraga.

—Hombre, tiene guasa la cosa. Usted me cesa, y quiere encima que le dé las gracias. Hasta ahí podíamos llegar...

—Muy bien —responde Fraga—. Haga usted lo que le parezca oportuno... o lo que le dé la real gana... No tengo más que decir. Buenos días. Le veo ahora junto a la prensa.

Jorge Verstrynge se dirige hacia la puerta de salida con doble sistema de seguridad.

—¡Oiga, «Fverstrynge»! —llama don Manuel.

—¿Sí?

—¿Qué le parece su sustituto, Ruiz Gallardón?

—Una catástrofe para el partido.

—¿Y para usted?

—Una cosa muy fuerte.

El ex «número dos» de Alianza Popular se dirige entonces al que durante tres años ha sido su despacho oficial.

—¡Magda, a empaquetar! Nos vamos.

A los quince minutos recibe una llamada. Es Alfonso Guerra.

—Jorge, estoy enterado de todo. ¿Qué tal estás?

—Jodido, pero contento, vicepresidente.

—¿Vas a continuar en Alianza Popular?

—No creo. Pero tengo que dar tiempo al tiempo, cuidar las formas. ¿No te parece?

—Claro. ¿Necesitas algo de mí?

—Nada por el momento, Alfonso. Te agradezco profundamente tu llamada. Muchas gracias.

La alta dirección de Alianza Popular comienza a subir al despacho de Jorge Verstrynge. Allí están Fernando Suárez, Abel Matutes, Alfonso Osorio, Gabriel Camuñas y José María Aznar. Este último mantiene una conversación con el que ha sido su jefe en el partido.

—Esto se podría haber evitado, Jorge.

—Estás equivocado. No había otra salida, José María. Se me hace absolutamente irrespirable este ambiente.

—No te pongas nervioso. Te pido, por favor, que no hagas declaraciones metiéndote con él. Por favor... —insiste Aznar.

—Yo no me voy a meter con él, ni con nadie. Tenlo muy presente, José María... ¿Qué clase de tipo crees que soy?

—Lo único que quiero es que no te pongas nervioso, que no pierdas los estribos. Sería malo para todos, para ti el primero. El «patrón» está muy afectado.

Avanzada la tarde, el cesado secretario general abandona el cuartel general del partido de la derecha. Tiene treinta y ocho años, un escaño de diputado que pasará a engrosar pocos días después el Grupo Mixto, y un trabajo de profesor universitario que le va a reportar la módica cifra de cincuenta y nueve mil pesetas mensuales.

Le falló todo. Hasta su esposa. Aquella tarde, las miradas de los funcionarios del partido que durante años le habían adulado eran un vivo reflejo del dicho clásico: *Vae victis!* ¡Ay de los vencidos! Comenzaba un calvario personal que todavía no ha terminado. El complot que tan minuciosamente había preparado durante meses para dejar limpio el grupo popular se deshacía como un azucarillo en tan sólo unas horas. El desarrollo posterior de los hechos son harto conocidos.

Hoy, Jorge Verstrynge, como director de la Fundación Lugarce, dispone de un funcional despacho particular en la calle de Génova 10, 5.º F. Desde el mismo —¡qué ironías tiene la vida!— se puede ver trabajar a los dirigentes del Partido Popular. En su reelaborado *curriculum vitae* dice:

> «Empezó su actividad política en AP, partido del que llegó a ser secretario general. Posteriormente, su evolución ideológica personal le lleva hacia la izquierda, en la que hoy milita sin estar adscrito a ningún partido. Participa en el Movimiento por la Paz, el Desarme y la Libertad (MPLD).»

Manuel Fraga gobierna Galicia desde una cómoda mayoría absoluta, y pastorea el Partido Popular como presidente fundador. Estos dos hombres sólo han hablado una vez, y por teléfono, desde que Verstrynge abandonó Alianza Popular. Fue el 2 de diciembre de 1986, el día que Fraga dimite.

—Hola, don Manuel.

—¿Qué tal está, «Fverstrynge»?

—Siento mucho lo de su dimisión. Creo que no era necesaria.

—Se lo agradezco muy sinceramente. Adiós.

La única ocasión en que se vieron cara a cara fue el día de la presentación de la revista *Tribuna*, en los jardines de Cecilio Rodríguez de la capital de España. Verstrynge fue en busca de su ex jefe, se acercó a él, y le extendió la mano. Fraga le ofreció la suya, pero volvió ostensiblemente la cabeza hacia atrás. La Historia nunca llama dos veces.

CAPÍTULO 5
EL PODER DE LA CEOE

«La política es una cosa demasiado seria como para dejarla en manos de los políticos», escribió un día Mark Twain. El principio ha hecho fortuna entre los empresarios españoles, en especial entre los máximos dirigentes de la Confederación Española de Organizaciones Empresariales (CEOE), que no se resignan a poner los asuntos del Gobierno y de la oposición en manos de los profesionales de la política.

En los primeros días del mes de noviembre de 1985, José María Cuevas habla por teléfono con Manuel Fraga: lo hace con frecuencia. Le anuncia que tiene que plantearle un tema de gran interés.

—Manolo, quizá lo más conveniente es que mandes por aquí al secretario general para explicarle la cuestión en profundidad, ¿no te parece?

—Me parece muy bien, mi querido amigo.

Magda Sagredo, la secretaria de Jorge Verstrynge, le dice a su jefe que le espera don Manuel. Verstrynge despacha en ese momento con su secretario particular, Ricardo Fernández, y con Jaime Boneu, jefe del gabinete. También se encuentra presente Ignacio Ranedo, jefe del servicio de información interna de Alianza Popular, licenciado en Económicas, contratado por el partido a raíz de la investigación sobre el «caso Flick», y al que se renueva posteriormente contrato dados los magníficos servicios prestados a la casa. Jorge acude a la llamada del «patrón».

—«Fverstrynge», ¿qué opina usted del referéndum sobre la OTAN?

—Que yo sepa, usted siempre ha sido partidario del ingreso y de la permanencia, don Manuel.

—¿Sería posible un giro ante la opinión pública? —pregunta Fraga.

—No sé. Lo veo difícil... francamente, don Manuel.

—Bueno, era un decir... Va a recibir usted una llamada de Jiménez Aguilar de la CEOE. Atiéndale.

El secretario general de la Confederación Española de Organizaciones Empresariales, Juan Jiménez Aguilar, andaluz, abogado, cincuenta años, especialista en relaciones laborales y mercantiles, invita a su homólogo de Alianza Popular a un desayuno de trabajo en la sede central de la patronal, en la calle de Diego de León número 50. Los desayunos de trabajo se han hecho tradicionales en la casa de los empresarios desde la presidencia de Carlos Ferrer Salat.

A las nueve y media de la mañana del 6 de febrero, tras pasar los controles de rigor, Jorge Verstrynge es recibido en la segunda planta y conducido al tercer despacho a la izquierda, que da a un patio interior. Allí hay preparado un desayuno de lujo con cuatro cubiertos, a base de zumo de naranja, café o té, tostadas, lonchas de jamón serrano y york, *croissants*, pastas surtidas, mantequilla, mermelada y fruta. Las personas que deben dar buena cuenta de la colación son José María Cuevas, presidente de la CEOE; Juan Jiménez Aguilar, secretario general; Jorge Verstrynge, secretario general de Alianza Popular; y Pedro Arriola, director de GADES (Gabinete de Análisis, Estudios y Sociología). GADES es una empresa creada desde la alta dirección de la patronal para realizar encuestas y sondeos sociológicos, entre otras labores. Se ha convertido en uno de los instrumentos más eficaces de la CEOE, y como tal se la valora en la organización empresarial. El presidente es Fabián Márquez, pero el hombre clave es su director, Pedro Arriola, marido de la diputada del Partido Popular por Málaga, Celia Villalobos, con la que tiene tres hijos.

El estratega de la patronal

Arriola, sevillano de nacimiento, cuarenta y un años, sociólogo de profesión, es el hombre del dato, las ideas y la imaginación. Escasamente conocido por el público, se le tiene por una persona de extraordinaria inteligencia y como un lince de la sociología aplicada. En la CEOE se dice que cuando el presidente quiere demostrar aprecio y consideración hacia un personaje público, la mejor demostración de ello es mandarle a Pedro Arriola. Se forjó en los movimientos estudiantiles y profesionales de la izquierda en lucha contra el franquismo, y viró posteriormente hacia posiciones moderadas y de derecha. Su filosofía de trabajo se basa en la discreción, «de la que como», y en no aparecer nunca en público; guarda con gran sigilo hasta los datos más elementales de su *curriculum.* Prefiere estar detrás de sus pizarras y gráficos.

Desde GADES, domiciliada en la calle Torpedero Tucumán número 10, Arriola diseña la mayor parte de las operaciones de contenido político y social que desarrolla e impulsa la CEOE. Desde la famosa «manzana con gusano» de las primeras elecciones autonómicas andaluzas del 3 de mayo de 1982, a la encuesta con cuarenta mil entrevistas del 1 de diciembre de 1984, que tantos movimientos e inquietudes había de ocasionar a la derecha española. Es un hombre de total confianza del palentino Cuevas, el regordete presidente de la patronal, al que sus enemigos acusan de que le gusta más enredar en política que comer con los dedos. También Juan Jiménez Aguilar es una persona de su círculo reservado e íntimo.

Cuevas realiza una introducción rápida al tema y desaparece. Verstrynge sonríe constantemente. Ha dejado un enorme maletín de color marrón claro apoyado en la silla. Toma papel y lápiz. Desayuna opíparamente: dos zumos de naranja, un café con leche y cuatro lonchas de jamón serrano. Sus anfitriones de la CEOE toman zumo, café y pastas.

Habla Pedro Arriola, quien pronto deja claro que es él el que ha estudiado el tema, ha preparado la operación y «corta el bacalao».

—En el referéndum sobre la OTAN hay que llevar al Gobierno socialista a una contradicción insuperable. Hay que provocar a Felipe González un colapso político con la pérdida del referéndum, que le obligue a convocar elecciones generales.

Jiménez Aguilar se sirve más café y se atusa los escasos cabellos que le cruzan de un lado a otro de la cabeza. Verstrynge come. Mira fijamente a Pedro Arriola, que tiene delante los folios con el plan que poco a poco y minuciosamente va exponiendo.

—Creemos —prosigue Arriola— que el Gobierno y el PSOE se han metido ellos mismos en una ratonera de la que va a ser muy difícil que salgan.

—No veo cómo —dice Verstrynge, que continúa comiendo.

—Los estudios realizados en GADES —precisa Arriola— son concluyentes: el Gobierno de Felipe González perderá el referéndum si Alianza Popular pide el «no».

Jiménez Aguilar mira fijamente al secretario general de Alianza Popular. Observa su reacción.

—¡Pero eso es una barrabasada! —corta Verstrynge—. No me imagino una cosa así... ¡Vamos, es que ni me la imagino!

—Todo lo que quieras, Jorge, pero en política hay que supeditar muchas veces los principios a la táctica concreta. Lo tenemos claro. Si Felipe González pierde el referéndum, no le queda otra salida que disolver las Cámaras y convocar elecciones generales. No le queda otra alternativa. Y según nuestro plan, lo perderá.

—Bien, ¿y qué? —pregunta Verstrynge.

—Pues muy sencillo —aclara Arriola con gracejo andaluz—. Con la izquierda «cabreada» y con las bases del PSOE molestas por el «trágala» de la OTAN, a Felipe González le será muy difícil ganar las elecciones... Y en cualquier caso, no obtendrá mayoría absoluta. ¿Te parece poco?

—No sé, no sé, Pedro. Sinceramente, creo que no es presentable ante la opinión pública que Alianza Popular pida el «no» a la OTAN cuando siempre hemos sido fervientes partidarios de estar en esa organización. Además, las bases no seguirán las órdenes que se le impartan desde la dirección del partido.

Verstrynge se equivoca de medio a medio. Gran parte de la militancia conservadora vota «no» en el referéndum del 12 de marzo de 1986, fundamentalmente como castigo al Gobierno socialista. Así lo reflejan los estudios más serios y solventes realizados con la perspectiva de cuatro años. También está demostrado que un número considerable de dirigentes provinciales de Alianza Popular y cargos electos realizan campaña a favor del «no». Por ejemplo, en el emblemático barrio madrileño de Salamanca, donde reside una gran parte de la genuina clase conservadora, la consulta arroja un mayoritario resultado negativo. Los actos convocados en aquellos días por Alianza Popular para explicar su postura política ante la OTAN son reventados en muchos casos por sus propios militantes. Gran parte de la derecha entiende el referéndum como una ocasión de oro para propinar un «capón» a sus prepotentes adversarios políticos.

Arriola no se da por vencido ante la postura evasiva del secretario general de Alianza Popular. Sabe que en el fondo éste no decide. Sólo quiere ir preparando el terreno para ponérselo más fácil a Fraga. E insiste.

—Jorge, habla del tema con Fraga. Para nosotros resulta evidente que la derecha no puede pedir el «sí». En todo caso, si el «no» resultase demasiado fuerte la abstención puede ser la otra solución. Esta es la ocasión de agarrar al Gobierno por el cuello y estrangularlo. No podemos desaprovecharla.

—Bueno, bueno, lo hablaré con Fraga —concede Verstrynge.

Juan Jiménez Aguilar recuerda de un modo sutil al «número dos» aliancista la ayuda que la patronal presta a su partido vía créditos. Al final, la relación derecha-patronal se sustancia siempre en la misma conclusión: o se hace lo que proponen los empresarios, o no hay dinero. Un asunto demasiado importante como para desatender las sugerencias de los patronos. Los mismos representantes de la Confederación Española de Organizaciones Empresariales hablan con Oscar Alzaga sobre esta cuestión, y éste con Javier Rupérez, que a la postre aparece ante la Historia como el inventor de la fórmula «abstención». Es cierto que la propone y la defiende, pero la verdad es que la fórmula parte originariamente de GADES y de su principal estratega, Pedro Arriola.

Jorge Verstrynge despacha con Fraga.

—Mi querido amigo —señala Fraga—, sólo nos quedan dos salidas: pedir el «no», o apuntarnos a la abstención.

—Pero don Manuel, si usted siempre ha sido partidario de la OTAN.

—Lo que no puedo hacer es el juego al Gobierno. González se ha buscado él solito este lío; que salga solo. Si quiere un pacto con nosotros debe ser global. Con el tema de TVE y el nombramiento del segundo comisario español en Bruselas, entre otras importantes cuestiones.

—Lo que usted diga se hará, don Manuel.

Algunos meses antes, el lunes 4 de noviembre de 1985, Felipe González invita al jefe de la oposición, Manuel Fraga, a un almuerzo secreto en «La bodeguiya». El menú es frío: jamón, chorizo, empanadas, *roast-beef* y vino de Rioja. Por último, fruta, tarta, café y licores. El Presidente del Gobierno trata de obtener el apoyo de Fraga para el referéndum de la OTAN, que ya ha decidido convocar tres meses después, exactamente el 6 de febrero de 1986. El jefe de la derecha se resiste y se escabulle como puede. Intenta llevar la conversación a otros terrenos. Su pretensión es alcanzar con el Presidente un pacto global.

—Te reitero, Presidente, que la consulta es un error histórico y monumental. Va a producir un inmenso desgaste al país y al propio Gobierno, minando la imagen de España en el mundo. Si deseas rectificar, lo mejor es que lo hagas de una vez no convocando el referéndum, dado que tienes que rectificar de todas maneras...

—Eso no me conviene —responde González.

Fraga trata entonces de conducir la conversación hacia la situación de Televisión Española, con la que está especialmente molesto. Considera que teniéndola en contra nunca podrá ganar unas elecciones. Un año antes, el lunes 17 de mayo de 1985, TVE emite un durísimo documental dedicado a Fraga en el que se recuerdan los hechos más negros de su trayectoria política y su forma de «acabar» con el terrorismo.

—Así no puede haber juego democrático, señor Presidente.

—Por mí no hay problema. No tengo inconveniente en negociar un nuevo estatuto. De acuerdo, Manolo.

A continuación, el gallego plantea el nombre de su cuñado Carlos Robles Piquer como segundo comisario español en la Comunidad Europea.

—Lo siento mucho, no puedo aceptarlo. No tengo más remedio que vetarle.

—¿Puedo preguntar la razón?

—Es evidente, Manolo. El Gobierno democrático de España no puede dar imagen de renovación en Europa en el momento de su incorporación mandando como alto representante a un señor que ha ocupado importantes cargos en el régimen anterior. Carlos Robles no es de recibo.

Manuel Fraga se enfada muchísimo. Ofrece luego el nombre del embajador Luis Guillermo Perinat, ex representante español en la URSS. Tampoco es aceptado. Pone entonces sobre la mesa el de su amigo y ex colaborador en la embajada de Londres, el diputado Antonio Navarro; tampoco «cuela».

—Son gente de mucha edad y muy comprometidos, Manolo —insiste el Presidente.

Abel Matutes habla horas después con el secretario general Jorge Verstrynge para sondearle en relación con su candidatura. Sabe que los socialistas han vetado a los hombres de Fraga, y cree que su oportunidad ha llegado. Pero Verstrynge le responde que esa es una cosa exclusivamente del «patrón». Este se encuentra en Galicia, a donde se remite una carta desde la secretaría general proponiendo al ibicenco como comisario. El presidente de Alianza Popular se muestra de acuerdo, y ordena a Jorge que consulte con La Moncloa. Este llama a Julio Feo, quien, tras despachar con Felipe González, da el visto bueno. Abel Matutes se convierte así en comisario europeo, junto a Manuel Marín. En cualquier caso, Matutes había negociado ya por su cuenta y en secreto con el Gobierno.

La mayor parte de las fuentes consultadas opinan que el veto de González al «cuñadísimo» Robles Piquer resulta definitivo para que Manuel Fraga no secunde la postura del Gobierno en relación con la OTAN. Es un hecho cierto que la decisión presidencial molesta muchísimo al jefe de la oposición, pero no puede colegirse con seriedad que a la postre resulte un elemento determinante y decisivo. De hecho, en julio de 1985, cuando acude a Washington para participar en una reunión de la International Democratic Union (IDU), hace unas declaraciones en las que afirma que el referéndum no se debe celebrar, pero que en el supuesto de que se lleve a cabo, Alianza Popular participará y pedirá el «sí». En septiembre de ese mismo año, ante las cámaras de TVE, declara textualmente: «El que crea que me abstendré en la OTAN es deficiente mental.»

Felipe González decide finalmente jugar su «órdago a la grande» y convocar al pueblo a consulta. Será la decisión más arriesgada de su carrera política, y en ella dejará muchos «pelos en la gatera», como reconoce él mismo. Poco tiempo después se reúne el comité ejecutivo de Alianza Popular para debatir la postura ante la OTAN. Fraga propone formalmente y como única salida la abstención; se produce un fuerte y agrio debate. A favor del «sí» se manifiestan, invocando la coherencia como supremo argumento, Luis Guillermo Perinat, marqués de Elio, Alfonso Osorio, Jorge Verstrynge, Luis Olarra y Gabriel Camuñas. El resto está a favor de la abstención que propone el presidente. La posición de Miguel Herrero en relación con la OTAN es confusa. Determinados comentaristas han escrito que era partidario del «sí» y que vota a favor. No es cierto, a no ser que escribiese una cosa e hiciese otra. En un estudio-propuesta que como portavoz parlamentario remite a Fraga, se manifiesta claramente por la abstención. El documento, redactado a finales de 1985, consta de dieciocho folios, y en él hace un análisis previo de cada uno de los puntos del «decálogo» que Felipe González propone al Parlamento en materia de política exterior, en busca del consenso de todos los grupos parlamentarios. Herrero afirma que González habla «en nombre propio», y no en nombre del PSOE o del Gobierno, por lo que no cabe consenso posible.

«El Gobierno», escribe Herrero, «se encuentra ante el gran problema de cumplir o no el programa electoral del PSOE. El problema lo desliga el presidente González del Gobierno y del partido, y lo presenta como un dilema propio y personal; en mi opinión, no debe aceptarse el juego». La conclusión es clara: Alianza Popular debe abstenerse y no hacerse responsable del resultado. Si gana las próximas elecciones, no deberá considerarlo vinculante. El portavoz popular emite su informe antes de que el Gobierno convoque a fecha fija a consulta al pueblo español, como elemento disuasorio para evitar el referéndum. Después, matiza su postura.

Por las mismas fechas, en el comité de dirección del Partido Demócrata Popular tiene lugar un debate similar. Oscar Alzaga también defiende la abstención como mal menor, con el argumento esencial de «yugular al Gobierno socialista». Es decir, coincide con los objetivos marcados por la CEOE. ¿Quién impone o convence a quién? La respuesta, dada la correlación de fuerzas, resulta obvia.

—Tenemos delante una oportunidad de oro —subraya Alzaga ante sus correligionarios— para minar al Gobierno del PSOE. Por otro lado, la única manera de situarnos al margen es abstenerse.

Javier Rupérez no está de acuerdo. Ha sido el primer representante de España en la Organización del Tratado del Atlántico Norte hasta el año 1983.

—En mi opinión, hay que negociar con el Partido Socialista.

—¿Qué se puede negociar? —pregunta Alzaga.

—La suspensión del referéndum, su aplazamiento o las preguntas del mismo —responde Rupérez.

La tesis no prospera. Rupérez queda en minoría absoluta. Eduardo Carriles Galarraga, José Luis Alvarez Alvarez, Luis de Grande y José Manuel Otero Novas, entre otros, se alinean con las tesis de Alzaga. La ironía de la política hará recaer la responsabilidad de defender esta postura sobre Javier Rupérez Rubio.

El miércoles 11 de diciembre de 1985, se reúne el comité de coordinación de Coalición Popular. Llega al acuerdo máximo de promover la abstención. Fraga lo anuncia el mismo día en una sonada rueda de prensa. Los más duros son Jesús Aizpún Tuero, presidente de Unión del Pueblo Navarro (UPN), e Hipólito Gómez de las Roces, jefe del Partido Aragonés Regionalista (PAR). Los dos están por el «no».

¡Bush, a hacer puñetas!

A partir de aquí, y a medida que se acerca la fecha de la consulta, la presión internacional para cambiar la decisión conservadora a favor del «sí» es inaguantable. «Unos lloraban, otros suplicaban, otros protestaban y otros amenazaban; o todo a la vez», recuerda Verstrynge. El viernes 7 de marzo de 1986, Manuel Fraga viaja a Sevilla para mantener un almuerzo con empresarios andaluces y participar en un acto público sobre el referéndum. Restan cinco días para la celebración de la consulta, y las llamadas se suceden. El primero que localiza al jefe de Alianza Popular en Sevilla es el vicepresidente norteamericano George Bush, que telefonea en nombre del presidente Ronald Reagan pidiendo a Fraga que cambie su actitud ante el referéndum. La conversación telefónica se desarrolla en inglés.

—Señor Fraga, ¿no se da cuenta usted de lo que representa un «no» para la OTAN y todo el mundo occidental? Se abre un precedente gravísimo. Le hablo en nombre del Presidente de los Estados Unidos.

—Pues con todos mis respetos, señor vicepresidente, es un tema que tienen que plantear ustedes al jefe del Gobierno español, don Felipe González; desde luego, esa no es mi responsabilidad.

—Sí, desde luego —insiste Bush—, pero usted, un atlantista convencido, preconiza la abstención, que puede hacer ganar al «no» y favorecer a los enemigos de la Alianza colocando a la Organización y a todo Occidente ante un grave problema...

—Nuestra posición, señor Bush, ha quedado explicada muy claramente en numerosas ocasiones ante los representantes del Gobierno de Estados Unidos. De modo que, señor vicepresidente, hagan ustedes responsables del resultado a los que realmente lo son: don Felipe González y su Gobierno. Yo no tengo más que añadir.

—Señor Fraga, le reitero la preocupación del Gobierno de los Estados Unidos.

—Señor vicepresidente, le reitero a usted cuál es nuestra posición y de quién es la responsabilidad.

Cuando termina la conversación con Bush, Fraga comenta la llamada y dice:

—Le he mandado a hacer puñetas. Sólo me falta que me hagan a mí responsable de este desaguisado.

El presidente de Alianza Popular no reseña esta importante llamada en sus *Memorias*. Sí que anota, sin embargo, la de Alfonso Osorio, su vicepresidente, que le insiste en cambiar de opinión a última hora ante el temor de un resultado negativo.

—Es una locura, Manolo.

—Mi querido amigo, veo que tenéis los nervios a flor de piel. No recibo hoy más que llamadas preocupadas: los míos siguen firmes. Ni puedo ni debo cambiar de opinión. No tengo más que decir, amigo Osorio.

En días anteriores Fraga ha recibido también sendas cartas del canciller alemán Helmut Khol y de la primera ministra británica Margaret Thatcher con los mismos argumentos invocados por el vicepresidente norteamericano. En vano. Franz Josef Strauss, el amigo bávaro, será muy crítico con la postura de AP. El presidente Reagan, por último, encarga a Dick Allen, consejero para las relaciones con otros partidos, que conecte con las formaciones aliadas europeas para que se movilicen en una campaña de presión sobre los conservadores españoles.

El domingo 9 de marzo, más de cien mil personas contrarias a la OTAN se congregan en la Ciudad Universitaria de Madrid bajo la dirección del escritor Antonio Gala. Aquí está el embrión de la futura coalición de Izquierda Unida. Fraga almuerza por una vez en casa con su familia cuando suena el teléfono. Es Alfonso Guerra.

—Don Manuel, quiero reiterarle la preocupación del Gobierno y del Presidente por la postura de AP ante el referéndum.

—Señor vicepresidente, no vamos a cambiar de opinión porque creemos que es la postura que nos corresponde adoptar.

—Tú sabras a lo que juegas, Manolo —amenaza Guerra cambiando de tono y tratamiento—. El tema es muy serio, y me temo que no va a gustar nada a tus amigos internacionales. Ya lo sabes.

—Señor vicepresidente —replica Fraga contundente y firme—, yo y mi partido jugamos a lo que se sabe, y lo hemos dicho. Jugamos a la abstención en serio y de buena fe.

—Si tú crees que la abstención es jugar en serio...

—La verdad es que la abstención es lo mismo que la abstención, señor vicepresidente, y distinto y equidistante del «sí» y del «no». Y no tengo más que decir, señor vicepresidente.

—Bueno, pues vosotros sabréis a qué jugáis —termina Guerra.

A comienzos de marzo de ese mismo año, Javier Rupérez, que se ha convertido en portavoz de la Coalición para esta cuestión concreta, recibe una llamada en su despacho de Cedaceros 9. Es el jefe del Gabinete del Presidente del

Gobierno, Eleuterio Roberto Dorado Zamorano, cincuenta y un años, valenciano de nacimiento y francés de formación, licenciado en ciencias químicas. Dorado es un hombre de la total confianza de Alfonso Guerra, un «guerrista» puro de pequeña estatura y escaso pelo, ya plateado. Duro, inflexible y peleón, se le reconoce gran poder e influencia en el *entourage* presidencial. Luce gafas de montura metálica y suele estar acompañado en público por Juan Antonio Yáñez, asesor para temas internacionales y de la portavoz del Consejo de Ministros. Dorado Zamorano es persona de pocas palabras, y permanece casi siempre en actitud defensiva y expectante. Pero en esta ocasión interviene directamente.

—No sabéis lo que estáis haciendo... Parece mentira, Javier, tú defendiendo esto. ¡Vais a pagar esta locura...!

—Roberto, no amenaces por muy jefe de Gabinete del Presidente que seas. El referéndum responde a un compromiso doméstico vuestro; pechad con las consecuencias —contesta Rupérez.

—¿Doméstico? —pregunta rotundo Dorado—. ¡Os vais a enterar! Si no sale bien, se va todo al carajo... Es increíble que un diplomático profesional como tú diga eso. Tú has sido embajador en la OTAN, has estado destinado fuera, y debes saber cómo se las gastan esos señores.

—Vamos a ver, Roberto. La decisión está tomada, y no la vamos a cambiar. A ver si os dais cuenta de una vez. Además, déjate de bromas: sabes bien que España no va a salir de la OTAN en ningún caso. En ningún caso, Roberto.

—Te vuelvo a repetir que preconizar la abstención es una locura. Y lo vais a pagar caro. Lo digo muy en serio.

Dorado realiza una llamada similar, aunque en otro tono, al vicepresidente de AP, Alfonso Osorio, que se encuentra en su despacho de Petromed en la calle de Fortuny. Le pide que hable con Fraga y le convenza para que cambie de actitud.

—Conoces, Roberto, cuál es mi postura. Soy favorable al «sí», y lo he defendido ante los órganos de mi partido. Haré todo lo que pueda, pero Manolo está cerrado en banda. Yo, en cualquier caso, votaré a favor.

—Pero Alfonso, si es que lo único que va a conseguir Fraga es que se lo cargen sus aliados internacionales. Sobre todo en una cuestión tan seria —precisa Dorado.

—Lo sé, lo sé, Roberto. Haré lo que pueda, pero ya te digo que es muy difícil; está cerrado a cal y canto —contesta Osorio.

Además de las ya citadas, otras personalidades internacionales, como el primer ministro italiano Giulio Andreotti y el embajador de los Estados Unidos, Thomas Enders, presionan ante los dirigentes de la Coalición para que apoyen el «sí». Los embajadores en Madrid de Canadá, Bélgica, República Federal Alemana, Holanda y Reino Unido frecuentan durante esas fechas las sedes y a los dirigentes de Alianza Popular y el PDP. También trabaja intensamente ante la dirección conservadora en favor del «sí» a la OTAN el abogado José Mario Armero; sus interlocutores no saben todavía decir en calidad de qué intervino o respondió, ni qué intereses concretos representaba, si los representaba.

Al final, el Gobierno socialista gana su consulta, no sin dejar en el camino sangre, sudor y lágrimas. Felipe González no volvería nunca a tomar una decisión como aquella. En el ámbito internacional, cuatro años después de haberse celebrado la votación ésta sigue siendo un misterio. Cuando se debate la cuestión en los foros internacionales, la frase más socorrida es: «Cosas de españoles.» La CEOE no consigue su principal objetivo: tumbar al Gobierno. Los socialistas siguen mandando hegemónicamente en España con Felipe González a la cabeza. Pedro Arriola ha desaparecido de GADES. Ahora trabaja en el Instituto de Estudios Sociales, y directamente para José María Aznar. Todos los discursos importantes del PP llevan su sello.

La «operación Muñoz Grandes» y otros sustos

Desde la cúpula de la CEOE se ha intentado en varias ocasiones a lo largo de los últimos años jubilar políticamente a Manuel Fraga al frente de la derecha española. Los estudios sociológicos de GADES son concluyentes: nunca podrá disputar con éxito el mando de la nación a Felipe González, aunque tampoco es posible prescindir de él como líder natural de la derecha. Hay que buscar y encontrar una solución a medio camino.

Carlos Ferrer Salat se despide de la presidencia de la CEOE el 24 de mayo de 1984. Asiduo comensal del Club 31 y Zalacaín, abandona la dirección de la gran patronal española en beneficio del que durante varios años ha sido su segundo y «hombre fuerte», José María Cuevas, ex dirigente junto con Rodolfo Martín Villa del antiguo sindicato vertical. Su ex jefe de comunicación y prensa, el profesor de la Facultad de Ciencias de la Información de la Complutense, José Carlos García Fajardo, le ha calentado muchas veces la cabeza acerca de sus posibilidades de liderazgo político. No le desagrada; es más, tal posibilidad satisface su *ego.*

Atrás quedan los peores años, 1976 y 1977, cuando ser empresario era sinónimo para la sociedad española de «fascista y ladrón». Ya se han olvidado también aquellas declaraciones en los Estados Unidos en las que pide la intervención de los *marines* norteamericanos en España, ante la «socialización que impone el presidente Suárez» y el avance social y laboral de los sindicatos de clase.

—Carlos —le anima García Fajardo—, tienes imagen, buena presencia y eres conocido. La derecha no tiene líder. Tú tienes una legítima ambición. ¿A qué esperas?

Culminada una etapa decisiva al frente de la CEOE, Carlos Ferrer Salat cree llegado el momento de dar el salto a la política directa y activa. Sus colaboradores están de acuerdo. Es necesario poner un pie en el Parlamento, dirigir un partido, mandar sin intermediarios una formación política, entrar directamente en el ruedo político. La opción partidaria, por exclusión, no puede ser otra que Alianza Popular. Mantiene excelentes relaciones con Manuel Fraga, y su amigo el vicepresidente popular Abel Matutes allanará el camino. Fraga quiere a Ferrer Salat militando en su partido, pero no por encima de él. Está dispuesto a elevar al ex patrón de patronos hasta la dirección de Alianza Popular, pero no a supeditar su liderazgo al del catalán. Por lo tanto, hay que encontrar mecanismos para llevar a cabo la operación. La idea entre los empresarios está clara: hay que buscar un líder alternativo a Fraga que supere sus carencias, pero que también sepa aprovechar el trabajo realizado por don Manuel, quien, «a la gallega», pone reparos ante lo que considera acertadamente una sutil maniobra para desplazarle.

Así se pone en marcha la «operación Muñoz Grandes», bautizada así desde Alianza Popular, que básicamente consiste en nombrar otro «capitán general» a modo de delfín de Manuel Fraga, como Agustín Muñoz Grandes lo quiso ser en su momento de Francisco Franco. Carlos Ferrer Salat debería ser nombrado vicepresidente único del partido con poderes económicos y ejecutivos totales. Ese es el acuerdo. El secretario general, Jorge Verstrynge, se encarga de modificar los estatutos de AP y de introducir una cláusula en los mismos según la cual este vicepresidente único asumiría todo el poder y toda la representación de Alianza Popular en ausencia de Manuel Fraga o en caso de dimisión. El objetivo es meridiano: en opinión de la alta dirección de la CEOE, Fraga está acabado políticamente y no puede tardar mucho en arrojar la toalla; es necesario, por tanto —según los análisis empresariales—, buscar sucesor. Y nadie mejor que un empresario que, además, es alto, guapo, rico y... manejable.

Al plan se oponen con uñas y dientes Miguel Herrero y Rodríguez de Miñón, portavoz en el Congreso de los Diputados, y José María Ruiz Gallardón, el vicepresidente «más ''fraguista'' que Fraga». Pero da igual. Dentro de Alianza Popular no existe fuerza suficiente para desmontar la operación, es un partido rehén en manos de quienes arbitran los medios económicos para su subsistencia.

Pero en la vida nunca se sabe, y en política menos. Veinticuatro horas antes de la fecha convenida para el desembarco del empresario, éste llama a Manuel Fraga para comunicarle que no acepta, que se vuelve atrás. Lo ha pensado mejor, y prefiere continuar en el mundo de los negocios y la empresa. La «operación Muñoz Grandes» ha fracasado, para regocijo interior del «patrón». En la CEOE y AP nadie entiende nada. ¿Qué ha pasado?

Sencillamente que Alfredo Molinas, presidente de la poderosa e influyente patronal catalana Fomento del Trabajo y vicepresidente de la CEOE, ha sido puesto al corriente de las pretensiones políticas de Ferrer y se muestra totalmente contrario, hasta el punto de considerarlas un absoluto disparate. Molinas, hombre de la derecha moderada con muy buena relación con los nacionalistas de Convergencia i Unió, especialmente con Jordi Pujol, no puede consentir que Carlos Ferrer Salat apueste en esos momentos por la derecha pura y dura, casi extraparlamentaria en Cataluña. «No tienes ninguna posibilidad, Carlos, en poco tiempo serás un cadáver político», advierte. Tanta es la influencia de este hombre de barba cana y cuidadosamente arreglada sobre Ferrer, que éste desiste inmediatamente y deja colgados a Matutes y Cuevas, y en menor medida a Fraga, que en cierto modo respira tranquilo. Ha quedado frustrada desde fuera de AP una seria operación para jubilar al «león de Villalba».

—De buena te has librado, Jorge —le dice días más tarde un socarrón José María Cuevas al secretario general de Alianza Popular.

—¿Por qué? —pregunta Verstrynge.

—¿Por qué? Carlos es tonto, hijo. ¿No te has enterado todavía?

Ya un año antes, en 1983, se había intentado descabalgar a Fraga desde el cuartel general de Diego de León. José María Cuevas, entonces secretario general de la CEOE, quiere quitarse de en medio a cualquier precio al vicepresidente José Antonio Segurado, que además preside la patronal madrileña CEIM. Convence a Fraga para que Segurado sea el candidato de Alianza Popular a la alcaldía de Madrid. El jefe de la derecha acepta la sugerencia. José Antonio Segurado mantiene entrevistas con Fraga, Verstrynge y Matutes, quienes convencen al barbudo empresario, que da su consentimiento y está dispuesto en principio a bajar a la arena política. Pone una condición: ser el sucesor de Manuel Fraga cuando éste se retire.

Pero pocos días antes de materializar su decisión, Segurado conoce un sondeo que la patronal hace en Madrid y le entra el pánico: Enrique Tierno Galván, alcalde de la capital desde hace cuatro años, gana por mayoría absoluta a cualquier candidato que se presente, ya sea de la derecha, del centro o de la izquierda. Tanto desde la CEOE como desde Alianza Popular tratan de convencerle de que aunque es imposible derrotar a Tierno, ello no significaría una derrota personal. Ganar es imposible, tanto más cuando hace sólo un año y medio que el PSOE ha obtenido su histórica victoria del 28-O, con los famosos diez millones de votos.

—Pues yo sólo me presento para ganar —se planta Segurado.

No hubo manera de convencerle, con lo que se frustró la operación sucesoria.

Sabido es que Manuel Fraga siente un gran respeto por los empresarios hechos a sí mismos, sobre todo si le ayudan económicamente. Pero rezuma despecho cuando habla de algunos grandes banqueros y dirigentes de la CEOE a cuyas «sugerencias» se ha tenido que plegar, porque de ello dependía el dinero. Además, siempre ha sabido que no es santo de especial devoción de determinados y relevantes hombres de las finanzas. El hecho de tener que aceptar sus «consejos» no significa en modo alguno que los reciba de buena gana, salvo en los casos de amigos personales. Uno de los más considerados con don Manuel ha sido el constructor Longinos Sánchez, quien pecha en bastantes ocasiones con la nómina mensual de Alianza Popular. Otro buen amigo fue el siderúrgico navarro José María Aristrain, fallecido el 20 de mayo de 1986 en accidente de helicóptero en Montecarlo, en circunstancias todavía no aclaradas. Juan Herrera, marqués de Viesca y ex vicepresidente de Banesto, también se ha portado generosamente con las arcas aliancistas. Uno de sus hijos, Iñigo Herrera, fue diputado conservador de la mano de Alfonso Osorio en la legislatura de 1986 a 1989.

Entre los banqueros, se guarda especial respeto en la casa de la derecha por don Emilio Botín padre. El primer coche blindado de Fraga —un Volvo verde que destrozó en un accidente en León, del que salió milagrosamente ileso— fue regalo de don Emilio. Alfonso Escámez, presidente del Banco Central, figura asimismo entre los grandes benefactores de AP desde sus orígenes. No se quiere ni oír hablar, sin embargo, de Luis Valls Taberner, de quien acertadamente se cree que siempre negó el pan y la sal al gallego, y que conspiró lo que pudo contra él. Además, ha financiado generosamente a sus rivales políticos, especialmente al Partido Socialista.

La tercera operación política empresarial para sustituir a Fraga se plantea en el mes de diciembre de 1985. Alianza Popular hace agua por todos los lados, y los conflictos internos estallan a diario, especialmente en provincias. Cantabria, un feudo de la derecha, sufre una guerra permanente entre Juan Hormaechea y los coaligados democristianos. En Galicia, el «cacique» lucense Francisco Cacharro Pardo pone demasiados reparos al liderazgo del «patrón». En general, las conspiraciones y revoluciones internas en AP surgen por esas fechas como los hongos en otoño.

En medio de este clima, José María Cuevas mantiene una conversación con Jorge Verstrynge. Posteriormente celebran otra a la que también asiste el «número dos» de la CEOE, Jiménez Aguilar, y el «estratega» Pedro Arriola. La teoría que los representantes empresariales sostienen es ésta: Fraga es incapaz de dirigir el partido; se trata de una grey poco disciplinada y anárquica, y así no se va a ningún sitio. Recuerdan el ejemplo de Unión de Centro Democrático y su *débâcle* final. La conclusión no deja lugar a dudas: Manuel Fraga debe dejar las funciones ejecutivas dentro del partido, y ser sólo el candidato a la Presidencia del Gobierno en las elecciones generales.

—Jorge —pregunta Arriola—, ¿crees que Manolo estará dispuesto a dejar las labores ejecutivas internas?

—No, querido. No las soltará. ¡Qué cosas tienes... je, je, je! Estáis muy despistados con el personaje. Ignoráis de quién estáis hablando... Hablamos, querido, de don Manuel Fraga Iribarne.

—¡Las soltará! —dice un resuelto Jiménez Aguilar.

—Bueno, si tú lo dices... sabrás por qué, Juan. Yo no lo creo.

Verstrynge deduce que el «tapado» de la CEOE en esos momentos para sustituir a Fraga al frente del partido es Alfonso Osorio. Importantes banqueros y financieros juegan su carta, si bien nunca ha sido un personaje de la especial devoción de Cuevas.

Los ojos se le abren como platos al rubio secretario general cuando se le desbroza el contenido de la operación. La orden es mantenerla en el más riguroso de los secretos. Bajo ningún concepto puede ser conocida por la opinión pública y los medios de comunicación. En síntesis, los dirigentes empresariales proponen que Alianza Popular, a partir de los primeros meses de 1986, se gobierne por un órgano conjunto y paritario CEOE-AP. La ambición política de la representación patronal, especialmente de su presidente, parece no tener límites. Dicho órgano constaría de tres niveles o escalones: en el primero se situarían, *primus inter pares*, Manuel Fraga y José María Cuevas; el segundo escalón estaría formado por los secretarios generales de ambas organizaciones, es decir, Verstrynge y Jiménez Aguilar, que serían los encargados de dirigir día a día el partido; y el tercer nivel lo compondrían diez miembros, cinco representantes por cada organización. Sólo se habló de Arriola por la CEOE, y de Angel Sanchís, Carlos Robles Piquer y Jaime Boneu por Alianza Popular. La pregunta surge espontáneamente: ¿Cómo puede aceptarse desde la soberanía de un partido político, en ese momento el primero de la oposición y el segundo del arco parlamentario, ser gobernado por otra instancia?

—Si no se acepta el plan —manifiesta uno de los representantes empresariales—, no hay «pelas». Escoged.

La actitud y opinión de la gran patronal a la hora de conceder créditos bancarios a los partidos resultaba por aquel entonces fundamental. Esos créditos eran, y son en gran medida también hoy, absolutamente imprescindibles para la supervivencia de tales organizaciones. Tras el estallido del «caso Naseiro», el silencio con que se guardan estos secretos se ha reforzado. Las fuentes informativas enmudecen de repente cuando se habla de financiación y de dinero. Quizá el hombre que más secretos económicos guarda de la primera etapa de la derecha es el empresario maderero Guillermo Piera, hermano de Adrián, presidente de la Cámara de Comercio de Madrid, a quien Fraga tentó para ser candidato a la alcaldía. Fue el primer tesorero de la derecha.

Manuel Fraga es informado personalmente por José María Cuevas de la operación. No dice ni que sí ni que no, pero se muestra contrariado y ofendido. Se limita a escuchar y preguntar con cara tensa y larga. Cuevas le insiste en que hay que tomar una decisión a más tardar en el mes de enero de 1986. Fraga comenta después el tema con su secretario general.

—¿Usted cree que funcionará?

—Puede ser, si ellos se comprometen a dar los medios suficientes en las campañas electorales.

A mediados de enero se reúne el «segundo escalón», es decir, los secretarios generales, e inician los encuentros previstos. En la primera reunión se esbozan los planes generales para las campañas electorales partiendo de un examen de la situación política general, que arroja un análisis pesimista. Resultó ser la primera y la última reunión. Claramente, Fraga no está por la labor. De este fracaso saldrá la próxima intentona político-empresarial: la «operación Roca».

Fraga ha salvado su pellejo por tercera vez. Alfonso Osorio queda a la espera. Sin embargo don Manuel amenaza ya por entonces con demasiada frecuencia con marcharse a su casa. A raíz de las elecciones gallegas de 1985, en las que AP no consigue los resultados previstos, tiene una tensísima conversación con el «cacique» de Lugo Francisco Cacharro Pardo, presidente de la Diputación y presidente de Alianza Popular en la provincia. Fraga es acusado por Cacharro de no saber dirigir el partido y de incapacidad para ganar; el presidente de Alianza Popular agarra un enfado mayúsculo y amenaza nuevamente con la dimisión. Tras este enfrentamiento, el hoy presidente de Galicia redactó una carta a Gregorio Peces Barba, presidente del Congreso de los Diputados, en la que le anuncia su dimisión como presidente del grupo parlamentario popular. Otra carta similar es remitida al secretario general, quien la deposita en la caja fuerte del partido.

En ambas cartas, Manuel Fraga escribe el nombre de su sucesor: Alfonso Osorio, a quien habría de dirigirse tanto Peces Barba como el secretario general de AP para cualquier asunto decisivo. Luego reconsidera la situación. La misiva duerme en la caja fuerte de Alianza Popular durante un año y algunos meses. El 2 de diciembre de 1986, Fraga anuncia a los cuatro vientos su retirada definitiva. Pasarán otros veintitrés meses hasta saber que su viaje era de ida y vuelta.

CAPÍTULO 6
ALEA JACTA EST

Pulso en Mayte Commodore

Ignacio Fraga Estévez y Margarita Pedroche contraen matrimonio a comienzos del mes de mayo de 1987. El cuarto hijo de Manuel Fraga y Carmen Estévez, el único que se dedica a los negocios —empresario de vídeos, entre otras actividades—, consigue que su padre, en ese momento en el retiro político tras su dimisión el 2 de diciembre de 1986, vista el llamativo uniforme negro con raya roja de embajador, profusamente adornado con medallas y condecoraciones. Fraga no ha dejado escapar para la ocasión ni un solo detalle. En el cinto, no falta el sable reglamentario en el uniforme de gala de un ministro plenipotenciario del Servicio Exterior.

La ceremonia religiosa tiene lugar en la parroquia de San Manuel y San Benito, en la madrileña calle de Alcalá. A ella asisten más de mil personas. Tras la misa viene el cóctel, más restringido, que tiene lugar en los salones de Mayte Commodore. Allí se encuentra la flor y nata de la derecha española y la clase empresarial.

A las dos y cuarto de la tarde, los camareros, vestidos con guantes y chaquetilla blanca, comienzan a servir copas y canapés. Carmen, la madre del novio, luce su llamativa cabellera rubia y sus características gafas oscuras. Pipo, la hija mayor de los Fraga, vivo retrato de su madre y con el mismo temperamento que su padre, reparte besos y parabienes. También sus hermanas, Maribel y la benjamina, Adriana. Y Manuel, el hermano mayor. El salón grande de la derecha, situado en el segundo piso del restaurante, es un hervidero. Mayte, la «restauradora», no para de un sitio a otro.

—¿Todo bien, don Manuel?

—Muy bien, mi querida amiga.

—Qué hijos tan guapos e inteligentes tiene, don Manuel...

—Sí, muchas gracias —responde orgulloso Fraga, que se ha tomado ya dos copas de fino La Ina.

Las elecciones autonómicas y municipales van a tener lugar el 10 de junio de ese mismo año. La derecha tiene fundadas esperanzas de alcanzar el triunfo en algunas comunidades autónomas y ciudades, para ir «comiendo», poco a poco, algunos pedazos de la enorme tarta del poder socialista. Entre esas comunidades se encuentra Castilla y León, donde los sondeos preelectorales auguran un espectacular descenso del PSOE, tras el procesamiento de su anterior presidente Demetrio Madrid y la falta de liderazgo del actual jefe de gobierno, José Constantino Nalda. Es una comunidad grande, con nueve provincias, deprimidas económicamente y con grandes posibilidades de inversión y desarrollo; por lo tanto, de hacer buenos negocios. José María Cuevas es palentino.

Manuel Fraga agasaja a los invitados. Va de un lado para otro interesándose por todo. Ya ha dejado el sable a recaudo de Mayte.

En un corrillo están el presidente de Alianza Popular, Antonio Hernández Mancha; el secretario general, Arturo García Tizón; el ex ministro del Interior y presidente de Celofán-España, Rodolfo Martín Villa; y el jefe de la CEOE, José María Cuevas. Todos acompañados de sus esposas. En otro grupo, un poco más allá, José María Aznar, ex secretario general adjunto encargado de la formación política de Alianza Popular y diputado por Avila, con su esposa, Ana Botella Serrano.

Cuevas presiona a Hernández Mancha para imponer su

candidato a la presidencia castellano-leonesa. Quiere a su amigo Rodolfo al frente de esa comunidad, una ambición nunca disimulada por el ex ministro. El presidente de Alianza Popular, Antonio Hernández Mancha, repeinado con gomina y mostrando sus enormes entradas, hace de vez en cuando una carantoña a su joven y bella mujer, Belén, que le saca varios palmos de altura. Estos «tics» característicos de Mancha sacan de quicio al presidente de la patronal. Mancha no sabe cómo salir del cerco al que está siendo sometido desde tiempo atrás. José María Cuevas quiere un compromiso rápido y claro, sin vuelta atrás posible, por parte del primer dirigente del partido conservador.

Arturo García Tizón, traje azul marino, corbata roja a cuadros, da pequeños rodeos mostrando inquietud en los pequeños ojos de miope que esconde detrás de unas gafas metálicas. Rodolfo Martín Villa, con una mano en el bolsillo y un vaso en la otra, permanece atento y sin decir palabra. En un momento dado, Hernández Mancha, en una mezcla de arrojo e ingenuidad, decide coger el toro por los cuernos y llama a los que están alrededor:

—¡Eh!, ¿podéis venir un momento? José Mari, tú también.

Ya están todos juntos: Cuevas, Aznar, Tizón, Mancha y Martín Villa. Fraga mira de refilón, sabe de qué va el tema, pero no quiere intervenir. El ya está fuera de la *melée*. Y además, celebra la boda de su hijo.

—José María —dice Hernández Mancha a Aznar—, Cuevas me pide insistentemente que el candidato a Castilla y León sea Rodolfo Martín Villa. Sabes que en Alianza Popular hemos pensado que el candidato seas tú.

—Sí —responde Aznar, desconcertado y molesto por la situación. Conoce el asunto y le preocupa.

—Yo sólo estoy dispuesto a dar satisfacción al presidente de la CEOE —continúa Mancha—, si tú decides dejar el puesto voluntariamente a Rodolfo. Pero tienes que ser tú mismo quien lo decida.

La situación no es agradable para nadie. Se encuentran

en la boda del hijo del «patrón». Y se estaba jugando un puesto político importante: una casi segura presidencia de comunidad autónoma.

—Yo quiero ser candidato —musita por debajo del bigote Aznar, arqueando las cejas.

Hernández Mancha dirige una mirada a García Tizón, que bebe más deprisa. Cuevas se impacienta; Martín Villa, impasible.

—¿Es definitivo? —vuelve a preguntar Hernández Mancha, para comprobar si la presencia de Cuevas y Rodolfo impresiona al joven diputado.

—Claro, Antonio... Ya lo sabes.

—Lo has oído, Rodolfo. Aznar desea ser el candidato. Y lo será. Así que os ruego que no me deis más la lata. No me insistáis más, por favor, José María —se dirige a Cuevas.

—Mira Antonio, si Aznar quiere ser el candidato y tú, que eres el presidente del partido, le apoyas, yo estoy dispuesto a sacrificar mi candidatura. ¡Hasta ahí podíamos llegar! —responde Martín Villa, dando muestra de un impecable *fair play*.

—Rodolfo —explica Mancha—, quiero que sepas que me caes bien, que no tengo nada contra ti, pero he dado mi palabra de honor a José Mari.

—Eso te honra, presidente —contesta el ex ministro.

Cuevas da media vuelta y se va en busca de Fraga. Aznar ha mantenido el tipo a su estilo, a su manera, y Hernández Mancha lo ha hecho también al suyo. Se pone fin a uno de los cercos políticos más duros y poderosos en Alianza Popular. Antonio Hernández Mancha no tardará en probar el genuino sabor de la venganza de José María Cuevas. Y sus consecuencias.

Por la noche, Hernández Mancha recibe una llamada telefónica. Es José María Aznar. Está asustado por el «corte» propinado nada menos que al «patrón de patrones» y a Martín Villa, uno de los santones políticos de la transición, y un peso pesado del centro derecha.

—¿No crees que hemos jugado demasiado fuerte, Antonio? —pregunta un inquieto Aznar.

—Yo te he prometido el puesto, y voy a mantener mi palabra contra viento y marea. Desde el principio he dicho que en Alianza Popular mando yo, y nadie me va a imponer una decisión de esa trascendencia. A ver si se enteran de una vez.

—No sabes cómo te lo agradezco, Antonio.

—¡Qué cosas tienes, José Mari! Ahora a por Castilla y León, hay que ganar.

—Quiero pedirte que me apoyes en la campaña, el envite para mí es muy fuerte. No me dejéis tirado, por favor.

—Yo personalmente iré a apoyarte. También yo me juego mucho, y confío en tu capacidad y en tu trabajo, José Mari.

El «cerco» por Castilla y León viene de meses atrás. Poco después de ser elegido presidente de Alianza Popular, Antonio Hernández Mancha mantiene un «encuentro institucional» en forma de desayuno con el presidente de la CEOE, José María Cuevas, en la sede central de la patronal en la calle de Diego de León. Quedan cuatro meses para las elecciones autonómicas y municipales del 10 de junio de 1987. Apenas hay tiempo para prepararlas, y todo el afán del equipo «manchista» es ir quemando etapas a marchas forzadas, sin cometer demasiados errores.

—Antonio —dice Cuevas—, la retirada de Manolo Fraga ha dejado al partido bajo mínimos, según nuestros sondeos.

—¿Tan grave es el tema? —pregunta Mancha.

—Los datos son tremendos. Del veinticinco por ciento obtenido en las generales de 1986, la intención de voto está en estos momentos en una horquilla del nueve-once por ciento. El panorama es dramático, pero no se debe a ti, sino a la retirada de Fraga. Hay sitios donde la derrota será menor...

—Pues habrá que salvar los restos del naufragio... Yo no me achanto ni tengo edad ni condiciones para la depresión. No me puedo permitir aún esos lujos, José María.

—Por ejemplo —prosigue Cuevas—, en Castilla y León se puede obtener un resultado digno si...

—Perdona, José Mari, ya conoces que mi candidato a Castilla y León es Aznar, y mi hombre para el Ayuntamiento de Madrid Alvarez del Manzano.

—¡Coño, Antonio! Vamos a ver, ¿qué hace ese muchacho de candidato en Castilla, si no le conoce nadie? ¿Quieres explicármelo de una puñetera vez? Seamos serios. Yo soy de Palencia, y esa tierra la conozco bien. Hazme caso. Tú conocerás Andalucía, pero Castilla y León la conozco yo.

—Hombre, a mí me sirve por dos razones; la primera, porque persigo un cambio generacional en los puestos de dirección y liderazgo del partido, y José María Aznar ofrece esa imagen. Segunda, si me vuelvo atrás en la decisión y no le nombro candidato, todo dios va a pensar que lo hago por espíritu vengativo y de revancha porque estuvo con Miguel Herrero frente a mí en el congreso de la sucesión.

—Pues yo te digo, querido Antonio, que flaco favor le haces a ese chaval. Está bien donde está, de diputadito en un escaño. Si le mandas a Castilla, se va a pegar un batacazo de campeonato, y su carrera política se irá al garete. Así que buen favor le haces...

—Será su problema y el nuestro, presidente. Yo no puedo volverme atrás, y además, creo sinceramente que hará un buen papel. Quiero que entiendas mis razones.

—Bueno, piénsalo bien, Antonio. El único que puede ganar es Rodolfo. No compares, por favor.

Por la noche, en el domicilio de Antonio Hernández Mancha suena el teléfono en varias ocasiones. En dos de ellas llaman los periodistas Emilio Romero y Jaime Campmany, director de la revista *Epoca*, que presionan también a favor de la candidatura de Martín Villa. El presidente aliancista no sabe discernir si lo hacen por propia iniciativa y por su amistad con Rodolfo, o por petición de José María Cuevas.

Aznar, con la decisión final decantada a su favor por obra del presidente extremeño-andaluz, inicia una de las más rápidas carreras políticas de los últimos años de la historia de España. Es el punto de partida de su liderazgo, la gran oportunidad para que el «halcón» inicie el vuelo hacia la cumbre.

La realidad política e histórica parece conceder la razón a Antonio Hernández Mancha en este aspecto tres años después, cuando afirma que Aznar le debe su triunfo al no permitir en su día que la CEOE cercenase su candidatura.

Pocos meses antes, el 7 de febrero de 1987, con ocasión del VIII Congreso convocado para suceder a Fraga, José María Aznar es, junto con Rodrigo Rato, el único dirigente destacado de Alianza Popular que lucha por la candidatura a la presidencia de Miguel Herrero y Rodríguez de Miñón. Avila, por la que Aznar tiene acta de diputado, fue prácticamente la única provincia en la que sus compromisarios dan su apoyo al controvertido letrado del Consejo de Estado.

Durante ese congreso se producen escenas patéticas. En el momento en el que Herrero sube a la tribuna para defender su opción presidencialista, sólo dos miembros del comité ejecutivo se ponen en pie para aplaudir. Se trata, claro, de Aznar y Rato. Otros permanecen mudos y sentados. Algunos con cara hosca y hasta agresiva. La oposición a Herrero la capitanea Alfonso Osorio García. La mesa del comité ejecutivo no es sino un reflejo de lo que sucede en el abarrotado salón de plenos del Palacio de Congresos y Exposiciones de Madrid. Cuando le toca el turno a Mancha, el cónclave estalla. Los «herreristas» saben en ese momento que han sido derrotados.

En esa ocasión, Aznar juega a tope y quema sus naves por su amigo Miguel Herrero. Figura como secretario general de su candidatura. Son barridos. Logra entrar, sin embargo, en el comité ejecutivo, pero es consciente de que la nueva dirección le va a mirar permanentemente de reojo. Y él a ellos. El diputado «manchista» Miguel Arias Cañete le ofrece, en los servicios del Palacio de Congresos y en nombre de Hernández Mancha, ser el portavoz del grupo popular en el Congreso de los Diputados; lo rechaza. Ya piensa en la aventura periférica. El pequeño Mancha, con esa particular calidad humana —inusual en los modos políticos al uso, que le conducen finalmente al fracaso—, resiste como puede la presión del poderoso Cuevas, y apuesta por el «herrerista» Aznar. Dos personalidades humanas y políticas en las antípodas. El resto de la historia, hasta hoy, es ya conocida.

Mil cien días después, la tortilla ha dado completamente la vuelta. El primero de abril de 1990, José María Aznar es coronado con toda la pompa que han podido imaginar sus asesores de imagen como sucesor de Fraga, precisamente en la tierra adoptiva de Mancha. El futurista y sicodélico Palacio Iberoamericano de Sevilla se resquebraja por los vítores y los aplausos en una mañana lluviosa y desapacible. La derecha vive momentos de euforia.

El paroxismo llega al extremo cuando el viejo y lloroso Fraga rompe una carta de dimisión de la nueva «gran esperanza». Es el cenit efectista de un triunfo. Abajo, en un rincón, mezclado con los invitados extranjeros, Antonio Hernández Mancha toma la mano de Belén, con cara de no saber lo que pasa y de importarle todo un pimiento. Ni siquiera ha sido invitado al congreso. Asiste por ser compromisario nato, favor que le concede su escaño de senador, que va a perder el 23 de junio de ese año.

La voz de José María Aznar retumba segura y crecida, garantizando a unas mesnadas sedientas de poder que él las conducirá al triunfo. Al poder, al éxito. Allá abajo, ignorado, marginado, hundido, está Antonio Hernández Mancha. Continúa asido de la mano de su rubia esposa. El ex presidente tiene los ojos húmedos. *Vae victis!*

—¡Qué injusticia! —musita—. Tengo que reponerme. Yo no tengo capacidad de rencor... Qué cabronada... Si me lo debe todo a mí...

Unos metros más a la izquierda, confundidos entre los compromisarios, Manuel Aznar y Elvira López, los padres del líder, también lloran de emoción. Su hijo está arriba. Es el jefe. Ha conseguido lo que siempre soñó.

Desde que Hernández Mancha apostara por Aznar sólo han transcurrido tres años. Escaso tiempo para digerir tantos acontecimientos. Un José María Aznar de treinta y siete años no perdona. No puede olvidar que hace tan sólo seis meses, cuando fue nominado candidato a la Presidencia del Gobierno y sucesor de Fraga, y necesitaba todo el apoyo del partido, Hernández Mancha no contesta a sus llamadas por teléfono en cinco ocasiones. A cambio, le lanza diariamente ataques desde la trinchera que Aznar más teme: la prensa. Ahora, el extremeño muerde el polvo sin compasión alguna.

—Quien la busca, la encuentra —es el ligero y despreciativo comentario del nuevo rey de la derecha.

Todo es reversible, y más en política. Ocho días después, Hernández Mancha cree encontrar la ocasión para cortar las alas al «halcón» que no le tiene en cuenta: estalla el «caso Naseiro», y el ex presidente pide a gritos depurar responsabilidades y dispara postas contra el ave rapaz y mesetaria que le ha arrebatado el botín. La partida de caza no ha terminado, y se presume larga y encarnizada.

El día que Suárez pudo a Fraga

Plaza de toros de Las Ventas, Madrid, 13 de junio de 1977. Siete y media de la tarde. El calor en la capital es asfixiante. España hierve. Dentro de veinticuatro horas se van a celebrar las primeras elecciones libres después de cuarenta años de dictadura. El país es una fiesta; el pueblo va a enterrar el franquismo.

Alianza Popular cierra la campaña electoral con Manuel Fraga a la cabeza, después de veinte días plagados de incidentes y altercados. Es el partido de los «siete magníficos», todos ellos ex ministros de Franco. Fraga se sujeta los pantalones con los tirantes ilustrados con los colores de la bandera nacional. Por la mañana ha actuado en Tarancón, en olor de multitudes. Los teloneros, Gonzalo Fernández de la Mora y Cruz Martínez Esteruelas, tienen prisa por ceder el micrófono al líder. Antes, la orquesta Topolino ha calentado el ambiente. La Monumental está repleta hasta la bandera. El entusiasmo se ha desbordado. Miles de banderas con la enseña nacional y las siglas de AP ondean en los tendidos y el coso taurino.

Manuel Fraga se ha quitado la chaqueta del traje azul marino de verano. Truena. Habla de «arreglar las cosas», frente a los que desean hacer la «revolución». Sus ataques se dirigen hacia Santiago Carrillo y Felipe González, pero especialmente contra el presidente Adolfo Suárez. El público está enfervorizado. El ambiente echa chispas. En las primeras filas escuchan el mitin, sentados en unas sillas de tijera, Elvira López, Elvira Aznar, Ana Botella y su novio, José María Aznar López.

El jefe de Alianza Popular habla de la unidad de la patria, de la moral y las buenas costumbres. Y ha redondeado una gran frase sobre el empeño de defender lo conseguido en el pasado para garantizar el futuro. La plaza se cae. El público aplaude a rabiar. Elvira López y su hija, junto a Ana Botella, se han puesto en pie. Vitorean al orador. José María Aznar, veinticuatro años, permanece sentado, serio y con los brazos cruzados. Mira adelante y atrás. Examina el ambiente y al público. Viste pantalón mil rayas y camisa blanca de manga corta. Luce media melena y bigote recortado. Ana, su novia, se ha sumado con gran entusiasmo al fervor de la fiesta política. Lanza insistentes miradas a José María. «¡Qué raro es este tío!»

—¡Vamos, José, aplaude!

—Yo aplaudo cuando me da la gana —contesta el novio, visiblemente molesto.

—¿No te parece maravilloso lo que dice Fraga? —insiste la novia.

—Si te lo parece a ti, aplaude, pero no me coacciones. Ya sabes que no soy muy dado a exteriorizar mis sentimientos. Además, todo esto me parece demasiado...

—¿Demasiado? ¿Demasiado qué?

El fervor va en aumento. Hay que elevar el tono de voz para hacerse oír. Casi gritar.

—Hay mucha visceralidad. Poca reflexión. No sé... —trata de explicar Aznar a su prometida, mientras se atusa el bigote.

«¡Qué serio es este tío!», piensa Ana Botella. «¡Qué raro e introvertido! Es el más maduro y frío de los chicos que conozco. ¡Quizá por eso me gusta!»

José María Aznar también rehúsa las invitaciones de su madre y hermana para que se sume a la algarabía aliancista. En vano. En el trayecto de vuelta a casa, que realizan caminando, José María apenas habla. Escucha los comentarios de sus familiares acerca de las posibilidades electorales de cada fuerza política dentro de escasas horas. A la altura de la plaza de Manuel Becerra se despide de su madre y hermana para acompañar a su novia hasta el domicilio de ésta, en la colonia de El Viso. Durante el camino, Ana Botella dice a José María que ella va a votar a Alianza Popular.

—Pues yo no —anuncia el novio.

—¿Ah, no? Entonces, ¿a quién?

—A UCD.

Así fue. El 15 de junio de 1977, José María Aznar López depositó su voto en el colegio electoral de la Sagrada Familia, en la calle de Ibiza, muy cerca del domicilio de sus padres. Adolfo Suárez es el hombre, el líder que España necesita. Lo demás, carcunda o revolución. El es un chico de orden, pero al día.

Los meses siguientes fueron de reflexión para el joven inspector de Hacienda. Había obtenido plaza al primer intento, y durante unos meses iba a seguir el curso preceptivo para todo funcionario en la entonces Escuela de Inspección Financiera y Tributaria que el Ministerio tenía en el número 6 del Paseo del Prado. ¿Le compensaba dedicar su vida a perseguir defraudadores al fisco? ¿Era este cometido profesional la auténtica razón de su existencia? Estas preguntas rondaban con frecuencia en aquellos días por la cabeza de José María.

En la casa de los Aznar, las cuestiones políticas siempre han sido un tema de conversación habitual. Se ha vivido la política, y se ha vivido de ella. José María Aznar está habituado desde su más tierna infancia a oír los comentarios de su padre sobre los avatares del franquismo. En las sobremesas se comentaban los telediarios y las informaciones y editoriales de los periódicos. Quizá por ello, hoy el presidente del Partido Popular rehúye cualquier comentario sobre su actividad cuando llega a casa. Aunque a veces, en los actos públicos importantes, le gusta estar rodeado de la familia, incluyendo a sus hijos.

Lo cierto es que el adolescente Aznar oyó decir con frecuencia a su abuelo Manuel que iba a ser nombrado ministro. Recuerda haberle escuchado este comentario al respecto:

—Me han dicho tantas veces que voy a ser ministro, que ya tengo complejo de ex ministro.

Cualquier cambio en el Gobierno podía afectar al trabajo de su padre y, consiguientemente, a la estabilidad económica familiar. Había nacido y crecido entre políticos. Entre ellos, José Miguel Ortí Bordás, entonces vicesecretario general del Movimiento y hoy portavoz popular en el Senado, con el que coincidía durante el verano en Nerja.

De momento acabaría el curso, esperaría destino y estaría atento a los acontecimientos. Comenta a diario los avatares de la política con su compañero y amigo José Montesinos. Hay tiempo para decidir. El panorama en el centro y la derecha está muy confuso. Quedan muchas incógnitas por despejar. Unión de Centro Democrático era un avispero, y Alianza Popular una nave sin rumbo, un nido de nostálgicos del franquismo deseosos de que todo siguiera igual. Hay que esperar.

Logroño será su primer destino como inspector de finanzas del Estado. También la ciudad en la que iba a cimentar su carrera política.

CAPÍTULO 7
APRENDIZ DE *SHERPA*

España aprueba la Constitución en referéndum el 6 de diciembre de 1978, y el 27 del mismo mes el Rey sanciona la Carta Magna ante el pleno de las Cortes Generales. Queda cerrada de esta manera la legislatura constituyente; el presidente Adolfo Suárez convoca de nuevo elecciones generales para el 1 de marzo de 1979.

El inspector de Hacienda José María Aznar López tiene entonces veintiséis años, y lleva destinado en Logroño tres meses. Su mujer, Ana Botella, también ha conseguido plaza como técnico de la Administración Civil del Estado en el Gobierno Civil, y pronto nacerá su primer hijo.

Alianza Popular es una fuerza marginal en el mapa político español, con Unión de Centro Democrático como partido gobernante y un poderoso PSOE al alza y como alternativa clara de gobierno, al frente del cual hay un líder carismático, incuestionado y sólido en la valoración de la opinión pública española.

El 27 de enero de 1979, a las cinco de la tarde, se encuentra reunida la dirección del partido en la sede provincial de Alianza Popular en La Rioja, en la Plaza de los Alféreces Provisionales número 2, 2.º —un piso antiguo de trescientos metros cuadrados—, para discutir la elaboración de las listas electorales para los próximos comicios generales. Allí están el presidente regional, Benedicto Bericoechea; José Antonio Ortigosa, secretario general; Neftalí Isasi Gómez, gerente; Rosario García Vaquero, candidata; Faustino Vadillo, candidato y miembro del comité ejecutivo; y el diputado «cunero» Alvaro Lapuerta, de cincuenta y un años entonces, padre de diez hijos, abogado del Estado, amigo de Fraga y paño de lágrimas de todo el partido. Lapuerta aspira a repetir escaño por La Rioja, y mantiene una terrible confrontación dialéctica con el secretario general Ortigosa, que opone su propia candidatura.

—Manolo Fraga me apoya, y él es el líder del partido, el auténtico motor, el alma; sin él, AP no sería nada —argumenta Alvaro para defender sus posiciones.

—Fraga es el jefe, nadie lo discute ni lo pone en duda —responde Ortigosa—, pero esto es Logroño, La Rioja, y nuestros candidatos a las Cortes deben ser de aquí, conocer y amar esta tierra. No queremos ni admitimos paracaidistas.

Lapuerta se sale con la suya. El impulsivo José Antonio Ortigosa se levanta de la mesa, se dirige a la salida, y da un sonoro portazo que hace temblar el vetusto edificio, ante el silencio y la consternación general. Nunca volvería a aparecer por allí. Son las seis y cinco de la tarde. La reunión continúa.

A las seis y cuarto llaman al timbre. Rosario García Vaquero se levanta a abrir.

—Buenas tardes, ¿ésta es la sede de AP?

—Sí, aquí es.

Un joven moreno con bigote poblado y melena larga, de mediana estatura, bien vestido y encorbatado, desea ver al presidente.

—Pase, por favor —invita la señorita García Vaquero, que le conduce hasta los reunidos.

—Buenas, me llamo José María Aznar, soy inspector de Hacienda aquí en Logroño, y vengo a afiliarme a Alianza Popular.

Bericoechea, Isasi, García Vaquero y Lapuerta no pueden disimular su sorpresa y asombro. Alguno esboza una sonrisa. No son buenos tiempos para este partido, y no resulta normal que se acerquen voluntarios hasta la sede a pedir el alta.

—Encantado, joven —le recibe Benedicto, el presidente—. Siéntese con nosotros. Estamos preparando la campaña electoral, queda invitado.

—Yo, encantado. A eso vengo, a colaborar desde abajo.

La táctica del porrón

Una hora después, José María Aznar firma la hoja de afiliación y paga las cien pesetas de cuota. Unos días más tarde lleva a la sede la hoja de inscripción de su esposa Ana. A partir de ese día, el joven inspector de tributos dedica como mínimo de dos a tres horas diarias por la tarde-noche a trabajar para Alianza Popular como simple militante de base, recorriendo pueblos, participando en mítines de tercera, realizando una labor de captación boca a boca. Los militantes aliancistas riojanos comentan que ese muchacho afable y educado, pero más serio que un cacto, viene de la mano de José María de Areilza, conde de Motrico, que forma junto a Fraga y Osorio la Coalición Popular que con este nombre concurre a las elecciones generales de 1979. El aire liberal de Aznar apoya la creencia de que está «apadrinado» políticamente por Areilza. Su abuelo y su padre le conocen, es cierto, pero él se encuadra en AP *motu propio*.

En la campaña electoral pasa desapercibido. Viaja mucho a los pueblos, donde es imprescindible beber en porrón. La Coalición Popular de las «Tres Marías», como se denominaba en la jerga periodística de entonces a Fraga, Areilza y Osorio, sufre un gran batacazo el 1 de marzo de 1979. También van en el proyecto Antonio de Senillosa y Luis Olarra, en el partido Unión Foral. De dieciséis diputados en 1977, Coalición Popular pasa a obtener ocho escaños.

El 2 de marzo de 1979, a las ocho y media de la mañana, Manuel Fraga llega a su despacho en la calle Silva número 23, sede central de AP, que ha comprado con un crédito de sesenta millones de pesetas que le ha prestado en muy buenas condiciones el Banco de Santander. Carlos Argos, su jefe de gabinete, le espera. También su secretaria, María Antonia Ayala.

—Buenos días, amigo Argos.

—Buenos días, don Manuel.

—Me voy, mi querido amigo; ahí tiene el despacho del secretario general —Fraga entonces era secretario general de la Federación de Partidos de Alianza Popular— y mis...

—Pero, don Manuel...

—No tengo más que hablar, querido Argos.

Fraga entrega las llaves de su despacho a Carlos Argos, se da media vuelta con su enorme cartera gastada de piel de cocodrilo en la mano, y se va. María Antonia corre asustada a preguntar a Carlos Argos qué ha pasado con el «patrón».

—Nada, que se ha ido, pero volverá, no te preocupes. Guarda las llaves de su despacho.

Manuel Fraga se refugia en la semana del 2 al 10 de marzo de 1979 en un despacho que le presta Angel Sanchís en la calle Orense de Madrid. Nueve días después, el día 11 muy de mañana, Carlos Argos, que ya ha llegado al trabajo, oye unas pisadas fuertes y se imagina que el «patrón» vuelve.

«Ya está ahí», piensa.

Manuel Fraga regresa a Silva 23, pasada la depresión.

—Amigo Argos, ¿puedo sentarme en mi despacho?

—¡María Antonia, las llaves, el «patrón» ha regresado!

—Gracias por su generosidad, Carlos. Lo recordaré siempre —contesta agradecido Fraga.

A María Antonia le ruedan las lágrimas por las mejillas. Son malos tiempos para Alianza Popular. Los epítetos más frecuentes en los mítines o actos públicos de este partido son: «¡Fachas!, ¡franquistas!, ¡hijos de puta!» La terminología al uso en esta época iconoclasta mantiene que «¡la democracia con Fraga es como follar con bragas!». En Soria, por ejemplo, feudo tradicional de la derecha, Coalición Popular ha escogido como candidato al Congreso a un joven que tiene bien ganada fama de jugador y mujeriego, y que ha tenido que realizar un rápido matrimonio porque ha dejado embarazada a su novia. Los adversarios políticos componen una canción con música del mexicano Pedro Vargas y con esta letra: «Alianza Popular, jugar, beber y follar.» El «rosco» en esta provincia fue absoluto.

En este clima adverso e inhóspito se afilia al partido el joven Aznar. Pero le da igual. Tiene las ideas claras y su apuesta es a medio y largo plazo. Su primer artículo periodístico lo escribe veintidós días después de haber firmado el alta en Alianza Popular. Lo publica el 18 de febrero de 1979, en el periódico *La Nueva Rioja*, bajo el título «El deber de votar.» En él, Aznar se apoya en Gregorio Marañón para sostener la tesis de que España padece «una crisis del deber y una hipertrofia del derecho». Arremete contra la política de «consenso» instaurada por el presidente Suárez para iniciar la transición y culminar el proceso constitucional. «Han bastado dos años de política llamada de consenso para que nuestra productividad sea la más baja de Europa, para que hayamos batido auténticas marcas mundiales en horas de trabajo perdidas, para tener una Administración semiparalizada, para que nadie invierta y cree nuevas empresas y mejores puestos de trabajo.»

Este artículo periodístico sería calificado hoy de «catastrofista». Afirma: «Hay una enorme masa de españoles que, esperanzados ante el cambio político, se sienten hoy decepcionados y defraudados: existen zonas del territorio español cuyos habitantes viven amedrentados por terroristas sin control y, en cuanto a la Constitución, ¿cuántos de sus artículos fueron debatidos realmente en el Parlamento que, cabalmente, existe para eso? ¿Es esto el precio de la democracia? ¿No sería más bien el de una mala gestión de los asuntos públicos?»

Acaba: «Todas estas cosas y el desarrollo de una Constitución entera, con temas tan importantes como el de la organización territorial de España, la familia, la enseñanza, y tantos otros, deben hacernos pensar a quienes afrontamos la vida desde una concepción humanista y cristiana de la misma que el próximo día 1 de marzo no solamente debemos ejercitar un derecho, sino cumplir un inexorable deber. El deber de votar.»

El artículo no parece impresionar en exceso a los riojanos, porque AP sólo consigue dieciocho mil votos y pierde el escaño que había obtenido en las elecciones generales del 15 de junio de 1977. ¡Vaya comienzo político para el inspector de tributos! El problema, sin embargo, es doble por cuanto treinta días después, el 3 de abril de 1977, han de celebrarse elecciones municipales libres por vez primera después de cuarenta y dos años. El fracaso electoral de los aliancistas riojanos ha desmoralizado a las bases y cuadros del partido, lo que hace pensar a algunos dirigentes, entre ellos el presidente, Benedicto Bericoechea, en la conveniencia de no comparecer en los próximos comicios. Aznar, que continúa en la base, pero que gracias a su trabajo constante se abre hueco en las descuartizadas filas conservadoras, es partidario de concurrir pase lo que pase. Gracias a un millón de pesetas que Neftalí «sisa» del presupuesto de las generales —fondos que les remiten desde la sede central en Madrid—, y a algunas aportaciones empresariales de la tierra, afrontan la batalla de los ayuntamientos. El papel de José María Aznar es de momento oscuro y nada relevante.

—José María, ¿quieres participar en un mitin en Cenicero? —invita Isasi.

—Vale.

—Igual no te recibe nadie, ni asiste ni dios.

—Sé que esto no es el Partido Demócrata norteamericano —contesta Aznar—. Soy consciente de en qué me he metido. ¡Qué te has creído, Nefta!

Con su Seat 124-D particular recorre viñedos, pueblos y villorrios. El muchacho de mostacho poblado y melena larga conoce entonces el rigor de la lucha política en minoría y, sobre todo, lo dura que resulta la captación de militantes y adhesiones partidarias cuando no se detenta ni se vislumbra el poder. Durante este tiempo no habrá bodega que no visite; aprende a beber en porrón, asignatura básica en aquella tierra, «si no quieres parecer un pijo». Entre chuleta y chuleta, chorizo y chorizo, trago y trago, se habla de política de pueblo, de tal o cual persona que piensa de igual forma, en reuniones que se prolongan en ocasiones hasta bien entrada la madrugada. Ana le acompaña a veces, otras espera en casa. Pero todo lo comprende.

«El trabajo, y más el político, siempre es rentable», piensa José María Aznar. El 3 de abril de 1977, después del colosal fiasco del mes anterior, Alianza Popular pasa a ser el segundo partido en La Rioja en cuanto a número de concejales y diputados provinciales, detrás de UCD, el partido gubernamental que todavía acaudilla Adolfo Suárez, aunque por poco tiempo, y que en Logroño comanda José María Gil Albert, que llegará a ser Fiscal General del Estado. AP obtiene en las elecciones municipales veinticinco alcaldías, ciento ochenta concejales —tres en Logroño— y cinco diputados provinciales. Un buen resultado para iniciar la reconstrucción de un inexistente partido.

El 6 de octubre de 1979 se clausura el II Congreso provincial de Alianza Popular, de la mano del propio Manuel Fraga. José María Aznar va a conseguir su primer cargo político: el de secretario general. La dimisión de José Antonio Ortigosa deja el paso expedito a «un chico muy serio, pero cariñoso y afable, que además sabe mucho», en opinión del presidente, Benedicto Bericoechea, que defiende su candidatura. Aznar tiene auténtica obsesión por organizar internamente el partido y por extender AP en el tejido social. (La obsesión aún le persigue once años después, cuando ya ha escalado la cumbre.) Aznar se convierte de esta manera en el segundo hombre de AP en La Rioja. Desde su ingreso hasta la obtención del primer puesto de relevancia sólo han pasado nueve meses. Es el principio de una carrera meteórica —cuyo fin es hoy una incógnita— cargada de sinsabores e incertidumbres.

El 6 de octubre de 1979 no sólo representa para Aznar auparse al segundo puesto de AP en la provincia, con Neftalí Isasi Gómez como adjunto, sino la oportunidad de que

Manuel Fraga escuche su discurso político y de conocer a un personaje que posteriormente resultará clave en su carrera: el notario Félix Pastor Ridruejo.

La tarde es fresca en Logroño. El polideportivo municipal acoge a cuatro mil personas —en su mayoría gente entrada en años— que enarbolan banderas españolas y gritan «¡España!, ¡España!» y «¡Fraga, Fraga, Fraga!» cuando el líder hace su aparición. La Rioja es zona fronteriza con el País Vasco, y en esos momentos se discute cuál será el futuro autonómico de la provincia. Los nacionalistas vascos quieren incorporarla a su comunidad con la ayuda de los socialistas, en esos momentos partidarios de la anexión, frente a UCD, que contempla el futuro territorial riojano en el marco de Castilla y León. El terrorismo está en su punto álgido. Los asesinatos ya no son noticia de primera página.

Aznar sube a la tribuna de oradores con una pegatina de AP en la solapa. Frío, inexperto, cartesiano, trata de apuntar ante los enfervorizados militantes algunas ideas sobre la unidad de España y el futuro del partido en La Rioja. Ana, sentada en las primeras filas del pabellón, sigue atenta y nerviosa la intervención de su marido, que va peinado a lo «facha». Fraga y Pastor Ridruejo están sentados en la mesa presidencial.

—Félix, ¿quién es ese muchacho?

—El nieto de Manuel Aznar, que está destinado aquí en Logroño como inspector de Hacienda, y se ha afiliado recientemente.

—¡Hombre!, yo hice a su padre director de Radio Nacional de España. Me alegro mucho de que esté con nosotros.

Félix Pastor Ridruejo, cincuenta y nueve años, aragonés de nacimiento pero afincado en Soria, ex novicio de la Compañía de Jesús y compañero de los «santones» de la Teología de la Liberación —como los padres Ellacuría y Martín—, ex colaborador del Partido Comunista de España y amigo del alcalde «rojo» de Marinaleda, fue captado inmediatamente por Aznar para su causa. El 6 de octubre, Pastor le da este consejo:

—Tú tienes futuro, muchacho. Defiendes las ideas y los planteamientos que yo propongo dentro de Alianza Popular con escaso éxito. No te rindas.

Después del mitin, Manuel Fraga y Félix Pastor cenan juntos. Pastor le habla del nuevo secretario general riojano. Fraga le relata las experiencias habidas con su abuelo y su padre. La cena entre los dos dirigentes de AP acaba con una fuerte discusión —tan habitual entre ambos—, a propósito de la estrategia a seguir por Alianza Popular. Pastor es partidario de orientar el partido hacia una fuerte vertiente social, mientras que Fraga estima que el futuro pasa por consolidar Alianza Popular como una formación netamente conservadora.

—Félix, ¡qué cosas tengo que oír!; si hoy me has dejado durante el mitin a tu izquierda...

—Manolo, he dicho a las bases lo que deseaban oír en una cuestión como la unidad de España, que nada tiene que ver con el enfoque social.

La discusión origina un serio distanciamiento entre Fraga y Pastor, que está a punto de ingresar en UCD en 1982. El mismo se lo dijo al presidente Calvo Sotelo: «Cuando todos se marchan, yo voy.» La gran ambición política frustrada del notario es no haber formado parte de la ponencia constitucional que redactó el proyecto de la Constitución; pero en 1977 no obtuvo acta de diputado por Soria y, además, estaba Fraga.

Al día siguiente, 7 de octubre, los Aznar invitan a Félix Pastor, sobrino de Dionisio Ridruejo, a una excursión por la Rioja Baja.

—Te repito, José María, que tienes condiciones para ser un político de Madrid —le espeta Pastor mientras saborean un buen vino de la tierra y dan cuenta de unas chuletas a la brasa...

Aznar se pasa la servilleta por el bigote, deja transcurrir unos segundos, mira a su mujer y contesta:

—En eso estoy, Félix, ayúdame tú.

—Cuenta con mi ayuda desde ya. Ayer mismo le hablé a Fraga de ti.

—¿Sí? ¿Y qué dijo?

—Nada sustancial. Que conoce a tu familia. Escuchó, cenó como una mula y acabamos peleándonos.

La carrera madrileña de Aznar se inicia trece meses después. Antes juega un papel relevante en la elaboración del Estatuto de Autonomía de La Rioja, de cuya ponencia forma parte como asesor de Neftalí Isasi. Es partidario de que esta provincia se convierta en comunidad autónoma uniprovincial, independiente de Euskadi y Castilla, pese a la escasa conciencia autonomista existente entre los riojanos. Durante la elaboración del Estatuto conoce a Javier Sáez de Cosculluela, representante del PSOE. También dio un impulso a la organización interna de AP, ha abierto nuevas sedes en pueblos y villorrios, y ha captado nuevos militantes, entre ellos Javier Palacios Lavilla, ejecutivo de la empresa Estambreras Riojanas, hoy uno de sus mejores amigos y hombre de confianza.

El 4 de agosto, Aznar dice al gerente Isasi Gómez:

—Neftalí, en diciembre vuelvo a Madrid. Tengo plaza en la Delegación de Hacienda, y me voy.

El 15 de noviembre de 1980, más de quinientas personas se reúnen en la localidad de Fuenmayor en una cena-homenaje al ex secretario general. Cada comensal aporta mil cien pesetas. El redactor de *La Gaceta del Norte* escribe:

> «José María Aznar deja una estela de honestidad política, manifestada en cuantas actuaciones ha llevado a cabo desde la secretaría de AP, con una participación siempre generosa en cuantas misiones se le encomendaron. Aznar ha calado muy hondo en La Rioja.»

Desde entonces, todos los años se celebra la cena con la asistencia de Aznar. En declaraciones a Somalo, del periódico *Nueva Rioja*, el secretario general dimisionario afirma:

> «Aquí lo dejo todo. Han sido dos años y medio muy felices e importantes. Aquí comencé mi actividad profesional, y también la política. Aquí nació mi único hijo y tengo una cantidad de amigos excelentes. Por esto me siento riojano.»

La ficha del militante Aznar en Logroño se traslada a Madrid el 15 de diciembre de 1980. La recibe en la calle Silva 23 Jorge Verstrynge Rojas. El «halcón» ha alzado un poco más el vuelo.

Un «cunero» ante Santa Teresa

El 15 de septiembre de 1982, a las cinco de la tarde, un Renault-5 matrícula M-5812-X aparece en la plaza de Santa Teresa de Avila. Su conductor se dirige al *pub* La Parrilla, el único que entonces existe en la ciudad amurallada, propiedad de Julián Cejudo Valmaseda hasta que lo vendió a Victoriano Muñoz Galán.

Aspira a convertirse en diputado «cunero» de esta provincia. En la historia política de España se aplica durante la Restauración el término «cunero» a los diputados designados desde el Ministerio de la Gobernación según el procedimiento del «encasillado», es decir, a dedo o por arte del caciquismo reinante. Hoy se denomina así a los parlamentarios que obtienen acta de diputado o senador por una provincia en la que no han nacido o con la que no tienen nada que ver, lo que en general se debe a una decisión impuesta desde Madrid.

Los cuatro miembros de Alianza Popular que le esperan se quedan con los ojos como platos. Si hubieran llevado boina se habrían rascado la coronilla metiendo el dedo por la nuca, que es lo que hacen los castellanos con boina cuando ven algo que no terminan de creerse. La dirección de Madrid ha enviado a Avila a un «cunero» de veintinueve años, con el pelo excesivamente lacio y repeinado hacia atrás y pinta de niño engominado y «fachoso». Llega a Avila después de que su candidatura no cuajase en la provincia de Soria.

Saluda con un inaudible «buenas tardes». Desde muchos años antes, y todavía hoy, Aznar es parco en sus expresiones y vocaliza mal; de modo y manera que lo poco que dice en muchas ocasiones no se le entiende. Pero los abulenses comprendieron que aquel sonido emitido por debajo del bigote era un saludo, y saludaron, pues los castellanos responden siempre a un saludo, aunque venga del mismo diablo.

Vicente Bosque Hita y Clemente Vicente, los «capos» abulenses, se habían «caído» de las listas y plantan cara a los jefes madrileños. Los aliancistas de Avila no quieren a José María Aznar. Teófilo Hernández Llorente, presidente provincial, le da la «bienvenida» en nombre de la «tropa», como gusta llamar Aznar a toda reunión en la que hay más de tres personas. Nadie recuerda más de aquel primer encuentro. José María tarda tiempo y le cuesta mucho esfuerzo granjearse la confianza y la amistad de aquellos castellanos viejos, mezcla del brazo incorrupto de Santa Teresa y la pata del caballo del Cid. Es decir, recios hasta decir «basta» y desconfiados hasta la muerte. Además, Avila es el «cortijo» de Adolfo Suárez.

José María Aznar es el cabeza de lista al Congreso, seguido de Alfredo Mayorga Manrique y María del Carmen Quintero. Al Senado van Rafael Márquez Cano, Luis Pérez Pérez y Carlos Jaradillo. La presentación de candidaturas y el programa se realiza el 21 de septiembre en el parador nacional Raimundo de Borgoña. Hernández Llorente habla de la nueva imagen del partido después del V Congreso y de sus grandes expectativas. Estas no son otras que el desmoronamiento de Unión de Centro Democrático.

José María Aznar es la «estrella invitada», el que lleva la voz cantante. Presenta los principios básicos que inspiran la candidatura que encabeza: defensa de una concepción moral de la vida social, basada en el humanismo cristiano; un Estado democrático fuerte y eficaz que proteja la libertad humana y social dentro de un nuevo orden de leyes; y un sistema económico sustentado sobre la realidad y con el objetivo de crear riqueza y distribuirla con justicia.

El «candidato de Madrid» trae a los abulenses mensajes incomprensibles, de muy altas miras. Inspector fiscal al primer intento, sabe mucho de economía e intenta demostrarlo. Pero Aznar no sabe distinguir el trigo de la cebada, y eso en Castilla es un insulto y casi un delito. José María les habla de la integración de España en los organismos internacionales del ámbito europeo occidental; de la política de no injerencia y del mantenimiento de la plena soberanía. Les habla del respeto al principio de unidad del Estado, de la unidad nacional, la identidad cultural común a todos los españoles y la unidad económica de mercado. Defiende el modelo económico social de mercado, basado en la libre iniciativa privada y la participación moderada y con carácter subsidiario del sector público. Propone desarrollar una política fiscal en la que el crecimiento de la renta per cápita sea superior a la presión fiscal, anuncia la supresión del impuesto sobre el patrimonio y la conveniencia de declarar exentas de gravamen todas las rentas inferiores a setecientas cincuenta mil pesetas anuales, que no deberían declararse. Su programa finaliza proponiendo la elaboración urgente de una Ley del Poder Judicial y la promulgación de una Ley de Sanidad Nacional. Por supuesto, libertad de enseñanza.

Pero en aquella Alianza Popular cada cual hizo la campaña de octubre de 1982 por su cuenta. El «cunero» no deja de movilizarse, quiere escaño como sea, pese a los vacíos del «aparato» controlado por Teófilo Hernández. Los abulenses, cansados de la «murga del cunero», deciden «darle caña». Fernando Navarro, gerente del partido en Avila, le propone visitar los pueblos. Se lo lleva al valle del Tiétar, donde no se aceptan extraños fácilmente. En Sotillo de la Adrada, Navarro le dice:

—José Mari, estos son los folletos y estas las pegatinas; toma dos paquetes. Ya sabes, se reparten.

Se fueron todos. Aznar se queda en medio del pueblo, helado por dentro y por fuera, embutido en una cazadora azul que conservará como amuleto hasta la misma campaña electoral en la que gana a Felipe González en Madrid, el 29 de septiembre de 1989. El resto de la «tropa», los abulenses, se marchan. Van sonriéndose entre ellos, al estilo del pueblo mesetario, gesticulando expresiones contra el «cunero» que en el más rancio castellano quieren decir «a ver qué hace ese tontoloscojones».

José María Aznar mira despectivamente hacia su derecha, inclina levemente su cabeza a la izquierda, abre los ojos hasta desorbitarlos, inspira aire muy profundamente, y lo suelta con brusquedad con los mofletes hinchados.

—Yo tiro «palante».

Masculla alguna gruesa maldición hacia sus «compañeros» de partido. Coge los folletos y las pegatinas, y se va hacia los paisanos dispuesto a repartirlos todos. Los abulenses no se habían ido. Estaban escondidos, examinando su reacción.

—Nos mandan a «cuneros» sin huevos, y luego pasa lo que pasa... que si gana Suárez; ¡pues cómo no va a ganar con éstos...! Nos imponen señoritingos que no tienen callos y, ¡hala!, al Congreso.

Pero el «cunero» pasó dos horas él solito, a pecho descubierto, repartiendo folletos y pegatinas. Los abulenses no se lo creían. A partir de entonces, trataron a Aznar como uno de ellos. Los castellanos no castigan dos veces por la misma falta, ni es necesario que se les demuestre dos veces dónde «hay cojones». La campaña de Avila sirve además para que Aznar descubra a un personaje que será luego clave en la política abulense y castellana: Feliciano Blázquez, a quien primero convence para que ingrese en Alianza Popular y luego hace presidente provincial. Hoy es el hombre de los «consejos» a su «Josemari». El 28 de octubre de 1982 comienza la «buena estrella» electoral de Aznar, que hasta la fecha no le ha abandonado. Gana las elecciones en Avila; los «populares» aventajan al PSOE en dos mil setecientos sesenta y siete votos, a pesar de que el Partido Socialista vive el histórico triunfo del 28-0 con sus legendarios diez millones de votos. Alianza Popular obtiene 38.900, con el «cunero» al frente (un escaño); el PSOE, 36.133 votos (un escaño para Jerónimo Nieto); CDS, 25.213 votos (un escaño para Agustín Rodríguez Sahagún); y UCD queda fuera del Parlamento al obtener sólo 9.804, el 8,40 por ciento de los votos. En las elecciones legislativas de 1979, Unión de Centro Democrático obtuvo los tres escaños en liza. Todavía lidera esa fuerza política Adolfo Suárez.

José María Aznar ya tiene escaño en el Congreso, y un destino profesional en Madrid que tendrá que abandonar por la ley socialista de incompatibilidades y su enorme ambición por llegar a lo más alto. Empleará la táctica del *sherpa*: vale más habilidad que fuerza para sortear las dificultades sin cuento que acechan en los años más turbulentos de la derecha española desde la transición. AP es una turba de conspiradores, un saco de intrigas y, en muchos casos, un culebreo de iniquidades. Desde 1982 hasta mediados de 1987, Aznar trabaja calladamente a la poderosa sombra de don Manuel y bien protegido bajo el paraguas del portavoz, Miguel Herrero. El diputado por Avila será encargado por el partido de negociar la LOAPA, y a juicio de todas las fuentes consultadas realiza su trabajo con eficacia y rigor.

Muy pronto se ocupará de las cuestiones municipales y autonómicas dentro de Alianza Popular. Estará encuadrado en el grupo de «jóvenes liberales» que desde UCD pasan a incorporarse a AP. Pertenece a las comisiones de Economía y RTVE; es un diputado más, sin especial relevancia.

Hoy, cuando ya se sienta en el escaño de jefe de la oposición, comienzan a trascender algunas cosas de aquellos años grises. Javier Rojo, diputado socialista por Alava, amigo personal y hombre de confianza de José María Benegas, forma parte de la ponencia que informa sobre el proyecto de Ley de Régimen Local en febrero de 1985. La negociación entre los diferentes grupos parlamentarios es ardua, y se consumen horas y horas en la sala Olózaga del primer piso del nuevo edificio del Congreso de los Diputados. El PSOE tiene como representantes en la ponencia al diputado canario Luis Fajado Spinola, Javier Rojo y Antonio Candela; AP a José María Aznar, Antonio Carro y Juan Luis de la Vallina; y UCD al leonés Manuel Núñez.

Aznar impone su discurso frío y nada visceral sobre los planteamientos apriorísticos de su partido. En el artículo dedicado a la constitución de las corporaciones municipales,

AP es partidaria de no conceder validez a aquellos concejales o diputados provinciales que no juren o prometan la Constitución. El PSOE sostiene que ello creará un conflicto innecesario en el País Vasco, porque de no poder constituirse las corporaciones se tendrían que repetir las elecciones, y así indefinidamente.

—Tenéis razón —contesta Aznar.

Antonio Carro se lleva las manos a la cabeza.

—¡Este chico llegará! —profetiza Javier Rojo—. Me sorprende su ausencia de visceralidad, su táctica y discurso, tan distante de al que la derecha nos tiene acostumbrados.

Por esta época se le reprocha su distanciamiento, su estiramiento respecto a los compañeros que están por debajo, y que según alguno de ellos le lleva incluso hasta a negarles el saludo. El 16 de julio de 1980, la Junta Directiva Nacional de Alianza Popular le nombra coordinador del área de Autonomías, Provincial y Local. El 9 de febrero de 1986, durante la celebración del VII Congreso, en el que por primera vez en un partido español se utiliza el sistema de listas abiertas para la elección del comité ejecutivo, se le nombra secretario general adjunto, con Juan Ramón Calero y Rodrigo Rato.

Arturo García Tizón le propone que presente su candidatura al comité ejecutivo durante una castiza cena madrileña que se celebra en la estación de Atocha.

—No sé, es muy arriesgado.

No se presentó. Estaba muy enfadado, y los compañeros le recuerdan con una cara hasta los pies. Francisco Tomey, el presidente provincial del partido en Guadalajara, trata de animarle y le da un golpe cariñoso en la espalda al tiempo que le dice:

—¡Coño, José María, alegra esa cara, que ha ganado tu generación...!

—¡Esto es flor de un día! —contesta Aznar.

Tizón le pregunta que a quién hay que votar por Castilla y León para que esté presente en el comité ejecutivo. Aznar contesta:

—A Juan Morano, pero negaré siempre que te lo he dicho.

Durante estos años de aprendizaje político, Aznar se dedica *full time* a su cometido como responsable de política autonómica y municipal. Sus principales colaboradores en Génova 13 son el abogado Rufino Hernando, Juan Naranjo, Carlos López Collado y Guillermo Piera. Pero su padrino ante Manuel Fraga continúa siendo Félix Pastor Ridruejo.

—¡Este chico, Félix, sabe lo que quiere! —dice Carlos Argos al notario en 1984.

En cierta ocasión, Argos, que fuera colaborador íntimo de Fraga, despotrica contra la línea política del partido ante el joven Aznar.

—¡Esto no puede ser, José María! ¡Esto es un desastre!

—Ten paciencia, Carlos, todo llegará.

CAPÍTULO 8

OBJETIVO: TRITURAR AL «BAILAOR»

En el mes de mayo de 1987, José María Aznar tiene asegurada su candidatura a la presidencia de Castilla y León, pero en Madrid siguen mandando sus adversarios políticos. Especialmente, Arturo García Tizón López, el abogado del Estado que ha sustituido a Alberto Ruiz Gallardón en la secretaría general, es «un duro entre los duros». Tiene cuarenta años, está casado, es padre de tres hijos y madrileño de nacimiento, aunque afincado en Toledo. El candidato no renuncia a intervenir en la confección de las listas al parlamento regional y a los grandes ayuntamientos de las nueve provincias castellano-leonesas. No se fía.

Pocos días antes, a finales del mes de abril, el gabinete de prensa del partido en Madrid, a cuyo frente está el periodista de Radio Nacional de España Agustín Rodríguez, le ha dejado «tirado», y piensa que intencionadamente. Aznar presentaba su candidatura ante la prensa nacional, y a tal efecto se había contratado un reservado en el restaurante La Posada de la Villa, en la Cava Baja, para almorzar no menos de veinte personas. El candidato aparca el Volkswagen Passat de color gris —que le ha prestado su amigo Rufino Yuste, dueño del concesionario Seat en Avila— sobre la acera, bajo la atenta mirada de Juan Vilches, el chófer. Le acompaña el barbudo Javier Carabias, experto en temas electorales. Aznar ha pedido a los camareros que sirvan unos platos de jamón, queso y aceitunas para abrir boca. Son las dos y media, y por allí no aparece periodista alguno. Un cuarto de hora más tarde, se deja ver el redactor-jefe de la revista *Tiempo*, al que él personalmente ha invitado telefónicamente y que sigue con atención el devenir político de la tierra porque es burgalés. Se espera media hora más. No se presenta ningún representante de los medios informativos. Aznar se ha tomado ya dos cervezas, y pasea nervioso por el reservado. A las tres y media decide que hay que comer. El gabinete de prensa del partido en Madrid no ha convocado a los medios para el almuerzo. «Esto es un boicot», piensa. No lo olvidará durante mucho tiempo.

Al desembarcar en Castilla y León, el candidato cuenta con algunas provincias a favor y otras en contra. Entre estas últimas están Segovia, Salamanca y Palencia, donde le urge colocar a hombres de su confianza.

—Hombre, José María —le dice García Tizón—, nosotros hemos ganado el Congreso frente a la candidatura vuestra, te apoyamos a tope en tu pretensión castellano-leonesa, pero es que encima te quieres cargar a nuestra gente.

—Arturo, vosotros me ofrecéis con una mano la zanahoria y con la otra me dais un palo —corrige Aznar.

—¡Que no, José Mari, que no! Lo que sucede es que tú no mandas en el partido, tienes que aceptarlo. Perdisteis el Congreso, hombre, que no quieres entender, coño —responde el secretario general mientras se ajusta las gafas.

El candidato popular a la presidencia de la Junta de Castilla y León sale del despacho de Tizón con un «cabreo» monumental. «¡Quieren atarme de pies y manos! ¡Lo debía suponer!» Pero no se da por vencido. No ceja, y está dispuesto a presentar batalla.

El juego de las tres bandas

En Burgos estalla el conflicto por la cuestión de la alcaldía. El alcalde, José María Peña, ha creado Solución Independiente, apoyado financieramente por algunos constructores agrupados en torno a la inmobiliaria Río Vena, que acabará en el juzgado de guardia. Peña es alentado políticamente desde Madrid por el abogado Rafael Pérez Escolar, con importantes intereses en la provincia del Cid. Aznar, en un principio, es partidario de no llegar a ningún pacto con el alcalde, dado que la ejecutiva provincial de AP está controlada por César Huidobro, Vicente Mateo y Antonio Arribas, hombres suyos. Pero cambia de opinión. Alguna conversación hubo de por medio. Está claro que el objetivo de José María Aznar es la presidencia autonómica, y en ese sentido Peña, con su Solución Independiente, puede aportarle mucho en el caso de que su ayuda sea necesaria para formar gobierno. La ejecutiva provincial de Burgos provoca una reunión en Madrid con Arturo García Tizón. Acuden Antonio Arribas, César Huidobro, Vicente Mateo y José María Aznar. Se produce una confrontación dialéctica muy fuerte, en la que Aznar no interviene. Permanece mudo hasta que, en un momento dado, García Tizon se vuelve y le pregunta:

—José Mari, ¿tú qué opinas?

—Lo más conveniente es que apoyemos a Peña y retiremos la candidatura de AP al Ayuntamiento de Burgos, pero que decida la ejecutiva nacional.

Los burgaleses montan en cólera. Protestan con palabras gruesas.

—César y Vicente, tenéis que comprenderme. Yo no puedo ir contra el presidente regional y el candidato a la presidencia de la Comunidad —justifica Tizón.

Los aliancistas de Burgos amenazan con la dimisión y con presentar listas desobedeciendo a la dirección nacional. Al cabo de unos días, José María conecta telefónicamente con García Tizón.

—El tema de Burgos está muy enrevesado, no quiero enfrentamientos, pero Peña tiene que ser el candidato.

—Como quieras. Dame entonces el nombre de la persona de toda tu confianza en Burgos a la que debo nombrar apoderado, para presentar las listas electorales y evitar que presenten otras distintas.

—El actual gerente provincial, que es de toda mi confianza, Arturo. Se llama Isidro Rodríguez Llorente.

—Vale.

Pero los burgaleses son tipos duros, acostumbrados a la adversidad, y no se amilanan ante las dificultades ni las decisiones de la superioridad que consideran injustas. Desean su propia candidatura al Ayuntamiento, porque no les gusta Peña, y la van a tener. El gerente provincial, siguiendo instrucciones de Vicente Mateo y César Huidobro, presenta ante la Junta Electoral sendas listas al Ayuntamiento y a la Comunidad con Huidobro y Arribas como cabezas de las mismas.

García Tizón llama entonces a Aznar.

—¿Qué pasa, José María?

—Pues que la han presentado, y ya no se puede hacer nada.

—¡Pero bueno, macho! ¡Qué follón has preparado! ¿Esto qué es?

El presidente de la CEOE, José María Cuevas, no tarda en localizar al secretario general de Alianza Popular.

—El hombre en Burgos es Peña. Tenéis que evitar que la ejecutiva provincial de Burgos presente una lista distinta. Hay que llegar a un acuerdo con José María Peña Sanmartín.

El alcalde de Burgos llama también a Génova 13, y pregunta por García Tizón.

—Oye, Arturo, estoy harto del Aznar éste. ¡Cada día me dice una cosa! No sé a qué carta quedarme con él. ¡Vaya con el muchacho que habéis mandado aquí!

José María se presenta en Madrid, y pide hablar con el presidente del comité electoral nacional, el gaditano y «supermanchista» José Ramón del Río (Mon), con quien, durante un receso del comité, mantiene en un servicio de la planta sexta de la sede nacional un breve y duro intercambio de pareceres.

—Aznar, este lío lo has montado tú. Por un lado le dices a Peña que le apoyamos, y luego les dices a Huidobro, Mateo y Arribas que presenten su lista. ¡Estás jugando a dos barajas! —acusa Mon del Río.

Una vez satisfechas sus necesidades, continúan la charla en el despacho de Mon. Aznar coge el teléfono y llama a la sede provincial de Alianza Popular en Burgos, situada en la parte vieja de la capital espiritual de Castilla.

—Vicente, soy Aznar. Me dicen en el comité nacional que os pida que retiréis vuestras candidaturas. Como me obligan y me lo piden, yo os ruego formalmente que os retiréis. Ahora, que se ponga el gerente.

El gerente provincial está al aparato.

—Isidro, vale todo lo que te he dicho antes, pero ahora el comité electoral nacional me exige que os pida que retiréis las candidaturas.

Aznar cuelga el teléfono. Mon del Río está como una pantera; con deje andaluz explota ante el castellano, que aguanta impávido.

—Eres un desgraciado. ¿Qué es eso de que vale lo que le has dicho antes? Veo claramente que juegas a tres barajas; y a todo lo que se te ponga. ¡Caray con el muchacho!

Tras esta conversación, y de forma inmediata, se destituye al gerente provincial Isidro Rodríguez Llorente y se revocan sus poderes, nombrándose como nuevo apoderado a Jesús Sepúlveda, quien retira las candidaturas de Alianza Popular al Ayuntamiento de Burgos. Sepúlveda es un funcionario de AP destinado en la Secretaría Territorial en Madrid, marido de Ana Matos, la jefa del gabinete de Aznar en la Junta de Castilla y León. La retirada de la candidatura aliancista permitirá a José María Peña sacar mayoría absoluta en la corporación burgalesa. La «guerra» entre «aznaristas» y «manchistas» no ha hecho más que empezar. En poco más de año y medio se sabrá de qué lado se inclina la sórdida batalla que se libra en Génova 13, por un lado, y en las juntas locales provinciales y regionales, por otro.

Las circunstancias y los propios errores «manchistas» ponen en bandeja la victoria al madrileño. En marzo de 1987, un mes después de que Antonio Hernández Mancha asuma el mando en Alianza Popular, presenta una apresurada moción de censura contra Felipe González. Poco antes ha tenido lugar el debate sobre el Estado de la Nación, en el que correspondió la defensa de las posiciones conservadoras al secretario general, García Tizón, dado que Mancha no goza de escaño en el Congreso de los Diputados. El extremeño-andaluz tiene prisa por medirse con el Presidente, y acepta de buen grado cualquier consejo en este sentido.

Una semana antes, el viernes 20 de marzo, coinciden en el aeropuerto de Barajas el presidente aliancista —quien, junto al eurodiputado Antonio Navarro, va a pasar el fin de semana en Córdoba— y el secretario general de AP. Este observa que Mancha lleva una carpeta debajo del brazo en la que se puede leer «Moción de Censura de Felipe González. 21 de mayo de 1980.» Su asesor, Rafael Ansón Oliart, es el autor de la idea. Pero Mancha no le comenta nada, y García Tizón tampoco pregunta. El lunes siguiente, día 23 de marzo, García Tizón acude por la mañana al despacho de Mancha, que se encuentra reunido con el vicepresidente Alberto Ruiz Gallardón.

—Arturo, Alberto dice que es el momento adecuado para presentar una moción de censura al Gobierno —informa Antonio—. ¿A ti qué te parece?

—De acuerdo, si se prepara bien —responde Tizón.

Gallardón afirma que las cosas en España no van bien; hay desencanto, y aunque el Gobierno dispone de mayoría absoluta, no se le ven arrestos, ni ideas. Está agarrotado. Hay que tomar la iniciativa en la oposición. Es el momento oportuno, si Antonio está preparado.

Aquello parece convencer al joven e inexperto presidente. La idea empieza a circular con mucha fuerza en el cuartel general de la derecha. Mancha ordena a Tizón que convoque al comité ejecutivo, que se reúne el martes 24 de marzo de 1987 a las cinco de la tarde para estudiar monográficamente el tema. Alberto Ruiz Gallardón hace una defensa de la moción, y con él votan a favor el responsable del partido en Madrid y dueño del restaurante Jockey, Luis Eduardo Cortés, y el de Cataluña, Jorge Fernández Díaz. Ruiz Gallardón, veintinueve años, ex secretario general de AP, abogado y fiscal, casado con María del Mar —hija del ex ministro franquista José Utrera Molina—, ofrece al comité ejecutivo un supremo argumento:

—Obran en mi poder informaciones fidedignas según las cuales el CDS, junto con el PDP, preparan una inminente moción de censura contra Felipe González. Es el momento adecuado, y sólo resta saber si Antonio se encuentra con fuerzas para llevarla adelante.

—Las tengo —contesta Mancha.

Aquello disipó las reticencias, pero no convenció nada al comisario Abel Matutes, para quien la iniciativa no es otra cosa que un solemne disparate.

—Ni es el momento, ni la ocasión —subraya el ibicenco—. Ni se dan las condiciones objetivas, ni nosotros estamos preparados. Insisto, un solemne disparate.

El coordinador del grupo parlamentario, Manuel Renedo, se muestra igualmente contrario.

—No hay un solo papel preparado y, en mi opinión, es un tema que debe estar muy amarrado y estudiado. Me parece precipitado todo.

El eurodiputado Miguel Arias Cañete es el más opuesto a la idea. José Manuel Romay y Arturo García Tizón se muestran favorables a la propuesta, pero ponen dos condiciones: primera, estudiar antes el tema y preparar informes; segunda, iniciar de forma rápida conversaciones y negociaciones con otras fuerzas políticas de la oposición para concluir algún tipo de acuerdos que avalen la iniciativa.

Indiferentes se muestran Isabel Ugalde y José Ramón del Río, en esos momentos dos importantes figuras del «manchismo». No hay siquiera ocasión de someter el tema a votación. En un momento determinado, el presidente Hernández Mancha se levanta y sale «escopetado» a presentar en la secretaría general del Congreso de los Diputados el papel que le había preparado por la mañana el equipo jurídico y dar cauce legal a la moción de censura.

El temor de García Tizón y otros dirigentes aliancistas es que el Gobierno acelere el trámite parlamentario y no les permita disponer de tiempo para prepararse adecuadamente. Hacia las siete de la tarde hace su aparición en Génova 13 el portavoz popular en la Cámara Baja, Juan Ramón Calero. Trae una noticia: el debate se celebrará dentro de dos días. Fraga no ha sido consultado.

—¡El Partido Socialista ha hecho lo que yo había anunciado, y el Gobierno nos ha dejado con el culo al aire! —grita García Tizón.

Juan Ramón Calero, ya enfrentado a la nueva dirección, exige defender la primera parte de la moción y se opone a que intervenga el secretario general. Así se acepta.

Esa noche, al llegar a su casa de Toledo, Paloma, la esposa de Arturo García Tizón, que está enterada de la iniciativa de AP por la radio y la televisión, ve a su marido inquieto y le pregunta cómo están las cosas.

—Estoy muy preocupado. Nos va a pillar el toro.

Se encierra durante dos días y dos noches con Miguel Arias Cañete e Isabel Ugalde a preparar la moción de censura. Sólo descansan unas horas en los sofás de su despacho. El resultado es un «tocho verde» de casi doscientas páginas, que al candidato a Presidente no le da tiempo a leer en su totalidad. El viernes 27 de marzo, a las diez en punto de la mañana, el candidato popular se dispone a opositar a Presidente del Gobierno frente a un abogado laboralista sevillano. El espectáculo que Antonio Hernández Mancha ofrece desde la tribuna, traspapelando folios, trabucándose con las palabras y confundiendo conceptos pueden verlo todos los españoles a través de la pequeña pantalla. Una situación patética.

El audaz abogado del Estado consume dos horas en leer su discurso con voz atiplada y chillona, enfundado en un traje azul cruzado y una camisa de marca inglesa a rayas. Los gemelos son de oro, regalo de Belén. Gesticula ampulosamente, y se sube con mucha frecuencia las gafas claras de montura metálica. Le han aconsejado que trate de dar empaque de Presidente de Gobierno. El candidato conservador a La Moncloa, quien en su etapa de opositor llegó a coleccionar más de quinientas vitolas de los puros que se fuma durante las largas horas de estudio, promete ante la Cámara crear anualmente cincuenta mil empresas, congelar la presión fiscal, e integrar a España plenamente en la estructura militar de la OTAN.

Algunos de los puntos del programa de gobierno presentados con prolija minuciosidad por el candidato provocan la hilaridad y el «cachondeo» de Alfonso Guerra, que desde su escaño sigue la intervención del aliancista como si estuviera presenciando una comedia de su amigo Vittorio Gassman. Se divierte mucho. A su lado, el Presidente mira a su censor con cara de incredulidad y perdonavidas.

—El Estado no es una solución, sino un problema. Todo el protagonismo debe ser para la sociedad, y sólo lo justo frente al Estado. ¡Defenderemos las libertades frente a un Estado que tiene que hacerse más pequeño! —grita Mancha.

Señala con el dedo a los bancos de la mayoría socialista, y en concreto a Felipe González:

—Vamos a acabar con su castrador dirigismo.

Murmullos, risas y leves pateos en los bancos socialistas. Silencio y estupor en los escaños de la minoría mayoritaria conservadora. Al resto, CDS, minoría catalana y vasca y Grupo Mixto les da igual; aquello no va con ellos. Mancha prosigue. Se opone al despido libre, propone la creación del «bono escolar», y apoya una alianza abierta y sin «disquisiciones» con los Estados Unidos de América. Finaliza pasados ciento veinte minutos de intervención, cuando la gomina ya se le ha ido del flequillo, que le cae insistentemente sobre la cara.

—Ustedes son inexorablemente el pasado; nosotros somos el futuro —sentencia como colofón a su discurso.

González esboza una sonrisa conmiserativa. Guerra hace un ademán con las manos.

—¡Hombre, Antoñito, te has pasado, que todavía no hemos llegado a los cincuenta..., je, je, je!

De regreso a su escaño, Antonio Hernández Mancha

suda por todos los poros; saca un pañuelo blanco y se limpia la frente. A su lado, el «patrón» le da un consejo:

—Ahora, Antonio, tira esos papeles y sé tú.

Demasiado tarde. Felipe González le destroza en la réplica.

—Quiero ser condescendiente y ayudarle —señala desde la tribuna el Presidente—, pero es que entra usted, señor Hernández Mancha, a todos los trapos.

Luis Ramallo, el impetuoso diputado extremeño conocido entre otras cosas por su gran afición a los casinos, dice en los pasillos del Congreso al final del debate:

—Antoñito está más verde que una aceituna en diciembre. Hoy ha firmado políticamente su sentencia de muerte.

Sólo han transcurrido desde su llegada a la presidencia de Alianza Popular cuarenta y siete días, y ya lleva clavados en el lomo los rejones fatídicos. Resta darle la puntilla.

Bronca en el Senado

José María Aznar, ya presidente de Castilla y León, y Arturo García Tizón tienen frecuentemente disensiones muy serias. El primero lucha por hacerse con el partido en la región a toda costa, y el segundo no quiere dejarse comer un terreno que considera suyo. Después del incidente por las listas de Burgos todo son desconfianzas, recelos y reproches mutuos.

En diciembre de 1987, durante un descanso en un debate en el Senado sobre política autonómica, en el que interviene el Presidente del Gobierno, Tizón y Aznar pasean por el enorme salón de conferencias de la Cámara Alta, tapizado de royo y oro, frente a una estatua de Colón y un gran cuadro que representa la rendición de Granada. Son las siete y media de la tarde.

—Te lo digo muy seriamente, José María, estoy decidido a entrar a saco en Burgos y resolver de una vez la papeleta.

—Pues yo me retiro de Castilla y dejo la presidencia...

—Mira, macho, Jesús Mañueco, el presidente de Palencia, me dice que le haces la vida imposible; el presidente de la Diputación de Burgos, Tomás Montes, que le haces la vida imposible, ya que el que «parte el bacalao» en Burgos es el delegado de la Junta, José Carracedo del Rey. Esto es intolerable... Francamente, me tienes harto... No quieres enterarte de que perdisteis el Congreso.

—Lo que hay que hacer es funcionar como partido, Arturo, y esto no funciona; no me vengas con pamplinas... Sois un desastre.

—Te lo repito, José María. Si esta «guerra» que has montado continúa, convoco un congreso regional y te quito de la presidencia del partido. Tienes a todos enfrentados.

Pausa.

—Te diré más. Voy a ser sincero contigo, ya que tú no eres leal conmigo: me llegan noticias de que José María Aznar está al margen de Alianza Popular...

—Eso no es cierto. ¡Qué gilipollez! Yo llevo muchos años militando en Alianza Popular. Quizás antes que tú, Arturo.

—Eso no es así. Pero habladurías y rumores aparte, no te tolero, por muy presidente de Castilla y León que seas, que te quieras cargar a mi gente en esa región. Te hemos apoyado siempre, y Mancha el primero, porque creemos que eres una persona que vale. Pero deja ya de incordiar, José Mari..., ¡por favor!

—Estáis muy mal informados, Arturo. De Mancha espero cualquier cosa; pero tú..., ¡me extraña todo tanto! Me siento incordiado y fastidiado por mis propios jefes, cuando deberíais ser los primeros en ayudarme...

—Da igual. O el tema se acaba, o voy a por ti. En serio. Y es la última vez que te aviso —amenaza el secretario general, que da por zanjada la cuestión.

Días más tarde, José María Aznar, aprovechando una de sus frecuentes visitas a Madrid, invita a Arturo García Tizón a un cocido en el restaurante Lhardy. El secretario general trata de ganar tiempo, pactar con la cabeza sobre la que se articula la disidencia, pero el cerco está muy avanzado.

—Haced lo que os dé la gana —responde Aznar a las propuestas conciliadoras y partidistas de Tizón.

—No te pongas farruco, José Mari. Para ser presidente de Castilla y León me vale cualquiera. Así que no me amenaces con la dimisión, porque te la acepto, te jodo vivo, y aquí termina tu carrera política... A mí, José Mari, órdagos pocos; si no, a ver por qué me habéis puesto esa fama de cabrón por ahí.

No hay entendimiento posible. Aznar sabe que el pequeño presidente de AP tiene los días contados, y de paso Tizón. José María intenta forzar un congreso regional para asestar un golpe de mano, pero Hernández Mancha se resiste. A la dirección aliancista en Madrid llegan noticias de que el presidente castellano se queja continuamente a Fraga de que es objeto de un boicot por parte de la cúpula del partido. La información se da como cierta, segura y confirmada.

—No te equivoques, Antonio, a Fraga le interesa el follón interno y mueve indirectamente sus peones. Aznar no juega solo, no actúa por su cuenta. A Manolo se le acaba el tiempo para volver, y actúa por boca de otros. Está clarísimo.

Tizón insiste ante su presidente que el error cometido es la excesiva blandura para con los críticos, y «haberse pasado de buenos».

—¿No te acuerdas, Antonio, cómo Aznar nos suplicaba ayuda cuando Cuevas le tenía cogido por el cuello con lo de la candidatura de Rodolfo?

—Bueno, Arturo, y qué. Hicimos lo que creíamos mejor para el partido. Yo no me arrepiento de haberle apoyado, es un tío que vale.

—Acabarán laminándonos, presidente; si no, al tiempo. Van a por nosotros.

Poco después del VIII Congreso, celebrado los días 7 y 8 de febrero de 1987, Aznar pide a la dirección del partido ser candidato a Castilla y León. Ya se confeccionaban las listas. Cuevas le había invitado un fin de semana a su casa de Riaza (Segovia), junto con Rodolfo Martín Villa, para que se retirase en beneficio del leonés. Aznar demanda ayuda y apoyo a Mancha en presencia de Alberto Ruiz Gallardón y García Tizón. La conversación se celebra primero en el despacho de Hernández Mancha, y después en la sala de reuniones del comité ejecutivo. Está hundido.

—Por favor, Antonio, échame una mano, tengo gran interés en ser nominado.

—No te preocupes, José Mari —responde Tizón—; todo puede ser que nos echen a nosotros.

Mancha le da garantías. Aznar insiste todos los días. Tizón sabe dónde radica el verdadero poder.

Los tiempos cambian. Y la suerte también. Trece meses más tarde, la oportunidad se ofrece a otros. Una ofensiva en toda regla contra Antonio Hernández Mancha va a precipitarse a finales del mes de febrero y primeros días de marzo de 1988.

Antonio Hernández Mancha, por medio de Gonzalo Robles, ha contratado para entonces los servicios de la agencia de imagen de Alfredo Fraile —en el Paseo de La Habana número 100—, quien envía hasta la sede central aliancista a la periodista de la agencia EFE María de Gracia Espinosa. Alfredo Fraile factura por sus servicios casi cuatro millones de pesetas mensuales, cuarenta al año en números redondos. Pero de poco van a servir los buenos oficios de Fraile, porque el cerco se estrecha. Los «manchistas» organizan una convención a la desesperada —algo así como un minicongreso— con la intención de obtener el respaldo de las bases del partido a su liderazgo. Necesitan urgentemente un balón de oxígeno, porque están en la UVI política. Pero las minas están colocadas y en batería; no hay solución posible.

El lunes, día 29 de febrero, José María Aznar sube a las ocho de la noche a la tribuna del Club Siglo XXI en medio de una expectación inusitada para un presidente regional y político de tan escasa dimensión por aquel entonces. Los observadores ventean sangre. Asisten más de mil personas; se nota en exceso la ausencia del presidente de la CEOE.

Aznar inicia su lección política disparando un torpedo contra la línea de flotación del barco «manchista»:

—No hemos sabido o no hemos querido hacer una alternativa eficaz.

De un plumazo pone en cuestión el año largo de liderazgo de Hernández Mancha como sucesor de Fraga, para solicitar acto seguido un congreso nacional «antes o después del verano», pero urgente.

—El ciudadano tiene la sensación —dice— de que no hay alternativa real con posibilidades de suceder inmediatamente al PSOE, a pesar de que, según los últimos sondeos, más del 40% de los encuestados cree que la situación es negativa. El centro derecha ha caído una y otra vez en las trampas que le ha tendido el socialismo...

La propuesta de Aznar de convocar un congreso es inmediatamente interpretada por la dirección de AP como parte de la ofensiva generalizada y como una agresión, y más realizada en vísperas de la convención. Hernández Mancha, que escucha inicialmente la conferencia desde la primera fila, la abandona apresuradamente y no se queda a la cena-coloquio prevista, donde el presidente castellano es todavía más duro con su liderazgo.

—Me he sentido desamparado y ligeramente incordiado desde la dirección de Alianza Popular, pero no tengo aspiración de ser alternativa de nadie.

La prensa se hace eco con profusión de la invectiva de Aznar contra su presidente nacional. El periodista cordobés Pablo Sebastián, director del entonces semanario *El Independiente*, escribe un durísimo editorial titulado «El visón de Aznar», arremetiendo contra la «promesa blanca»:

> «En un salón repleto de visones, de antiguallas del franquismo y de conspiradores de la derecha, el presidente de Castilla y León hizo su torpe presentación como candidato eventual del centro-derecha a la Presidencia del Gobierno, en sustitución soñada de Antonio Hernández Mancha. La conferencia del joven Aznar en el Club

Siglo XXI fue lamentable, y sólo ha servido para provocar una nueva crisis política en el seno de Alianza Popular en vísperas de las elecciones catalanas, lo que sin duda le agradecerá su partido en su momento. Una crisis que ha puesto al descubierto una conspiración mayor para derrocar a la cúpula de AP.»

El editorial, de ácido tono, continúa:

«Aznar quiso ser Padilla, pero se quedó en nada... Su discurso, lleno de insinuaciones y de críticas veladas a la dirección de AP, carecía de claridad y del valor necesario que necesita un político que quiere ser líder o simplemente alternativa. Fue un discurso de corte democristiano, sin ideas nuevas y con el único mensaje de ''¡Quítate tú que me pongo yo!''.»

Añade, con alto valor profético:

«Pero el muchacho de los visones, el presidente del bigote gordo, el extraño amigo del conflicto aliancista de Burgos, no ha sido candidato inocente a la sustitución de Antonio Hernández Mancha. Aznar aparece ahora como el periscopio de un submarino bien armado que quiere hundir la flota de jóvenes dirigentes que ganaron en buena lid y en mala hora el último congreso de AP frente a los viejos cocodrilos del estanque madrileño.»

Termina con un consejo y una premonición:

«Si Mancha no planta cara en el congreso y pone paños calientes, la que estará anunciada es su caída de la presidencia del partido. El dilema clásico dice: o abandonaste la guardia, o dejaste pasar al enemigo; en ambos casos mereces la muerte.»

Arturo García Tizón no puede disimular su enojo ante

Hernández Mancha, al que acusa de blando y condescendiente.

—Antonio, no te enteras; esto viene de Cuevas. El discurso se lo ha preparado Pedro Arriola desde GADES. Es su estilo, su análisis, su discurso, sus datos... ¡Coño, entra a saco de una vez!

—Cuevas me ha jurado a mí personalmente que no tiene nada en contra de nosotros —replica Mancha.

—No seas ingenuo. El es el que maneja a muchos de nuestros diputados. ¿Quieres nombres? Pues apunta: Rodrigo Rato, José Manuel Fraga, Celia Villalobos —mujer de Pedro Arriola—, Federico Trillo y otros. ¡Cuándo aprenderás, Antonio!

Encerrona en La Moraleja

A las pocas horas del discurso-torpedo de Aznar, el martes 1 de marzo de 1988, a las dos y media de la tarde, José María Cuevas ha convocado a Hernández Mancha a un almuerzo en la casa del empresario David Alvarez en el barrio residencial de La Moraleja. Oficialmente, la reunión es para «hablar de la situación del partido y ordenar las cosas después de la convención».

Cuevas conviene con Mancha sobre el interés de que la reunión sea secreta, y con esas miras se celebra en el lujoso chalé propiedad de Alvarez, «un amigo y un colaborador». En principio, sólo asistirán al ágape el anfitrión y los presidentes de Alianza Popular y la CEOE. Hernández Mancha ha insistido a Cuevas para que también esté presente su secretario general, Arturo García Tizón, pero Cuevas le veta. Quiere una reunión cara a cara. David Alvarez es el presidente del *holding* empresarial Eulen, que factura en 1988 27.452 millones de pesetas con unos beneficios declarados de 1.322 millones, y que emplea a 18.000 trabajadores. Su producto más conocido es el vino Vega Sicilia, pero Eulen participa también mayoritariamente en las firmas Corporación 73, Procesa, Cles de Mantenimiento Integral, Inserhig y el Instituto Eulen.

David —a quien no se debe confundir con su hijo Jesús David Alvarez Merquínez, consejero delegado y vicepresidente ejecutivo del *holding*, un hombre próximo a Alianza Popular y buen amigo de Cuevas y de José María Aznar— ha ordenado a su mayordomo preparar un almuerzo digno de las altas personalidades a las que va a agasajar. El aperitivo es estándar: güisqui, cerveza, vino y vermú. Con una excepción: vino Vega Sicilia del 82. Y para picar, choricillo, jamón y queso. El almuerzo consiste en un primer plato ligero, *vichyssoise,* y carne o pescado de segundo, o los dos a la vez. Y postres, café y licores.

A las dos y media de la tarde, cuando el Lancia Thema de Hernández Mancha enfila la subida de los Padres Dominicos, a escasos metros de la urbanización El Encinar de los Reyes, su ocupante se queda de una pieza. La Cadena SER da la noticia de que va a comer con José María Cuevas. Los redactores presentan la noticia con todo lujo de detalles, y le conceden una gran importancia: abren con ella el bloque de información política.

«¿Quién leches habrá filtrado la noticia del encuentro?» se pregunta el presidente aliancista. «¡Esto es muy raro!»

Todavía le aguarda alguna sorpresa más. Cuando es recibido en la mansión de Alvarez, ya se encuentran junto al anfitrión José María Cuevas y un invitado no previsto, Alberto Ruiz Gallardón, en ese momento enfrentado a Mancha.

—Hombre, Alberto, ¿qué haces tú por aquí? —pregunta con sorna Mancha.

—Ya ves, Antonio, me han invitado estos amigos.

Diez minutos más tarde llaman a la puerta. Los ojos de Mancha, que está tomándose una cerveza, se abren como platos. Es el presidente de Castilla y León en persona, José María Aznar. Aquello le empieza a preocupar seriamente.

—Vamos a ver si nos aclaramos —se dirige al presidente de la patronal—. Si yo quiero comer con Alberto o con José María Aznar, no necesito ningún intermediario. A un compañero del partido le llamo y punto, querido presidente de la CEOE.

—No te molestes, Antonio —corta Cuevas—. Aznar estaba en Madrid, y he creído conveniente que estuviese aquí.

—No, sí me molesto, y además, por respeto a David no voy a montar ningún numerito, que sabéis que no es mi estilo. Pero no me gusta ese juego que te traes, sinceramente, José María.

Comienza el almuerzo en un ambiente previamente cargado. Alvarez trata de distender y hacer agradable la comida. José María Cuevas tiene prisa por sustanciar el objetivo para el que ha convocado la reunión. Suelta estopa en el mejor estilo irónico castellano.

—Tengo que agradecer a la dirección de Alianza Popular que grandes proyectos empresariales para Castilla y León se encuentren paralizados, y que hayan sido abortados por la inquina de esa dirección nacional contra el presidente Aznar...

—Oye, oye, un momento, José María, no acepto lo que estás diciendo, sencillamente porque es mentira... —contraataca Hernández Mancha.

—¿Que no? No me fastidies, Antonio... va a misa. Lo que yo te diga...

—Sabes cómo pienso, porque te lo he dicho otras veces. Para el presidente de Alianza Popular, elegido en un congreso, una cosa es política y otra cosa muy distinta es la actividad empresarial, querido José María, eso para empezar. Déjame decirte también que yo no acepto dictados de nadie, que no actúo por sugestión, presiones o sugerencias, que no, hombre, que no...

Alberto Ruiz Gallardón permanece callado. Al igual que José María Aznar. Mudos, ambos comen y escuchan.

—Todo lo que quieras, Antonio, filosofa todo lo que te dé la gana, pero yo estoy hablando de cifras y de proyectos empresariales —afirma Cuevas.

—Mira, para que veas mi buena voluntad y mis deseos de consenso en el seno de AP, estoy dispuesto a integrar a todos los disidentes, a terminar de una vez por todas con la política de «sillas vacías» que estos señores están practicando conmigo desde el primer día del congreso en el que fui elegido... Ahora bien, os ruego encarecidamente que dejéis ya de joderme vivo y de moverme el sillón... ¡Que ya está bien!

David Alvarez es el testigo mudo de las pasiones desatadas. Ruiz Gallardón se hace cruces públicamente de que la noticia haya sido filtrada a la prensa. Trata de situarse como árbitro de la situación entre las dos partes. Por fin, Aznar rompe el silencio.

—Antonio, yo estoy muy dolido con la dirección del partido porque se me ha puesto y se me pone la proa. Se me incordia y no se me ayuda para llevar a cabo importantes proyectos empresariales, básicos para el desarrollo de Castilla y León. Creo que ello se hace porque se me quiere quitar de en medio, porque no se confía en mí y no interesa que mi gestión política sea un éxito. ¡Estáis celosos!

—No comprendo cómo dices eso, José, no lo comprendo y me duele —responde tenso Hernández Mancha—. Te he delegado los poderes de Castilla y León dentro de AP, unos poderes que me corresponden como presidente nacional. Tengo una fe ciega en la descentralización. Es increíble que digas eso. ¡Tu triunfo es el mío, José! Me ofenden tus palabras y me duelen, sinceramente.

El presidente aliancista recuerda que en una reciente reunión le ha manifestado a Aznar su intención de reducir al máximo los gastos del partido.

—Por mí no te preocupes, ahórrate lo de Castilla y León... Me las arreglaré solo —contesta José María.

—De ninguna manera, seguirás recibiendo trescientas mil pesetas mensuales por provincia, como todas las organizaciones del partido.

Mancha come poco. Se ha percatado de que el almuerzo es una encerrona, y no está dispuesto a claudicar. Piensa: «Estos tíos lo que quieren es desmoralizarme, para que arroje la toalla».

José María Cuevas interviene nuevamente para reprochar al presidente aliancista que haya filtrado la noticia del almuerzo.

—Tú has dado publicidad a un almuerzo secreto, y has perjudicado a un buen amigo y a una buena persona como es el anfitrión.

—Yo no he dado nada a la publicidad, querido José María. Busca por otra parte.

Aznar sigue callado. «Como virrey ofendido», piensa Mancha. Bien arropado por Cuevas, Ruiz Gallardón continúa jugando el papel de árbitro. Aquello no tiene arreglo. El «bailaor» sigue firme. El almuerzo no sustancia nada. De regreso a Madrid, Hernández Mancha se extraña de la repentina amistad política entre Ruiz Gallardón y Aznar. Se acuerda de que a comienzos del mes de febrero de 1988 recibió una llamada del rector de la Universidad Complutense, Gustavo Villapalos, para ofrecerle la posibilidad de abrir un seminario sobre la derecha en los cursos de verano de El Escorial, que la citada universidad inaugura ese año, dirigidos por el profesor y militante del CDS José Antonio Escudero.

—Quizá sería bueno que Alianza Popular mandase algún otro conferenciante. Así que, si me das el nombre, lo incluyo ya en el programa —propone Villapalos.

—Creo que Alberto Ruiz Gallardón podría ser el otro, que es vicepresidente y portavoz del partido —responde Hernández Mancha.

Villapalos ha invitado por su cuenta y en calidad de presidente autonómico a José María Aznar. Cuando se entera Ruiz Gallardón, monta en cólera ante Mancha.

—Antonio, no estoy dispuesto a que vaya Aznar, de lo contrario me retiro yo.

Todo se sabe en casa. Aznar llama a Mancha.

—Es increíble, Antonio, que Ruiz Gallardón pretenda vetar al presidente de Castilla y León en unos cursos que organiza una institución privada. Es intolerable.

Antonio Hernández Mancha recapacita, y se reconoce a sí mismo como un ingenuo: «Ahora resulta que son uña y carne, que están conchabados contra mí. ¡Cómo se las gastan estos ''trepas''!»

Ruiz Gallardón y Aznar López entran en colisión cuando el primero hace campaña a favor de Mancha tras la dimisión del Manuel Fraga, pese a la amistad existente entre Ana Botella y María del Mar Utrera. Los «herreristas» se la tienen jurada. Pero es filosofía comúnmente aceptada en la práctica que «la política hace extraños compañeros de cama». Y, además, nada une más que un enemigo común.

Juan José Lucas invita por aquellos días a comer en el restaurante El Descubrimiento a García Tizón.

—Arturo, esta guerra civil dentro del partido no interesa ni beneficia a nadie —subraya Lucas.

—Pero Juanjo, si sois vosotros, lleváis un año queriendo machacarnos. ¡Ya sé que es por orden de Fraga!

El almuerzo no arregla nada.

La cena de la escisión

Es una semana muy dura para el «manchismo». Al día siguiente, 2 de marzo, Manuel Fraga convoca una cena secreta entre la dirección de Alianza Popular y los cabecillas de la disidencia; hay que pastorear un rebaño alborotado y disperso. La Gran Tasca es el restaurante elegido, situado en la calle de Santa Engracia número 24, a mil metros de la sede central de Alianza Popular. En un reservado del primer piso toman asiento los comensales de la siguiente forma: Miguel Arias Cañete (manchista), José Ramón del Río (manchista), Arturo García Tizón (manchista y hombre fuerte del aparato), Antonio Hernández Mancha, Manuel Fraga Iribarne (pastor, y con ganas de volver), Alberto Ruiz Gallardón (fraguista puro), José Manuel Ortí Bordás (fraguista puro), Juan Ramón Calero (fraguista puro), Gonzalo Robles (manchista), José María Aznar (disidente), y Miguel Herrero y Rodríguez de Miñón (disidente).

Nueve y media de la noche. Fraga ha mandado al camarero que ponga un primer plato común para picar, a base de raciones de chistorra, jamón, choricillo, queso, callos, setas, etc. Tiene prisa por soltar sus «consejos» y decir lo que piensa. Advierte que en bien de todos y del partido lo mejor es no dar conocimiento a la prensa del encuentro. Demasiado tarde. Aparecen las cámaras de Televisión Española, que filman la reunión. Miguel Herrero, al ver los focos de la TVE, retira los platos de chistorra que tiene delante a toda prisa y comenta:

—¡No quiero que me vean con choricillos delante!

Fraga toma la palabra y se dirige a los presentes.

—La situación del partido, mis queridos amigos, es muy mala. Todos los días me desayuno en los medios de comunicación con las noticias sobre enfrentamientos internos, peleas intestinas, y hasta querellas y demandas en los tribunales... —analiza un Fraga tenso y con buen apetito—. Esto no puede continuar así... Recibo centenares de quejas diarias contra la dirección del partido.

Todos están atentos a las palabras del «patrón».

—Sinceramente, Alianza Popular no ha avanzado nada desde mi retirada, y casi un año después de mi dimisión no puede decirse que la situación del partido sea mejor, ni electoral ni organizativamente. Es un hecho constatable y cierto, mis queridos amigos.

El camarero toma nota de los segundos platos. Fraga se decide por la merluza, Mancha pide chipirones en su tinta, García Tizón un solomillo, Aznar y Herrero prefieren el pescado.

—Por lo tanto —subraya Fraga—, me voy a permitir proponer, como fundador del partido —es la primera ocasión en la que invoca tal título—, en el que supongo algo tengo que decir y alguna autoridad moral me queda, una serie de medidas para corregir la situación...

Pausa para servir vino a Hernández Mancha y a Ruiz Gallardón, que se encuentran cada uno a un lado.

—La primera de ellas es que la dirección incorpore a la comisión permanente y a los órganos de decisión fundamentales, a una serie de personas que ahora mismo están enfrentadas.

Se refiere claramente a José María Aznar, que forma parte del comité ejecutivo designado «a dedo» por Mancha dentro de los cinco puestos de libre designación de que dispone según los estatutos. También se ha incorporado a Federico Trillo.

—La segunda medida —retoma la palabra Fraga, que ya ha terminado de comer y rebaña el plato—, es la concesión de un indulto o amnistía a todos los expedientados...

Nadie habla. Herrero mira al techo y Aznar al plato. La tercera medida que Fraga propone es la clave de la cena.

El «león de Villalba» pone en acción su veta gallega. Da a entender, mirando a Hernández Mancha y a García Tizón, que deben proceder a un reparto de poder. Según el «plan de Fraga», Antonio seguiría como presidente a condición de ceder nada menos que la secretaría general, las finanzas (en manos de José Ramón del Río) y la organización territorial, bajo la responsabilidad del ex secretario general de Nuevas Generaciones, el joven y rubio Gonzalo Robles, uno de los dirigentes que tiene la habilidad de sacar al fundador de sus casillas.

Todos han terminado ya el segundo plato, y Miguel Herrero parece aburrido; aquello no le interesa. Hernández Mancha apura su copa de vino, se limpia con la servilleta, se sube el flequillo, y se muestra con fuerza suficiente para plantar cara.

—Sinceramente, don Manuel, usted perdonará, pero yo no creo viables sus propuestas. En primer lugar, si hay expedientes es porque esos señores, especialmente el grupo de Angel Sanchís en Valencia, están echando pulsos diarios y constantes a la dirección, y suficiente paciencia he tenido... Usted perdonará, don Manuel, pero en su época había muchos más expedientes, disculpe que le diga...

Fraga da señales inequívocas de que se está enfadando. García Tizón asiente con la cabeza, apoyando las palabras de su presidente, pero no dice ni una palabra. Es a Hernández Mancha a quien corresponde sacar pecho.

—Lo más sencillo es que esos señores abandonen el partido. Ahora bien, para demostrar nuestra buena voluntad, la dirección está dispuesta a estudiar uno por uno todos los expedientes y practicar la generosidad política en forma de indulto cuando el comité de disciplina haya sustanciado cada caso. Respecto a integrar a otros dirigentes en los órganos de dirección —Mancha se dirige ahora con la mirada a Miguel Herrero y a Aznar—, tengo a gala haber mantenido a críticos como portavoces en las comisiones parlamentarias —cita el caso de Luis Ramallo—. A Miguel Herrero le he ofrecido por cinco veces su integración y participación en la cúpula de Alianza Popular, y las cinco la ha rechazado, don Manuel. Aznar está en el comité ejecutivo por expreso deseo mío. Desengáñese, don Manuel, el que no participa es porque no quiere participar, porque le viene mejor jugar a la contra, criticar sin dar un palo al agua.

Los principales militantes «empapelados» por García Tizón son en esos momentos Pancha Navarrete en Navarra, los valencianos del «clan Sanchís» Salvador Palop —concejal del «caso Naseiro»—, Juan Carlos Jimeno Gascón y el médico Francisco Bueno, y el diputado por Ciudad Real Miguel Ramírez.

Arias Cañete, Mon del Río, Gonzalo Robles y García Tizón apoyan en ocasiones tácita, y en otras explícitamente, las palabras del presidente. Quiere intervenir Mon del Río, pero Mancha desea responder de un tirón a todas las sugerencias hechas por Fraga, quien se sujeta la cabeza con la mano y da muestras de entender que aquello no tiene fácil arreglo, si es que lo tiene.

—En cuanto al reparto del poder que el fundador insinúa, no puedo estar en absoluto de acuerdo. Aceptar que la secretaría general, la secretaría de finanzas y la organización territorial pasen a manos de la disidencia es como autoconvertirme en un títere... y por ahí, don Manuel, sintiéndolo mucho, no paso.

Fraga mueve la cabeza de un lado a otro. Aznar está como una esfinge, no mueve ni un músculo. Herrero y Rodríguez de Miñón sigue ausente, Ruiz Gallardón no se sabe, y Ortí Bordás frunce el ceño y pone cara de estar con el «patrón» en todo.

—Yo no estoy dispuesto a convertirme en un títere —recalca Mancha, que está un poco azorado.

Mon del Río acude a «echar un capote» a su jefe:

—Soy consciente de que lo que voy a decir será lo último que diga en mi vida política, pero usted, don Manuel, no puede quitar autoridad moral a Antonio, y por eso esta cena es una barbaridad.

Fraga interviene de nuevo. Se le nota enfadadísimo, y hace esfuerzos por contenerse.

—Antonio, sé que eres un buen hombre, conozco tu patriotismo, tu honradez y tu hombría de bien. Te pido que reconsideres tus posiciones.

—No puedo, don Manuel, usted me comprenderá...

Toma la palabra Miguel Herrero para dejar constancia de su «distanciamiento».

—Yo no quiero nada, no he pedido nada. Desde luego, he de afirmar que yo no voy al comité ejecutivo a adornar ese órgano, a ser un llavero. Si decido incorporarme es para tener algo que decir y decidir, no para hacer el juego a nadie. Espero que mi posición quede clara de una vez por todas.

Manuel Fraga se irrita todavía más. Ha pedido a Hernández Mancha que tenga en cuenta a Miguel Herrero, y ahora éste se desmarca olímpicamente e incluso desprecia cualquier ofrecimiento y posibilidad de arreglo en las alturas.

—Yo —termina Herrero— voy en un barco que no dirijo, y en él habito camarote de primera categoría. Si llega a un buen puerto seré uno de los pasajeros distinguidos. Si se hunde, como no soy capitán de la nave, ya tengo experiencia, podré salvarme. Además, practico el papel de cocodrilo buceando en épocas de crisis, y creo nadar bien en aguas difíciles.

Meses antes había remitido una carta a Fraga citando

el *Libro de Job*, en el que se habla de los dientes del cocodrilo y sus «cualidades».

—Querido Miguel —responde Fraga, sumamente contrariado—, los cocodrilos son los animales que más detesto. Viven en aguas cenagosas, y colgados sólo sirven para hacer con su piel zapatos o bolsos de señora.

Alberto Ruiz Gallardón, José Miguel Ortí Bordás, Juan Ramón Calero y José María Aznar se alinean totalmente con las tesis del fundador. Aznar vuelve a tener un encontronazo con Tizón y Mon del Río a propósito de las «chinitas» que le ponen en Castilla. Hay una división irreconciliable. No hay nada que hacer ante las posiciones numantinas de Antonio Hernández Mancha y su equipo. Al filo de las once y media de la noche Fraga se levanta de la mesa visiblemente malhumorado y contrariado.

—Buenas noches, queridos amigos. Yo no tengo más que decir; me voy a dormir. Allá ustedes si no quieren entenderse. Será su responsabilidad, luego no se quejen.

Tras los pasos del «patrón» se levantan Ruiz Gallardón, Ortí Bordás, Calero y Aznar. Se quedan tomando una copa los «manchistas» y Miguel Herrero. Sólo resta pagar la cuenta (27.500 pesetas más propina), que se remite a la caja de AP tras el visto bueno de Mon del Río. Después de la cena García Tizón, Miguel Arias, Mon del Río y Gonzalo Robles se reúnen en el despacho del primero en Génova 13. Miguel Arias propone incorporar a la comisión permanente —auténtico gobierno del partido— a los portavoces en el Congreso, Calero, y el Senado, Ortí Bordás, y a otros cinco hombres más de la disidencia, entre ellos Fernando Suárez y Carlos Robles Piquer. En dicha reunión se acuerda solicitar a Hernández Mancha esas incorporaciones, y éste acepta. A primera hora de la mañana siguiente se lo comunica a Manuel Fraga.

—Me parece muy bien, Antonio, quedo enterado —responde el «patrón».

La Convención del 7 de marzo en el Palacio de Congresos y Exposiciones tampoco resuelve nada. El presidente

Mancha es aclamado por los cinco mil militantes que asisten al cónclave, y que previamente han sido «filtrados» por las organizaciones provinciales. Fraga no se moja, y adopta una actitud institucional. Aznar interviene para alzar la voz y dejar sentado que «¡Antonio Hernández Mancha es mi presidente!» (Atruenan las palmas en el Palacio, al grito de «¡unidad! ¡unidad!».) Pero no dice por cuánto tiempo. Nada y guarda la ropa. Es consciente de que aquello no puede durar, sabe que la cuenta atrás comenzó hace tiempo.

El retorno del león

En las semanas y meses siguientes las peticiones para que Fraga retome el timón arrecian. Los ruegos —a los que el «patrón» es tan receptivo y sensible— no sólo parten de la «vieja guardia» (Arespacochaga y el «clan gallego», con Romay y Rajoy a la cabeza) e Isabel Tocino, sino también de hombres como Miguel Herrero y los «cachorros» Rato, Ramallo, Villalobos, Trillo —«ya no tiene usted, don Manuel, ninguna excusa para no volver en beneficio de todos»—, Ruiz Gallardón y Aznar. Precisamente estos dos últimos lanzan el 12 de julio de 1988 un ataque público definitivo al «manchismo», solicitando sin ambages la vuelta del fundador.

—Don Manuel, si no vuelve, Adolfo Suárez se hace con el partido. Los «manchistas» están dispuestos a todo. Además, tienen muy avanzadas las conversaciones con Marcelino Oreja...

Isabel Tocino, por su parte, trabaja «a tope» su influencia femenina sobre el fundador. Ella desprecia el estilo y las formas del presidente Hernández Mancha.

Durante el verano de 1988, Perbes se convierte en una especie de santuario de Lourdes. A su término, Fraga decide sacudir estopa a «esos inútiles» y traidores. Don Manuel dispone desde hace muchos años, concretamente desde 1976 y a partir de la creación de Godsa, de un equipo que muy poca gente sabe que existe y que se denomina en el lenguaje interno «Consejo del Ciento». Está compuesto por un gran número de personas, que en muchos casos nada tienen que ver con la política, que fundamentalmente asesoran a Fraga sobre las cuestiones más diversas. No funciona de manera orgánica ni institucional, y sus miembros no se conocen entre sí.

Los datos más serios sobre la vuelta de «Don Quijote», como él mismo se denomina, permiten afirmar hoy que la misma es fruto de un rosario de acontecimientos, y que su retirada en diciembre de 1986 no fue, en modo alguno, estratégica. El regreso se debe a una conjunción de factores —sin duda exagerados por aquellos que en unos casos desean su regreso como forma de hacer carrera, y en otros de buena fe— que van alimentando en la mente del «patrón» la idea de que la retirada fue precipitada y que su presencia al frente de la derecha española sigue siendo imprescindible. Fraga mantiene desde su retiro un alto grado de información de lo que pasa en AP, y conoce lo que los «fraguistas» califican de «relajación de las costumbres» en la casa madre y la pérdida de credibilidad y apoyo ante la opinión pública. El histórico líder de la derecha española llega a temer en el verano de 1988 por la desaparición de la formación que él creara con tanto esfuerzo como ambición y cariño.

Junto a ello, don Manuel es consciente de que la dirección que personifica el «manejable» Mancha no ceja de hacer gestos de hostilidad hacia todo aquello que signifique identidad o afinidad hacia su persona. Fraga se lamenta en privado de la frivolidad de sus herederos, que les lleva a prescindir por gestos de imagen de los más firmes apoyos con los que históricamente ha contado AP, como cuando deciden sustituir a Strauss por Khol o, lo que es lo mismo, la Fundación Seidel por la Konrad Adenauer, en conversaciones directas que lleva García Tizón.

—Ya no hay «camino de Damasco» —vocifera don Manuel.

Las reuniones y cenas se multiplican ante la seguridad de que el «león de Villalba» vuelve a su madriguera. Una especialmente relevante se celebra en el mes de agosto en la finca Los Frentes, que Félix Pastor Ridruejo tiene en las afueras de la ciudad de Soria. A la cena asisten Carlos Argos, antiguo jefe del gabinete de Fraga en el Ministerio del Interior; Juan José Lucas, José María Aznar y el diputado Gaspar Ariño. Juanjo Lucas se convertirá semanas más tarde en «coordinador» del movimiento para la vuelta de Fraga, actividad desde la que tiene fundadas esperanzas de acceder a la secretaría general en la nueva etapa. La primera vez que se pide públicamente el retorno de Fraga tiene lugar durante una cena en el restaurante La Criolla a la que asisten alrededor de cien personas. Se homenajea a Fraga con motivo de su incorporación al Parlamento Europeo; Fraga, ante los requerimientos de sus seguidores, insiste en que su etapa está agotada y en que ya ha cumplido su ciclo histórico al frente de la derecha española. Mas, por otro lado, la presión de la CEOE arrecia.

Manuel Fraga alecciona a su sucesor en la presidencia de AP sobre la inveterada afición de los llamados «poderes fácticos» económicos a creerse los dueños y señores del partido y de la derecha, como si tuviesen un derecho de pernada para orientar y decidir las cuestiones políticas de Alianza Popular.

—Usted «tranqui», don Manuel, que soy pequeño pero berroqueño —responde invariablemente el presidente con su lenguaje «cheli».

Antonio Hernández Mancha constata desde el primer momento de su mandato la afición a la conspiración y a la intriga política del palentino Cuevas, pero calcula que puede «puentearlo».

—Arturo —responde a las advertencias que en este sentido le hace su secretario general—, yo tengo la persona capaz de pararle los pies a Cuevas. Porque al fin y al cabo, Arturo, ¿qué leches de empresario es? ¿Sobre qué dinero personal se sienta? Mira, aquí los que tuestan el café son los bancos y las constructoras...

—No te fíes, Antonio... —advierte Tizón.

—Te repito, secretario, que tengo a la persona que me va a tender un hilo directo con los que realmente mandan y tienen la «pasta».

Este «salvador» y mecenas en el que confía el presidente de AP no es otro que Mario Antonio Conde Conde, que en esos momentos inicia ya su rutilante marcha hacia la presidencia de Banesto y entra con fuerza inusitada en la galería española de hombres famosos. Conde ha sido su preparador en las oposiciones a abogado del Estado, junto con un hijo de Manuel Fraga. La amistad entre profesor y alumno se ha consolidado a lo largo de los años.

A mediados de febrero de 1987, una semana después de haber sido elegido como líder de la derecha, Hernández Mancha llama a Conde. Este ocupa ya la vicepresidencia de Banesto.

—Mario, macho, tienes que ayudarme, porque lo tengo muy crudo. Pero no estoy dispuesto a que me hagan lo que a don Manuel. Aquí mando yo, y quiero que lo sepas.

—¡Joder, Antonio, cómo empiezas...!

—Que sí, Mario, que sí... No voy a aceptar imposiciones de nadie, absolutamente de nadie. Si estoy aquí es para realizar mi proyecto, no el de ellos... Yo vivía muy bien en Andalucía, tú lo sabes.

—Bueno, bueno. Haré lo que pueda, presidente.

Hernández Mancha recuerda la afición de Mario por la política, y cuando estuvo a punto de ser subsecretario con Pío Cabanillas.

—¡Este acabará embrollado, estoy seguro!

El vicepresidente de Banesto también tiene sus problemas para consolidar su posición en uno de los primeros bancos del país, pero está dispuesto a ayudar a su «alumno». ¿Quién sabe si llegará un día a presidir el Gobierno?

—¡Más difícil parecía lo mío, y aquí estoy, sentado en el sanctasanctórum de las finanzas!

Rafael Ansón, que es amigo de Alberto Ruiz Gallardón y asesor del presidente, organiza una cena en el restaurante preferido desde los tiempos de Antibióticos por Mario Conde,

La Dorada. En uno de los camarotes más amplios cita a importantes hombres de los negocios y las finanzas, para presentar a la sociedad del dinero al nuevo jefe de la derecha española, un gracioso muchachito que quiere conquistar el poder tocando la batería desde un conjunto de *rock*.

Asisten, entre otros, Pablo Garnica hijo, Alberto Alcocer, Alberto Cortina, Juan Abelló —que va vestido de esmoquin para otra cena, saluda y se va—, Juan Herrera y otros empresarios. Por Alianza Popular se encuentran, además del presidente, el secretario general, Arturo García Tizón, el vicepresidente Alfonso Osorio, y el secretario de finanzas, Jose Ramón del Río.

Mancha explica su proyecto de reconversión de la derecha y su plan para hacer frente al socialismo, en esos momentos hegemónico en toda España; pide ayuda y modernidad al mundo empresarial y financiero para entender los cambios que demanda la sociedad española y las nuevas posiciones que «inexorablemente» ha de adoptar AP. Pero allí no «se moja» nadie.

Ingenuamente, el presidente aliancista cree que a través de Mario Conde los poderes económicos más representativos —«¡Y sobre todo la banca, Arturo, la banca, no te engañes!»— caerán en sus brazos. En el instante en que la noticia de la cena llega a oídos del presidente de la patronal, éste monta en cólera. Un dato más para la historia del ocaso de un «bailaor».

Cuando el equipo «manchista» abre la caja fuerte del partido, en febrero de 1987, no encuentra sino telarañas nutriéndose de deudas. AP necesita doscientos millones mensuales para gastos generales y pago de nóminas, y aquello es un desierto. Dos mil millones es el «debe» que el tesorero saliente, Angel Sanchís Perales, traspasa a Mon del Río en cantidades que se adeudan a entidades bancarias y a proveedores de las campañas. Los bancos acuden inicialmente en auxilio a través de pólizas de crédito, pero éstas se restringirán al máximo en el otoño de 1988. La puerta al precipicio para la aventura «manchista» queda expedita; sólo resta el empujón final.

Fraga anuncia oficialmente el 26 de octubre de 1988 su decisión de volver al puente de mando del partido. Desde la sede de la Fundación Cánovas del Castillo, justo encima de la discoteca Boccaccio y debajo del Club Financiero Génova, Juan José Lucas y Federico Trillo mueven los hilos para que las organizaciones territoriales se movilicen en favor del fundador. En prensa, don Manuel cuenta con su fiel y eficaz María Fernanda de Miguel. Poco a poco, los «manchistas» van quedándose en absoluta minoría. Sólo Andalucía se mantiene fiel, pero la resistencia va minándose gota a gota. Hernández Mancha y García Tizón se atrincheran en sus cargos y se niegan en redondo a convocar un congreso extraordinario, como piden los críticos. «Será ordinario, y lo convocaré yo», afirma Mancha. Fraga amenaza en público y en privado a los que se mantienen firmes. Manda a José Manuel Romay con un recado para el secretario general.

—Arturo, dile a Antonio que se retire; Manolo puede darle una vicepresidencia. No tiene nada que hacer contra el «patrón», que además le tiene estima y cariño personal. No olvides la amistad que le une a su hijo Manuel. Tú podrías continuar de secretario general.

—¡Pero si nos vais a laminar, leche! —razona García Tizón.

—Fraga garantiza que mientras él sea presidente no permitirá revanchismo alguno —contesta Romay.

El 12 de noviembre del mismo año, Fraga, candidato en plena campaña por la presidencia de su propio partido, hace un llamamiento a Adolfo Suárez para que se avenga a llegar a un acuerdo entre el centro y la derecha. Todavía es pronto para que «el duque» tome circunstancialmente ese camino.

El eurodiputado Manuel Fraga lleva también muy avanzados los contactos con Marcelino Oreja, Javier Rupérez, Rodolfo Martín Villa y el gallego José Manuel Otero Novas, al objeto de incorporarlos a la «refundación». El grueso del equipo en el que se apoya para el regreso son hombres de Aznar, especialmente uno decisivo, Juan José Lucas Jiménez.

El primer mitin de la «reconquista» se celebra precisamente en Valladolid el viernes 16 de diciembre, en el polideportivo Huerta del Rey, con una impresionante puesta en escena llena de modernidad, sonido y sicodelismo; lo nunca visto en Alianza Popular, su nueva frontera. Predomina el color morado-violeta de la Castilla comunera. El responsable de la trama ha sido Lucas, auxiliado por Mercedes de la Merced y Miguel Angel Rodríguez. Antes del acto político, la prensa de Madrid, regional y gallega ha asistido a una rueda de prensa «institucional» en el palacio de la Asunción —con austera plumita estilográfica castellana de regalo—, y ha saboreado el cordero y el cochinillo de la tierra en la magnífica cocina del restaurante La Fragua. Fraga está exultante. Llama a los periodistas por su nombre y engulle como un cosaco. Por la tarde, en el polideportivo abarrotado por agricultores y «gente de la boina», traída desde todos los rincones de la vieja Castilla, Fraga se reencuentra con el calor de los suyos, con los abrazos y los entusiasmos «que nunca debería haber dejado»; Aznar le antecede en el uso de la palabra. Dos días antes, España ha vivido una clamorosa huelga general contra el Gobierno de Felipe González, la histórica jornada del 14-D.

—Iniciamos un nuevo camino... Hoy en Alianza Popular la decisión acertada e inteligente es Manuel Fraga —concluye el anfitrión.

La megafonía, a la americana, suelta ráfagas cortas y precisas «¡Fraga/Aznar! ¡Fraga/Aznar!» Aquello impresiona al «patrón». Se sube al estrado. Los de la boina, con las manos encallecidas, se levantan y llevan al líder en volandas. Está emocionado. «¡Qué grande es el pueblo! ¡Cómo distingue y sabe apreciar a los hombres de Estado!», reflexiona el diputado Luis Ramallo, que participa como orador invitado en el *happening*.

—Vuestro presidente es el hombre de la austeridad y la eficacia. El socialismo no podrá decir que no ha tenido todas las oportunidades; la sociedad española le ha dejado hacer su experimento, ha fracasado —inicia su discurso el líder reencontrado—. Ahora nos toca a nosotros, pero para ello hemos de ser capaces de construir una gran alternativa, de tener la unidad que no siempre hemos tenido.

«¡Fraga/Aznar!» «¡Fraga/Aznar!» «¡Fraga/Aznar!» La escena final prevé que Manuel Fraga y José María Aznar repartan globos y bailen cogidos de la mano a los sones de la canción de Boney M *Feliz Navidad*. La euforia se desborda. Fraga, envuelto en un gabán de color gris gastado por los años, tarda cuarenta minutos en lograr entrar en su Volvo 740. Se limpia el sudor con la toalla que dentro del vehículo le tiende su chófer, el pícnico Estanislao Cumplido de la Cruz, de cuarenta y cinco años. Ya sabe que los 2.841 compromisarios del «Congreso de la Refundación» están a su lado. Aznar ha ganado la primera batalla de cara al futuro.

La segunda parte de su triunfo la conocerá el 7 de enero de 1989 en Murcia. Acude al predio de Federico Trillo a apoyar la candidatura del «maestro». El «cachorro de Valladolid» se vuelca. En un aparte de dos minutos, Fraga musita quedamente al oído del discípulo: «Estaré un año; tenemos que ir organizándolo todo para que lo cojas tú.» El presidente castellano baja la vista y calla. Tampoco sonríe debajo del bigote; la procesión va por dentro. Es consciente de que tiene que superar muchos obstáculos todavía, y de que Fraga puede depararle en cualquier momento «una sorpresa bellíííísima». La sombra de Isabel Tocino aparece de nuevo.

—¡Fraga es muy influenciable! ¡Puede salir por cualquier registro!

Mancha se resiste a retirarse, pese a los consejos de sus últimos fieles, García Tizón, Miguel Arias, Isabel Ugalde, Gabino Puche y Manuel Renedo. Al final, arroja la toalla.

El 20 y 21 de enero de 1989 el «Congreso de la Refundación» devuelve el poder a las manos de Fraga, con un equipo de gobierno repleto de «aznaristas» y con Marcelino Oreja como estrella invitada, cuyo nombre tiene que sacar personalmente el fundador ante los compromisarios para que sea el cabeza de lista en las elecciones europeas previstas para el 14 de junio de ese mismo año.

—Es la clave de la refundación y del acuerdo con Oreja —comenta Fraga en los pasillos del cónclave.

La moción de «Gallardín»

A juicio de los observadores más imparciales, el «manchismo» agonizó en sus últimos días de la misma forma en que vivió los veinticuatro meses en el poder: en medio de la ingenuidad, el desconcierto y el «amateurismo» político. La última historia rocambolesca se inicia el 17 de octubre de 1988 a las nueve menos cuarto de la noche, durante una recepción en el palacio del El Pardo en honor de la reina Isabel de Inglaterra. Antonio Hernández Mancha y Mario Conde se encuentran en el impresionante jardín con techo acristalado que divide en dos la antigua residencia oficial del general Franco.

—Antonio, es impresentable lo que está ocurriendo en Madrid con el PSOE. Parece mentira que no os pongáis de acuerdo con el CDS para derribar a los socialistas y hacer un Gobierno de centro-derecha —le recrimina Conde.

—Oye, Mario, que la culpa no es mía. Hace tiempo que tengo la mejor disposición, pero Adolfo no quiere oír hablar del tema. Le he ofrecido de todo, Mario, pero no hay manera. De modo que busca al responsable en otra parte.

—Muy bien, Antonio, si quieres lo arreglo yo —se ofrece Conde.

—Por mí encantado —contesta el presidente aliancista.

La realidad es que la «Operación Madrid» viene siendo propiciada desde hace tiempo por el presidente del Banco Español de Crédito, que en esos momentos sufre el acoso del Gobierno, especialmente del ministro de Economía, Carlos Solchaga, y del gobernador del Banco de España, Mariano Rubio. Conde sabe que está en manos del poder político, y quiere enseñar las uñas a un socialismo que le está «haciendo la cama». Mantiene unas excelentes relaciones con Adolfo Suárez y con Antonio Hernández Mancha. Ambos dependen en buena medida de su ayuda económica, y cree que es la ocasión propicia para asestar un golpe de mano. Ninguno de los dos, por razones varias, puede negarse. Mancha percibe de inmediato que un acuerdo con Suárez puede ser el bálsamo para los males políticos que le aquejan, y que taparía muchos agujeros abiertos en el interior del partido. ¡Será un triunfo inesperado!

El día 18 de octubre, a las diez y media de la mañana, Antonio Hernández Mancha llama a su despacho a Alberto Ruiz Gallardón y a José María Alvarez del Manzano, los portavoces aliancistas en la Comunidad y el Ayuntamiento de Madrid.

—He tenido una conversación con Adolfo Suárez, y estamos dispuestos a poner en marcha de forma inmediata la «Operación Madrid». Así que id preparando los escritos y la recogida de firmas, que deben estar listos a las ocho de la tarde.

Ruiz Gallardón no necesita oír más. En el pleno de la Asamblea de Madrid se lanza a la «piscina» de cabeza, y larga a los cuatro vientos que a Joaquín Leguina le quedan horas como presidente. A José María Alvarez del Manzano se le hace, sin embargo, muy duro apoyar a Rodríguez Sahagún para la alcaldía.

Por la tarde, el secretario general, Arturo García Tizón, es abordado por los periodistas Carlos Dávila y Luis Herrero en los pasillos del Congreso de los Diputados.

—Oye —pregunta Carlos—, ¿es verdad que ha presentado la dimisión como vicepresidente «Gallardín»?

—No tengo ni idea, y yo debería saber algo, supongo —contesta Arturo.

Hernández Mancha llama por teléfono a García Tizón, que está reunido con la dirección del grupo parlamentario.

—Arturo, vente a la sede, que tengo que comunicarte algo importante.

Mancha relata a su secretario general los términos de su «entrevista» con Adolfo Suárez en el palacio de El Pardo. Están presentes Alberto Ruiz Gallardón, Luis Eduardo Cortés y José María Alvarez del Manzano.

—«El duque» pone una condición —informa Mancha—: que todos los parlamentarios y concejales de Madrid tienen que estar de acuerdo. El alcalde será necesariamente Agustín Rodríguez Sahagún, y el presidente de la Comunidad, Alberto.

El secretario general se inquieta. Ha encendido ya tres Ducados. Suele consumir dos paquetes y medio de tabaco negro al día.

—Alberto —prosigue satisfecho Mancha— ha hablado ya con los dos parlamentarios regionales del Grupo Mixto, ya sabéis, los que se fugaron del nuestro, Nicolás Piñeiro y José Luis Ortiz, que están de acuerdo en apoyar la moción de censura. También he hablado con los medios de comunicación...

Lo último pone más nervioso aún a García Tizón.

—Vamos a ver, Antonio, ¿pero has vuelto a hablar con Suárez después de lo de El Pardo? —pregunta Tizón.

—No, ¿por qué...?

—Alberto, ¿tú has hablado con Castedo, que es el que «corta el bacalao» en el CDS de Madrid? —interroga de nuevo Arturo.

—No. Antonio me ha dicho que había llegado a un acuerdo con «el duque»; supongo que es el que manda en el CDS.

El «hombre fuerte» de Alianza Popular va ya por el quinto pitillo. Se mesa los cabellos, mientras su jefe trata de tranquilizarle. Tizón estalla.

—¡Esto es de una ingenuidad tremenda! ¡Esto es una auténtica payasada! No aprenderemos, después de todo lo que nos pasó en la moción de censura. Aquí no hay nada de nada. Parece mentira, Antonio, que no sepas quién es

Adolfo Suárez y cómo se las gasta. Te ha utilizado. ¡Esto es una pifia monumental! ¡Aquí no hay nada, y otra vez vamos a quedar con el trasero al aire ante la opinión pública...!

Arturo García Tizón pasea descompuesto por el despacho, de un lado para otro. Se asoma a la ventana que da a la calle de Zurbano.

—Antonio —dice Ruiz Gallardón—, si todo es como dice Arturo, ahora mismo convoco a la prensa y digo que Suárez es un mentiroso y un...

—Mientras yo sea secretario general tú no convocas a nadie —amenaza Tizón, extraordinariamente molesto con la situación creada.

La casualidad juega malas pasadas a los políticos. Mancha ha informado a su vicepresidente, Ruiz Gallardón, de su charla con Adolfo Suárez, y éste se ve de repente convertido en presidente de la Comunidad de Madrid. En realidad, esa conversación no se produjo nunca. Sólo habló con Mario Conde, el intermediario. Desde su despacho oficial de portavoz parlamentario de AP que la asamblea autonómica tiene alquilado en la calle de la Princesa, Gallardón llama eufórico a su esposa, María del Mar Utrera. Son las ocho y media de la tarde.

—Mar, que ya soy presidente.

—No me digas, Alberto... enhorabuena... qué rápido...

—Sí, Antonio ha llegado a un acuerdo con «el duque»...

El despacho de Alberto sólo está separado por una fina mampara del que utiliza Gerardo Harguindey, portavoz del CDS, quien oye la conversación. Se queda de una pieza, y llama urgentemente a Fernando Castedo para pedirle información y relatarle la conversación que acaba de oír.

—Oye, Fernando, ¿qué hay de esto?

—No salgo de mi asombro. Es la primera noticia que tengo, y ahora mismo llamo al jefe para decirle que si ha pactado algo con AP que no cuente conmigo. ¡Sólo faltaría que tuviera que dar mi voto a Ruiz Gallardón! Me niego en rotundo. A ese «facha» yo no le doy mi voto. ¡Ni hablar!

En efecto, Castedo habla con Suárez, y cercena cualquier posibilidad de acuerdo o pacto con la derecha.

—¡Pero si yo no he hablado con Mancha! —dice indignado Suárez.

Tras la reconquista del poder en Alianza Popular por los «fraguistas», se desata una implacable caza y captura de los «manchistas». En las elecciones europeas de junio de 1989 se caen prácticamente de las candidaturas Gonzalo Robles, Salvador Garrigues, etc. Se implantan las gestoras en las provincias y órganos donde han mandado los hombres de confianza del equipo anterior: Navarra, Huelva, Canarias, Sevilla, Cádiz, Jaén, y en Nuevas Generaciones.

Manuel Fraga recibe en tres ocasiones al ex secretario general, del que todos saben que era el que mandaba en la etapa anterior. La primera se produce el 29 de mayo de 1989.

—Arturo —Fraga siempre le tutea—, te voy a hablar con absoluta claridad, te lo mereces.

—Tú dirás, Manolo.

—La confianza entre nosotros dos está rota desde las elecciones generales de 1986, cuando con tu obsesión organizativa impediste que el cincuenta por ciento de las listas en Castilla - La Mancha fuera para el Partido Liberal y el PDP, como yo pedía. Sinceramente, creo que la confianza entre nosotros no se restablecerá nunca.

Tizón escucha y se ajusta las gafas.

—¿Puedo fumar?

—No deberías hacerlo, amigo Tizón, no es bueno para la salud, pero a mí no me molesta.

Arturo enciende un cigarro. Fraga prosigue:

—Yo veo las cosas con mucha perspectiva, no aspiro a nada, salvo a Galicia. Mi vuelta es para ordenar las cosas... Eres uno de los políticos mejores que conozco, desde luego el más capaz del equipo de Antonio... Pero este no es tu momento... No tienes cabida ahora en la dirección del partido, pero, sinceramente, quiero evitar que te marches.

La prensa informa aquellos días que el ex secretario general puede recalar en el CDS.

—Presidente, yo no quiero dimitir de presidente regional. Después de las elecciones europeas estudiaremos la celebración del congreso.

—Te quiero pedir, Arturo, que no hagas nada contra el alcalde de Toledo, José Luis Molina.

Poco después, el secretario general adjunto de Organización llama a García Tizón.

—Arturo, me dice el presidente que sería conveniente que presentaras la dimisión como presidente del partido en Castilla-La Mancha.

—Lo siento, Juanjo, en mi conversación con Fraga nunca se me pidió, ni yo prometí la dimisión. Tengo que interpretar, por tanto, que esto es exclusivamente tuyo.

—Yo sólo te transmito lo que ha indicado Fraga. Hablaré otra vez con él.

En la campaña electoral para las elecciones europeas, la orden a las organizaciones manchegas es tajante: Tizón no debe aparecer en ningún acto. De lo contrario, habrá que atenerse a las consecuencias.

Pasadas las elecciones, García Tizón se entrevista de nuevo con Manuel Fraga.

—Te pido, amigo Tizón, que dejes la presidencia del partido en Castilla-La Mancha.

—Presidente, en nuestra última conversación quedamos en que fijaríamos la fecha del congreso regional. Vuelvo a indicarte que no pienso dimitir, y que debe ser el congreso el que resuelva esta cuestión.

—Deseo que se celebre lo antes posible —contesta Fraga—. Podría ser el 20 de septiembre. Yo te repito mi compromiso: mientras yo sea presidente, tú serás el primero de la lista por Toledo en las próximas elecciones generales. Ya te dije que otra cosa no puede ser por ahora; tal vez dentro de diez años las cosas sean distintas, pero no puedes estar en la dirección del partido.

—Yo no te pido ir en ninguna lista, presidente. Desde luego, no como donación graciosa de la presidencia a cambio de que me abstenga de manifestar mi opinión respecto a la marcha del Partido Popular.

—Por cierto —pregunta Fraga—, ¿qué tal está Antonio?

—Hace tiempo que no le veo —responde Tizón—. Pero creo que está bastante disgustado por el trato que está recibiendo.

—Reconozco que me enfadé muchísimo con las declaraciones que hizo después de los resultados de las europeas. Te agradezco que facilites el congreso regional; diré a Aznar que hable contigo. ¿Te vas a presentar?

—Es un tema que, de momento, me reservo.

—Muy bien, mi querido amigo, te deseo mucho éxito. Adiós.

—Adiós, presidente.

Pero la dirección nacional suspende el congreso ante la convocatoria de nuevas elecciones generales. Tizón no irá en lista alguna. Una vez superado el proceso electoral, tiene lugar su última entrevista con Fraga.

—Te presento mi dimisión, presidente.

—¿Por escrito?

—No, con mi palabra es suficiente.

—¿Puedo anunciarlo al comité ejecutivo?

—Sí.

—Te agradezco el gesto; eres un caballero, Arturo.

—Que tengas mucho éxito en Galicia.

—Muchas gracias y adiós, amigo Tizón.

Aznar no habló nunca con Arturo, que hoy trabaja por las mañanas como abogado del Estado en el ático de la Audiencia Nacional, en el mismo despacho que antes ocuparon José Manuel Otero Novas, Juan Rovira Tarazona, Rafael Orbe Cano y Francisco Ruiz Risueño, todos ellos importantes ex cargos en la Administración pública.

La breve y fugaz historia «manchista», que en justicia hay que denominar «tizonista», ha terminado. El «bailaor», como le apodaban sus adversarios políticos, espera, sin embargo, que esa historia sea de ida y vuelta.

El 19 de abril de 1990, en pleno «escándalo Naseiro» y

con la sospecha de corrupción azuzando los talones del ex tesorero y diputado popular Angel Sanchís, Hernández Mancha lanza un durísimo ataque contra su antaño protector y amigo a propósito de su amistad con Sanchís. Ese mismo día, sentado en su escaño senatorial, aburrido y desconsolado, Mancha decide abandonar la vida política.

—¡Extraño pueblo éste! —musita—. Hoy te eleva a los altares, y mañana te decapita.

La derecha es experta en crear líderes para luego derribarlos.

El lunes 23 de abril, a las tres de la tarde, Antonio Hernández Mancha almuerza en el restaurante Archy con un periodista. Félix Pastor Ridruejo, más influyente y muñidor que nunca, también ha quedado para comer con otro periodista en el mismo restaurante, una vez repuesto de su grave accidente de tráfico.

—Antonio, tengo que hablar contigo.

—Cuando quieras, Félix, yo estoy en el paro.

El soriano reflexiona en voz alta:

—¡Qué malo es que los políticos alcancen rápidamente el principio de Peter!

CAPÍTULO 9

BRINDIS AL SOL: ORO EN EL GALEON CASTELLANO

Castilla es una tierra que deslumbra por los cielos altos y los horizontes lejanos. Su suelo es pobre, y depende del ciclo veleidoso y poco complaciente de las estaciones. Es una región desertizada, con sus aldeas en ruinas. Sus últimos habitantes son testigos de una cultura que irremisiblemente morirá con ellos.

Sin embargo, durante sus ochocientos veinte días al frente de la Comunidad, José María Aznar hace circunstancialmente famosa a esta tierra olvidada por dos espectaculares *affaires* relacionados con el oro: las «visas» de los consejeros, y los presuntos grifos de oro macizo de los lavabos de su despacho oficial. El 26 de junio de 1987, en el histórico escenario del castillo de Fuensaldaña, José María Aznar es investido presidente de la Junta de Castilla y León por las Cortes Autonómicas. Unos días después, el 28 del mismo mes, toma posesión efectiva como primer mandatario de la región, gracias a los treinta y dos procuradores de AP y al apoyo de uno de la burgalesa Solución Independiente. Dos años más tarde, el 5 de agosto de 1989, Aznar López cede su despacho y los «grifos de oro» a su compañero de partido Jesús Posada. El impasible, el hombre de hielo, el que nunca se inmuta, llora delante de todos como un colegial enternecido, mientras afirma con rabia ante el «gran reto»: «Sé muy bien lo que tengo que hacer, y lo voy a hacer.» Deja atrás dos años de gestión polémica, que en veintisiete meses le han convertido en una figura de la política nacional.

Fiel a su filosofía de «reducir el protagonismo del Estado para devolvérselo a la sociedad», Aznar aplica en las tierras mesetarias una política basada en la eliminación de la burocracia, la descentralización y la austeridad. Al abandonar Castilla, para sus seguidores ha cumplido su compromiso político y ha logrado que aumente el peso específico de la Comunidad en el panorama nacional. Sus adversarios, socialistas, centristas, comunistas, insisten en que sólo ha buscado su interés personal, «utilizando la región como moneda de cambio y como trampolín para ocupar puestos en Madrid».

Sus primeras medidas de gobierno en pleno verano de 1987 son espectaculares y tienen una gran resonancia en los medios de comunicación y en la opinión pública: supresión de las tarjetas VISA ORO a los consejeros del gobierno autónomo y reducción del número de consejerías, direcciones generales y delegaciones provinciales, estimándose el ahorro en mil millones de pesetas en sueldos de altos cargos y funcionarios, que se destinarán, según fuentes del propio gobierno autónomo, al Plan Joven, llamado a crear cinco mil empleos para los jóvenes castellanos.

El 28 de junio de 1987, cinco horas después de haber tomado posesión como presidente de la Junta, Aznar reúne en su despacho a un grupo de ocho personas, que van a ser durante dos años sus más cercanos colaboradores: Juan José Lucas (funcionario y diputado); Miguel Pérez Villar (empresario); Jesús Posada (ingeniero de caminos); Javier León (médico); Fernando Zamácola (ingeniero agrónomo); Miguel Angel Cortés (abogado); Carlos Aragonés (profesor de universidad), y Miguel Angel Rodríguez (periodista). El se sienta en el sillón de presidente, y el resto lo hace informalmente en el sofá, sillones y sillas, para comentar la sesión de investidura y las posiciones de cada grupo político en las Cortes regionales. José María empieza a hablar bajo, sigue hablando bajo, y continúa hablando bajo. Los reunidos agudizan los oídos, y sólo de vez en cuando logran captar alguna palabra. Pasa un largo rato hasta que Miguel Pérez Villar, consejero de

Economía, que es el más lanzado, suelta ante el espanto general:

—¡Habla más claro, leche, que esto parece un funeral de tercera!

Pérez Villar no ha sido el único en utilizar esta expresión para referirse a los modos de José María Aznar. Su porte es tan triste en ocasiones que, unido a lo callado de su trabajo en Génova 13, desde 1982 a 1986 se piensa y dice por los pasillos de la casa que parece el encargado de las pompas fúnebres. La ironía de la vida lleva a José María a decir a Manuel Fraga, cuando éste lee su carta de dimisión en diciembre de 1986, desde la ventana de su despacho:

—No sea loco, don Manuel, que éste es el entierro del partido.

Esa tristeza, no exenta de un peculiar y socarrón sentido del humor cuando las cosas le van bien, no le impide ganar las elecciones cuando nadie da un duro por Alianza Popular, ni siquiera José María Cuevas. Saca al PSOE y a su candidato, Juan José Laborda, cinco mil votos, y empata a treinta y dos escaños. Pero ahí estaba el alcalde de Burgos, José María Peña, para desnivelar la balanza. Laborda, hoy presidente del Senado, nunca asimiló la derrota. Llegó incluso a retirar el saludo al presidente y a sus colaboradores hasta que, en noviembre de 1989, se sienta en la presidencia de la Cámara Alta.

—¡No, si en el fondo, lo mío es la política nacional! —dice feliz y satisfecho a Cristina, ex secretaria de Aznar, cuando se la encuentra en los pasillos del Senado.

José María Aznar inicia el 15 de mayo de 1987 la campaña hacia la presidencia de la Junta. Sus hombres para la cruzada castellana son Miguel Angel Cortés, treinta y un años, licenciado en Derecho, concejal del Ayuntamiento de Valladolid, ex militante de UCD; Fernando Navarro, gerente regional captado de la «mafia de Avila»; Pablo Izquierdo, funcionario del Ayuntamiento de Palencia, que se encargará de los temas de prensa; y Juan Vilches, el chófer, al volante del Volkswagen Passat gris que le ha prestado su amigo Yuste.

El diseño de la campaña es muy simple: Aznar es un gran desconocido, y por lo tanto hay que viajar mucho, hablar todo lo que se pueda en radio y salir en la prensa. El mensaje también aparece claro: en Castilla hay que hablar «por corto y por derecho». ¿Para decir qué? Tres mensajes: austeridad frente al despilfarro de los anteriores gobiernos socialistas; eficacia y sinceridad; y, por último, que lo que se promete se cumple.

Diariamente hay que recorrer al menos cuatro pueblos. Al anochecer regresa a Valladolid, donde se hospeda en el hotel Olid-Meliá, *suite* 516. Los periodistas que le acompañan permanentemente son Gregorio de la Fuente, de la Cadena SER, Luis Jaramillo de la COPE, Miguel Angel Rodríguez Bajón, jefe de la sección política de *El Norte de Castilla* —que con el tiempo se convertirá en uno de sus hombres de absoluta confianza—, y Onésimo, cámara de TVE. Rodríguez Bajón recibe desde las páginas de su periódico al candidato popular tildándole de «facha», y refiriéndose a él como el «cunero que aterriza desde Madrid, un tipo frío que quiere entre nuestra gente hacerse el simpático». Rodríguez ha pedido a su redactor-jefe, Manuel Trapote, que le deje seguir la campaña de Aznar por una razón básica:

—Manolo, estoy convencido de que si Aznar fracasa aquí, como lo creo, Alianza Popular se hunde en el resto de España y desaparece.

—¿No crees que es mejor para el periódico que el jefe de política haga la campaña con Laborda y el PSOE, que son los que más posibilidades tienen?

—Que no, Manolo, que no; aquí va a haber sangre, y tenemos que estar ahí.

Para colmo el redactor-jefe apoya a Rodolfo Martín Villa, por razones de paisanaje leonés. Rodríguez se ha comprometido también a realizar las tareas de reportero gráfico. En Avila se cruzan las caravanas del candidato del PSOE y el de AP. Laborda celebra un mitin en el que actúa el grupo

Olé-Olé, con Marta Sánchez al frente; el gentío abarrota el estadio. A menos de dos kilómetros, Aznar apenas ha conseguido reunir a doscientas personas en un teatro de la capital. Aquello sirve al periodista vallisoletano para sostener su tesis de la *débâcle* de la derecha. Envía un artículo harto expresivo en su título: «La soledad como una losa.» Pero Rodríguez va a sufrir durante los veinte días de trote por los campos castellano-leoneses el «síndrome de Estocolmo».

El colmo de los males «aznaristas» es que el jefe del partido en la capital castellana es el empresario automovilístico Santiago López Valdivieso, un «manchista» convicto y confeso. Sin embargo, Aznar deposita en él su confianza. Y no se arrepentirá en una primera fase.

José María dice a todo aquel que se presta a oírle que va a sacar a Castilla y León de la miseria y del aislamiento. Los castellanos son gente escéptica e incrédula ante las promesas de los políticos, y fríos a la hora de manifestar sus sentimientos. Sólo aplauden al final, y eso cuando lo hacen. La campaña autonómica del candidato conservador está repleta de anécdotas dramáticas y chuscas, que permitirían sin duda al mejor conocedor de Castilla la Vieja, Miguel Delibes, escribir una magnífica novela costumbrista.

El primer mitin del candidato Aznar lo ofrece en el gimnasio vallisoletano La Rondilla; reúne a treinta asistentes, incluida la gente del aparato. En Segovia, el acto electoral se ha convocado en una escuela. Sentados en pupitres de madera, como si se tratara de colegiales, escuchan al joven político catorce ancianos y once viejecitas con sus pañuelos negros en la cabeza. Magnífico público para hablar de la Comunidad Económica Europea, de la OTAN, el IVA y la política de infraestructuras viales. Rodríguez lleva razón: el batacazo va a ser de órdago. Ana Botella, que acompaña a su marido cuando sus ocupaciones de madre y de funcionaria se lo permiten, está desolada; sonríe a pesar de todo.

José María Aznar viaja el 29 de mayo hasta Madrid. A la una y media de la madrugada se acerca hasta el VIPS de la calle de Ortega y Gasset a comprar la prensa. El periódico *Diario 16* anuncia en su primera página que Alianza Popular va a ganar las elecciones en Castilla y León. Los que están con él estallan de júbilo; él no se inmuta. Al día siguiente, los periodistas de la caravana le interrogan sobre la encuesta.

—La única encuesta verdadera son las urnas —contesta.

La respuesta se la ha copiado al «maestro» Fraga, con quien cierra la campaña el 8 de junio en el polideportivo de León, lleno hasta la bandera. El 10 de junio de 1987, día de las elecciones, Alianza Popular establece su cuartel general de seguimiento de las mismas en el hotel Felipe IV de la calle Gamazo de Valladolid, al lado de la Plaza de España. Los primeros recuentos oficiales ofrecen un empate con el PSOE, aunque AP lleva una ligerísima ventaja. A las cuatro de la madrugada, en la sede del Gobierno Civil, la tensión está al rojo vivo: PSOE, 32; AP, 32; Solución Independiente, 1. Fernando Navarro y Cristina Alonso Mateo recuentan voto por voto. Por fin, el resultado es definitivo; PSOE, 32; AP, 32, con cinco mil votos más que el PSOE, que empata a escaños. Pero Solución Independiente (SI) de Burgos saca 1, es el árbitro a favor de AP, suficiente para gobernar. José María Aznar ha conseguido el milagro.

Las tribulaciones de un presidente

En el Felipe IV la euforia entre los aliancistas se desborda. Aznar invita de su bolsillo, como es su «manía». Allí están Ana, su mujer, Santiago López Valdivieso, Feliciano Blázquez, Miguel Angel Cortés, José Luis Sainz —Tote— y Fernando Navarro, que fallecerá poco tiempo después. Por él derramaría Aznar las primeras lágrimas tras ser elegido nuevo presidente.

El siguiente fin de semana, José María irá con toda su familia al santuario de la Virgen de Sonsoles, en Avila, a postrarse a los pies de la Señora y agradecer la victoria. Es una familia cristiana, y la victoria ha sido un milagro. Allí está el «halcón», arrodillado y humilde, para dar fe de ello.

Una de las cualidades reconocidas de Aznar es su habilidad para tratar con la prensa, una de las claves de su meteórica carrera. Hay que buscar al hombre que se responsabilice de ese cometido. El 1 de julio de 1987 invita a cenar a los periodistas que le han seguido en la campaña, entre ellos a Rodríguez, quien llega hasta el restaurante La Criolla con *cassette* y cuaderno.

—A ti, Onésimo —dice al cámara de TVE—, te debo los cinco mil votos de diferencia que he sacado al PSOE —agradece Aznar.

Onésimo ha conseguido durante los veinte días de campaña unas imágenes excepcionales y muy humanas del candidato.

—Bueno, presidente, ¿me das la lista del gobierno, que a eso he venido? —pregunta Rodríguez.

—No. A cambio te ofrezco que te vengas conmigo a la Junta.

—¿Pero qué dices, si yo soy de izquierdas...?

—Yo también.

Cinco almuerzos más necesita Aznar para contar con Rodríguez al frente de la oficina de medios. Este pone una condición: ser portavoz del gobierno. Pero una vez aceptada, la reacción de AP no se hace esperar: «Es un ''rojo'' peligroso, y nos ha dado toda la ''caña'' del mundo desde su periódico.» El presidente le sostiene frente a los procuradores, y hasta contra la opinión del portavoz en las Cortes, Miguel Angel Cortés.

Hay que actuar rápidamente. Lo primero es nombrar al gobierno: Juan José Lucas es el vicepresidente y consejero de la Presidencia y Administración Territorial —aunque pone todas las pegas del mundo para aceptar el cargo—; Miguel Pérez Villar, consejero de Economía y Hacienda; Javier León de la Riva, consejero de Cultura y Bienestar Social; Fernando Zamácola, consejero de Agricultura, Ganadería y Montes; Jesús Posada, consejero de Fomento; y portavoz, Miguel Angel Rodríguez Bajón.

También hay que tomar medidas inmediatamente, para que se vea el «cambio». La primera, congelar el sueldo del gobierno. El presidente cobra 400.000 pesetas, 300.000 los consejeros, y 250.000 los directores generales. La segunda medida es retirar las tarjetas VISA ORO a los miembros del gobierno. Y la tercera, derruir el viejo palacio de la Asunción, como única manera de desratizar el edificio y evitar que se hunda en cualquier momento con todos dentro. Las VISA ORO son el trampolín para lanzar a la popularidad nacional al joven presidente, en un país que desea una mayor austeridad en los dineros públicos, aunque sólo se trate de un gesto. Con ellas se pagaban desde las corbatas de seda hasta los ágapes particulares de los anteriores miembros del gobierno autónomo. La decisión se toma físicamente en el despacho del vicepresidente Lucas, y el encargado de «vender» la mercancía a la opinión pública es el portavoz. Produce ríos de tinta durante el verano del 87. Aznar toma la decisión de abandonar la residencia oficial del presidente de la Junta, y alquila un piso en la Avenida de Recoletos número 4, 9ºB, por el que paga mensualmente de su bolsillo doscientas mil pesetas y en el que no le caben los muebles que trae de Madrid.

Los problemas no tardan en presentarse. Una carta que ingenuamente remite con membrete de diputado Isabel Tocino, pidiendo recomendación y empleo para una amiga, ex empleada de hogar, llega a las páginas de los periódicos. Su conocimiento público provoca la irritación del presidente. Lucas detecta rápidamente el origen de la filtración: se debe a un funcionario adscrito a los servicios de la presidencia y militante del PSOE. Lucas es partidario de abrirle expediente y ponerle de patitas en la calle. Aznar se opone.

—Yo no voy a despedir a ningún funcionario público por tener ideas distintas a las mías. Pero recomiendo tener cuidado con la información confidencial.

Uno de los objetivos básicos del presidente castellano-leonés es sacar a la región del ostracismo. Para ello se necesitan dinero, ideas y personas. Por su despacho desfilan en pocos meses relevantes personalidades del mundo empresarial, como el presidente de Iberduero, Manuel Gómez de Pablos; el presidente de la CEOE, José María Cuevas; Pedro Ballvé, presidente de Campofrío; Ignacio Pascual, dueño del Grupo Pascual; el embajador norteamericano, Reginald Bartholomew; el Jefe de la Casa Real, Sabino Fernández Campo; y numerosos dirigentes de su partido, especialmente Fernando Suárez, con el que hoy está totalmente enfrentado.

Aznar cuida mucho a la Casa Real. Concede al conde de Barcelona, padre del Rey, la Medalla de Oro de Castilla y León, la única que se ha concedido hasta la fecha. Pero los problemas políticos, dada su precaria mayoría parlamentaria, no cesan. La pugna histórica entre Burgos y Valladolid estalla cuando en diciembre de 1987 el gobierno autónomo adopta la decisión definitiva de proponer a las Cortes regionales la «Ley de Sedes», según la cual la capital regional queda establecida en Valladolid. Los procuradores leoneses de Alianza Popular Jaime Lobo y José Eriagorbey presentan la dimisión, al igual que los parlamentarios burgaleses Tomás Cortés y José María Arribas. De los cuatro procuradores que anuncian su dimisión en el pleno, sólo José María Arribas deja su carta de dimisión al finalizar la sesión parlamentaria. Aznar es partidario de hacerle reconsiderar su actitud. El vicepresidente Lucas sostiene que hay que aceptarle la dimisión de forma inmediata. Dirigiéndose a Arribas, le pregunta:

—¿No la retirarás ahora, verdad? Sé que vas a mantenerla, porque eres una persona con dignidad y coherencia.

—Sí, la voy a mantener.

Es lo que esperaba el vicepresidente, que cree que aceptando el pulso se da una lección de coherencia interna y una advertencia general al resto de los parlamentarios populares de que no se podían andar con bromas; la exigua mayoría en las Cortes tenía siempre al gobierno contra las cuerdas. Dos días después, Arribas formaliza su renuncia ante el presidente de las Cortes.

Sin embargo, la pequeña crisis en el seno del grupo que sustenta al gobierno castellano inquieta al presidente, quien, dando vueltas en su despacho con las manos en los bolsillos, y aun sin pronunciar la palabra «dimisión», deja entrever que ha sufrido un duro golpe.

—Ha sido una experiencia importante y aleccionadora —dice en presencia de Lucas, Posada y Cortés.

—¡Pues vendrán tiempos peores! No pasa nada, hombre —anima Lucas.

—Ahora sé por qué eres el vicepresidente, Juanjo —piropea Posada.

Una cena en el restaurante El Hueco hace más llevadera la primera crisis política del presidente.

La segunda ocasión en la que amenaza veladamente con dimitir es en 1988, cuando el CDS le tumba en el Parlamento regional los Presupuestos de la Comunidad para 1989. Tampoco entonces la sangre llega al río, pero deja huella.

La jornada de trabajo normal del presidente de la Junta comienza a las nueve de la mañana. Cristina Alonso Mateo le prepara un café con leche con pastas (nunca de chocolate) y un vaso de agua muy fría. Durante una hora la orden tajante es que no le moleste nadie; la dedica a la lectura de la prensa nacional y regional. El lunes hay reunión del gabinete; los martes y miércoles, audiencias; los jueves se reúne el consejo de gobierno, y los viernes los dedica a viajar por la región. Las tardes son para trabajar en temas concretos y leer papeles.

Su despacho oficial del palacio de la Asunción está adornado con una escultura de un capuchino del artista Santiago de Santiago, la maqueta de un palomar castellano, y un cangrejo de «oro» regalo de los paisanos durante la Fiesta del Cangrejo en la localidad de Palencia de Pisuerga. Al lado de la ventana hay una planta *Ficus benjamina*, que Aznar cuida con mimo.

—Cristina, como me la dejes secar, te echo.

El 25 de julio de 1988, Jesús Quijano González, portavoz socialista en las Cortes de Castilla y León, publica un artículo en *El Norte de Castilla* con el título «Mamá, quiero ser Presidente del Gobierno», en el que lanza un durísimo ataque contra el presidente autonómico con el fin de conmemorar el primer año de mandato de José María Aznar.

> «Ahora lo entiendo todo —escribe Quijano—. Desde que vi ese titular [Mamá quiero ser Presidente] en los medios de comunicación, no he dejado de pensar en su significado y en su alcance. Ahora sí que aparecen claros en sus objetivos finales los mensajes frívolos, las campañas publicitarias y las iniciativas precipitadas, todo ello integrado en una febril operación interna y partidista con vencimiento fijo en el próximo mes de enero.
>
> Ahora veo con claridad meridiana que todo se hacía pensando en Hernández Mancha y no en Castilla y León. ¡Qué comedia, madre! ¡Qué fiasco!... Un día de estos, cuando se reanude el periodo de sesiones, tenemos que hablar despacio y echar cuentas. Aunque sólo sea para clarificar el futuro y para calcular cuánto le ha costado a esta Comunidad tan altas pretensiones.»

Quijano recoge en su durísimo alegato contra el presidente todos los argumentos que desde la oposición se lanzan contra su gestión.

> «Desde luego el señor Aznar no podrá quejarse de las oportunidades que le ha dado la ''televisión del Estado''. Si mi memoria me es fiel, sólo le falta salir en *El perro verde*. Aunque no descarto que pueda aparecer de extra en *Canción triste de Hill Street* o de concursante en *El precio justo*. Al tiempo.»

Tras reincidir en sus descalificaciones, el portavoz socialista cree ver en la acción de Aznar un objetivo final: llegar a la Presidencia del Gobierno.

«Tenga cuidado y sea prudente. Usted, que al fin y al cabo ha venido de fuera, no conoce bien estos pagos. Aquí somos hospitalarios, humildes, generosos y hasta un poco adustos. Pero no nos gusta que nos utilicen o que nos tomen por ingenuos.»

Jesús Quijano finaliza su «cañonazo» con una recomendación:

«Si de veras aspira un día a ser Presidente del Gobierno, empiece por ser un buen presidente de la Comunidad Autónoma. No sea que a la vista de sus aptitudes y cualidades, tenga que cambiar sobre la marcha tan alta aspiración y sustituirla por la de aquella comedia tan divertida: "¡Mamá, quiero ser artista!".»

A Aznar le cortan el grifo

El gran sobresalto de esta etapa, sin embargo, se lo lleva José María Aznar en el mes de abril de 1989. El 21 de enero se ha celebrado el Congreso de la Refundación, y el presidente castellano-leonés ha sido el vencedor claro entre los posibles «delfines» de la derecha; ha colocado a sus hombres en la estructura básica del poder, especialmente a Juan José Lucas, que abandona la vicepresidencia del gobierno autónomo para ser secretario general adjunto en Génova 13. Su presencia en los medios de comunicación es constante; ya se le señala como uno de los candidatos más firmes en la «sucesión ordenada» que Manuel Fraga prepara con prudencia, mimo y cuidado.

El 5 de abril de ese año, Aznar se reúne en secreto, a petición de la dirección socialista, con el ministro de Administraciones Públicas Joaquín Almunia, José María Benegas y Abel Caballero en la sede del PSOE. Le acompaña Juan José Lucas, que ya está en Madrid preparando el «desembarco» de Aznar. Fraga le ha investido como interlocutor del PP con el Gobierno y el Partido Socialista para negociar los asuntos autonómicos y alcanzar un «pacto de Estado».

Cinco días después, el lunes 10 de abril, a las siete y media de la mañana, José María Aznar se está afeitando. Por la tarde tiene una entrevista con Jordi Pujol en Barcelona. Suena el teléfono.

—Contesto yo, Ana.

—Buenos días, perdone que le moleste a estas horas, señor Aznar, soy del programa *Primera hora* de la Cadena COPE...

—No se preocupe —contesta Aznar—, estoy acostumbrado. ¿De qué se trata?

—No sé si conoce lo que la revista *Cambio 16* dice de usted esta semana.

—No, no. Todavía no la he recibido. ¿Qué dice?

—Pues que usted ha decorado el cuarto de baño de su despacho oficial de la Junta con oro de veinticuatro quilates.

—¿Quééééé?

Aznar, con la cara a medio afeitar, se queda lívido. Le acaban de asestar un mazazo en todo el mentón. Se queda sin saber qué decir. Intenta reponerse.

—Pues no... de ninguna manera. ¿Pero de dónde se han sacado esa calumnia? No lo comprendo. No, no, de ninguna manera. Lo niego rotundamente. Vengan ustedes a comprobarlo, les invito.

Ana Botella pregunta a su marido que quién le ha llamado para estar de esa forma.

—Era de la COPE. Dicen que *Cambio 16* publica la historia de que he decorado el cuarto de baño de mi despacho con grifos y accesorios de oro de veinticuatro quilates. ¿Y por qué no dicen que las paredes del despacho tienen incrustaciones de rubí, que el suelo es de mármol de Carrara, las lámparas de Murano, y el tresillo de plata y las cortinas de tul...?

—Bueno, hombre, no te pongas así; sabes que estas cosas pasan.

—Pues yo no me acostumbro, ¡coño! Esto es intolerable.

La «mandíbula de cristal» de Aznar, de la que hablan algunos de sus colaboradores, se resiente. Le han atizado un zarpazo que le hace mucho daño, aunque intente disimularlo a toda costa con algo de humor, incluso negro. Sus amigos y adversarios coinciden en afirmar que no «encaja», pero va aprendiendo. La noticia de los «grifos de oro» se extiende esa mañana como la pólvora por Valladolid. Acaba de levantarse la veda contra el «delfín», el hombre que pilota el buque insignia del Partido Popular. Los días de gracia se han acabado.

José María emprende viaje a Madrid, donde ha de tomar el puente aéreo con destino a Barcelona. En la localidad de Olmedo, poco antes de llegar a la autopista, detiene el coche para responder a Luis del Olmo, que le echa un «capote» desde su programa *Protagonistas*. El presidente está indignado y abatido.

—Es una calumnia vil —exclama muy afectado.

En Barcelona continúa la procesión por los «grifos de oro macizo».

—Si me retiro de la política —anuncia Aznar—, desde luego no será ni por oro, ni por incienso ni por mirra y, perdón, ni por la madre que me parió.

El político de hielo no puede dejar de proferir una seria amenaza. A esa hora cree conocer ya el origen de la «intoxicación».

—En su momento —subraya— lo pagarán caro quienes creen que sólo pueden subsistir en política con la descalificación personal del adversario.

Esa misma mañana, Ana Botella ha ido a la frutería más cercana a su domicilio frente al Campo Grande. No se habla de otra cosa en la ciudad del Pisuerga. Nota miradas extrañas, de reojo, caras largas y de recelo.

—¡Caray con los austeros! —comenta una clienta—. A este paso tenemos que pagarles los puentes de la dentadura. ¡Son todos iguales!

Ana traga. Sabe que esto es parte del precio que hay que

pagar. Por la tarde, su hija, Ana Aznar, espera el autobús para regresar a casa tras la salida del colegio. Unos compañeros de clase le comentan que su padre, el presidente, se ha puesto unos grifos de oro «con el dinero de todos».

—¡Qué va —responde la pequeña—, pero si son de plata!

Los reporteros de *Cambio 16* Arsenio Escalar y José Angel Esteban preguntan días antes de la publicación del reportaje al portavoz de la Junta si es cierto que los grifos y accesorios del presidente y vicepresidente de la Junta son de oro. Rodríguez responde que no, que son de porcelana y que algunos accesorios tienen un baño, y que eso es lo mismo que afirmar que su Peugeot 205 está hecho con perlas porque en la factura del vehículo de la casa fabricante pone «Peugeot 205 perla». El total del coste de la famosa grifería asciende a 79.119 pesetas para los dos despachos. Los autores de la información se defienden afirmando que su trabajo fue manipulado en titulares por el periódico hermano *Diario 16*, y niegan cualquier intencionalidad política. La mayoría de los medios interpreta el asunto como una «maniobra política» encaminada a desprestigiar a la «alternativa». La revista *Epoca* publica a la semana siguiente un trabajo de Luis Herrero con el sonoro título de «A Aznar le cortan los grifos».

—Es una manipulación infame —ruge el portavoz—. Sólo reproducen la hoja final para dar la sensación de que nos hemos gastado diez millones en grifería de oro. Esa cantidad responde a la cantidad total de la decoración de la sede de la presidencia del gobierno. El PSOE había autorizado un presupuesto de sesenta millones.

Lo cierto es que las facturas publicadas están trucadas, y que la grifería resulta tener color gris claro. Sólo el toallero y el portarrollo tienen color amarillo. El escándalo que se organiza en el gobierno autónomo es de tal volumen que Jesús Posada Moreno, consejero de Fomento, está dispuesto a cancelar un viaje oficial a Trieste, donde va a asistir a la Conferencia de las Regiones. Ha prometido a su mujer, Blanca de la Mata Pobes, marquesa de la Varga, que no se la pierde por ningún concepto, pero la ira desatada y el «cabreo» del presidente son de tal envergadura que hacen peligrar el viaje. El vicepresidente, Juan Carlos Aparicio, que ha sustituido a Lucas, «comisionado» ya ante Fraga, le convence para que cumpla el programa según lo previsto. El gobierno se ha puesto a investigar, y Aznar está seguro de saber de dónde parte la operación.

—Yo sé quién está detrás de esto —dice días después.

El 29 de febrero de 1989, Melchor Gutiérrez Gimeno, alcalde de Moral de Hornuez (Segovia), escribe la siguiente carta:

> «Debo poner en conocimiento de V. I. que el pasado día 21 de este mes acudí al despacho de Rafael de las Heras Mateo, vicepresidente de la Diputación de Segovia, con el propósito de mantener una conversación amistosa con el señor, para tratar temas relativos a la situación política provincial y regional. La conversación iba transcurriendo en tono normal, hasta que Rafael de las Heras le advirtió a este alcalde que los alcaldes de Democracia Cristiana que se cambiaran de grupo político, y más concretamente los que se integraran en el Partido Popular, tendrían las puertas de la Diputación de Segovia cerradas.
>
> Yo, terriblemente indignado, le rebatí diciendo que ello no era justo porque todos los alcaldes, fuéramos de una ideología u otra, éramos ciudadanos regionales. Rafael de las Heras me replicó: ''El Partido Popular ha engañado a los alcaldes. A cambio de vuestra firma os ha hecho promesas que luego no quiere cumplir.''
>
> Acto seguido la conversación subió de tono y De las Heras me dijo: ''Ahora mismo Aznar necesita mi voto para gobernar. Si el Partido Popular, para cumplir las promesas que ha hecho a los alcaldes, tiene que hacer política rastrera, retiro mi apoyo a José María Aznar y entonces el gobierno del Partido Popular en Castilla y León se vendrá abajo.''

Por todo ello, el alcalde que abajo suscribe, sensiblemente enfadado por la injusta actitud de Rafael de las Heras, dio por terminada la conversación.»

Rafael de las Heras, además de vicepresidente de la Diputación segoviana y procurador en las Cortes regionales, es el hombre de confianza política del «cacique» Modesto Fraile Poujade, conocido en los medios políticos y periodísticos con el sobrenombre de «El cura», en estos momentos integrado en el CDS tras la disolución de Democracia Cristiana. Cuando se produce el *harakiri* democristiano, de los noventa y cinco alcaldes pertenecientes a esta formación política, cincuenta deciden engrosar las filas del PP, y cuarenta y cinco las del CDS.

Adolfo Suárez, que acaricia en esos momentos la idea de formar un gobierno de coalición en la región con los conservadores, oye la noticia del escándalo por la radio de su automóvil Ford Scorpio Ghia de color azul, mientras se dirige a la terminal internacional del aeropuerto de Barajas para viajar a Copenhague, donde asiste a una reunión de la Internacional Liberal. Se pregunta si algún miembro de su partido tiene algo que ver con esa «guerra sucia».

—No creo —responde José Ramón Caso—, pero lo voy a investigar y te llamo, presidente.

El duque de Suárez recibe la confirmación de que el CDS no está en esa batalla. Pero en el seno del gobierno castellanoleonés dicen disponer de datos y pruebas que comprometen a militantes del partido centrista. Como ya ocurriera con la carta de Isabel Tocino, se piensa en los funcionarios «incrustados» en los servicios de la presidencia, militantes de otros partidos políticos. Se identifica a José Alonso Rodríguez y a Juan Durán como seguros autores materiales de la filtración a la prensa de los albaranes en los que se consigna la compra.

José Alonso Rodríguez es el presidente del Partido Nacionalista de Castilla y León (PANCAL). Se le atribuye cierta afición a la «guerra sucia» política, aunque no lo oculta: en el propio *hall* del hotel Palace de Madrid se comprometió públicamente a hacer llegar a los periodistas pruebas fehacientes y culposas contra el consejero de Economía, Miguel Pérez Villar, y contra Aznar, quienes según Alonso cobraban de los empresarios de la minería leonesa. En el otoño de 1987 tuvo la ocurrencia de facilitar a todo el que lo deseara el teléfono particular del domicilio del presidente autónomo, conseguido gracias a su condición de empleado de la Compañía Telefónica.

Otro de quien se sospecha muy seriamente es Juan Durán, procurador en las Cortes regionales por el Centro Democrático y Social, cargo que compatibiliza con el de jefe del Servicio de la Consejería de Cultura de la Junta detentada por el PP. Lo más fácil para el presidente hubiese sido haberle cesado como funcionario o haberle trasladado a un puesto sin relevancia. Pero depende demasiado de los votos centristas en el parlamento regional. Al final, todos los caminos de la investigación abierta por el gobierno autónomo conducen hasta la figura de «El cura», acusación que Fraile desmiente tajantemente. Desde hacía meses, el PP y el CDS mantenían una pugna encarnizada por el voto en la región. Daniel de Fernando, el hombre de Suárez en Castilla y León, y Luis Aznar, son partidarios de presentar una moción de censura al gobierno con el argumento básico de que la región es un caos y el despilfarro campa por sus respetos, la acusación que más encabrita y duele al presidente. Dirigentes del CDS mantienen a finales de 1988 y principios del 89, tras una reunión llevada a cabo en Medina del Campo, conversaciones con el PSOE, pero Juan José Laborda se resiste a formar un frente con el CDS. Se trata de quebrar la imagen de honrado administrador de los dineros públicos de Aznar. Al final, el gobierno de coalición se hará con el PP, dentro de los pactos generales que tienen lugar pocos meses después.

El *affaire* de los grifos de oro macizo tiene alterado al presidente durante jornadas enteras. Su portavoz, Miguel Angel Rodríguez, seguro de que la maniobra ha sido orquestada por el tándem De las Heras-Fraile, hace un comentario informal en los pasillos de su oficina sobre el procurador centrista en presencia de un redactor de *El Norte de Castilla*, que al día siguiente lo recoge en su crónica. Rodríguez viene a decir que al único al que hay que investigar la «pasta» que se lleva del Grupo Mixto es a Rafael de las Heras, un «chorizo». Esta imprudente declaración pone a los pies de los caballos al propio Aznar, que de forma inmediata se ve en la necesidad de aceptar la dimisión de su portavoz, so pena de que los centristas le retiren su apoyo y pongan en peligro la estabilidad de todo el gobierno.

El 13 de abril de 1989, Rodri remite al presidente la siguiente carta:

> «Querido presidente:
>
> Ya lo siento. Dejar la Junta es lo que menos me duele, ya lo sabes. En diciembre pasado te pedí mi relevo, y en cualquier caso, sabíamos que en agosto ponía fin a este viaje. Lo que me duele es haberte armado tanto lío.
>
> No quiero que pases por el trago de cesarme y buscar excusas para un cese. Dimito, simplemente, aun con la conciencia de haber cumplido con mi trabajo lo mejor que he sabido. Todo es mejorable. Han conseguido echarme después de tantas amenazas. Que no consigan echarte a ti, pues nunca Castilla y León ha tenido una cabeza tan brillante en el mando.
>
> Un abrazo.
>
> P.D. Faltaré a nuestra cita de hoy a las nueve. Ya no es necesario.»

José María Aznar derrama una lágrima sobre la carta de dimisión, y tiene que hacer frente a las protestas del consejero Posada, que entiende que Rodri debe seguir en su puesto. También le llama Lucas desde Madrid apoyando al portavoz.

—Al fin y al cabo no ha dicho nada más que la verdad, y lo que pensamos todos —subraya Posada.

—Tú cállate y dedícate a la consejería, que trabajas poco —responde José María.

Cuando se firman los pactos con el CDS, Aznar tiene que ceder dos carteras a los centristas. Nombra a José Luis Sagredo vicepresidente segundo y consejero de Medio Ambiente, y a José María Monforte consejero de Fomento. Pero para eso tiene que echar a Posada. Sabe que éste no le va a montar una bronca, pero hay que hacerlo con tiento.

—Oye, Jesús, ¿eres partidario de un gobierno de coalición con el CDS?

—No sé. ¿Por qué? Según y cómo.

—Voy a necesitar tu Consejería para ellos.

—Ahí la tienes.

La misma pregunta hizo en 1980 Adolfo Suárez a Marcelino Oreja, cuya cartera de Exteriores exigía Pérez Llorca. En esa ocasión Oreja entendió —quizá por la hora, dos y media de la madrugada— que Suárez necesitaba dinero.

—¿Cuánto quieres, Presidente? —preguntó Oreja.

—No, Marcelino, si lo que quiero es el Ministerio.

El pacto permite a Aznar respirar tranquilo. Goza de una mayoría parlamentaria suficiente como para acabar la legislatura sin agobios; la sombra de la moción de censura desaparece. Pero va a disfrutar de la situación poco tiempo. Dos meses más tarde acepta el reto planteado por Fraga. «Me avergonzaría a mí mismo no haber estado a la altura de la responsabilidad que se me exige.»

Hay que encontrar sustituto. Sólo hay un hombre que reúna la condición de procurador, sea militante del partido y tenga experiencia de gobierno: Jesús Posada, que meses antes ha sido sacrificado en beneficio del CDS. Posada, un soriano de cuarenta y cinco años, hijo del procurador franquista Posada Cacho, ingeniero de caminos, canales y puertos, economista y técnico de la Administración Civil, es hombre de considerable fortuna. Además, su mujer es rica por familia. Ha sido gobernador civil de Huelva y director general de Transportes con UCD. Con Aznar ha tenido discusiones considerables, porque José María pensaba que era del sector «manchista». En junio de 1988, Hernández Mancha le nombra organizador del congreso regional de AP a celebrar en la localidad de Panero (Valladolid). Aznar le recriminó su actitud.

—¿Cómo un miembro de mi gobierno acepta un encargo de mis adversarios políticos?

—¡Joder, presidente, porque me ha obligado!

—Pues dimite.

—Pero si traigo una propuesta de Mancha para ti: que aceptes ser nombrado vicepresidente único del partido.

—No acepto.

El martes 29 de agosto de 1989, Jesús Posada se encuentra en su finca El Robo en la provincia de Soria junto con su mujer Blanca y sus tres hijos. Desde Almazán le llama Juan José Lucas, que está de campaña permanente.

—Te va a llamar José María.

—Yo voy ya para Valladolid.

En Quintanilla de Onésimo se bañan en la piscina del chalé del presidente y comen juntos. Antes saludan al alcalde comunista Antonio Castillo, carrillista hasta la muerte, que ha hecho buenas migas con el presidente, con el que se va de bodegas de vez en cuando. Ha llegado Lucas. En la sobremesa, Aznar propone a Posada que sea su sustituto al frente de Castilla y León.

—Te lo agradezco, José, pero me preocupa mi futuro a largo plazo... Lo más importante para mí es que tú llegues a ser Presidente del Gobierno y me hagas ministro. Sí, sí hombre, sí, de Obras Públicas, por ejemplo.

—Tú, don Jesús, no debes poner condiciones. Soy yo el que te ofrezco el puesto. ¿No lo entiendes?

—No, si no pongo condiciones, pero lo lógico es que fuera también candidato en junio de 1991.

—Yo te ayudaré en tu carrera nacional, que es lo que parece interesarte, y a hacer una transición pacífica. Cada uno tiene un precio. Y eso, si dices que te lo he dicho, lo negaré siempre.

Aznar comunica a Posada que al día siguiente, a las siete

y media de la mañana, le van a llamar del programa *El primero de la mañana* de Antena 3, que dirige Antonio Herrero.

—¿A las siete y media de la mañana? —pregunta alarmado Posada.

—Para la prensa, Jesús, a la hora que sea. A ver si aprendes de una vez.

A la salida, Posada Moreno quiere cambiar el vehículo Volkswagen Santana en el que ha viajado por un Mercedes-190 de su propiedad, para viajar más rápido y cómodos a Valladolid.

—¿Ir en un Mercedes? —pregunta Aznar—. Eso bajo ningún concepto. ¡Estás loco!

Otro motivo de las reprimendas que soporta habitualmente el sucesor es su afición a fumar largos puros. A José María esa costumbre le pone frenético.

—Suelta ese puro. Da una imagen funesta y estropea la estética de un político.

José María Aznar no se ha ido del todo de Castilla y León. Ha delegado sus funciones en Juan José Lucas, quien parece estar harto de las intrigas de Génova 13. Pese a ser un tipo duro, acostumbrado al sacrificio y a la adversidad, Juanjo no logra entender ni situarse en el batiburrillo del mundo político madrileño. La revelación del «clan de Valladolid» supone para él un duro golpe, al comprobar que era el objetivo básico a eliminar por los «niños liberales», que le califican en las cintas de Palop de «pasota» y «empantanador». Lucas debía ser fulminado porque es el único protector del que se fía realmente el «halcón». El único que puede hablarle como un hermano. Quien más sufre con el «nomadismo» de la política es sin embargo Ana Botella, quien confesó a un grupo de amigas vallisoletanas que lo que más le gustaría sería permanecer «estable en una misma casa y contemplar un cuadro en una misma habitación». Su gráfica añoranza mereció de las amigas de Pucela un presente envenenado, una figura de cristal de Bohemia con la siguiente inscripción: «Fuerza y valor hacia La Moncloa.» Era el 20 de marzo de 1990.

Pactos, pactos, pactos

El 13 de diciembre de 1988, un día antes de la huelga general del 14-D, el Congreso de los Diputados celebra sesión plenaria ordinaria de control de la gestión del Gobierno, como todos los jueves. Las periodistas Consuelo Alvarez de Toledo y Julia Navarro buscan a un político con el que compartir desayuno el lunes siguiente, dentro del coloquio que, junto a otras colegas, mantienen bajo la denominación de «Desayunos del Ritz».

A las cinco y media de la tarde ven al vicepresidente del Gobierno, Alfonso Guerra —al que ambas conocen muy bien desde hace años en los aspectos personal y político—, a punto de entrar por la puerta que da acceso al hemiciclo, en el pasillo interior que divide los dos edificios del Congreso. En presencia de tres ujieres de la Cámara y de varios miembros del servicio de seguridad del Congreso, proponen a Guerra que acepte ser el próximo invitado. El vicepresidente, con su cartera de piel negra en la mano, se dirige mordaz e hiriente a su ex compañera de militancia en el PSOE durante los años difíciles de la clandestinidad.

—¿Y tú, Consuelo, en calidad de qué me pides que vaya, como periodista o como representante del CDS?

Silencio. Julia se queda lívida ante la salida del vicepresidente. Los ujieres y los policías observan que de repente el ambiente se ha cargado al límite. Consuelo, una mujer tan temperamental como clara, directa como buena paisana de El Bierzo, acostumbrada a coger la vida por la solapa y depositaria de muchos secretos de la mayor parte de los actores de la vida política en los últimos lustros en España, respira hondo y se prepara para responder a la grosería como se merece.

—Mira, Alfonso, estás ofendiendo mi dignidad y mi ética como periodista. Eres..., eres..., ¡vete a la mierda!

Se da media vuelta y deja plantado a Guerra, que se dirige a su escaño en el banco azul. A unos metros le sigue Fali, su agitanado secretario. La periodista se echa a llorar de rabia en un sillón del Salón de Pasos Perdidos, consolada por la compañera Navarro. Una vez calmada, cuenta lo sucedido a su marido, el diputado del CDS Federico Ysart, quien se dirige como una flecha hasta el escaño del vicepresidente, a quien pide explicaciones.

—Consuelo, mi mujer —recrimina a Guerra—, es una periodista de gran solvencia y prestigio reconocido después de muchos años de profesión, y tú, por muy vicepresidente del Gobierno que seas, no tienes derecho a insultarla y a poner en tela de juicio su honestidad...

—Pues mira, Federico, tu mujer, una Alvarez de Toledo, ha mandado a la mierda a un vicepresidente del Gobierno de España. ¿Es eso bonito?

—Te lo has ganado, Alfonso. No has sido ni caballero, ni justo con ella.

Los comentarios sobre el incidente corren por los pasillos del Congreso como la pólvora, y la indignación entre los periodistas acreditados es enorme. Consuelo, curtida en mil batallas, madre de cinco hijos, militante de UGT y a la que no arredran galones ni títulos, recibe poco tiempo después la llamada de Adolfo Suárez. La periodista relata al jefe político de su marido lo acaecido con Alfonso Guerra y el ultraje al que se ha visto sometida. El duque quita hierro al incidente, y rápidamente gira por derroteros políticos.

—Mira, Consuelo, yo estoy convencido de que tendré que volver a gobernar, y creo que tendré que hacerlo con la derecha. Ahora bien, quiero escoger yo el momento y la persona con quien pactar. Lo haré cuando me convenga a mí. No lo dudes.

El 15 de marzo de 1989, la periodista Pilar Ferrer cumple treinta y cuatro años, y con tal motivo ofrece a sus amigos una cena en un camarote reservado del restaurante Cabo Mayor. Entre ellos se encuentran el presidente de la Agencia EFE, Alfonso Palomares; su esposa, la delegada del Gobierno en Madrid, Ana Tutor; el periodista Fermín Bocos y su esposa, Julia Navarro; Consuelo Alvarez de Toledo, Miguel Angel Aguilar, José Manuel Mateu de Ros, Jesús Barderas, Carlos Reigosa, y otros periodistas y profesionales. Consuelo y la «gobernadora» inician rápidamente un intercambio de fuego graneado, con indirectas cargadas de intención política, reproches y acusaciones veladas. Palomares, prudente, ejerce de gallego y se mantiene al margen, si bien al final también lanza alguna puya a la periodista por su vinculación familiar al CDS.

—¿Qué vais a hacer conmigo cuando gobierne el CDS? —pregunta socarrón Palomares.

Ana Tutor negocia por aquellos días el pase de varios concejales centristas del Ayuntamiento de Madrid al grupo socialista, con la pretensión de dotar al alcalde Juan Barranco, amigo personal de Ana Tutor, de la mayoría absoluta que le permita acabar tranquilo la legislatura. Por esas fechas se negocia también la composición del alto *staff* de TeleMadrid, y cada grupo político pretende colocar a los profesionales que le inspiran mayor confianza.

Uno de estos profesionales, T.S.F., realiza una visita particular al bufete jurídico del dirigente socialista madrileño Manuel de la Rocha, que comparte con Leopoldo Torres Boursalt, hoy Fiscal General del Estado, en la calle de Los Madrazo. De la Rocha forma parte del consejo de administración de TeleMadrid.

—Hablando de otra cosa, ¿sabes lo de los concejales centristas que se pasan al PSOE?

—¿Qué? No. No sé nada.

—Pues sí, Juanito y Ana Tutor han convencido a Javier Soto y a Martínez Parrondo.

El periodista llama al presidente del Centro Democrático y Social a través de su secretario particular, Inocencio Amores, y le comenta la información que le ha transmitido Manuel de la Rocha.

—Se van a enterar —contesta el duque—. ¡Qué cabrones! Estos no se paran en barras.

El jueves 13 de abril de 1989, los concejales del CDS Javier Soto, ex portavoz adjunto del CDS en el Ayuntamiento de Madrid, y su compañero Manuel Martínez Parrondo se incorporan como independientes al grupo municipal socialista. Es el «jaque mate» a la moción de censura anunciada desde hace más de un año y medio. Adolfo Suárez monta en cólera y no está dispuesto a que la «OPA hostil» lanzada por el PSOE le «pille en pelotas». Echa una bronca monumental a Rodríguez Sahagún, responsable del grupo en el Ayuntamiento.

—Agustín, estás en el Parlamento, en el Ayuntamiento, en el partido, y no te enteras de nada. Así que pon en marcha el mecanismo que quieras, pero esos dos tíos tienen que volverse atrás de la decisión que han tomado. ¡No ha nacido el majo que me chulée a mí de esa forma!

Los concejales centristas Fernando Garro y Eduardo Larraz se encierran con Javier Soto en la finca que éste tiene en Extremadura. Prácticamente le secuestran hasta que le convencen para que deje el escaño de concejal, el partido y la vida política. Los comentarios de la prensa resquebrajan la moral de Soto.

También hay que atacar las posiciones de Martínez Parrondo.

—De ése me encargo yo, Agustín... Déjamelo a mí —pide el concejal Fernando Bocanegra, que también ha sido invitado por el PSOE a pasarse a sus filas.

Bocanegra se encierra con Martínez Parrondo en la casa de este último, y le enseña los recortes de prensa que califican su postura de «traición». Lo que más duele a Soto y a Martínez Parrondo es que algunas informaciones insinúan que hay dinero de por medio; corrupción, simple y llanamente. Manuel Martínez Parrondo llora como un chiquillo y decide, igual que su compañero de «fuga», dejar la concejalía.

—¡Cojonudo! —exclama el líder Adolfo Suárez cuando Agustín le informa de que la «OPA» ha sido triturada—. Y ahora, ¡van a saber lo que vale un peine!

Adolfo Suárez convoca urgentemente a Gerardo Harguindey, el hombre fuerte de la organización de Madrid, que ha aterrizado hace unos meses en sustitución del médico Carlos Revilla; a Fernando Castedo, portavoz en la Asamblea; a Agustín Rodríguez Sahagún, y al secretario general, José Ramón Caso. El duque expone que es el momento de plantar cara, y que se dan las condiciones objetivas de las que habían hablado en ocasiones anteriores.

—¡A ver si de esta forma aprenden! Los del PP están siempre dispuestos a llegar a un acuerdo —sentencia el ex jefe del Gobierno.

Todos están por la labor de responder al socialismo con dureza, pero algunos de los dirigentes centristas manifiestan sus reparos ante lo que puede presentarse ante la opinión pública como un «acuerdo general con la derecha», que rompería la vitola progresista y de centro-izquierda que ha consolidado al CDS. El abanderado de esta tesis es Fernando Castedo. Harguindey ve claro el asunto, al igual que Caso. Son partidarios de entrar «a saco». Además, es la opinión del duque.

En Valladolid, mientras tanto, José María Aznar dispone de información confidencial sobre las preferencias de Adolfo, y se percata de que esta es la ocasión de llevar a la práctica política la añorada estrategia de convergencia de la derecha y el centro. En Castilla y León, Aznar lleva meses de agonía gobernando a merced de lo que diga el CDS en el parlamento regional. Quiere tener estabilidad para ultimar su gestión con la debida brillantez y, además, demostrar en Madrid que él es el que puede entenderse con Suárez y el CDS.

A través de una intermediación coyuntural, Aznar manda un mensaje al presidente del CDS: «Si quieres una demostración de buena voluntad, ahí está Segovia, es tuya.» La primera prenda avanzada por el PP cae en breves días. Adolfo Suárez queda «tocado» por la capacidad de riesgo del presidente de Castilla y León. Una vía paralela a la que en Madrid protagonizan Caso y Trillo comienza a funcionar a partir de ese momento. Aznar tiene acceso a Fraga en un nivel de confianza casi familiar. Cuando le cuenta al ya cansado presidente su composición de lugar, Fraga se queda impresionado: «Hay que negociar con el CDS dos plazas, no todo un paquete general de mociones de censura. Dos plazas valen más que mil batallas perdidas.»

Fraga se deja convencer, quizás agotado ya del largo tira y afloja con un Suárez correoso y huidizo. Madrid y Castilla y León serán a partir del primer contacto Aznar-Suárez el terreno de juego de una negociación por poderes, nunca cara a cara. Porque Suárez ha manifestado también que no quiere «salir en la foto» con Fraga. El «león de Villalba» se resiste. Prefiere la foto antes que el propio acuerdo, y no le cabe en la cabeza el maquiavelismo de Suárez: firmar, pero no aparecer firmando. Será Aznar el encargado de convencer al «patrón» para que, una vez más, ceda en favor de las pretensiones de Adolfo, tan sibilinas. Aznar sabe que con foto y sin foto el pacto en sí tiene más fuerza que la imagen; en este caso, el hecho vale más que la imagen. Aznar es consciente de que un gobierno de centro-derecha en Castilla y León surte unos efectos instantáneos en la intención de voto de los habitantes de esta comunidad. Buen conocedor del CDS en la región, pretende utilizar la división a muerte que existe en las filas del duque.

En la sede del CDS, Adolfo Suárez es informado de que otra vez Fraga ha dicho que sí. Esa tarde madrileña está convocada una rueda de prensa para que Fraga pueda dar explicaciones sobre la marcha de las negociaciones. La sala está abarrotada, y los periodistas a la espera de que concluya la reunión del comité nacional. En un intento más por parte del CDS de comprobar el grado de autenticidad del ánimo negociador de Manuel Fraga, Adolfo Suárez envía una nueva misiva: esta vez Fraga tendrá que decir públicamente que renuncia a los pactos generales y a la foto mano a mano. Aznar recoge el mensaje y se muestra escéptico, pero la marcha contra reloj y un argumento clave le empujan escaleras arriba: no se puede proporcionar la satisfacción al PSOE de ver que los pactos entre el centro y la derecha fracasan. En un breve aparte, Aznar cuenta a Fraga la última exigencia de Suárez. Fraga le mira agotado y con cara de quien se tira al mar porque un amigo le asegura que va detrás.

Con unos folios en la mano, comienza entonces la declaración: «Acepto la petición del CDS de no hacer pactos globales... no se hará ninguna firma oficial...»

En su casa de La Florida, Suárez oye la rueda de prensa. En ese momento los pactos son ya irreversibles.

CAPÍTULO 10

LOS DEMONIOS DE LA DERECHA

Madrid, 27 de febrero de 1990, dos menos diez de la tarde. En un despacho situado en la calle de Velázquez, entre los números 60 y 80, no muy lejos del hotel del mismo nombre y el VIPS, se desarrolla una entrevista entre dos políticos de la derecha, ambos con acta de diputado. Uno de ellos, ex vicepresidente del Partido Popular. Han quedado para almorzar en el restaurante La Brasserie de Lista.

—Estos chicos son unos inconscientes. Se han creído la mamá de Tarzán. Creen que han inventado la decencia política, y no saben que están pisando un nido de escorpiones —dice el ex vicepresidente.

—Lo peor de todo es que se van a poner ellos mismos el dogal, porque más de uno de los que ahora están apretando el acelerador no ha vivido siempre de su sueldo. En Génova 13 hay mucho que tapar, como en todos los partidos, y cuanto más grande, peor —opina el diputado.

—Creen que se van a llevar por delante al Guerra, así como así...

—El primero ya ha caído. Sabrás lo de Segurado —informa el diputado—. Ha dimitido de todo. Pero dicen que ha sido por motivos personales... Que vuelve a sus negocios.

—Y tan personales —responde el ex vicepresidente.

—¿Y qué le pasa a ese figurón? —pregunta el diputado.

—Pues, sencillamente, que tiene el «techo de cristal» desde el asunto del Banco de Madrid y otros negocios de seguros y asesorías de empresas.

—¡Coño!, aquí todo dios se está forrando. No será para tanto...

—Lo que yo te diga, Andrés.

—Bueno, bueno, que ganar pasta no es tan fácil...

—Te digo yo que La Moncloa y sus aledaños han facilitado a Segurado la obtención del seguro de Torre Picasso, por el que le quedan veinte kilos limpios al año de comisión.

—¿Estás seguro? A mí no me parece que todo sea tan sencillo, la verdad.

—No seas ingenuo, Andrés. Además, es amigo de Alfonso Guerra y está en desacuerdo con la presión a la que le está sometiendo el partido por lo de su hermano Juan —afirma con rotundidad el ex vicepresidente.

—No sé, pero tengo entendido que su problema fundamental es que no tocaba bola con la nueva dirección.

—Además, claro; Aznar le encargó buscar dinero para la campaña de las generales del ochenta y nueve entre sus amigos empresarios.

—¿Y lo consiguió?

—Creo que sí, que llevó unos millones. Se los sacó a Banesto. Es muy amigo de Mario Conde. Sumaron en total doscientos. Pero sí, sí. También es muy amigo de Celso García y algunos empresarios más. No olvides que fue presidente de la patronal madrileña, la CEIM. Pero con Cuevas y Ferrer Salat acabó «tarifando».

El seguro de Torre Picasso lo consigue la compañía La Estrella. Segurado afirma haber presentado su opción como agente, y no haber conseguido finalmente el contrato.

José Antonio Segurado García, natural de Barcelona, cincuenta y dos años, está casado por segunda vez y tiene cuatro hijos, tres de su primer matrimonio y uno del actual. De profesión, agente libre de seguros. Estudia Derecho y Ciencias Económicas, aunque algún periodista ha escrito que no llegó siquiera al Bachillerato. Presidió durante siete años la Confederación Empresarial Independiente de Madrid (CEIM). En la mañana del 27 de febrero de 1990 hace oficial y pública su dimisión como vicepresidente del Partido

Popular, la renuncia al acta de diputado y el abandono de la vida política. Es el primer ruidoso portazo que un dirigente de la cúpula del refundado partido de la derecha española propina al nuevo líder. El «escándalo Juan Guerra» y el acoso político y social contra el vicepresidente del Gobierno Alfonso Guerra se encuentra en su cenit.

Segurado, de verbo fluido y rebuscado hasta la cursilería, es un liberal de la derecha moderada. Parece surgido de *La regenta* de Clarín. Tiene bien ganada fama de caballero y es un gran galanteador de señoras, por las que confiesa «pirriarse». Una buena muestra de su gusto por las mujeres bellas se encuentra en su despacho privado de la calle del Capitán Haya número 3 de Madrid, donde trabaja Mary Luz de la Puente, su secretaria personal. Entre sus colaboradoras políticas están Isabel Vergarajáuregui y su hermana Magdalena (Malén), destinada la primera en la Fundación Canalejas, que preside el ex vicepresidente popular, y la segunda en el grupo parlamentario del PP.

De pelo escaso, Segurado lucía una cuidada barba, que se afeitó el día de su dimisión como promesa a su hija. Propietario de un Jaguar con chófer particular, reparte su tiempo entre Madrid y Palma de Mallorca. Vive en un piso en La Moraleja, y es poseedor de una magnífica lancha rápida de recreo. Viste con pulcritud y elegancia prendas de firma, y usa siempre gemelos. Presume de leer asiduamente el *The Herald Tribune*. Fue uno de los fundadores de la CEOE, y hay quien opina, con bastante fundamento, que su ambición no cumplida es presidir esta organización empresarial, hoy copada por los hombres de José María Cuevas. Gusta de desplazarse en moto, una BMW K100, y en una vieja Honda en Palma, que tiene a la venta.

La dimisión de Segurado

Lunes 29 de agosto de 1989, una de la tarde. Aznar llama desde Valladolid a Segurado, que se encuentra en Palma de Mallorca.

—José Antonio, eres el primer vicepresidente al que llamo para comunicarle que he sido designado por el presidente del partido para sucederle.

—¡Cómo me alegro, José! Ya sabía algo por Manolo...

—¿Qué te parece?

—Pues que es la mejor decisión que ha podido tomar, y una de las más acertadas de toda la carrera política de Fraga.

—¿Puedo contar con tu apoyo?

—Al ciento treinta por ciento, José María. No lo dudes.

—Muchas gracias. Nos vemos la próxima semana en Madrid. ¿Qué tal va el veraneo por Palma?

—Estupendamente. Lo he interrumpido para ver al vicepresidente Guerra. Ya sabes, lo de unir las elecciones, que no ha sido posible. He informado a Manolo de ello.

—Bueno, José Antonio. Muchas gracias por tu apoyo.

—Cuenta con él, majo. Adiós.

Siete días más tarde, el 5 de septiembre de 1989, Segurado sube desde su despacho de la planta cuarta de Génova 13 hasta la séptima, donde Aznar ocupa el que hasta hace unos días era de Marcelino Oreja.

—Entonces, José María, ¿cuál es tu idea? ¿Qué piensas hacer con el Partido Popular?

—¡Qué cosas tienes! ¿Qué quieres que haga, si tengo la primera gran prueba dentro de un mes? Lo primero es lo primero, y me da la impresión de que si me la pego en las próximas elecciones no me dará tiempo a tener más ideas... Tú sabes bien que me juego el todo por el todo. Soy consciente.

—¿Y yo, cómo puedo ayudarte, majo?

—En primer lugar, quiero que sigas trabajando en todos tus cargos, en los que te confirmo desde ahora mismo. En segundo lugar, que me apoyes personalmente, y en tercer lugar, que me deis tiempo todos, especialmente los vicepresidentes, para organizar la casa según los proyectos que tengo. Por último, que busques dinero para la campaña electoral.

Fraga y Cascos muestran orgullosos un salmón pescado en un río asturiano. De ahí a la secretaría general del PP hay sólo un paso, y en ella Cascos mostrará la misma paciencia y dureza que en el arte de la pesca.

El «número dos» de la derecha española escancia sidra en su tierra natal. Es una cuestión de pulso, serenidad y precisión. Igual que la política.

Manuel Fraga creyó haber encontrado en Aznar la «gran esperanza» para su «solución ordenada». Pero la sombra de su tutelaje no ha desaparecido. Es la «reina madre» en un partido bronco y lleno de intrigas. (Foto: COVER.)

Antonio Hernández Mancha es hoy un político en paro. Aznar no le perdona que en septiembre de 1989 no se le pusiese al teléfono en cinco ocasiones. Les separa una profunda sima. (Foto: COVER.)

José Antonio Segurado quiso formar parte del «círculo interior aznarista». Pero no había sitio para él, y prefirió el dinero de los seguros. Tras su marcha, se plantearon muchos interrogantes. (Foto: COVER.)

El 29 de octubre de 1989, Felipe González creyó que el muchacho que estudiaba COU y al que estaba esperando para que le sustituyese ya había llegado. Meses después, el Presidente cambió de opinión. El diálogo entre ambos es nulo. (Foto: COVER.)

José María Aznar es elegido por la alcaldesa «home bueno» de Zamarramala (Segovia), a pesar de que a éste siempre le han puesto nervioso las mujeres. (Foto: J. J. González, *El Mundo.)*

Isabel Tocino estuvo a punto de quitarle el puesto. El la reduciría a diputada de base. El «caso Naseiro» dió mucho juego a todo tipo de conjeturas políticas. El futuro es un arcano. (Foto: COVER.)

Aznar asiste a la conferencia de la ex vicepresidenta del PP en el club Siglo XXI. En la imagen, ambos dirigentes miran en distinta dirección, con Luis Gámir de por medio. (Foto: EFE.)

Fraga imitó a Bernabéu fichando a Paco Cascos, porque es como Uli Stilike: trabajador, organizador, duro y con «mala leche». El secretario general de don Manuel es ya un hombre de Aznar. (Foto: COVER.)

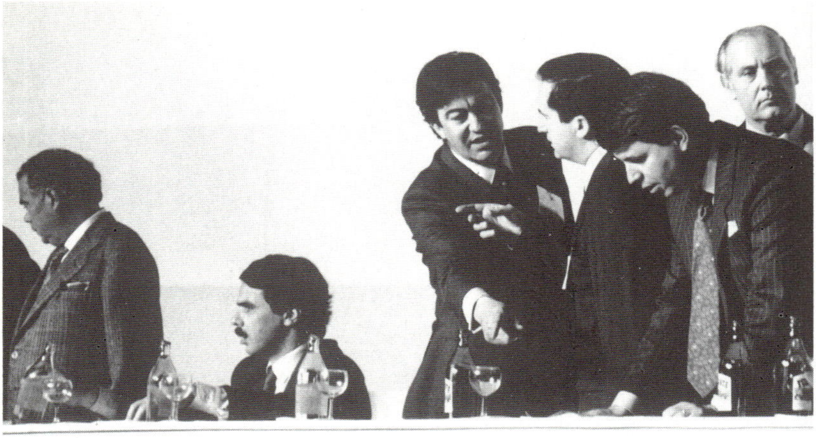

Congreso de Sevilla. De izquierda a derecha, Naseiro, Aznar, Alvarez Cascos, Lucas, Arturo Moreno y Romay. Semanas después se descubrirá el complot: Moreno, jefe del «clan de Valladolid», planeaba liquidar a FAC y Lucas para convertir al «jefe» en su prisionero. También quería controlar las finanzas del PP. Fue descabezado. (Foto: C. Barajas, *El Independiente.)*

Manuel Fraga consigue al fin su propósito: gobernar con mayoría absoluta en Galicia. Mil doscientos gaiteiros le escoltan en la plaza del Obradoiro. Es un hombre feliz, que saluda emocionado a la multitud. No tardarán en llegar los problemas. (Foto: EFE.)

Angel Sanchís y Rosendo Naseiro, los ex tesoreros del PP. Tienen las llaves de la santabárbara de Génova 13, y disponen de archivos y memoria. Amenazaron con utilizarla. (Foto: COVER.)

Don Juan Carlos con el comité ejecutivo del PP. Fue el «capote» más importante que recibió José María Aznar cuando sonaban los tambores de su dimisión. Corría el mes de abril de 1990. (Foto: EFE.)

Un Aznar en plan de turista recorre las calles de Mijas durante la campaña para las elecciones autonómicas andaluzas de junio de 1990. De momento, todavía hay lugar para sonrisas. (Foto: EFE.)

Aznar se despide de los asistentes al mitin que cierra la campaña del PP en Sevilla. El resultado de las elecciones autonómicas permite al joven «halcón» proseguir su vuelo. (Foto: EFE.)

—Te insisto que tienes mi apoyo al ciento treinta por ciento. Haré todo lo que pides, José María.

José Antonio Segurado describe seguidamente al nuevo jefe la aportación del disuelto Partido Liberal al PP:

—Mira, nosotros vinimos aquí con un pan bajo el brazo. Hemos hecho una contribución económica espléndida: 153 millones de pesetas; 20 millones en metálico; 35 en material de oficina, ordenadores, etc..., y el resto la deducción de lo que nos corresponde por la ley de financiación de partidos políticos.

—Lo sé, José Antonio.

El vicepresidente Segurado destaca también el plantel de colaboradores que ha incorporado al Partido Popular: Juan Carlos Vera, hoy secretario de organización del partido; Francisco Ochoa, jefe de prensa del grupo parlamentario; Antonio Cámara, jefe del Gabinete de Aznar, y Ramón Aguirre, diputado. Todos ellos tienen un lugar bajo el sol aznarista.

Durante septiembre de 1989, el primer mes en el que Aznar toma las riendas del poder, queda claro para «barones» y cuadros dirigentes que la situación interna ha cambiado. Los famosos «maitines» diarios de Manuel Fraga serán convocados por Aznar semanalmente, para desaparecer poco a poco. El ex presidente castellano-leonés opta por despachar personalmente con cada responsable de área y apoyarse en un equipo de hombres que, en principio, cree de su absoluta confianza.

A comienzos de octubre, en uno de los esporádicos despachos que Aznar mantiene con el portavoz del área económica, José Antonio Segurado, éste le dice que no está cómodo en el partido, que el sistema de funcionamiento está cambiando para peor, y que no encuentra el acomodo que a él le gustaría.

—Mira, majo, yo llevo dieciocho años tomando decisiones, bien en la actividad privada o en la pública, y ahora no me entero de lo que pasa en un partido del que soy vicepresidente y al que dedico catorce horas diarias... Quiero saber qué pasa, y si tienes intención de contar conmigo de verdad —apremia Segurado.

Aznar escucha al vicepresidente sin inmutarse. Le mira de arriba abajo y con el ceño fruncido. De vez en cuando se atusa el bigote. Está en mangas de camisa. Con una voz casi imperceptible, contesta:

—José Antonio, estoy aterrizando. Esto es muy complicado, y me encuentro desbordado por los acontecimientos. Mi prioridad es preparar lo mejor que pueda las elecciones generales. Tienes que comprenderme. Cuento contigo, pero dame tiempo. Ahora tengo que hacer las cosas a mi manera... Quiero que lo entiendas... Esto es muy complicado y tengo que hacer muchas cosas al mismo tiempo, por favor.

Segurado se entera el 10 de octubre por la prensa de que será el candidato número tres del Partido Popular por Madrid. Aznar ha dado un golpe de mano por sorpresa en la confección de las listas electorales —muy avanzadas por el secretario general y sus adjuntos—, que son siempre el problema más escabroso en las filas de la derecha. Segurado llama para confirmar la noticia.

—Sí, sí, vas el número tres por Madrid. ¿No te parece bien? —pregunta Aznar.

—Me parece un puesto excelente, José María. Si no es de eso de lo que se trata. El puesto me parece muy bien, pero...

—Tengo que ir arropado, por eso he colocado a dos vicepresidentes: a Miguel Herrero en el puesto número dos, y a ti en el tres. Espero que no te moleste lo de Miguel, porque lo he decidido teniendo en cuenta el orden alfabético.

—Que no, majo, que no me molesta. Además, Miguel es más antiguo que yo en el partido. Era una razón de peso. Pero es que éstas no son formas. No cuento nada en la toma de decisiones. Por lo menos podías haberme consultado; vamos, si no te parece mal.

Segurado y otros vicepresidentes comienzan entonces a dar señales de nerviosismo e inquietud ante el proceder de Aznar.

—Ahora resulta que con Fraga pintábamos más. El «niño» quiere convertirnos en fosfatina —masculla con frecuencia el altaricón y brillante Fernando Suárez, convencido ya de que se viven otros tiempos en el Partido Popular, y no precisamente mejores para sus posiciones personales.

Aznar se impone desde el primer día. Confía en un reducidísimo equipo de colaboradores para que le rodeen como una «guardia de corps», frente al estilo asambleario y poco práctico impuesto en la etapa anterior por Fraga. No es solamente una cuestión de confianza, talento e inteligencia. Para José María Aznar es una oportunidad de ir desembarazándose no sólo de la generación de la guerra, sino también de la de posguerra, intermedia entre la suya y la de Manuel Fraga.

José Antonio Segurado se lleva un serio disgusto cuando los «mandarines», a los que se ha incorporado con enorme fuerza el asturiano Paco Alvarez Cascos, dejan fuera de las listas electorales a José Miguel Bravo de Laguna, el «diputado del pijama». El «clan castellano» está dispuesto a excluir cualquier nombre que presente sombras de duda sobre su honorabilidad personal y política, y a poner un severo filtro que evite disgustos posteriores. En política, la imagen es lo que cuenta, premisa esencial en la nueva etapa que resultará acertada en el planteamiento teórico y un fracaso en la práctica, como se demostrará en el mes de abril de 1990.

El 26 de octubre, un día antes del cierre oficial de la campaña electoral, Segurado, que ha participado junto al líder en el mitin de Córdoba, se hace invitar para viajar con él y Ana Botella en el Audi 100 oficial hasta Toledo, lugar de la próxima cita de la campaña.

Durante el viaje, Aznar pregunta y pregunta. Segurado contesta. Está en su salsa. Es la ocasión de demostrar al «muchacho» la calidad de su pensamiento. Ana también calla. Segurado sólo enmudece para oír las noticias de la radio y para encender dos considerables puros habanos; antes ha preguntado a los compañeros de viaje si les molesta el humo.

Juan Vilches, el chófer, con su «retranca» extremeña, mira a través del retrovisor cada vez que el barbudo vicepresidente hace un ampuloso comentario. Ana sonríe mucho, y parece escuchar ensimismada al colaborador de su marido.

José María Aznar sólo interroga y escucha. Segurado habla y habla. Suele acabar sus disertaciones con esta coletilla:

—¿No te parece, majo?

—Claro —susurra el líder—. Sí, sí.

El disgusto del ex dirigente de la CEOE, puesto desde el que se distinguió por sus ardorosas acometidas contra el entonces presidente Adolfo Suárez, y por sus conspiraciones desde la patronal madrileña contra UCD en beneficio de Alianza Popular, va en aumento. Desea formar parte del grupo de los elegidos, entrar en el «círculo interior»; pero poco a poco tiene la certeza de que ello no va a ser posible. Por la prensa se entera de que en el X Congreso desaparecerán las vicepresidencias, y también por los medios de comunicación tiene conocimiento de la reestructuración del grupo parlamentario, auténtico núcleo de poder del partido en la nueva situación.

José Antonio Segurado redacta un informe que dirige al presidente *in péctore*, en el que expone sus planteamientos estratégicos y tácticos de cara al presente y futuro inmediato, y el rumbo que en su opinión debe tomar el Partido Popular. En dicho documento recuerda también las «brillantes» gestiones realizadas, encaminadas a conseguir fondos para las arcas del partido, y analiza una serie de cuestiones sobre temas de la actualidad política, como la posición ante la unidad europea, la economía española, y la relación con el Gobierno y las fuerzas sociales. Más adelante, añade:

> «Comprendo que quieras rodearte de un grupo de personas de absoluta lealtad y de probada eficacia profesional... El esquema de las ocho vicepresidencias es ''impresentable'', pero dejarlas reducidas a dos es una decisión más difícil y arriesgada que la supresión total de las mismas, sobre cuyo particular deseo llamar tu atención.»

Propone un organigrama para los órganos directivos y ejecutivos del partido similar al de las formaciones británicas, con el *cabinet shadow* (gabinete en la sombra) responsable en última instancia de la estrategia global del partido. Falta concluir, aunque no resulta necesario, la petición de Segurado: «En él quiero estar yo.»

—Muy bien, lo pensaré —fue la escueta respuesta de Aznar, una vez leída la propuesta—. Ya sabes que cuento contigo. No te preocupes, y trabaja en tus temas.

En diciembre de 1989, Segurado tiene ya la absoluta certeza de que todo está perdido. Que sus aspiraciones no se van a ver satisfechas. Que el nuevo líder le está dando largas, y que es un zorro. Más gallego que Manuel Fraga. Antes de Navidad, mantienen una nueva entrevista.

—José María, majo, que no estoy cómodo. Me encuentro desaprovechado. Dejo muchas horas aquí para nada...

—Dame tiempo, José Antonio —es la invariable respuesta del líder.

Segurado no es una persona bien vista en el *entourage* aznarista, especialmente entre el «clan de Valladolid». Tiene conexión directa con Manuel Fraga; ha dejado demasiados enemigos en la actual cúpula dirigente de la CEOE, cuyo largo brazo llega con nitidez a la planta séptima de Génova 13; mantiene relaciones cordiales con la «bicha», Alfonso Guerra, y para colmo su excesivo afán de protagonismo irrita profundamente, entre otros, al secretario general, Francisco Alvarez Cascos. Sobre todo, y especialmente, trata de hacerse con el control de la tesorería de la casa, sobre la que ha puesto los ojos y las ambiciones el «clan de Valladolid», que acaudilla el vicesecretario general Arturo Moreno. Por último, sus comentarios en los lujosos salones de Jockey, Zalacaín o El Bodegón, criticando la forma de llevar el «caso Guerra» por parte de la cúpula de su partido, son conocidos por los dirigentes populares.

El 5 de noviembre, invita a cenar en un reservado del restaurante Jockey a sus más directos colaboradores: Francisco Ochoa, Mary Luz de la Puente, Salud Fernández de

Córdoba e Isabel y Malén Vergarajáuregui. Se trata de celebrar el acta de diputado de Ramón Aguirre y el nombramiento de Antonio Cámara como jefe del gabinete de Aznar, que son los homenajeados. Durante la cena, Segurado expone a sus amigos que el nuevo líder le va a seguir encomendando la tarea de generar medios económicos para el Partido Popular, pero que no va a estar en el núcleo de las decisiones trascendentales, ni va a contar con él para formar parte de los «elegidos». La conclusión a la que ha llegado en esas condiciones es difinitiva. Sólo hay que buscar el momento más apropiado para no hacer daño al partido. Ya lo ha hablado con su mujer, Ana Galobart Satrústegui, que está de acuerdo.

Las elecciones gallegas son el 18 de diciembre, y no quiere hacer daño a su amigo Manolo. El 20 de diciembre reúne a su equipo en el restaurante La Dorada para celebrar la Navidad. En torno a la mesa se encuentran sus fieles de siempre, el diputado Ramón Aguirre, Antonio Cámara, Isabel, Malén, Salud, Francisco Ochoa y Juan Antonio Vera, que muy pronto será ascendido a secretario del área de Organización del Partido Popular. Segurado regala a cada uno un marco de plata labrada que adquiere en la joyería Gregory's de la calle de Serrano.

—No pasará nunca —anuncia a los postres—, pero si hubiera conflicto interno entre Aznar y yo, a propósito de lo que sea, ya sabéis a quién tenéis que demostrar fidelidad... Con quién tenéis que estar. El es el jefe, y con mucho futuro.

El equipo, que ha vivido los avatares del Partido Liberal y la ruptura de la Coalición Popular, olfatea que algo definitivo sucede con su hasta ahora jefe de fila, que ha tenido la habilidad de situarles en puestos claves en el Partido Popular. Le están agradecidos. Se percatan de que Segurado camina por arenas movedizas, y que los planteamientos e ilusiones personales sostenidos al incorporarse al proyecto de la refundación no se van a cumplir. Aznar no confía en él.

El 4 de febrero de 1990, Manuel Fraga recibe a Segurado a las ocho de la tarde en su despacho del palacio de

Raxoi, en Santiago de Compostela. El presidente de Galicia viste una camisa a grandes rayas blancas y azules, y sus famosos tirantes. Le recibe con un gran abrazo y efusivas muestras de afecto. Durante media hora, José Antonio Segurado desgrana sus cuitas ante el «amigo Manolo», y le anuncia que ante el actual estado de cosas en el PP y su papel en el futuro, ha decidido dejar la vida política y volver *full time* a los negocios.

—Lo comprendo, amigo Segurado, pero yo ya no puedo hacer nada. He entregado la dirección de la nave, y no quiero ni debo entrometerme ya en estas cosas. Ahora la responsabilidad la tiene Aznar

—Lo sé, Manolo. Tampoco pido que intervengas.

La conversación continúa durante una cena en el famoso restaurante Vilas, en las afueras de la capital gallega. Fraga invita. Está pletórico, exultante, feliz. Habla de las excelencias de la cocina gallega, de sus proyectos como presidente autonómico, de tal y cual amigo común y, de vez en cuando, pregunta a su invitado cómo les va a los amigos por Madrid, y especialmente a los de Génova 13.

—Quiero que lo entiendas, Manolo. Si me voy no es por otra cosa que porque no cuentan conmigo. Debes comprender que no estoy ni tengo edad para perder el tiempo en actividades secundarias.

De retiro en su habitación del hotel Araguaney, Segurado reflexiona sobre la cambiante fortuna de la vida pública. No ha pasado mucho tiempo desde el 2 de diciembre de 1986, cuando desayunaba con Fraga el día que éste se despedía de la vida política. Fue en un reservado del hotel Ritz de Madrid. Asiste también Pío Cabanillas. Un Manuel Fraga lloroso, destrozado, impotente para cumplir su máximo sueño, les explica las razones de su dimisión.

—¿Qué vas a hacer ahora, Manolo? —pregunta Segurado.

—No lo sé —responde el gallego—. Lo primero, poner en orden mis cosas; probablemente escribir la última parte de mis memorias.

Tres años más tarde, el que abandona la política es él; por contra, Fraga gobierna en Galicia con mayoría absoluta, y pastorea con autoridad desde la sombra el rebaño de la derecha.

Para él, la suerte está echada. «¡Y pensar que yo pude llegar a ser el líder del partido...!» Además, su hijo José Antonio, de veintisiete años, se ha casado hace veinte días y acaba de regresar de Chile —donde ha trabajado en la banca corporativa—, y está decidido a compartir despacho con su padre.

La noche del 4 al 5 de febrero en la húmeda Santiago de Compostela es larga para el que todavía es vicepresidente del Partido Popular, aunque por poco tiempo. Rememora las dos ocasiones en las que Fraga le habla de su sucesor. La primera, a mediados del mes de julio de 1986, durante una cena en el Club 24 de la calle Claudio Coello. Entonces, Fraga cita los siguientes nombres: Abel Matutes, Marcelino Oreja, Isabel Tocino, José María Aznar y «tú mismo, José Antonio».

—Yo me autoexcluyo, Manolo, acabo de llegar al partido.

La segunda es el 6 de agosto del mismo año, en Perbes.

—Estoy a punto de tomar una decisión, y el que más posibilidades tiene es Aznar. Pero hay otros. Tú, ¿qué opinas?

—Basta que tú lo digas, Manolo. Apoyaré al ciento treinta por ciento al que tú designes.

«¡Y ahora Aznar me hace esto!», piensa Segurado. También recuerda el día en que se queda solo en una reunión de «maitines» presidida por Fraga. Se discute la firma de los pactos con el CDS para la alcaldía de Madrid. Segurado se niega en redondo a apoyar a Rodríguez Sahagún como alcalde. Nadie ampara sus posiciones. «¡Esto es más duro que el más duro consejo de administración de la más dura empresa!», reflexiona.

En los tres cuartos de hora que dura el vuelo desde el aeropuerto de Labacolla al de Barajas, Segurado se autoconvence de que sólo resta escoger el momento propicio para anunciar el regreso a la vida privada.

«El X Congreso es a finales de marzo. Creo que lo ideal es plantearlo a finales de mes. Lo haré por carta al presidente Fraga», reflexiona el barbado dirigente.

El 26 de febrero tiene confirmada una entrevista con Aznar. A las once de la mañana, José Antonio Segurado lee al jefe del Partido Popular la carta de dimisión que ha dirigido a Fraga. A Aznar no le coge por sorpresa. Lo intuye, y además ha sido avisado del propósito del dimisionario vicepresidente.

—¿Has entregado ya la carta? —pregunta Aznar.

—No, pensaba dársela a María Antonia para que se la envíe directamente a Manolo.

—¿No quieres meditarlo?

—Lo único que te pido, José María, es que quede en secreto entre nosotros hasta que celebre mañana la conferencia de prensa anunciando mi dimisión.

—¿Rueda de prensa? ¿Crees que es necesario? —pregunta cauto Aznar.

—¡Hombre, claro! Al fin y al cabo soy un vicepresidente.

—Bueno, bueno...

—No te preocupes, que no me voy a meter con nadie, y menos contigo. Continúo y continuaré siendo militante del Partido Popular; me tengo y me tienen por un caballero. Además, he anulado la conferencia que iba a pronunciar en el Club Siglo XXI sobre temas económicos, y otra en el IESE.

—Muy bien. Como quieras.

—¡Ah! Mi intención es llevarme del partido a mi equipo de colaboradoras; Isabel, que se incorporará a la Fundación Canalejas, y Mary Luz al despacho profesional.

—Muy bien. Como quieras.

Tras la conferencia de prensa, el ex vicepresidente intenta explicar personalmente al resto de los vicepresidentes su postura. A Isabel Tocino no la localiza. Marcelino Oreja desayuna esa mañana en Roma con el primer ministro italiano, Giulio Andreotti. Miguel Herrero es el primero en ser informado.

—Te comprendo, José Antonio. ¡Cómo no te voy a comprender...!

Hay que comunicar al rey don Juan Carlos la decisión; igual que al Presidente del Gobierno, quien le devuelve la llamada media hora más tarde.

—José Antonio, lo siento mucho —dice Felipe González—. ¿Te acuerdas de lo que te dije el día que decidiste entrar en política, en presencia de Ana, tu mujer, en el palacio de El Pardo cuando la recepción al presidente Raúl Alfonsín?

—Sí, sí, lo recuerdo, Presidente.

—¿Y qué, no estaba en lo cierto?

—Creo que sí, pero la verdad es que no me voy «quemado»; decepcionado, quizá —responde Segurado.

—Estarás de acuerdo conmigo en que la vida política es mucho más dura e ingrata que la empresarial o la de los negocios —insiste González.

—Todo tiene su intríngulis, Presidente, pero reconozco que la política es dura. Sin duda, Presidente.

La conversación se prolonga por espacio de seis minutos. Luego se pone en contacto con su amigo Alfonso Guerra, para explicarle su abandono.

—¡Cómo pasa el tiempo, José Antonio! ¿Te acuerdas cuando nos reunimos a finales de 1982, tú presidiendo la CEIM y yo recién llegado a la vicepresidencia del Gobierno? ¡Qué cornadas da este oficio! ¡Qué ganas tengo de irme! Te envidio sinceramente —declara Guerra.

Habla un Alfonso Guerra amargado, y supurando sangre por la herida del escándalo de su hermano Juan a propósito del tráfico de influencias.

—¡Oye, José Antonio, me han dolido mucho esas declaraciones tuyas diciendo que me equivoqué al no aceptar una comisión de investigación desde el principio...! ¿De verdad crees que ha sido una equivocación?

—Sinceramente así lo creo, Alfonso —contesta Segurado.

—Estoy muy preocupado. Me están acosando de una forma terrible. ¡Esto es muy duro! ¡Muy duro!

—Lo comprendo, vicepresidente. Si en algo te puedo ayudar, ya sabes dónde me tienes.

—Lo mismo digo, José Antonio. Que tengas suerte. Adiós.

—Un abrazo, majo.

A esa hora, en la alta dirección del Partido Popular se respira satisfacción. Se han quitado de en medio a un «fantasma» cuya capacidad para salir en la foto no se corresponde con su trabajo e influencia real. Y, además y sobre todo, ofrece evidente peligro, opina un cualificadísimo miembro de esa dirección. «Los ''techos de cristal'' no van a tener cabida en esta casa a partir de ahora», afirma un dirigente con despacho en la sexta planta. En abril, un mes después, estalla el «caso Naseiro». Creen disponer de información fidedigna según la cual el ex vicepresidente ha hecho negocios poco claros.

La frase más cruel a propósito de la dimisión, por despectiva y minimizante, y nada usual en sus comportamientos y declaraciones políticas, la pronuncia el máximo líder, José María Aznar, al declarar en Cádiz: «Estoy tan preocupado con la marcha de Segurado, que no he dormido en toda la noche.» Dicho lo cual, estalla en una de sus típicas carcajadas en las que enseña sus dientes de conejo. El pulcro ex diputado acusa el golpe, asestado precisamente en su talón de Aquiles: la vanidad. Pero ha prometido romper la tradición tan al uso en la familia de la derecha, y no decir una palabra más alta que la otra ni meterse con nadie.

—Seré un caballero hasta el final —responde cuando alguno de sus colaboradores le azuza para que plante cara.

La sospecha sobre la connivencia del ex vicepresidente popular con la alta dirección socialista es algo más que una duda en la casa de la derecha. La última interpelación de Segurado en el Congreso de los Diputados, realizada el 20 de febrero de 1990, sobre medidas de política económica en general para corregir los desequilibrios de la economía española, colma la paciencia de la dirección popular —sobre todo de Rodrigo Rato y Alvarez Cascos—, que contempla irritada cómo su portavoz económico «se da el pico» con el PSOE. En un momento de máximo acoso y derribo contra el Gobierno, todo un vicepresidente del Partido Popular se permite el lujo de realizar una «intervención de Estado» que es aplaudida desde los bancos de la mayoría. El portavoz socialista, Hernández Moltó, agradece las palabras de esta manera: «En el señor Segurado se adivina una voluntad de corresponsabilización en la política económica, en los avances y también, por qué no, en las dificultades que la economía española tenga que atravesar hasta 1993. Yo creo que éste es un mensaje gratificante; tan gratificante como la forma, desde mi punto de vista, felizmente recuperada en esta Cámara...»

Aquello es demasiado para los jefes de la derecha. Segurado está ya fuera de la clase dirigente. El 5 de marzo del mismo año, José Antonio Segurado y José María Aznar se despiden formalmente en el despacho de este último. No hay abrazos. Sólo un apretón de manos. Mucha frialdad. El líder tiene prisa por acabar con esta cuestión. Por darle carpetazo al asunto. Segurado se permite ofrecerle un último consejo:

—José, tú tienes una gran responsabilidad...

—Sí.

—Me parece que tienes una oportunidad histórica, no sólo para la derecha española, sino también para toda la sociedad...

—Sí.

—Por favor, José María, no dejes escapar talentos tan importantes como los de Miguel Herrero, Fernando Suárez o Isabel Tocino. Aprovéchalos.

—Sí.

—Después del resultado obtenido en las elecciones generales, y en las circunstancias en que las afrontaste, ningún jefe de la derecha española ha estado nunca en las condiciones que estás tú, José María, para afrontar el futuro con optimismo e intentar lo que otros no pudieron.

—Sí.

—No desaproveches la ocasión, por favor.

—En ello estoy.

El 9 de abril de 1990, día en que estalla el «caso Naseiro», José Antonio Segurado se encuentra de vacaciones en Palma de Mallorca; José María Aznar está en Tenerife, Francisco Alvarez Cascos en Madrid, y Rosendo Naseiro en la enfermería de la cárcel Modelo de Valencia, apesadumbrado por la creencia de que su detención se debe a que en España se ha perpetrado un golpe de Estado.

Durante las largas veladas que durante esa semana mantiene el «gabinete de crisis» al mando del secretario general del Partido Popular, el nombre de Segurado es citado varias veces. El 17 de abril, martes, minutos antes de que comience la reunión del comité ejecutivo —que se inicia a las cuatro y media de la tarde—, un miembro de ese órgano de dirección, ex ministro de UCD, se dirige en tono informal al vicesecretario general, Juan José Lucas:

—¿Tú crees que Segurado sabía algo de esto cuando salió corriendo de esta casa?

—¡Y yo qué coño sé! No me extraña nada. Además, ¿no dice todo el mundo que es amigo de Alfonso Guerra?; aquí no nos cabe ninguna duda de dónde parte todo —contesta Lucas.

Pero no todo el mundo en el Partido Popular opina igual sobre la salida de José Antonio Segurado García. El 5 de marzo, es decir, seis días después de la dimisión, Rosendo Naseiro, el tesorero, mantiene una conversación con el concejal valenciano Salvador Palop que es «pinchada» por la policía. Naseiro se muestra indignado por la marcha de Segurado y por el desdén del jefe Aznar para con él:

—No, no —dice Naseiro a Palop—. Hay que asesorar muy bien a José María, porque últimamente no está muy acertado, ¿eh?

A lo que responde Palop:

—¿En qué es en lo que no está acertado? ¿En qué ves tú...?

—Bueno, por ejemplo, el otro día que dice, dijo en Sevi

lla o por ahí, o en Granada o algo, dijo: a mí... he dormido toda la noche y no me quita el sueño lo de Segurado.

—Ah, sí, sí.

—Eso no se debe decir. ¿Te das cuenta?

—Pero oye —pregunta Palop—, éste, ¿con quién se va, con Mario Conde?; el Segurado.

—¡Qué coño! No creo yo... —responde Naseiro.

—Pero, ¿dónde se va? —insiste Palop.

—Yo no creo que Mario Conde quiera ir con nadie... Este cogió la rabieta... ¡Qué coño! ¿Sabes lo que me dijo José María en Sevilla?

—¿Qué? —requiere Salvador Palop.

—Y me dice: sí, porque, entre otras cosas, porque esto fue... es porque quería tu puesto.

—¡No me jodas!

—Sí.

—¡No me jodas!

—Claro, me dijo esto. José María, a mí. Entre otras cosas, quería lo tuyo.

—¡Joder! —exclama Palop—. ¿Y para qué?

—¡Ah!

—Para hacer cosas para él —se responde el propio Salvador Palop.

Desde su abandono de la vida política, José Antonio Segurado no ha abierto la boca. Dedica su tiempo de trabajo a captar pólizas de seguros, y el ocio a montar en moto. Entre otras cosas.

Pasión y muerte democristiana

Domingo, 27 de junio de 1986, diez y media de la noche. Hotel Luz Palacio de Madrid.

—Don Manuel, écheme si quiere, pero mi obligación es decirle que los democristianos se van y rompen la coalición.

—¿Está seguro, Beotas? Es una cosa muy seria lo que me está diciendo.

—Completamente, don Manuel. Mis fuentes son de primera, como siempre, don Manuel —insiste el coordinador de la Oficina de Información, Enrique Beotas.

Va a ser uno de los golpes más duros que el viejo «león de Villalba» reciba durante su carrera política. Treinta días antes ha tenido que poner firmes a los «barones», cuadros y bases del partido, para que reciban en sus listas a los democristianos de Oscar Alzaga. Y ahora éste no guarda siquiera el mínimo respeto a las urnas, todavía escrutándose, y le traiciona. Se llevará veintiún diputados y doce senadores.

Las elecciones generales del 22 de junio confirman una nueva mayoría absoluta del PSOE, con 184 escaños —18 menos que en 1982—, mientras que Coalición Popular obtiene 104, dos menos que en los anteriores comicios. Hay que restar en la práctica a su grupo parlamentario los 21 diputados de la agrupación del PDP, y los 11 del Partido Liberal. El Centro Democrático y Social pasa de 2 a 19 escaños, si bien la hegemonía política continúa en manos del Partido Socialista. No hay alternativa. El «felipismo» puede campar a sus anchas durante cuatro años más.

Los poderes fácticos económicos, especialmente la gran banca, fracasan al intentar «parar los pies» (en expresión literal del banquero Juan March) a un socialismo que les «trae locos con el Boletín Oficial»; su representante y portavoz autorizado, Rafael Termes, ha quedado en ridículo tras sus declaraciones políticas. Adolfo Suárez le dará ostensiblemente la espalda dos días más tarde, durante la recepción en los jardines del Campo del Moro del Palacio Real, con ocasión de la onomástica del Rey, cuando Termes trata de saludarle a toda costa.

La «operación Roca», montada sobre una cifra superior a los siete mil millones de pesetas —avalados principalmente por el financiero mallorquín March— y ejecutada por Termes, entonces presidente de la Asociación Española de la Banca Privada (AEB), cosechará uno de los más espectaculares fracasos de la historia política española: cero diputados. Miguel Roca entra en una profunda depresión personal que le llevará a pedir la ayuda de un psiquiatra y a un encierro a cal y canto en su masía de Port de la Selva, muy cerca de Cadaqués. Sobre sus hombros han puesto la responsabilidad de articular una fuerza parlamentaria que herede los votos de UCD, que se demuestra tan imposible como suicida al tratar de aglutinar el proyecto sobre una base política.

El fracaso no es sólo de Miguel Roca Junyent y del Partido Reformista Democrático, ni de Convergencia i Unió o el poder económico pancatalanista. Deja en el vacío el teórico proyecto de una opción parlamentaria de gran calado, destinado a unir los escaños de la «Operación Reformista» —los más optimistas auguraban cincuenta escaños, a los que habría que unir los dieciocho de Convergencia i Unió— y los «fugados» del PDP. Este plan contempla, así mismo, contar con los diputados del Partido Nacionalista Vasco, con el que Pujol y Roca han mantenido siempre buenas relaciones por razones obvias, aunque sus intereses concretos no siempre son coincidentes. Si las previsiones se cumplen se habrá constituido una plataforma sólida, capaz de servir como alternativa de poder al socialismo y romper el *impasse* político existente para acabar con la situación «priística»* que la hegemonía absoluta del PSOE impone. Pero fracasa. Oscar Alzaga Villamil quiere desembarazarse de inmediato de Manuel Fraga, a cuyos lomos se ha subido para «sacar tajada», y sin cuya ayuda se hubiera convertido en extraparlamentario.

Alzaga, de cuarenta y ocho años, casado y con tres hijas —Iciar, Amaya y Ahinoa—, es un hombre de compleja personalidad. Consideró siempre la actividad política como un *hobby*. Profesor de Derecho Político, magnífico parlamentario, de gran solidez intelectual y jurídica, tiene un carácter difícil y desconfiado. Aficionado a la intriga palaciega y a las conspiraciones de salón, Alzaga ha amasado una consi-

* El Partido Revolucionario Institucional (PRI) mexicano controla todo el poder en aquel país desde hace más de cincuenta años. Dotado de una gran burocracia, su «aparato» se extiende por todas las actividades y sectores de la vida nacional.

derable fortuna desde su bufete de abogado en la calle Marqués de Cubas, situado a cincuenta metros del Congreso de los Diputados, y en sus negocios, asociado entre otros colegas de renombre con Matías Cortés Domínguez para la compra y alquiler de inmuebles. En uno de ellos, situado en el madrileño Paseo de la Habana, está instalado el conocido restaurante Tattaglia, lugar de encuentro de famosos y aspirantes a serlo.

Hombre de mirada torva y huidiza, se permite el lujo, en un país como España, donde la máxima ambición de todo hombre público es sentarse en la mesa del Consejo de Ministros, de rechazar en cuatro ocasiones el ser nombrado miembro del Ejecutivo. Adolfo Suárez le llegó a ofrecer por tres veces la posibilidad de formar parte del Gabinete como responsable del Ministerio de Educación y Ciencia o de la cartera de Relaciones con las Cortes, y Leopoldo Calvo Sotelo también le hace la misma invitación, con resultados negativos. Al final, aceptará ser nombrado asesor personal suyo, aunque por muy poco tiempo. En el PDP se le reprocha que no se dedica al partido, y ni siquiera ocupa el despacho que le corresponde como presidente. Prefiere su despacho profesional.

Orador brillante, procedente de la oposición moderada al franquismo desde las filas de Izquierda Democrática, que fundara Joaquín Ruiz Giménez, se hace popular en la legislatura constituyente por su coletilla, «¿eh?», con la que acaba todas sus frases, y que es un perfecto reflejo de su insegura personalidad. Alguno de sus ex colaboradores sostiene que en ello tiene mucho que ver el estrabismo de sus ojos. Es un admirador de las ideas del democristiano Jiménez Fernández, profesor, entre otros, de Felipe González.

En la sede del PDP, calle Cedaceros 9, a las diez de la noche del 22 de junio de 1986, conocidos ya los resultados cuasidefinitivos de las elecciones, Alzaga manifiesta su negativa a acudir a la sede de Alianza Popular, pese a las insistentes llamadas de Fraga y los consejos de algunos colaboradores para que comparezca en la conferencia de prensa acompañando al presidente de la coalición. La tensión es máxima en el PDP. La misma noche del 22 de junio queda claro que Alzaga inicia el despegue de Coalición Popular. «Del modo más inoportuno e inelegante, y con clara incidencia en el electorado, que no tardaría en pasarles la más justa de las reclamaciones por el voto traicionado», recuerda Fraga. El presidente de Alianza Popular expone por dos veces esa misma noche al otro coaligado, José Antonio Segurado, que Coalición Popular ha muerto y que ha llegado el momento de crear el gran partido liberal conservador.

A la mañana siguiente, día 23, el patrón de la derecha reúne en su despacho de Génova 13 al dirigente democristiano y al liberal, con cara de pocos amigos. Fraga se muestra duro, cortante y amenazador. Segurado mantiene el tipo a su manera; Alzaga se atrinchera en el silencio. Se muestra esquivo y huidizo. Hay que largarse cuanto antes de allí; Zapatones no está para bromas. «Quise fijar criterios de interpretación y decir todos lo mismo; conseguí algo de Segurado, y nada con Alzaga, que ya iba en otra dirección», advierte Manuel Fraga.

Cinco días más tarde, el sábado 28 de junio, Fraga pesca en los fríos ríos leoneses. En Madrid, el Partido Demócrata Popular ha reunido a su comité ejecutivo, que decide definitiva y oficialmente irse al Grupo Mixto. «La suerte», recuerda don Manuel, «estaba echada: en más de un sentido hay que volver a empezar». Y añade: «Y por otra parte, aunque la naturaleza humana no dé necesariamente sus mejores medidas humanas en medio de la lucha política, y menos en una transición, ¡qué porquería, qué asco!»

El 10 de julio de 1986, dieciocho días después de las elecciones generales y del abandono de los coaligados, Fraga acepta ser entrevistado por Mercedes Milá en su programa de TVE *De jueves a jueves*. Fraga manifiesta que hablar con Alzaga es como sacarse muelas. En el intermedio para la publicidad, Milá le dice:

—Bueno, don Manuel, ahora no tengo más remedio que hablar y preguntarle por Oscar Alzaga.

—¡Ah, señorita, ése es un salteador de caminos!

La historia de la revivida ambición democristiana, tras el estrepitoso fracaso en 1977 del Equipo Demócrata Cristiano del Estado Español, se inicia a comienzos de 1982. El último Gobierno de UCD, que dirige entre vaivenes e inestabilidad Calvo Sotelo, vive sus estertores finales con un Presidente desconcertado y a la deriva que sólo atiende a los consejos políticos de Pío Cabanillas, que le incita a disolver las Cámaras cuanto antes y a convocar elecciones.

La patronal CEOE consigue al fin, el 29 de enero de 1982, su objetivo: echar a Suárez del poder y abrir una brecha insuperable en el partido del Gobierno repartiendo dinero entre diputados y altos cargos a diestro y siniestro sin necesidad de justificante. Carlos Pérez-Bricio, ex ministro de Industria con Franco, presidente de la poderosa patronal del metal (Confemetal) y vicepresidente de la CEOE, es la persona más indicada para dar números y datos al respecto. Existe, sin embargo, un «pacto de sangre» para mantener el secreto, que no ha podido romper todo el poder de Alfonso Guerra y sus numerosos «submarinos».

La fuga de parlamentarios «ucederos» comienza, imparable, en la primavera de 1982. Alzaga presenta en sociedad al PDP el 22 de septiembre de ese año, rodeado de ex ministros y ex altos cargos de UCD: José Luis Alvarez, José Ramón Pin Arboledas, Iñigo Cavero, Modesto Fraile, Julen Guimón, Juan Carlos Guerra Zunzunegui, Luis de Grandes, José Ignacio Wert y Luis Vega Escandón, entre los más destacados. El 7 de julio del mismo año creó el embrión del partido mediante un artículo publicado en el diario *El País* bajo el título «La superación del inmovilismo centrista».

El presupuesto anual del nuevo partido alcanza la cifra mínima de mil millones de pesetas. ¿Quién los paga? ¿Quién financia un partido caro de cuadros y sin militantes? La Fundación Konrad Adenauer, que inicia en España su andadura de la mano del orondo Manfred Hubbert, y que ahora dirige Bernard Hagemeyer, hace lo que puede subvencionando las actividades que organiza su rama española, la Fundación

Humanismo y Democracia, cuya gerencia lleva el conquense Carlos Moro. Pero no puede pagar esas cantidades. Además, en Bonn están desconcertados con los democristianos españoles. Los alemanes han apostado por UCD y su «cristianización», y ahora navegan rumbo a lo desconocido.

El PDP nace sin fuerza ni militancia, y arrastra una vida lánguida como partido, si bien se muestra activo en el Parlamento. La imagen pública prácticamente no existe, y su líder es tan desconocido entre el público en general como rechazado entre los que le conocen. Internamente, Alzaga sólo se fía de José Ignacio Wert, un sociólogo al que hace portavoz y hombre fuerte del partido. Wert trabaja desde hace dos años para la empresa Demoscopia, del Grupo PRISA, en la calle Almagro 24, dedicada a realizar sondeos y encuestas sociológicas. De carácter agresivo y zumbón, Wert irrita profundamente a sus correligionarios. Alzaga y Wert despachan los asuntos políticos en el bufete profesional del presidente del partido, lo que molesta extraordinariamente al resto de los dirigentes del PDP.

Oscar Alzaga, con el cabello plateado y caído de hombros, con un característico andar cabizbajo y permanente mirar de reojo, convoca al consejo político a mediados del mes de julio de 1986.

El presidente del partido razona la ruptura de la coalición en base a un solo argumento: se ha demostrado incapaz de ser alternativa al socialismo, y al PDP, con vocación de centro, se le hace muy difícil estar en el mismo cesto que «la derecha pura y dura».

La contestación interna no se hace esperar. El senador Juan Carlos Guerra Zunzunegui lanza un durísimo ataque contra Alzaga, al que hace responsable de los males del partido:

—Esa decisión es impresentable ante nosotros mismos, ante Alianza Popular y ante la opinión pública española en general.

—Lo impresentable —corta un Alzaga nervioso— es habernos aliado con la derecha...

—Lo que el presidente quiera —se despacha Guerra Zunzunegui—, pero había que haberlo pensado antes. Ahora, después de haber conseguido veintiún actas de diputado y doce de senadores en las listas de Coalición Popular, nos tenemos más que ganado el calificativo de «termitas» y «traidores», como se nos conoce por todo el mundo.

—Eso no te lo admito —responde Alzaga.

—Pues es así, lo admitas o no —insiste Guerra.

El secretario general, Luis de Grandes y Pascual, y el vicepresidente Javier Rupérez, permanecen callados. Toma la palabra Julen Guimón, jefe del partido en el País Vasco:

—Estoy de acuerdo con Juan Carlos Guerra. El comité ejecutivo y el consejo político deberían haber discutido a fondo una decisión como ésa. Yo estoy en contra de la ruptura, y responsabilizo a Oscar Alzaga y a su pequeña camarilla de habernos colocado en la situación en que ahora nos encontramos... Es decir, en un callejón sin salida...

—Acepto mi responsabilidad —admite Oscar Alzaga.

La tensión en la sala es máxima. En el ambiente flota el fantasma de UCD. La desaparición, tal y como están las cosas, del PDP puede ser un hecho irreversible. Toma la palabra José Luis Alvarez, ex ministro de Transportes y Comunicación, y de Agricultura, Pesca y Alimentación en los gobiernos de Adolfo Suárez. También dispara personal y políticamente contra Alzaga:

—No sólo estoy en contra de la ruptura de la coalición, sino que además sostengo que no se puede hacer una alternativa seria y con posibilidades al margen de Alianza Popular. De esto es consciente hasta un bachiller.

Interviene el ex ministro de la Presidencia y abogado del Estado José Manuel Otero Novas, que se ha quedado fuera del Parlamento en las pasadas elecciones generales:

—Me sumo a la protesta. La ruptura de la coalición hace inviable ahora el proyecto democristiano en solitario. La imagen de nuestro partido y de nuestro líder es nefasta. No entiendo la decisión, y la repruebo. Hay que tomar soluciones de emergencia y drásticas.

José María Alvarez del Manzano, actual primer teniente de alcalde del Ayuntamiento de Madrid, anuncia que abandona el Partido Demócrata Popular para pasar a militar en las filas de Alianza Popular. Oscar Alzaga está nervioso. Juguetea con el bolígrafo y se ha quitado la chaqueta. Continuamente se ajusta las gafas, su aspecto es serio, y mira con frecuencia a su amigo José Ignacio Wert.

—Señores, asumo toda la responsabilidad de haber roto la coalición. Mi único camino es presentar la dimisión, lo que hago en este mismo momento —anuncia con voz tensa y firme.

Silencio en la sala. Nadie habla. Alzaga prosigue:

—Propongo a Javier Rupérez como mi sustituto, para que se haga cargo del partido.

Javier Rupérez, de cuarenta y ocho años, viudo y con una hija, diplomático, abogado y periodista, primer embajador español en la OTAN tras ser secuestrado por ETA, no acepta la propuesta.

—Creo que el presidente, Oscar Alzaga, debe permanecer en su puesto. Yo no acepto el ofrecimiento, aunque se lo agradezco muy sinceramente.

El consejo político no acepta la dimisión. Pero Alzaga ha quedado herido de muerte por sus propios correligionarios. A partir de ese momento, y hasta su dimisión y retirada definitiva de la vida política —hecho que se producirá el 21 de mayo de 1987—, el ex diputado de UCD y ex socio de Fraga pasa por un auténtico calvario político y personal. Prácticamente no pisa la sede del partido que preside. Es insultado públicamente en los restaurantes, y se extienden todo tipo de rumores —unos ciertos y otros interesados— sobre su vida profesional y sus negocios. El hecho de tener su domicilio en el barrio de Salamanca, en la calle de Jorge Juan número 4, esquina a Castelló, nido de las bases más reaccionarias de la derecha, no le ayuda precisamente a llevar una vida cómoda. Existe una anécdota, inédita hasta ahora, que es fiel reflejo de la tensión personal que existía entonces entre los jefes de la derecha española. Por esas fechas, Rosendo Naseiro, que casualmente vive en el mismo inmueble que Oscar Alzaga, invita a cenar a su paisano y amigo Manuel Fraga. La casualidad quiere que Naseiro, Fraga y Alzaga se encuentren esperando el ascensor. Alzaga, al ver a Fraga, saluda con un imperceptible «buenas noches». Fraga contesta con medio bufido. Naseiro se pone rojo, y no sabe qué hacer; conoce lo que cada uno opina del otro. El ascensor tarda en llegar. Fraga da vueltas y más vueltas. Alzaga mira de reojo. Finalmente, éste no aguanta más la situación y decide subir por las escaleras.

Sus relaciones personales con el vicepresidente del partido, Javier Rupérez, se deterioran día a día hasta llegar a límites insospechados. Todo se pone en contra. Desde la ruptura de la coalición, los bancos no sueltan un duro. En las cuentas corrientes del PDP no hay dinero para afrontar las elecciones, pese a que la ley de financiación de los partidos garantiza al PDP un mínimo de cuatrocientos millones anuales durante tres años. Los viejos banqueros, con Emilio Botín padre a la cabeza, no quieren ni que se les mencione el nombre de Alzaga.

Las soledades de Javier Rupérez

La insurrección de los «barones» democristianos es imparable. El 17 de mayo de 1987, poco antes de iniciarse la campaña electoral para las elecciones europeas, autonómicas y municipales del 10 de junio de 1987, Rupérez y Alzaga mantienen una dramática conversación en el despacho profesional de este último.

—Mira, Oscar —le dice Rupérez—, yo dejé Bruselas por un proyecto serio que tú me vendiste, y lo que veo aquí es una auténtica broma. Esto no tiene ni pies ni cabeza.

—Pareces un niño. ¿Qué te imaginabas? ¿Eh? ¿Que el PDP iba a ser sentarse en un jamón y comer de otro? Javier, a tus años... ¿Eh?

—Oscar, no me vengas con coñas, por favor... Una cosa

son las dificultades de la vida política, de las que todos tenemos aquí sobrada experiencia, y otra cosa muy distinta es que andes aprovechándote y jugando con nosotros como si fuéramos unos pardillos y unos auténticos gilipollas... ¡Ya está bien!

Javier Rupérez habla despacio, tan cadenciosamente como acostumbra, pero su tono de voz es más profundo. Sus ojos se clavan en el rostro de Alzaga, que rehúye la mirada.

—¿Qué te pasa, Javier? ¿Qué bicho te ha picado?

—Pues sencillamente que estoy hasta los huevos de tu comportamiento y de tu «pasotismo». Y también del proceder de José Ignacio Wert, que se cree que ha inventado la Internacional Democrática y es un solemne soplagaitas. ¿Me entiendes, Oscar? ¿O no?

Silencio. Oscar Alzaga Villamil respira profundamente. Ha sido «cazado» por su vicepresidente. No se esperaba el chaparrón, ni su tono contundente y agresivo. Intuye que se fragua una rebelión a bordo.

—Vamos a ver, Oscar —prosigue Rupérez—. El problema es que te crees un mago de la táctica y la estrategia política.

—¡Hombre, Javier...!

—Sí señor, te lo crees. Todos aquí estábamos convencidos cuando rompiste la Coalición Popular, que ha sido un auténtico desastre para el PDP, de que tenías una carta guardada en la manga...; que tenías preparada una salida...

—¿Y qué carta creíais...?

—No cuajó la «Operación Roca», pero tú dejaste entrever claramente en muchas ocasiones que era posible alcanzar un pacto general con el CDS y con Adolfo Suárez.

—Pero Javier, ya sabes cómo acabamos con Adolfo, y lo que piensa de nosotros...

—Querrás decir lo que piensa de ti, Oscar.

—Bueno...

—Entonces, ¿por qué hiciste creer a Rodolfo Martín Villa que las conversaciones con Adolfo estaban muy avanzadas, y que iba a poder contar con el apoyo del CDS en Castilla y León?

—Pues, porque así es la política.

—Mira Oscar, estamos hartos de ti. Después de las elecciones, te vas a tu casa o a tu despacho profesional, del que nunca has salido.

—¿Por qué ahora? Ya presenté la dimisión, y no la aceptasteis.

—Pues porque ante la opinión pública eres un líder opaco y odiado... Tú lo sabes, Oscar. Y porque te estás cargando, si no lo has hecho ya, el proyecto democristiano. Y porque no os aguantamos más a ti y a Wert. ¿Comprendes? Las cosas claras.

—¡No sabía que la situación estaba en ese grado!

—Lo está, Oscar, no hay otra salida que tu dimisión —insiste Rupérez.

Alzaga intenta conseguir algún tipo de acuerdo con partidos regionalistas tales como la Agrupación Independiente Canaria (AIC) de Manuel Hermoso y Luis Mardones, y el Partido Aragonés Regionalista de Hipólito Gómez de las Roces. Tampoco tiene éxito. No se fían del PDP, y la imagen de los democristianos ante la opinión pública es nefasta.

El 20 de mayo de 1987, el Partido Demócrata Popular convoca una reunión de candidatos y cuadros en el hotel Wellington de Madrid. Asisten, entre otros, el candidato democristiano a la alcaldía de la capital, Javier González Estéfani; el candidato a la comunidad autónoma, José Antonio López Casas; Iñigo Cavero, Javier Rupérez, José Ramón Pin Arboledas, y el presidente del partido, Oscar Alzaga. Se convence a los candidatos Estéfani y López Casas de la conveniencia de retirar las candidaturas y no concurrir a las elecciones.

Después del acto, Javier Rupérez, José Antonio López Casas, Iñigo Cavero y su mujer, Belén, cenan en el restaurante Lucca. Cavero —a quien todavía no le han apeado el apodo de «Porky, cerdito cultural» con el que le distinguen los estudiantes en las huelgas universitarias de comienzos de los ochenta, cuando era ministro de Educación— recuerda durante la cena que ya le tocó una vez «echar persianas» al chiringuito de UCD. Así fue: Iñigo Cavero, una de las primeras fortunas del país, aceptó avalar personalmente los créditos fallidos del que fuera primer partido de la transición. Ahora comentan la situación del PDP y su dificilísimo estado, más bien crítico.

—¡Vaya carrera que llevas, Iñigo! —le dice su mujer.

A la mañana siguiente, 21 de mayo de 1987, el secretario general del PDP, Luis de Grandes, recibe en su despacho una llamada de José Ignacio Wert; habla en nombre de Alzaga.

—Luis, que Oscar se va...

—¿Qué dices, José Ignacio...?

—Pues que se va, ¿no lo entiendes? ¡Que dimite, leche!

—Oye, oye, el secretario general del partido soy yo, y ya está bien de puteo... Si se va, que venga aquí y lo diga. Pero éstas no son formas. Que dé la cara.

—Bueno, yo sólo te digo que se va. Que no aguanta más.

—Pues si se va, insisto, que dé la cara él personalmente.

—¡Joder, Luis, que le resulta muy violento! Me ha dicho que llame yo porque para él es muy embarazoso. Un trago. ¿Para qué hacerle pasar por esa situación?

A las doce de la mañana, un Oscar Alzaga desencajado y nervioso, enfundado en un traje azul marino, aparece por la sede del PDP en la calle Cedaceros 9. Se produce una situación muy tensa. Alzaga informa a Luis de Grandes, Javier Rupérez, Juan Carlos Guerra Zunzunegui, Modesto Fraile, José Ignacio Wert, José Ramón Pin e Iñigo Cavero de su intención de dimitir irrevocablemente. Está descompuesto, lloroso y temblón. A José Ignacio Wert también se le saltan las lágrimas. Las demás personas permanecen serias y cariacontecidas.

—Abandono la presidencia del partido, el escaño de diputado y la vida política.

Pasan unos segundos. Guerra Zunzunegui se dirige a José Ignacio Wert en tono duro y amenazador. El parlamentario palentino está enfurecido y fuera de sí.

—Eres un intoxicador profesional. Has estado filtrando

a la prensa versiones e informaciones interesadas. Eres un endemoniado manipulador.

—Pero qué dices, Guerra, qué dices...

—¡Que eres un intoxicador...!

—¡Pero si me he enterado de la «insurrección» por los periodistas del Parlamento...!

—¡Pues yo te digo que eres un intoxicador y una mala persona! —insiste Guerra Zunzunegui, mirando fijamente al portavoz del PDP.

—Mira, seré malo, pero tonto no soy. Así que vete a tomar por el culo. ¿Entiendes? A tomar por el culo, y déjame en paz.

El día anterior, 20 de mayo, José Ignacio Wert, que forma parte de la comisión para la distribución de espacios en RTVE de cara a las elecciones, había sido abordado en los pasillos del Congreso de los Diputados por la periodista Anabel Díez, de *El País*, y Carmen de Riego, de Europa Press.

—¿Qué, José Ignacio, tú también estás en la conspiración, o no?

—¿Qué conspiración?

—La que se ha producido en el seno del PDP y en el grupo parlamentario.

—¡Ah, no sé nada!

Wert lo comprende todo rápidamente.

—Bueno, señores —corta Oscar Alzaga—, me voy a la conferencia de prensa. Anunciaré públicamente mi renuncia y mi retiro.

Se dirige al secretario general, Luis de Grandes, y al vicepresidente, Javier Rupérez, a los que invita a acompañarle ante los medios informativos.

—No, gracias. Vete tú solo —rechaza Luis de Grandes.

María José Méndez, la jefa de prensa, ha convocado a los periodistas a una rueda de prensa para comunicar un tema importante. Alzaga comparece ante los medios acompañado por José Ignacio Wert, llorosos y tristes ambos. Lee la carta que le ha redactado Wert y que ha entregado minutos antes al secretario general. No admite preguntas. Desde ese momento, y hasta su autoinmolación, el Partido Demócrata Popular queda en manos de Javier Rupérez. El desarrollo cronológico y político de los principales acontecimientos posteriores son del conocimiento del lector. Cambia su nombre de PDP por el de Democracia Cristiana, pero da igual. En España, pese al apoyo del Partido Popular Europeo, no hay lugar para un proyecto democristiano independiente.

Desde el 21 de mayo de 1987 hasta hoy, Oscar Alzaga y Javier Rupérez, dos militantes democristianos desde hace más de veinte años, no han cambiado palabra. Con la perspectiva que da el tiempo transcurrido, los derrotados democristianos achacan su mala fortuna política al error de cálculo de pensar que se podían agarrar a una ubre y soltarla cuando les viniera en gana, sin que pasara nada. Creyeron también que si aportaban credibilidad democrática y un pasado centrista podían suplir el espacio político que UCD no supo mantener.

El 4 de junio de 1989, el Partido Demócrata Popular se hace el *harakiri* en el hotel Holiday Inn. Con él muere el segundo intento serio en la España democrática de montar un proyecto propio y genuinamente democristiano, al estilo de la CDU alemana o la DC italiana.

Francisco Javier Rupérez Rubio sabe que la única salida política es integrarse en el refundido Partido Popular. Es consciente de que le espera una gran travesía del desierto, pero está dispuesto a emprenderla. Ha aprendido del maestro Giulio Andreotti; hay que tener agallas, cuajo y capacidad de encaje. Además, no hay otra alternativa si se desea seguir en política.

Su vida no ha sido precisamente un camino de rosas. En pocos años padece un cautiverio a manos de ETA, pierde a su bella esposa Geraldine, y ve morir los tres partidos políticos en los que ha militado. Pero hay que seguir. Está más viejo, pero también más curtido y experimentado. Dispone de despacho y secretaria en la fundación Humanismo y Democracia, está en el comité ejecutivo del Partido Popular, tiene escaño en el Congreso de los Diputados por Madrid, y es portavoz de la Comisión de defensa.

En el mes de febrero de 1989, pocas fechas después del congreso de la refundación del Partido Popular, Fraga recibe en su despacho oficial a Javier Rupérez. Las relaciones entre ambos dirigentes nunca han sido especialmente cordiales.

—¿Cómo está, mi querido amigo?

—Muy bien, muchas gracias. Me gustaría explicarte, Manolo...

—Si te parece, Rupérez, no hablemos del pasado, sólo del futuro.

—Hombre sí, Manolo, pero...

—Por mí, no insistas. Me interesa el futuro, de modo que miremos hacia delante, mi querido amigo.

—Como desees. Pero déjame decirte sólo que yo no me llamo Oscar Alzaga, ni Antonio Hernández Mancha, ni Marcelino Oreja; me llamo Javier Rupérez.

—Mira, Javier, ya que insistes, quiero decirte claramente que yo me entiendo bien con todos los que quieren entenderse conmigo.

—Yo creo no tener cuentas pendientes contigo, Manolo, así que creo que tú tampoco las tendrás conmigo.

—De ninguna manera, mi querido amigo, de modo que vamos al grano.

El 14 de junio de 1989 Rupérez se dirige a Valladolid, donde le ha citado el presidente de la Junta de Castilla y León, José María Aznar, a petición suya. Realiza una ronda de entrevistas con todos los dirigentes populares para explicarles su postura política y sus proyectos tras la disolución del partido Democracia Cristiana. A las dos y media de la tarde, en un reservado del restaurante La Casa de la Troya, almuerzan Aznar y Rupérez.

—José María, quiero que no me tomes el número cambiado.

—Nunca se lo tomo a nadie —contesta Aznar.

El presidente castellano-leonés pide espárragos de primer plato. Su acompañante se apunta al gazpacho. Aznar cuenta con algunos colaboradores muy estrechos, como Miguel Angel Cortés, portavoz popular en las Cortes de Castilla y León, y Carlos Aragonés, su jefe de gabinete, que son amigos de Javier Rupérez. Han preparado previamente el terreno. Aznar se muestra receptivo y cordial, aunque no exterioriza en exceso sus sentimientos.

—Me he adherido formalmente al Partido Popular, y quiero explicarte lo que he hecho en este largo tiempo que he caminado en solitario y lo que quiero hacer.

—Vale, Javier.

Rupérez cuenta a su anfitrión los pormenores y la cuota de responsabilidad habida en la ruptura de Coalición Popular, la situación en la que quedan algunos de los nombres más conocidos de la disuelta Democracia Cristiana, y sus proyectos para integrarse en la estructura del Partido Popular. Aznar escancia una botella de vino marca Yllera del año 1984, un rosado de la tierra a mil seiscientas cincuenta pesetas en restaurante.

—No te preocupes, Javier, por mí no hay problemas. No tengo ningún reparo ni reticencias hacia ti. Me interesa más el futuro que el pasado, precisamente porque conozco bien aquella casa y lo que ha ocurrido en los años pasados. ¿Cómo ves la democracia cristiana en Europa?

—Hombre, es una institución sólida. Ahí están los alemanes, italianos, belgas, etc...

—Yo soy partidario —dice Aznar— de que estemos dentro del Partido Popular Europeo en Estrasburgo. Me tengo que emplear a fondo para convencer a Fraga y a Miguel Herrero.

El almuerzo transcurre en animada conversación sobre temas políticos generales. Aznar se muestra interesado en la política internacional, en la que Rupérez es un experto. En esos momentos todavía no hay sucesor claro de Fraga, pero la decisión se vislumbra próxima.

—Y tú, José María, ¿qué piensas hacer?

—Yo, aquí. Mi meta a medio plazo es volver a ganar las

elecciones en Castilla y León, si puedo esta vez por mayoría absoluta. Después, Dios dirá. Pero no pienso moverme de Castilla por ahora. Tengo mucho trabajo por hacer, y me gusta esto.

De postre, fresas para los dos. Y café solo.

En octubre de 1989, Javier Rupérez es el candidato número siete del Partido Popular al Congreso por Madrid, detrás de Alejandro Muñoz Alonso y delante de Angel Sanchís. El 15 de marzo de 1990, Rupérez presenta un libro de relatos inspirados en gran parte en su experiencia personal y política. Lo introduce el presidente del Congreso de los Diputados, el socialista José Félix Pons. Allí está José María Aznar. Todo un dato, comentan los analistas.

CAPÍTULO 11

EN EL FILO DE LA NAVAJA

El vehículo oficial Renault-25 gris, matrícula SA-0832-H, conducido por Pablo González Santamaría, se desliza a ciento treinta kilómetros por la autopista Adanero-Madrid. El aire acondicionado funciona al máximo, porque en el exterior se cuecen las chicharras al sol de justicia que abrasa las viejas y sufridas tierras castellanas. Son las doce del mediodía del día 5 de septiembre de 1989.

En el *cassette stéreo* Sony suena machaconamente la cinta de Julio Iglesias *Non Stop*, en la que se incluye una de las canciones favoritas del presidente, *Love is on over side again*. «No me explico cómo al jefe le puede gustar tanto ese amariconado de Julito», piensa para sí el chófer oficial, que también lo fue anteriormente de Demetrio Madrid y José Constantino Nalda.

A su lado, en el asiento del copiloto, el presidente de la Junta de Castilla y León, José María Aznar, contempla los campos segados de la tierra de la que está a punto de dejar de ser el primer mandatario, para afrontar la definitiva «batalla de Madrid» por mor del dedo de Manuel Fraga. «Me hubiera gustado acabar el mandato, e incluso intentar otro. Pero las circunstancias son las circunstancias... ¡Quién me lo iba a decir a mí! ¡Tan rápido todo...! Buena gente la castellana. ¡Qué corazón! ¡Qué generosidad! Un poco cerrados al principio, pero luego te dan lo que tienen. ¡Buena gente, dura y fuerte, vive Dios! Ana y los niños estaban encantados. Ahora, a volver a comenzar. ¡Ojalá no tenga que arrepentirme! Tengo que echarle agallas al asunto. ¡Faltaría más!»

Atrás han dejado ya Olmedo, Boecillo, Mojados, pueblos familiares durante el año y medio largo que presidió la Comunidad. Han entrado ya en tierras de Segovia, donde uno de sus «caciques», Modesto Fraile, según los informes confidenciales que obran en su poder, le ha intentado dar meses atrás un buen disgusto. «Afortunadamente fue desactivada la operación de los grifos de oro. ¡Hay que joderse, venirme a mí con ésas, lo que hay que aguantar!», reflexiona el líder. «¡Qué mal lo pasé...!»

En el asiento trasero izquierdo, Miguel Angel Rodríguez Bajón, Rodri, lee periódicos y recorta algunos artículos que le interesan. Va en manga corta; su jefe con camisa de manga larga y corbata. Unos meses antes, Aznar le aceptó la dimisión cuando arremetió como portavoz de la Junta contra el procurador del Grupo Mixto —y antiguo miembro del PDP— Rafael de las Heras, y manifestó públicamente que era un «jeta» y que «lo llevaba crudo». Rodríguez regresó durante un tiempo a su antigua labor en *El Norte de Castilla*, pero el «jefe» demandó otra vez su colaboración al aceptar las nuevas responsabilidades nacionales. En el ínterin, Miguel Angel Rodríguez compatibiliza su quehacer periodístico en el primer diario de la región con la publicación de la novela *Marta*. Tiene veinticinco años, y hace pocos meses que ha contraído matrimonio con la joven vallisoletana María Teresa Ilárraz, oriunda de Navarra. Una semana antes, Aznar le había invitado a merendar junto con Mayte en la finca veraniega Villacreces de Quintanilla de Onésimo, alquilada al empresario Manuel Díaz Cuadrado. Es ya firme candidato a la Presidencia del Gobierno. José María le lleva a pasear junto al río con el pretexto de enseñarle «la maravillosa puesta de sol». Hacia las nueve de la noche, le confiesa que va a dejar Valladolid y que la oportunidad de la que han hablado en muchas ocasiones anteriores «ha sonado ya». Desde la vera del río se pueden contemplar los viñedos de Vega Sicilia, propiedad de su amigo David Alvarez.

—Miguel, me tienes que ayudar a planificar la campaña y montar la estructura de cara a los medios de comunicación. Sabes que Carlos de Francisco lo deja, quiere volver al periodismo activo. Tengo confianza en ti, hiciste un trabajo muy bueno aquí. Desde luego, no te pienso pedir que te hagas del PP.

—¡Ja, ja, ja!

—¿De qué te ríes?

—Mira, Aznar, yo estoy cojonudamente ahora aquí, en Valladolid. Te ayudo en lo que quieras, pero yo no me voy contigo a Madrid.

—No me harás esa putada...

—Entiéndelo. Yo soy vallisoletano, me acabo de casar, tengo un buen trabajo, y aquí tengo mi casa, que acabo de comprar. Irme a Madrid me parte por medio... Aquello debe estar lleno de tiburones... Soy de aquí, de Pucela, no lo olvides Aznar.

—Pero hombre, Rodríguez, si a tu edad no te decides... Por el dinero no hay problema.

—Mayte también tiene algo que decir.

—Lo entenderá, Miguel.

La velada de los Aznar y los Rodríguez resulta muy divertida; se prolonga hasta la una de la madrugada. Las estrellas lucen maravillosas en el cielo castellano y, además, no se habla para nada de política.

El 5 de septiembre, Miguel Angel viaja a Madrid con una bolsa de viaje en la que lleva lo imprescindible. Durante dos meses dormirá en un hotelucho de la calle Almagro, hasta que se instala definitivamente en un piso cercano al parque de El Retiro por el que paga un dineral. Aznar comienza a montar el «clan de Valladolid», su particular guardia de corps tras la que parapetarse ante los peligros que le acechan en la corte. En seis meses las cañas se volverán lanzas, y la ambición de sus hombres de confianza estará a punto de provocar la muerte del «halcón».

La campaña de «Charlot»

—Pablo, aprieta, que no llegamos —apremia el presidente, inquieto por comenzar cuanto antes las reuniones de trabajo en Madrid.

Amante y buen conocedor de los coches, ordena a Cristina Alonso que le preparen el R-25 en lugar del Citroën BX matrícula VA-3275-M, que también forma parte de la flota de la Presidencia de la Junta de Castilla y León, porque el teléfono del Renault funciona mejor. Restan cincuenta y tres días para las elecciones generales del 29 de octubre y hay muchas cosas por hacer, prácticamente todas, si se exceptúan las listas electorales, muy avanzadas por Alvarez Cascos y Lucas Jiménez durante los meses de verano. Lo que más le preocupa es diseñar una buena campaña electoral. Necesita todas las ayudas, todos los apoyos, el esfuerzo de todo el partido, de todos los simpatizantes y de todos los que, sin gustarles el PP, son sus amigos personales. Lo va a pedir. «Pensar que el sábado anterior estuve todo el día trabajando como un negro en los presupuestos para 1990 de Castilla y León. Lleva razón mi madre: ¡El hombre propone, y Dios dispone!», musita el líder de la derecha, consciente de que emprende un vuelo sin posibilidad de retorno. «¡Ahora o nunca!, como dice Lucas.»

Pablo González ha dado las luces para cruzar el túnel de Guadarrama. Aznar pide a Rodríguez su maletín, que está colocado en la parte de atrás, y saca unos folios. Es una encuesta que le ha preparado Pedro Arriola, con dos datos fundamentales: una extrapolación de los escaños que en ese momento obtendría el Partido Popular, y el nivel de conocimiento del candidato que tienen los españoles. El resultado no puede ser más descorazonador: el Partido Popular —que en las generales de 1986 obtuvo 104 diputados— alcanzaría en esos momentos ochenta escaños, y el grado de conocimiento del todavía presidente castellano-leonés es del setenta y cinco por ciento. Es decir, que de cien españoles —a los que dentro de cincuenta y tres días va a pedir el voto—, veinticinco no han oído hablar de él ni siquiera una sola vez.

—Hay que trabajar duro, Rodríguez, que nos la jugamos...

Otras fuentes son todavía más pesimistas. Un sondeo realizado por una fundación privada estima en el cuatro por ciento el grado de conocimiento del candidato popular. Pero la suerte está echada. Ahora o nunca. En esos momentos, la «rapaz» otea en el horizonte los alrededores de Madrid, una presa nada fácil. El triunfo y el fracaso andan empatados. «Como dos impostores», musita.

Rodrigo Rato es nombrado director de la campaña. Desde Madrid coordina un equipo del que forma parte esencial como adjunto el empresario José Manuel Fernández Norniella, ejecutivo de una multinacional de componentes electrónicos, que se encarga de los carteles, los vídeos y demás elementos técnicos. También están en el equipo Arturo Moreno, como secretario de acción electoral, y el secretario general adjunto, Juan José Lucas, que compagina el trabajo en Madrid con su propia campaña en Soria, donde es cabeza de lista. Rato forma un «equipo de comunicación» con Carlos Aragonés —con el que acaba a bofetada limpia—, Beatriz Rodríguez Salmones (Betina), Marisol Pérez y Francisco Ochoa, que realizan el seguimiento y dan apoyo general a los candidatos; Antonio Cámara como jefe de gabinete; Miguel Angel Rodríguez como jefe de prensa; y la periodista Encarnación (Curry) Valenzuela como asesora personal del candidato. Ana Botella Serrano no deja ni a sol ni a sombra a su marido durante los veinte días de campaña.

Manuel Lleó y Manuel Marqués son dos jóvenes *yuppies*, creativos de publicidad, que el 19 de julio de 1989, en compañía de Consuelo García, deciden crear su propia empresa tras abandonar la firma Ricardo Pérez y Asociados. Montan una agencia de publicidad de servicios plenos, y se instalan en un piso de un viejo caserón en la calle de Almagro, número 30. Los Manolos son al mundo publicitario lo que los Albertos al de las finanzas. Manuel Lleó había trabajado en la última campaña de UCD en 1982, poco antes de su disolución como partido político, y para Democracia Cristiana. Manuel Marqués no tenía experiencia en este tipo de trabajos. El 20 de julio, un colega y amigo de la central Mass Media les informa de que el Partido Popular va a abrir un concurso entre creativos con vistas a las inminentes elecciones generales. No militan en ningún partido, y la política como tal «nos la bufa».

Entran en contacto con José Manuel Fernández Norniella, y posteriormente con Rodrigo Rato, quienes les confirman que, en efecto, desean contratar un equipo de creativos para la campaña, y les piden que presenten un proyecto o *breefing*, como se denomina en el argot de los creativos. Al concurso se presentan, al menos, siete agencias más, entre ellas las más conocidas: Dardo, S. A., Cid de Publicidad e Ipública, que se han responsabilizado meses atrás de la campaña de Marcelino Oreja a Europa. La primera entrevista, en la planta tercera del cuartel general popular, la mantienen con Fernández Norniella. Preguntan sobre qué bases deben presentar el *breefing*.

—El *breefing* —responde el empresario— está en la calle; de modo que salid a buscarlo vosotros y presentadlo en forma de plan concreto.

Lleó y Marqués no andan en esos momentos tan sobrados de clientes como para despreciar uno de la dimensión del PP. Contratan al valenciano Jordi de Lama como director de arte, y durante quince días crean un *collage* con los recortes de todos los periódicos y revistas de difusión nacional, incluyendo fotografías. Recogen lo que dice Aznar; lo que Alfonso Guerra dice de Aznar; lo que Aznar dice a los españoles y sus problemas. En la fase final de la campaña contratan a otro director de arte que debe auxiliar a Lama, Ernesto Pedalino. El *collage* se presenta ante el «círculo interior» del candidato: Francisco Alvarez Cascos, Juan José Lucas, Miguel Angel Rodríguez, Rodrigo Rato, Félix Pastor Ridruejo, Fernández Norniella, Carlos Aragonés y Ana Botella. En determinadas ocasiones también está presente José

Antonio Segurado, y en una, por expresa invitación del líder, Miguel Herrero, que no abre la boca durante toda la sesión. La dirección del PP queda encantada con la idea de Lleó y Marqués, y les adjudica la campaña.

Se pactan las condiciones económicas de acuerdo con las siguientes premisas: dieciséis millones de pesetas por la campaña creativa, más una prima de cuatro millones si se consigue el objetivo máximo, romper el techo de Fraga. Lleó y Marqués aceptan, aunque a mitad del trabajo plantean una subida de honorarios que es rechazada.

—José Manuel —le dice Marqués a Fernández Norniella—, que no vamos a ganar un duro con esto. Llevo gastadas ya, sólo en el *breefing*, un millón ochocientas mil pesetas.

La dirección del Partido Popular impone también como condición esencial a los creativos que tienen que instalarse durante toda la campaña en Génova 13, y a tal efecto se les habilitan dos pequeños despachos en la planta tercera. Lleó y Marqués establecen rápidamente las bases sobre las que hay que vender el producto:

—Candidato nuevo y desconocido.

—Especial significado de renovación del partido.

—La figura del candidato aglutina a todos los sectores del PP y es una llamada a cerrar filas.

La tarea más urgente y ardua es buscar un eslogan, aunque son conscientes de que la campaña publicitaria en sentido estricto sólo influye en un cuatro por ciento del electorado. El eslogan debe responder a un objetivo de base: que sea cerrado, para que no puedan meterse con él los adversarios ni se le pueda dar la vuelta con chanzas o chistes, tan propios entre las lenguas viperinas de la política. Lleó y Marqués presentan hasta cincuenta alternativas, de las que se seleccionan en una primera fase tres:

—¡A ganar con Aznar!

—¡A triunfar con Aznar!

—¡A gobernar con Aznar!

Las tres son finalmente desechadas. Los verbos coinciden en su sílaba final con el apellido del candidato, y, además de la cacofonía, permiten la rima fácil para la burla. Alguien apunta en las reuniones de trabajo:

—Si algún gracioso o malintencionado sale el primer día de la campaña diciendo, «¡A cagar con Aznar!», los que la hemos «cagao» somos nosotros.

—Pues imaginaos si dicen, «¡A follar con Aznar!». Barremos —interviene Miguel Angel Rodríguez, distendiendo la reunión.

—Quiero un eslogan hermético, que no permita bromas ni provoque verbos indirectos —ordena obsesivo Rato.

En la segunda fase los creativos proponen otros veinte eslóganes, entre los que se seleccionan dos:

—¡Con todas nuestras fuerzas, Aznar!

—¡Con la fuerza de todos, Aznar!

Tampoco sirve. Hay que darle más vueltas. El 23 de septiembre, a la una de la madrugada, José Manuel Fernández Norniella llama a Manuel Lleó, que está descansando en su domicilio, y le ruega que se presente urgentemente en el despacho. El candidato está impaciente y preocupado por zanjar la cuestión de eslogan. En la tercera planta se encuentran Aznar, Alvarez Cascos, Rato, Segurado, Rodríguez y Ana Botella.

—Creo que ya lo tengo —anuncia Lleó.

—Explícate, Manolo —apremia el candidato.

Manuel Lleó saca un boceto, lo coloca sobre un trípode y anuncia:

—En primer lugar, el eslogan que propongo cumple la condición *sine qua non* de ser hermético y cerrado. Tiene dos lecturas: una demostración, y una connotación. La demostración radica en su experiencia de gobierno en Castilla y León, y la connotación viene a decir que todo lo que va a prometer en su campaña lo va a cumplir. El eslogan es: ¡PALABRA!

—¿Puedo sostener eso? —pregunta Aznar.

—Si no puedes sostener el eslogan —responde Lleó—, es que no eres el candidato que necesitamos para hacer el trabajo, ni el que el PP necesita.

El creativo publicitario explica a continuación que el eslogan dará pie además a muchas preguntas sobre su significado durante la campaña, y esto permitirá al candidato incidir en las cuestiones concretas que le interesen divulgar en cada momento determinado.

—¡Cojonudo, adelante! Este tema queda resuelto —zanja Aznar.

Para la confección del resto de la campaña, los creativos reciben un baño de sociología del inevitable Pedro Arriola, quien les explica el voto consolidado por provincias y comunidades autónomas, el paro por regiones y sectores, los índices de marginación, las últimas orientaciones de la juventud, las principales preocupaciones y deseos de los españoles, etc. Hay que elegir ahora el elemento gráfico, la foto. El Partido Popular ha contratado previamente al fotógrafo Carlos Yebra, quien en un soleado día de septiembre se lleva a José María Aznar hasta su chalé, situado en la urbanización Ciudalcampo, a veinticinco kilómetros de Madrid. Yebra tira decenas de carretes, pero al final la foto elegida ofrece un problema: la impresión en los carteles revela que el ojo izquierdo aparece cerrado por la luz, que obliga al candidato a fruncir el ceño y bajar una ceja, por lo que esa zona ofrece una semisombra. No hay tiempo material para una nueva sesión; hay que retocar la foto y, en el último tramo de la campaña, retirarla. El fondo de la fotografía tampoco gusta. Lleó y Marqués se van a un archivo gráfico y estudian hasta mil diapositivas; escogen un fondo verde con árboles. Los especialistas descubren que la mejor imagen de Aznar se consigue después de la sonrisa, en la semisonrisa, cuando está a punto de cerrar los labios. Se puede conseguir una espléndida imagen con una cámara con motor. Se encarga el trabajo al profesional Luis Villalba, quien conduce al candidato hasta un destartalado estudio que le ha prestado un amigo en la calle de Bravo Murillo y, con un fondo «nimbo azul», trata de ofrecer lo que se le ha pedido. Después de la campaña se contrata como fotógrafa oficial a Silvia Poliakov, la misma que Alicia Koplowitz ha elegido para mostrar al mundo y a su ex marido que es más atractiva e insinuante que Marta Chávarri.

La campaña de televisión también da muchos problemas, sobre todo porque el líder popular no sabe actuar ante las cámaras. Le cuesta fingir, y no se pliega a los consejos de los asesores.

—¡Me niego a mostrar una imagen que no tengo! Quiero aparecer ante los electores como la persona que soy, con mi personalidad verdadera —responde invariablemente ante las sugerencias que se le hacen.

Los gastos han sido siempre, como en todas las formaciones políticas, el caballo de batalla de las campañas electorales. Los expertos señalan un fenómeno causa-efecto entre la inversión y el resultado, con clamorosas excepciones como la controvertida «Operación Roca». El Partido Popular confiesa haberse gastado la cifra total de 1.721,8 millones de pesetas, con unos ingresos de 1.730 millones, de los cuales 1.510 proceden de préstamos bancarios y 220 del anticipo electoral. La realidad es mucho más generosa para el gasto, y las ayudas o «donativos» de veinticinco mil particulares suman bastantes millones.

Las principales inversiones realizadas fueron éstas: gestión (alquileres, teléfonos, comidas, télex, correos, viajes, seguros, reuniones y *fax*), 84,3 millones; personal contratado, 6,1 millones; gastos financieros, 7,5 millones; acciones especiales (*mailings*, emigración, caravanas de prensa), 250,4 millones; medios técnicos (espacios en TV y radio, encuestas, actos públicos y creatividad), 243,5 millones; publicidad, 497,7 millones; sobres y papeletas, 196,3 millones, y envíos a provincias, 436 millones.

Hay que observar que el límite de gastos autorizado por la ley para estas elecciones fue de 2.721,8 millones. La subvención que el Partido Popular recibe del Estado es de 915,5 millones, de los cuales hay que descontar los 220,2 millones recibidos ya como anticipo. Por lo tanto, quedan 695,3 millones disponibles para amortizar una parte de los préstamos recibidos de los bancos y entidades financieras. Fuentes de absoluta solvencia estiman en unos 3.000 millones la cantidad real invertida por el PP en la campaña de las elecciones generales de 1989. La CEOE apuesta a tope.

Los primeros análisis del equipo del candidato ponen sobre la mesa dos importantes obstáculos de partida. El primero es que, en muy poco tiempo, la derecha comparece ante el electorado con tres siglas diferentes: Alianza Popular (AP), Coalición Popular (CD) y Partido Popular (PP). El segundo ha quedado ya apuntado: el candidato es muy poco conocido por el electorado en general, salvo en las circunscripciones de Castilla y León.

Se diseña un plan, bajo la dirección de Rodrigo Rato, que es aprobado en pleno por el «estado mayor» popular. El mismo consta de tres fases:

1.ª *Dar a conocer al candidato.* Esfuerzo inusitado en vallas y carteles. Resulta básico que el elector pueda diferenciar al Aznar presidente de Castilla y León del candidato nacional del Partido Popular.

El Partido Popular coloca 1.983 vallas de tres por cuatro metros con la efigie de su candidato; 5.219 de tres por ocho; 1.625 de dos por quince; y 300 en las marquesinas de autobuses.

Se juega mucho con su personalidad. Los asesores sostienen que los estudios sociológicos demuestran que es un político poco conocido, pero que no despierta rechazo, al contrario de lo que ocurriera pocos meses antes en las elecciones europeas con Marcelino Oreja Aguirre. La campaña, por tanto, debe asentarse, para lo bueno y para lo malo, en la personalidad del candidato más que en el partido.

Al mismo tiempo, hay que aprovechar lo más significativo de su personalidad donde es conocido —por supuesto, en Castilla-León y Madrid—, que no es otra cosa que la credibilidad. Por ello se elige el eslogan ¡PALABRA!. Pero también por otra razón. El reproche esencial que los españoles hacen a Felipe González y a su Gobierno en 1989 es el de haber prometido mucho y haber cumplido poco. Dicho en román paladino, haberles engañado. José María Aznar ofrece imagen de honradez, de buen chico, y los creativos estiman que el eslogan ¡PALABRA! es el mejor compendio de la mercancía política que venden.

El candidato escucha atentamente estos argumentos. Su contestación es escueta:

—Vale.

2.ª *Estar presentes en todos los medios de comunicación*. Los responsables de la campaña consideran que es más importante una mala entrevista en el último medio de comunicación de España que el mejor mitin. «Los que asisten a los mítines ya están convencidos, y yo necesito votos nuevos», suele decir el candidato a los asesores.

Aznar concede durante la campaña 100 entrevistas para medios escritos, 120 para radio y 17 para televisión. El PP realiza 11 inserciones en revistas y 141 en la prensa de ámbito nacional. En las grandes cadenas de radio difunde un total de 1083 cuñas publicitarias, distribuidas de la siguiente manera: Radio Minuto, 94; Cadena 80, 130; Cadena Ibérica, 124; Cadena Rato, 257; Antena 3, 186; Cadena COPE, 184; Cadena SER, 108. En las radios locales, el PP coloca un total de 5.687 inserciones publicitarias, la mayor parte con un mensaje grabado por el propio Aznar.

3.ª *Cada día un mensaje nuevo y distinto*, buscando el titular de los periódicos y relacionado con el lugar donde se esté.

Aznar ha hecho dos campañas anteriormente y tiene sus propias ideas. Sabe que no es un líder carismático al estilo de Adolfo Suárez y Felipe, pero «hasta ahora no me ha ido mal». Escucha a todos, para hacer a la postre lo que le viene en gana. En los días previos al inicio de la campaña llega a recibir hasta a cincuenta personas en un solo día. Pregunta y escucha. Habla poco. Se define menos.

—Este tipo es como una esponja, va asimilando, y luego saca el jugo —se asombra Juanjo Lucas.

Aznar afronta la contienda a partir de un hecho que considera básico: a finales de 1989 el pueblo español está cansado de gestos, promesas incumplidas, frivolidad y engaño.

Los españoles quieren seriedad y rigor. Quien sepa transmitir esa idea y ofrecer confianza «se llevará el gato al agua». Sobre todo, se exige a los políticos soluciones concretas a problemas concretos. El PP se esfuerza en divulgar sus «soluciones». Para ello imprime unos trípticos con el título «Lo que va a cambiar Aznar»: nada menos que diez millones de ejemplares y 99.344 programas.

Los gestos y la imagen son importantes, pero no lo son todo. Se le arregla el pelo, y se le recorta ligeramente el bigote por los lados para el cartel electoral. También se trabaja para disimular las ojeras. Los asesores descubren muy pronto que no sabe actuar y tampoco reírse; y eso es necesario para las entrevistas en televisión. Quieren dedicar sesiones enteras a este menester, pero se niega. Sólo atenderá los ruegos de que sonría más. El día 24 de octubre, durante su intervención en los debates electorales que emite Televisión Española, y que dirige el veterano periodista Diego Carcedo, Aznar termina sus contestaciones forzando una sonrisa que pone al descubierto sus dientes de conejo. Los entrevistadores son, además de Carcedo, Georgina Cisquella, Antonio Sanjosé y Ramón Font.

—¡Qué horror! —dice su madre cuando le ve en la pequeña pantalla—. Pero si no es él. ¡Qué han hecho con mi chico! ¡Qué sonrisa tan forzada!

Sin embargo, da resultado. Los sondeos internos indican que esa noche el candidato popular «levanta» unos trescientos mil votos. Curiosamente, lo que más impresiona a los telespectadores es su tranquilidad y seguridad para zafarse de la «encerrona» en la que intentan meterle los periodistas de la «tele», mediante el recurso fácil al pasado reciente de la derecha española. Aznar reconduce las contestaciones a temas concretos: sanidad, gasto público, servicios sociales, defensa, política exterior, paro, empleo, droga, etc. Es decir, a los temas que interesan a los ciudadanos, según el orden que le ha marcado Pedro Arriola. Las referencias al pasado inmediato de su partido las resuelve de esta manera:

—El pasado no me interesa, yo miro al futuro. ¡Ah!, y yo cumplo. No como otros.

Esta coletilla, lanzada como mensaje subliminal al final de sus contestaciones, hace estragos. Apunta directamente al talón de Aquiles del presidente González, y pone en duda su credibilidad y su palabra como gobernante. Suele hacerlo en tono irónico, pero aprovecha cualquier oportunidad para sacar a colación un rosario de incumplimientos. Arriola le ha instruido convenientemente al respecto. Otra idea clave es mantener el discurso en un tono moderado, distanciándose de las campañas del anterior candidato Manuel Fraga y huyendo de la prepotencia y del ataque al adversario sin ton ni son. Ironía, mordacidad, sarcasmo, es la consigna. Aznar gana en agresividad a medida que avanza la campaña, pero la matiza según el lugar y el medio.

La organización de los viajes queda en manos de la secretaría general adjunta de Organización Territorial de Juanjo Lucas, auxiliado por Juan Carlos Vera y Pedro Viñarás. La prensa escrita también es objeto de especial atención.

—Todo el que pedía una entrevista, ya fuese del *New York Times* o del último boletín parroquial, la tenía —afirma Miguel Angel Rodríguez—. Y dio resultado.

Fiel a su forma de trabajar, Aznar solicita ideas para los guiones de sus intervenciones de acuerdo con los mensajes previamente establecidos. A la hora de la verdad, en los mítines o ruedas de prensa, él mismo cambia los contenidos o la forma de los mismos.

—Nunca sabías por dónde iba a salir —dice uno de sus asesores, que prefiere quedar en el anonimato.

El candidato popular y su equipo permanecen de viaje desde el martes 10 de octubre hasta el viernes 27, y recorren un total de 14.000 kilómetros. Fraga le supera en 4.000 kilómetros. Pero Aznar cuenta con una ventaja: su predecesor le hace básicamente la campaña en la sinuosa y orográficamente difícil Galicia.

Allí donde hay aeropuerto, Aznar y su reducido equipo

personal se desplazan en un *jet* privado Falcon-20 para siete personas, lo que les permite volver por la noche a Madrid. El alquiler del avión cuesta al PP una cifra cercana a los once millones de pesetas, azafata incluida.

Apenas duerme, y se alimenta de sandwiches y coca-colas que toma a bordo del avión o en el vehículo de turno. Por la noche, si la cafetería del hotel no está cerrada, suele tomar algún plato caliente. Hombre de tensión baja, la noche le va muy bien, pero por la mañana ofrece un aspecto deplorable. Se levanta «grogui», y aprovecha el asiento delantero del coche para echar alguna cabezadita. Su semblante no cambia ni se inmuta. Es difícil deducir cómo van las cosas si el punto de referencia es la cara del candidato.

—José Mari tiene parálisis facial —suele decir en broma Rodrigo Rato.

Rato y Aznar son amigos desde hace mucho tiempo. Ambos son licenciados en Derecho y comparten en esencia los mismos planteamientos políticos y estratégicos. Rodrigo tiene tres años más que su jefe, pero son de la misma generación. Además, Aznar trabajó para él durante algún tiempo como asesor jurídico de la Rueda de Emisoras Rato, antes de que pasara a manos de la ONCE.

Con la fórmula de Fosforito

La primera parte de la campaña no ofrece datos para la euforia ni el optimismo en el Partido Popular ni en su joven candidato. Es cierto que el nivel de conocimiento del líder aumenta rápidamente, que no hay rechazo, que los españoles le ven como «un buen chico», serio y con sentido común en las cosas que dice, pero las encuestas no arrojan signos esperanzadores que permitan atisbar el logro del objetivo propuesto: romper el techo de Manuel Fraga, auténtica obsesión del «delfín». En Génova 13, el equipo que ha tomado recientemente el poder evalúa esa posibilidad, y sus miembros son conscientes de que los «cuchillos largos» están afilados. Los «manchistas» no han perdonado el haber sido barridos, y la «vieja guardia» no está conforme con el nuevo retiro de Fraga en Galicia. Todos temen el batacazo, menos el principal responsable. Los asesores apuestan, ¡qué remedio!, por vender imagen de «antilíder» y «anticarisma». Para genios ya está Felipe. Los americanos creen que en *marketing* político no hay nada más rentable en circunstancias políticas normales que ser *the boy next door* (el chico de al lado), el vecino que ofrece confianza, que es igual que uno mismo y al que a cualquier hora se le puede pedir sal, azúcar o un bollo de pan. Si además se dice al elector lo que éste desea oír, la fórmula está garantizada.

El Audi 100 2.2 E blindado, color gris metalizado, seis millones a precio de mercado, propiedad del Partido Popular, enfila pasadas las diez de la noche del sábado 21 de octubre la carretera de Barcelona. Va seguido por un Lancia Thema perteneciente al servicio de escolta de la Dirección General de la Policía, en el que viajan Luis, Pedro, Paco y Emiliano, los mismos agentes que cuidaban de su seguridad en Valladolid.

El Audi es conducido por Juan Vilches, un extremeño de cincuenta años, militante del PP y amigo personal del candidato, con el que ya realizó la campaña castellana en junio de 1987, para posteriormente retirarse a una finquita que tiene en Badajoz. Ahora ha vuelto a ser llamado para conducir el coche del líder de la derecha. Vilches y Aznar suelen tener frecuentes broncas a propósito de coches y maneras de conducir. Es el único chófer particular del mundo que llama indistintamente a su jefe de «tú» y «señor».

De copiloto, como siempre, va José María Aznar, que consume un bocadillo, unos panchitos y una cerveza. Detrás, Ana Botella y Encarnación Valenzuela intercambian puntos de vista sobre el mitin de Zaragoza, que acaba de tener lugar en el polideportivo Paraíso de la capital maña. De «teloneros» del candidato a la Presidencia han actuado José Ignacio Sanao, Luis Fernando Rucio y Félix Pastor Ridruejo, este último por petición expresa del líder.

—¡Qué tipo tan estupendo es Félix! —exclama Ana refiriéndose a Pastor Ridruejo, que ha precedido en el uso de la palabra a su marido.

—Oye, sí, y es un gran mitinero —responde Curry.

—Y lo que quiera. Es un fuera de serie —sentencia Ana.

Hasta Barcelona hay 296 kilómetros, y esperan llegar a la Ciudad Condal pasada la medianoche. En el hotel Princesa Sofía ya están reservadas las habitaciones y el salón para la conferencia de prensa que tendrá lugar a las diez en punto de la mañana siguiente. El coche de los cuatro escoltas se las ve y se las desea para seguir el ritmo que imprime Vilches, al que consideran un «cachondo» y «un poco venao». Un autobús con periodistas también les sigue, aunque a su ritmo. Juan Vilches tiene orden de conectar la radio todas las horas. A las doce en punto se encuentran ya cerca de Barcelona. Radio Nacional de España, en su edición *Veinticuatro horas*, recoge una encuesta que ese día publica *Diario 16* según la cual el PSOE recupera votos y se sitúa en el límite de la mayoría absoluta; Izquierda Unida crece vertiginosamente, y se hunden el CDS y el Partido Popular al que el sondeo no da más de setenta y cinco a ochenta escaños. Este último dato es un mazazo para las damas. Un auténtico jarro de agua fría.

—¡Qué horror! —exclama Ana.

Se hace un espeso silencio. A los pocos segundos, el copiloto, que ya ha terminado su bocadillo y los panchitos, se vuelve ligeramente hacia atrás y casi imperceptiblemente musita:

—Esa encuesta está mal hecha...

—¿Qué dices, José? —pregunta su esposa nerviosa.

—Digo, Ana —recalca elevando el tono de voz—, que esa encuesta está mal hecha. Por una razón bien sencilla: el centro y la derecha existen en España, tienen un voto fijo, y en la encuesta no aparecen. ¿Entiendes?

—Bueno, tú sabrás; si lo dices, será por algo. Yo me alegro.

El candidato dispone de sus propias encuestas. ¡Arriola

es un fenómeno! Según esos sondeos, a estas alturas tiene ya garantizado un mínimo de cien diputados. Pero el objetivo irrenunciable es romper el techo de Fraga. Queda una semana para las elecciones, y hay que echar el resto.

En Cataluña —Barcelona, Lérida y Tarragona—, Aznar prosigue el ataque al centro que había iniciado tres días antes, el 19 de octubre, en Avila. «Yo soy de centro», enfatiza hasta el final. «Tengo el derecho de pedir el voto de centro», es el argumento machaconamente repetido hasta el día de reflexión. Dispone de datos fehacientes sobre el hundimiento de Adolfo Suárez, y no sólo por las encuestas de GADES, sino también por informaciones fidedignas de importantes hombres de la banca y los negocios, entre los que percibe un cambio claro de actitud en los últimos tiempos. Mario Conde, por ejemplo —¡un olfato privilegiado!—, ha cambiado de actitud respecto al Partido Popular.

El banquero de trayectoria fulgurante apuesta meses atrás por Adolfo Suárez y su CDS en las elecciones europeas de junio, pero, tras conocer los resultados, intuye que el final del duque está próximo. Como cuando a mediados de noviembre de 1986, durante una cena que organiza Félix Pastor Ridruejo en el restaurante Jockey, le dijo fina y educadamente a Manuel Fraga que había sonado la hora de la retirada, hiriendo profundamente los sentimientos del ciudadano de Villalba. Quince días más tarde, don Manuel abandona.

Pero Conde ha prometido ayuda a Suárez, y éste obtiene su apoyo económico.

—Gerardo, ¿cuánto dinero necesitas para Madrid? —pregunta Suárez a un presidente regional del CDS.

—Todo lo que puedas mandarme se agradece, Adolfo.

—Bien, no te preocupes. Te llegará, pero de esto no le digas ni una palabra a José Ramón Caso.

—De acuerdo, Adolfo. ¿Cómo llegará?

—Tú no te preocupes; llegará —asegura el duque.

Antes de la campaña europea algunas sedes regionales del CDS reciben ciertos paquetes sin otro distingo que el nombre del presidente correspondiente y su dirección. Algunos creen que contienen libros o folletos, y los depositan con despreocupación sobre los asientos, en la bandeja trasera de sus vehículos o en el maletero, donde permanecen varios días e incluso semanas. Al abrirlos, la sorpresa es mayúscula. Los paquetes están repletos de billetes de diez mil pesetas nuevecitos y estirados.

José María es consciente de la situación del CDS, y adopta un planteamiento de «ataque sin piedad al centro». Se inician ya desde el PP los primeros contactos con personalidades del CDS que vislumbran el hundimiento del barco, especialmente en Castilla y León, uno de los feudos tradicionales del partido centrista. Hombres como Ovidio Fernández Carnero, presidente de la poderosa Diputación de Valladolid, no ven claro el futuro del CDS, lo mismo que la dirección centrista de Cataluña, y lo abandonan en la primavera de 1990. La desbandada es general.

En el resto del país, la campaña transcurre dentro de la normalidad. Todos los que encabezan las listas en provincias son hombres del «aparato», y se limitan a cumplir las instrucciones emanadas desde Madrid y a trabajar. Aznar les ha ordenado que traten de ir captando a los líderes empresariales y sociales que hasta la fecha no han querido saber nada de la derecha.

Lucas, que tiene toda la «retranca» de los campesinos sorianos y la experiencia de su paso por UCD, ha hecho firmar antes a todos los candidatos un compromiso político de lealtad al grupo parlamentario. Junto a este documento, imprescindible para poder ser candidato, ha preparado también con la ayuda del letrado Michavilla otro más sibilino de tipo económico, según el cual los diputados y senadores se comprometen a cobrar el sueldo oficial a través de la tesorería del partido, como ha venido haciendo desde tiempos atrás el PSOE. Con ello se trata de cercenar cualquier veleidad de pasarse al Grupo Mixto. Además, el eficaz secretario general adjunto —y el único colaborador que le habla al candidato como un hermano— ha exigido a alcaldes y presidentes de diputación poner su cargo a disposición del partido por escrito.

—¡Con estos papeles firmados, a ver quién tiene ahora los santos cojones de irse! —apostilla eufórico Juanjo.

Quizás el suceso más relevante se produce en Madrid, donde el número dos de la candidatura es Miguel Herrero y Rodríguez de Miñón. Sus primeras fricciones con Alberto Ruiz Gallardón, candidato al Senado y jefe *in péctore* de la regional madrileña, no tardan en producirse. Herrero quiere hacer y deshacer en la cuestión de medios y campaña, pero rápidamente sale al paso «Gallardín», que inequívocamente le dice:

—¡Cuidado, Miguel! Este predio es mío.

Dentro de la dirección del PP hay quienes sostienen que Miguel Herrero pretende demostrar con un buen resultado en Madrid que él es alternativa; ello le colocaría en inmejorables condiciones para optar de nuevo a la jefatura del partido, en el supuesto de que Aznar se estrellase en la contienda o en cualquier esquina. Las relaciones entre ambos son frías y distantes. Los testimonios al respecto ofrecen pocas dudas. Así, por ejemplo, una vez finalizado el debate sobre el «caso Guerra» el 1 de febrero de 1990, Herrero pregunta en los pasillos del Congreso de los Diputados, dirigiéndose a un diputado de su grupo:

—¿Por qué la oposición arma tanto follón con este problemilla? No lo entiendo. Desde luego, el mejor orador ha sido Alejandro Rebollo.

Rebollo, representante del CDS, había echado un capote al vicepresidente Guerra. La conclusión para el diputado popular interpelado estaba clara: Herrero huele sangre.

A medida que van pasando los días, la garganta de José María se resiente y pierde voz. El día 23 de octubre, a las dos de la tarde, se posa en el aeropuerto murciano de San Javier un Falcon-20 propiedad de la compañía Gestair con siete pasajeros a bordo. A las tres menos veinte está prevista una comida-mitin con militantes del partido en el restaurante Royal Palace, situado en la carretera de Santa Catalina de Murcia. Asisten setecientas personas. Ana Botella observa que la voz de su marido no está en buenas condiciones, y que todavía restan jornadas muy duras hasta el 29 de octubre. Entre la comida-mitin y el café con periodistas previsto, Ana prepara a su marido un vaso con agua en el que vierte unos polvos para que haga gárgaras.

—¡Vete tú a hacer gárgaras, yo no tomo eso! —rechaza con enfado José María.

Con esos polvos le persigue hasta el final de la campaña Antonio Cámara, también con escasos resultados.

Por esas fechas, una cantante de ópera muy conocida, que ha insistido en dejar su nombre en el anonimato, ve por televisión un mitin de Aznar. Observa que tiene la voz afónica y desacompasada. Le cae bien ese chico. Llama a Información y solicita el teléfono de la centralita del Partido Popular.

—Oiga, soy la soprano... y me da pena oír la voz del señor Aznar en ese estado. Le voy a votar, y no me explico cómo dejan ustedes que tenga la garganta así.

—¿Qué quiere usted que hagamos, señorita? ¿Cómo lo podemos arreglar? —pregunta Marisa Granja, secretaria del líder.

—Mire, tome nota, cómprenle las pastillas Hibitane y Lizipaina, son las que usamos todos los cantantes. Que las combine en la boca.

El día 25 de octubre, en Sevilla, los militantes andaluces son informados de que su candidato viene «cascado». En la sede provincial le ofrecen un vaso con una fórmula que los sevillanos consideran mágica.

—¡Presidente, bebe esto! —ofrece el «manchista» Gabino Puche.

—¿Qué es? ¿No será veneno? ¡Ja, ja, ja!

—Bebe, te hará bien.

Se trata de un zumo elaborado a base de hierbas, miel y limón. Es la fórmula que toma el gran «cantaor» Antonio Fernández Díaz «Fosforito» para tener a punto la garganta. Surte efecto. Puche se ha ganado su candidatura a la presidencia andaluza.

El momento más importante desde el punto de vista político en la campaña de 1989 es el viaje a La Coruña del domingo 15 de octubre. Allí está el «patrón», en pleno esfuerzo gallego, y hay que andarse con tiento y cuidado exquisito. Los jefes de prensa respectivos, Enrique Beotas y Miguel Angel Rodríguez, andan a la greña por celos profesionales. En concreto, la «guerra» estalla a propósito de los equipos de seguimiento de televisión. Los dos persiguen para sus jefes el mejor tratamiento y, a veces, los intereses personales no son coincidentes.

A las diez de la mañana, José María se reúne en el hotel Riazor con los candidatos y los presidentes locales de El Ferrol, La Coruña y Santiago. Fraga está ausente. Luego graba una hora de programa para Antena-3 Galicia, que realiza el periodista Bieito Rudido. A las doce y cuarto está prevista una conferencia de prensa en el primer piso del mismo hotel, a la que asiste la prensa nacional y gallega. Va a ser conjunta con Fraga. Pero éste no aparece. Aznar comienza a impacientarse. Don Manuel no desea asistir, para dejar así todo el protagonismo a su sucesor. Pero el candidato reclama su presencia; manda en su busca a Rodríguez.

—Don Manuel, estamos esperándole para iniciar la rueda de prensa.

Miguel Angel lleva las gafas sujetas con un cordón que le permite quitárselas y colgarlas del cuello. Fraga se fija en el detalle y, en uno de sus rasgos ingenuos, dice:

—Muy buena idea esa del cordón, mi querido amigo, evita perder muchas gafas.

Rodríguez se quita el cordón y se cala las lentes.

—Se lo regalo, don Manuel.

—Pues no sabe usted cómo se lo agradezco, Rodríguez. Bien. Vamos allá.

Aznar se levanta al hacer su aparición el presidente fundador. Le da un abrazo. Todo parece preparado. Los periodistas gallegos tienen mucho interés en conocer quién de los dos es el jefe en esos momentos.

—El que manda en el partido es don José María Aznar... naturalmente, porque yo he querido —responde Fraga.

Estaba dicho. El sucesor buscaba una declaración en ese sentido, realizada públicamente. Luego vino la cuestión del aborto, y la posición oficial del Partido Popular sobre tan polémico asunto.

—Ustedes ya conocen mi pensamiento al respecto, pero quien debe contestar es el señor Aznar, que es ya el jefe del partido, insisto, por delegación mía —subraya Fraga.

Hablaba para consumo interno, por si quedaba alguna duda. Fraga le deja hacer. Apenas interviene en la campaña de las generales. El se dedica a Galicia. Hablaron en dos ocasiones por teléfono. Aznar, como todo buen Piscis, necesita calor, arropamiento, cariño para sentirse a gusto en los mítines. Prefiere los sitios cerrados, los polideportivos en los que se puede ver la cara de la gente y palpar el aplauso y el entusiasmo. El lunes 23 de octubre, el Partido Popular en la Comunidad Valenciana, que preside Pedro Agramunt, decide que Aznar está en condiciones de llenar la plaza de toros. El candidato tiene sus dudas y sus temores. Pero cuando llega al coso taurino de la calle Xátiva a las ocho de la tarde se queda sobrecogido; no cabía un alma. Comenzó su discurso frío, suave, para ir subiendo de tono y no dejar al final títere con cabeza. Al día siguiente, José María Benegas le llamaría públicamente «crudito». Tardó una hora en llegar caminando hasta el hotel desde la plaza de toros. Sus partidarios, entre ellos muchas jovencitas, le destrozan la chaqueta y le arrancan los botones.

—Sí que me ha salido caro el mitin —comenta a su esposa al llegar a la habitación del hotel Astoria Palace.

Fue su mejor mitin, el que dio moral al equipo. A partir de entonces sus colaboradores se burlan de él y le llaman con sorna «líder carismático», lo que no hace mucha gracia al presidente popular.

Durante la campaña revela asiduamente tres de sus características manías: viajar siempre en el asiento delantero, pagar las consumiciones de su bolsillo, sin permitir invitaciones de nadie, y no desprenderse de una cartera raída. Sus colaboradores afirman que como jefe «es muy poco cachondo», aunque le reconocen un sentido del humor «muy raro». Los despachos con sus colaboradores duran cinco minutos, salvo casos excepcionales. Si hay confianza, escucha y dice: «Házlo.» «No lo hagas.» «Vete.» «Vale.» «De acuerdo.»

La anécdota de la campaña para las legislativas tiene lugar el 25 de octubre, entre las bahías de Málaga y Cádiz. Los organizadores han previsto un encuentro en alta mar con los pescadores. Por la mañana, el temporal de levante es tan fuerte que le aconsejan no hacerse a la mar, pero él decide no amilanarse. Su barco parte del puerto, pero no encuentra pescador alguno al que dirigirse; han decidido, con buen criterio, amarrar sus barcos. Lo único que pesca Aznar es un mareo de campeonato, con vómitos incluidos. Al final, el desencuentro por incomparecencia es sustituido por un mitin por radio. En los puertos, los duros pescadores sureños se parten de risa.

—¡Cómo se nota que este chico es de tierra adentro!

Para el cierre de campaña en televisión, Rodrigo Rato le prepara un discurso en el que se contienen las líneas maestras del programa del Partido Popular. Lo redacta con mimo, tras mucho estudio y cuidado. Aznar se niega a leerlo. A través de la pequeña pantalla simplemente dice:

—Pertenezco a una generación joven, llena de ilusión y de esperanza. Generación que ni siquiera hizo la transición y que cree, sobre todo, en la convivencia y en la libertad.

El equipo «aznarista» todavía se muestra hoy convencido de que si la campaña hubiese durado una semana más, el PP habría conseguido llegar a los 130 diputados, cifra un tanto pretenciosa y carente de lógica, sólo atribuible a la euforia que envuelve desde entonces a la militancia y a la dirección de esta formación política, y que se quiebra con la grave crisis interior y exterior que provoca el «caso Naseiro».

El candidato quiere que su campaña se cierre simultáneamente en Valladolid y Madrid. La capital vallisoletana ha sido su residencia durante casi dos años, y Castilla y León le dará buena muestra de la aceptación de su gestión como presidente de la Comunidad. Gana en las nueve provincias. Ha sido la única vez que se le ha visto eufórico, exultante y triunfalista.

José María Aznar es un hombre que necesita tener cerca a su familia en los grandes acontecimientos. Pide a su mujer que los tres niños asistan al mitin final en Madrid, y que viajen en el coche con ambos. A su llegada a la Plaza de la Lealtad de Madrid, una multitud de fotógrafos se abalanza sobre el coche del candidato disparando sus *flashes* y provocando el terror en la pequeña Ana, que despavorida comienza a gritar, «¡Mamá, mamá, qué pasa!», mientras se tapa la cabeza con las manos.

Para el discurso final no quedaban más cartuchos en la recámara. Lo que había que decir se dijo ya a lo largo de veinte días: había llegado la hora del «recambio», de la eficacia, de cumplir el compromiso adquirido, de la austeridad y la honradez. Sólo resta esperar la respuesta de los españoles. Cerrado el acto, José María y Ana se van a dormir a Valladolid. Conduce él —así se relaja—, mientras Vilches le gasta bromas acerca de lo «manta» que es al volante. Hay que votar pronto al día siguiente en la capital del Pisuerga, donde siguen censados, para volver rápidamente a Madrid.

La noche del Vega Sicilia

29 de octubre, domingo. Ocho de la tarde. España vota en paz y libertad. Planta séptima de Génova 13. En un despacho que da a un patio interior de quince metros, con una estatua en miniatura del Cid, trabaja un hombre joven en mangas de camisa. Tiene la radio encendida y lee teletipos. En la puerta hay un rótulo en negro que dice: «José María Aznar, vicepresidente». En el antedespacho, Marisa Granja se ocupa de los teléfonos, que echan humo; toma nota de las llamadas, pero no pasa ni una. El jefe sólo está para Manuel Fraga y Felipe González. A media tarde ha pedido su

tradicional café con leche y una magdalena. A unos metros, en otro despacho más a la derecha, se encuentran Antonio Cámara y dos mujeres. Una es la esposa de Aznar, que hace poco ha llegado de casa muy maquillada y muy puesta. Está nerviosa. La otra, una periodista que ha acompañado ininterrumpidamente al candidato durante la campaña como asesora. Va a llegar la hora de la verdad. Tienen los nervios a flor de piel. El esfuerzo de muchos días está en el aire, y muchas ilusiones pueden desvanecerse en un instante como el humo. El secretario general, Francisco Alvarez Cascos, que ha llegado de Asturias, tiene conectadas la radio y la televisión en su despacho, justo al lado de la caja fuerte de color amarillento deslucido que tantas verdades conoce de los catorce años de vida de la derecha española. Rodrigo Rato, el director de la campaña, no anda muy lejos. Todos están atentos a las grandes cadenas de radio, que han anunciado un avance de los sondeos realizados sobre votos reales, y que *a priori* ofrecen alta fiabilidad. La SER, en la voz de Iñaki Gabilondo, lo hace a través de Demoscopia; la COPE, por medio de Javier González Ferrari y la empresa Sigma-2, que dirige el sociólogo Carlos Malo de Molina; Radio Nacional de España ha contratado los servicios del grupo Melis, cuyos resultados presenta Luis de Benito.

La horquilla coincide: el PSOE se mueve en el filo de la mayoría absoluta, seguido del Partido Popular con 105 o 108 escaños. No hace falta esperar más. Ana Botella irrumpe en el despacho de su marido dando saltos de alegría. «¡Lo hemos conseguido, lo hemos conseguido!» El permanece sentado, frío y tranquilo, como si nada sucediese. Ana está exultante, y se acerca a dar un beso y a hacer una carantoña a su marido. En un instante comienza a llegar gente: Alvarez Cascos, Rodrigo Rato, Arturo Moreno, y los amigos Juan Vilalonga y José Montesinos con sus esposas.

—¡No me creíais, tontos! —les espeta Aznar con una amplia sonrisa de autosuficiencia.

—¡«Pasmao», que eres un «pasmao»! —replica cariñosamente su mujer.

El líder manda a Marisa traer unos vasos de plástico y, dirigiéndose a un rincón del desnudo despacho, saca una caja de botellas de vino Vega Sicilia del 70, presente del propietario de las bodegas, entre el regocijo de la concurrencia.

—¡Por el líder con el labio congelado! —grita Rato.

—¡Dejaos de coñas! —replica frunciendo el ceño Aznar.

La gran prueba parece superada con notable alto. Por la mañana se han estudiado los distintos supuestos electorales, y cómo afrontar un eventual resultado adverso o catastrófico. Rato, Moreno, Aragonés, Valenzuela y otros miembros del equipo contemplan tres supuestos con vistas a la rueda de prensa de la noche:

1. Resultado magnífico: romper el techo de Fraga. Comparece el candidato en solitario. Una sola silla.
2. Resultado discreto: 95 a 100 escaños. Comparecen el candidato y el secretario general. Dos sillas.
3. Resultado malo: 75 a 90 escaños. Comparecen el candidato, el secretario general y el director de campaña. Tres sillas.

«No hay ningún supuesto», advierte muy serio y circunspecto Aznar cuando le exponen el plan. «Voy a sacar un mínimo de 106 escaños.» A Cascos esa «tesis de las sillas» le parece una solemne tontería, y al final comparecerá Aznar flanqueado por el secretario general y el director de la campaña.

Pero esos son los resultados de los sondeos de empresas privadas, sin ninguna validez oficial. En el Palacio de Exposiciones y Congresos, donde el Ministerio del Interior ha instalado el ordenador central bajo la supervisión del «mago» de la informática del PSOE Luis Pérez —hermano del humorista Peridis—, todo es un caos. Tan pronto el Partido Socialista rebasa ampliamente la mayoría absoluta, como le faltan tres escaños. Para combatir la escasez de datos, el Gobierno, que ha invitado a más de dos mil personas —embajadores, empresarios, artistas, intelectuales, jerarquía eclesiástica, etc.—, ofrece una fiesta con excelente *buffet* en la planta segunda del Palacio. Salmón, carne braseada, jamón serrano y merluza son la base del ágape, todo ello bien regado con cava, rioja o güisqui. De postre, fruta variada, pastelitos y tarta en abundancia. Diez millones cuesta el convite.

Mientras tanto, en Génova 13, pasados los primeros momentos de euforia, el candidato ha reunido al «círculo interior». No pierde de vista las informaciones que facilita la televisión, y se impacienta cuando se anuncia que la conferencia de prensa prevista por el vicepresidente del Gobierno se retrasa hora y media. Los rumores sobre extraños manejos que han comenzado a circular por las redacciones de los medios, unidos a la ausencia de información oficial, preocupan en el Partido Popular.

—Rodrigo, esto es una vergüenza. Lo primero que hay que hacer en cuanto se constituya el nuevo Parlamento es pedir responsabilidades al Gobierno por esta mascarada.

—¡Caray, José Mari, sí que empiezas fuerte! —apunta Alvarez Cascos.

—¡Coño, pero si esto es impresentable! Es un secuestro de datos en toda regla. Rodrigo, hay que preguntar también por el censo tercermundista que tenemos después de seis elecciones generales... No me gusta nada lo que está pasando. Nada... Nada. Hay que exigir responsabilidades. No vamos a permitir que el Gobierno vaya al Congreso todas las tardes de paseo.

Ya ha transcurrido la medianoche. Las primeras ediciones de los periódicos son un poema. No hay manera de enterarse de nada. Unos dan como segura la mayoría absoluta; otros que el PSOE la ha perdido irremisiblemente.

Manuel Fraga ha llamado desde La Coruña.

—José María, enhorabuena. Estoy muy satisfecho.

—Gracias, don Manuel.

—Nos vemos mañana en Madrid. Buenas noches.

Antes de acercarse al hotel Palace, donde su partido ha montado una fiesta restringida y de alto *standing* a la que se franquea el paso tras presentar estricta invitación personal,

Felipe González conoce en el palacio de La Moncloa el grueso de los resultados electorales. Roza la mayoría absoluta, y en cualquier caso cuenta con respaldo parlamentario suficiente como para poder gobernar cuatro años más. Al menos, eso piensa. Ordena a Ana Navarro que marque un número directo y pregunte por José María Aznar.

—Creo que debo darte la enhorabuena, José María.

—Y yo a ti, Presidente.

—Tengo intención de convocarte próximamente para hablar de muchas cosas.

—Lo que tú quieras, Presidente. Pero ya te advierto que no me dejaré hacer «escenas de sofá»...

—¡Ja, ja, ja! Bueno, te reitero mi enhorabuena. Creo que según estaban las cosas, has obtenido un buen resultado...

—Espero mejorarlo.

—Buenas noches.

—Buenas noches, Presidente.

Entre las llamadas imprescindibles a realizar en la «noche del triunfo», está la que efectúa a su amigo y colaborador Juanjo Lucas, que se la ha jugado en varias ocasiones por él. Además, ha dado ejemplo en su circunscripción. A las dos de la madrugada el hotel Alfonso VIII de la ciudad de Soria es una fiesta.

—¡Enhorabuena, Juanjo! Has tenido el cuarenta y ocho por ciento de los votos. El mejor resultado de España.

—Enhorabuena a ti, presidente. Hoy se han roto muchos esquemas.

—Nos vemos mañana en Madrid. Un fortísimo abrazo.

—Lo mismo, presidente. Repito: hoy se han roto muchos esquemas.

Por delante queda un programa agotador y repleto de problemas, pero la gran prueba ha sido superada con éxito. Hacia las tres de la madrugada, el matrimonio Aznar abandona la sede del partido con destino a su casa. El líder está cansado, no habla y va sentado al lado de Vilches. Parece ensimismado. Reflexiona: «He desbloqueado la situación política. Se nos decía que no éramos alternativa, que no practicábamos la oposición...»

A esa hora todavía hay bastante gente por la calle. Contempla a los barrenderos municipales, que hacen un ruido espantoso con sus camiones. Ya hace frío en Madrid...

«Ahora hay una alternativa clara, que en cuatro años tiene que estar en el Gobierno. A Felipe le he derrotado claramente en Madrid. Ya no son imbatibles. Lo he demostrado. Su gran almacén de votos está en Extremadura, Andalucía, Castilla-La Mancha; el voto urbano les ha vuelto la espalda», sigue meditando Aznar.

El Audi 100 enfila la calle de Arturo Soria.

—Señor, ¿le pongo a Julio Iglesias?

—No, Juan. Gracias.

La pareja de policías nacionales que, desde hace mes y medio, monta guardia permanente en el portal de su casa, se cuadra militarmente.

—Enhorabuena, señor Aznar.

Tendrán que seguir en su puesto de vigilancia en el Parque del Conde de Orgaz durante algún tiempo más.

La estrategia de los «cinco diálogos»

—Marisa, salgo.

—¿Dónde vas a estar? Es por si hay algo urgente.

—No lo sé. Yo llamaré.

—¿Y qué digo si pregunta alguien por ti?

—Que he salido.

Conversaciones como ésta son habituales entre José María Aznar y su secretaria, una administrativa con catorce años de servicio en la casa y de la total confianza del presidente. Pero, ¿dónde va el jefe de la oposición cuando «desaparece»? Generalmente, a verse con algún banquero o representante de los poderes fácticos, o a una entrevista «en la cumbre». Estos contactos los lleva en rigurosísimo secreto, y se enfada mucho cuando aparecen publicados en los medios de comunicación. No se los comenta ni a los colaboradores de más confianza.

Desde su toma de posesión efectiva como sucesor de Fraga, Aznar diseña una estrategia —que expone a los miembros más íntimos de su equipo— encaminada a abrir el partido a la sociedad, y que se conoce como estrategia de los «cinco diálogos». Es decir, con el poder económico y financiero, la Iglesia, los sindicatos, los profesionales y las fuerzas armadas.

Con el principal «poder fáctico», la banca y los empresarios, él personalmente asume la representación. En este sentido, desde noviembre de 1989 a febrero de 1990 mantiene entrevistas con todos y cada uno de los presidentes de los siete grandes bancos españoles, excepción hecha de Francisco Luzón, presidente del Banco Exterior de España, al que considera bajo la total égida del Gobierno. A finales del mes de marzo de 1990, Aznar realiza una ofensiva entre los más importantes financieros del país. José María Cuevas es su principal introductor en esos círculos, que, tras su éxito inicial al frente del Partido Popular, creen estar delante de una alternativa sólida, si bien la puesta en escena del «caso Naseiro» ha dado al traste con muchos planes y puesto en cuarentena determinados proyectos de colaboración. En cierto sentido, Naseiro, Sanchís y Palop han conseguido dinamitar la financiación del PP.

José María Aznar siente auténtico pánico a las cuestiones monetarias. Se ha desentendido, incluso, de la propia caja del partido, delegando esta competencia en Paco Cascos. Mario Conde es una de las personas con las que, pese a las reservas iniciales entre ambos, mantiene una relación más *in crescendo*. En ella intervienen los buenos oficios del notario Pastor Ridruejo. Sin embargo, en la casa de la derecha no pierden de vista la sibilina advertencia de algunos cualificados miembros del PSOE y del Gobierno: en cuanto Conde decida que se aburre en Banesto y opte por dar el salto a la política activa, a Aznar sólo le espera tener un buen entierro. Antes del escándalo del 9 de abril, era fácil para el líder de la derecha concertar un almuerzo con algún importante hombre de las finanzas, y aún espera que la relación pueda recomponerse. Así, a comienzos de abril come con el consejero delegado del Banco Santander, Santiago Echenique Gordillo, y el consejero Matías Rodríguez Inciarte, que quedan encantados con el «chico del bigote».

En relación con la CEOE, se habla en el PP de una clarificación en el esquema de relaciones, aunque Cuevas sigue siendo un punto de referencia. De su mano asiste a un almuerzo con el ministro Solchaga —Aznar no tiene ninguna relación con los miembros del Gobierno, incluyendo a Felipe González—, que resulta decisivo en el cambio de su discurso durante el debate de los Presupuestos en marzo de 1990. Días antes mantiene una comida en el Banco de España con Mariano Rubio y el subgobernador, Luis Angel Rojo, propiciada por el economista «thatcheriano», y ex diputado de Coalición Popular y economista Pedro Schwartz. Al almuerzo se lleva a Rodrigo Rato y al especialista en temas fiscales José Manuel García Margallo. Rubio quiere comprometerles en sus planes de reforma del sistema fiscal y en las drásticas medidas adoptadas para intentar rebajar el diferencial de inflación en relación con los países comunitarios.

Cuevas fuerza al presidente del PP a asumir en su discurso el «pacto para la competitividad», e invita a Aznar a alcanzar determinados acuerdos con el Gobierno que permitan a los empresarios reforzar sus posiciones. Las exenciones fiscales a los empresarios inversores es la primera concesión de Carlos Solchaga. Pero de la capacidad y habilidad para «soltar amarras» respecto a la patronal y sus intereses depende en buena medida que se inicie en la práctica la «era de independencia» que anuncia a los cuatro vientos en el Congreso de Sevilla. Algunos avisos han sido ya dados.

—¿Por qué tengo que llevarme mal con los empresarios, a ver, por qué? —pregunta Aznar cuando se le pregunta por esta relación.

La revista *Cambio 16* publica el 12 de mayo de 1990 un

suelto titulado «Aznar llamado al orden», en el que se informa que el PP y sus máximos dirigentes han recibido en los últimos días varios mensajes procedentes de grupos de presión financieros y económicos. Sugieren que se rebaje la actitud de total oposición a las iniciativas del Gobierno socialista. Julia Navarro anuncia una semana después, el 19 de mayo, en el semanario *Tiempo*, que Aznar y la derecha económica van a tener sus más y sus menos a cortísimo plazo. «Hay unos cuantos banqueros y empresarios que culpan a los populares de todas y cada una de las concesiones que Felipe González, vía Solchaga, está haciendo a los sindicatos.» En cualquier caso, tras el «caso Naseiro» nadie quiere ver a un empresario para pegarle un «sablazo». Las cañerías económicas han sido reventadas. La solución debe venir vía Presupuestos.

La Iglesia es otro de los «diálogos» que a la nueva derecha le interesa mantener de forma permanente e institucional. En el mes de septiembre de 1989, cuatro semanas antes de las elecciones generales, Aznar ordena al secretario general, Francisco Alvarez Cascos, conectar con el «número dos» de la jerarquía católica española y hombre fuerte de la misma, el obispo Agustín García Gasco. FAC lleva en su maletín, muy leída y subrayada, la instrucción pastoral de la comisión permanente de la Conferencia Episcopal Española, «Los católicos en la vida pública», que es algo así como la *Biblia* de lo que la jerarquía piensa que deben hacer los políticos católicos. La reunión se celebra en el despacho del secretario general de la Conferencia Episcopal, en la calle de Añastro número 1 de Madrid.

—La Conferencia Episcopal, señor secretario general del Partido Popular —inicia la conversación García Gasco—, para responder a las exigencias de los tiempos presentes, y en continuidad con la exhortación «Testigos del Dios Vivo», trata de impulsar la presencia y la intervención en la vida social y política.

—Sí, monseñor —contesta Cascos—. Yo he venido aquí a conocer con exactitud el terreno en el que ustedes se mueven.

—Reconocemos —prosigue Gasco— que se han dado avances importantes en materia de libertades públicas, extensión de la enseñanza, libertad religiosa y participación ciudadana que los cristianos compartimos y apoyamos.

—Sí, monseñor...

—Pero al mismo tiempo, los obispos españoles vemos con preocupación el poder hegemónico conseguido por el PSOE, con la tentación de remodelar todo según su criterio...

—¡Ah, perdone monseñor, en eso coincidimos! Pero nosotros no tenemos la culpa... o toda la culpa —corta FAC.

El secretario general de la Conferencia Episcopal informa a Cascos de que para la Iglesia son derechos irrenunciables el reconocimiento de la sociedad sobre el Estado, la solicitud para con los más desfavorecidos en la convivencia social, y la solidaridad con los diversos pueblos y grupos sociales. El dirigente popular señala a Gasco la posición de su partido:

—En líneas generales estamos básicamente de acuerdo con el planteamiento de los obispos. Pero quiero dejar una cosa bien clara ante la nueva etapa: el PP no va a ser más papista que el Papa... Nosotros somos un partido laico y, aunque un gran porcentaje de nuestros militantes y votantes son católicos, entendemos que no podemos ni debemos practicar la política de un partido confesional y clerical.

Esto no gusta en exceso al «número dos» de la jerarquía católica, que expresará su queja a través del diario *Ya*. El obispo entiende ahora al asturiano, quien, en resumen, mantiene la tesis de que si la Iglesia española, legítimamente, no quiere alinearse junto a ninguna fuerza política, la viceversa resulta obvia. Alvarez Cascos prepara así una entrevista en la cumbre, que mantienen a mediados del mes de febrero el presidente del Partido Popular y el de la Conferencia Episcopal, cardenal Angel Suquía Goicoechea.

Aznar expone al máximo dirigente de la Iglesia española sus ideas:

—Nuestra misión, señor cardenal, no es hacer «parroquia», y deseamos mantener con la Iglesia unas relaciones normales y periódicas.

—Pero ustedes son cristianos —apostilla Suquía.

—En efecto, pero mi misión como político no es evangelizar, sino obtener la confianza en las urnas del mayor número posible de ciudadanos. Evangelizar es su responsabilidad directa, señor cardenal.

El equipo de Aznar sabe bien que la dirección eclesiástica se ha desmarcado en los años recientes de Alianza Popular siempre que le ha convenido, y que se ha entendido directamente con el Gobierno socialista, como en el asunto de la financiación de la Iglesia. El líder conservador deja también claro a Suquía que está dispuesto a mantener la actual despenalización del aborto, «eso sí, sin ampliar los supuestos permitidos».

La primera materialización del «cauce ordinario» que se establece entre el episcopado y los nuevos jefes populares se produce a propósito de la Ley de Ordenación del Sistema Educativo (LOSE). El encargado de «conectar» con el episcopado es el portavoz del PP en la Comisión de Educación, Enrique Fernández Miranda, hijo de Torcuato, el inventor de la «trampa saducea». Aznar cuenta aquí con una ventaja: el responsable de Enseñanza de la Conferencia Episcopal es monseñor Delicado Baeza, obispo de Valladolid y amigo personal del líder de la derecha.

Dentro de la dirección del Partido Popular hay personas partidarias del «desenganche» civilizado respecto de la Iglesia, entre ellos el propio secretario general, que no olvida una anécdota ocurrida a Manuel Fraga y relatada por él ante varios testigos presenciales, con ocasión del debate sobre la ley del aborto presentada al Parlamento por el primer Gobierno socialista de Felipe González.

Corría el mes de julio de 1983; Alianza Popular se opone frontalmente a legalizar el aborto en cualquiera de sus supuestos. El jurista de verbo encendido José María Ruiz Gallardón es la voz que truena en la Cámara contra la «legalización del asesinato» que a su entender supone la ley del

PSOE. Cuando el presidente de AP, Manuel Fraga, se encuentra en su despacho reunido con varios dirigentes del partido, María Antonia, la secretaria, le comunica que tiene una llamada del secretario general de la Conferencia Episcopal, por aquel entonces el obispo Fernando Sebastián, el hombre que realmente llevaba las riendas de la jerarquía. El presidente de la Conferencia es en ese momento el obispo de Oviedo, Gabino Díez Merchán, «un cura de pueblo» en opinión de sus detractores, generalmente alineados en el ala conservadora del catolicismo español y del Opus Dei.

—Mucho gusto en saludarle, señor obispo —saluda Fraga.

Monseñor Fernando Sebastián recomienda al jefe de la oposición que no mantenga esa actitud frontalmente contraria a la ley, y que «dulcifique la postura».

—¿Es que ustedes se van a quedar más cortos que yo en la defensa de la vida y contra el aborto? —pregunta malhumorado don Manuel—. Yo defenderé la postura antiabortista hasta el final; no puedo comprender cómo ustedes los señores obispos pueden «rajarse» en un tema tan esencial y de conciencia como es el aborto.

Acto seguido, el presidente de Alianza Popular cuelga el teléfono.

—¡Desde luego —dice a sus colaboradores, que han escuchado la conversación—, no me borro de éstos porque mi madre me bautizó! —brama el presidente popular.

—¿Qué ha pasado, don Manuel? —pregunta el secretario general, que es uno de los presentes.

—Nada, que me llama Sebastián para que aflojemos la posición antiabortista que mantenemos, que somos excesivamente duros y tajantes. ¿Entienden ustedes algo? Yo no.

El 18 de noviembre de 1984, la Coordinadora Pro Libertad de Enseñanza convoca una gigantesca manifestación para protestar contra la Ley Orgánica reguladora del Derecho a la Educación (LODE), manifestación que es apoyada por Alianza Popular. El 12 de septiembre viajan a París los dirigentes de AP Alfonso Osorio, Alfredo Navarro y Carlos

Robles Piquer, acompañados del sacerdote Mariano Santamaría, de la orden de los Marianistas. En la capital francesa se reúnen con el partido de la oposición Rassemblement pour la République (RPR), de Jacques Chirac. El RPR ha organizado meses antes una manifestación monstruo en el centro de París, en protesta contra las medidas educativas del Gobierno socialista galo, que está a punto de caer a consecuencia de la movilización. AP desea informarse, aprender algunas cosas y ponerlas en práctica en España.

Pero la posición de la Iglesia francesa y la española es bien diferente. En la capital francesa encabeza la protesta el todopoderoso cardenal arzobispo de París, Jean-Marie Lustiger. Los obispos españoles comunican al Gobierno su decisión de no participar en la manifestación. La posición del arzobispo de Zaragoza y presidente de la Comisión Episcopal de Enseñanza, Elías Yáñez, fue definitiva. Preconiza a toda costa una negociación ininterrumpida con el poderoso Gobierno socialista para salvaguardar los intereses educativos de la Iglesia. El cardenal Suquía, sin embargo, es partidario de desatar de inmediato «una guerra de púlpitos» contra la LODE. Tal postura se repite casi milimétricamente en el debate de la actual LOSE y en las movilizaciones que se producen.

Las entrevistas entre el presidente del PP y de la Conferencia Episcopal se celebran a solas y en el cuartel general de la Iglesia española, en la calle de Añastro 1. Entre ellos se conciertan las líneas generales de actuación, y posteriormente se delega en otras personas para desarrollar los temas concretos.

En cuanto al «poder militar» como tal, casi ha desaparecido en España. Las especiales circunstancias históricas europeas y mundiales han llevado a los «hombres de caqui» a consumir sus horas en las salas de banderas, entre el aburrimiento y la nostalgia. Son, sin embargo, un colectivo de más de cincuenta mil hombres a los que no hay que olvidar y que tienen un ministerio propio. Y un voto en las elecciones. Hoy es el «poder fáctico» menos relevante en una sociedad civil, el que menos interesa y por tanto el que más oscurantismo refleja respecto a las relaciones del candidato a Presidente del Gobierno y los militares como institución. Sin embargo, José María Aznar ha mantenido relaciones personales y «discretas» con altos mandos militares y oficiales de prestigio, entre ellos el Jefe del Estado Mayor de la Defensa, teniente general Gonzalo Puigcervé Romá, el Jefe del Estado Mayor, teniente general Miguel Iñiguez del Moral, de la Armada, almirante Fernando María Nardiz Vial, y del Aire, teniente general Federico Michavila Pallarés. Todos ellos han sido relevados recientemente por el ministro Serra.

Los contactos los realiza a través de Federico Trillo, auditor militar de carrera, e hijo de general. El jefe de la oposición no puede mantener contactos «oficiales» con los jefes de las fuerzas armadas, y los mismos tienen lugar a título personal y en medio de una gran discreción, fundamentalmente durante almuerzos o cenas en casas particulares. El cambio del escenario mundial, con el derrumbamiento político de los países del Este, hace muy difícil mantener los planteamientos militaristas defendidos a ultranza antaño por la derecha española. Hoy la oposición mayoritaria se conforma con mantener el *status quo* reinante y la permanencia en la OTAN, y propugna una disminución de efectivos, aunque mejor dotados. Es decir, igual que el PSOE. Hasta la sede del PP llegan muchas quejas de suboficiales y oficiales de las fuerzas armadas, que se tramitan en la comisión correspondiente. A los líderes lo que realmente les interesa es la información interna de lo que sucede en los cuarteles, y sus «estados de oposición». Tienen sus propias fuentes.

Otro importante «diálogo» pasa por los sectores profesionales. La derecha tradicional ha visto a los sindicatos de clase como enemigos. Ha intentado construir con escaso éxito la «tercera vía» sindical mediante organizaciones sectoriales concretas, como la CSIF en la Función Pública, las organizaciones médicas o los sindicatos de prisiones. José María Aznar, sin embargo, es el único líder de la derecha española que ha asistido a la clausura de un congreso de una central sindical de izquierda, como la UGT, y a uno de Comisiones Obreras, una «central comunista». Ha comprendido que son parte esencial del sistema, y que hay que entenderse con ellos en lugar de combatirlos.

Pero el objetivo básico de Aznar es conectar con los profesionales liberales, que deambulan por la sociedad civil como lobos solitarios. En este sentido, mantiene una buena relación con la Confederación de Cuadros de España que preside el abogado Emilio Navasqués Cobián, ex militante del PDP. Pero la «fuerza tranquila» y su influencia en el mundo de las relaciones laborales es poca. Se trata de articular y penetrar el tejido social: desde futbolistas o jueces a gestores financieros. El mundo y la sociedad del futuro. Dicen.

CAPÍTULO 12

LAGRIMAS JUNTO AL GUADALQUIVIR

La primavera andaluza se muestra deslucida el domingo 1 de abril de 1990. Un diluvio cae sobre Sevilla, el olor a azahar se evapora, la ciudad es una pura obra ante la Expo-92, y el atasco adquiere dimensiones monumentales. En el Palacio Iberoamericano, a las once y media de la mañana, conversan dos hombres.

—¡Qué listos son estos chicos! ¿Eh, Carlos? —dice Pío Cabanillas al periodista Carlos Dávila en los pasillos del X Congreso del Partido Popular.

—¿Y el Congreso, Pío, cómo lo ves?

—Ideal, ideal. Esto tiene buena pinta; ahora parece que va en serio.

—Tú, Pío, ¿bien, no?

—Ideal, Carlos, ideal. Muy bien, muy bien. Este chico escucha y se deja aconsejar. Muy listo, muy listo.

Cabanillas continúa recorriendo los pasillos del Congreso del brazo de Miguel Herrero. Gesticula con sus cortos brazos, mientras trata de convencerle de algo. Su enorme cabeza contrasta con su cuerpo diminuto. Calza botines de tacón alto, dicen que hechos a medida en Italia. Suele decir de sí mismo que no es que sea pequeño, «es que estoy muy concentrado». Pío Cabanillas Gallas, sesenta y dos años, registrador, gallego de Pontevedra, ex ministro de Información y Turismo con Franco, ex ministro de Cultura, ex ministro adjunto al Presidente, ex ministro de Justicia con la UCD, diputado y eurodiputado, es un incombustible. Logra sobrevivir a la «poda Aznar», y entra a formar parte del comité ejecutivo de la nueva era. Oficio: muñidor.

El 7 de enero de 1990, la junta directiva nacional del Partido Popular acuerda celebrar el X Congreso los días 31 de marzo y 1 de abril en Sevilla. Las elecciones autonómicas andaluzas tendrán lugar poco tiempo después, el 23 de junio, y conviene trabajar esa tierra. Además, hay que demostrar que Sevilla no es patrimonio de nadie, ni siquiera «de ningún Guerra», en expresión de Manuel Fraga. Además, el nuevo equipo tiene prisa por oficializar la situación de poder en el partido. Hasta ahora todo se hace por delegación del presidente, que, afortunadamente, ha conseguido mayoría absoluta en Galicia y anda muy ocupado con los menesteres propios del gobierno de su tierra.

Es el congreso de la sucesión. El relevo hay que organizarlo de forma que se cumplan los siguientes objetivos básicos:

—Afianzamiento del liderazgo de José María Aznar tras el relevo de Fraga. Cuestión prioritaria para ello será controlar a los agraviados por la nueva situación. Control férreo de las organizaciones del partido. El secretario general, Francisco Alvarez Cascos, y el secretario general adjunto Juan José Lucas, se ocuparán de ello.

—Desde una posición de solidez interna, hay que iniciar inmediatamente y de forma pública una «OPA hostil» contra el Centro Democrático y Social y su presidente, Adolfo Suárez, por la disputa del centro político.

Los estudios sociológicos confirman que al iniciarse el año, y aún con el desgaste del Gobierno socialista, no es posible ofrecer una alternativa real al Gobierno con una mayoría social de la derecha si no es aglutinando a los votantes de centro. El Partido Popular no puede ganar en solitario unas elecciones generales. Para ello, Aznar ordena personalmente a su «número dos» redactar una ponencia política de clara apertura al centro, y abrir una nueva estrategia encaminada a captar el nacionalismo moderado en dos comunidades claves: Cataluña y País Vasco.

En un documento manuscrito, extraordinariamente demostrativo del pensamiento político del líder y de su forma de trabajar, Aznar diseña el escenario-calendario a desarrollar por su partido desde 1990 hasta las elecciones municipales y autonómicas de 1991. El documento en cuestión se compone de dos folios escritos con rotulador fino, y contiene hasta las correcciones, garabatos y dibujos que el autor realiza durante la redacción del mismo. Fechado en enero de 1990, su título es «Documento de Estrategia» y contempla esquemáticamente cinco puntos:

«a. Pontevedra.
Melilla.
Murcia.
(En las tres provincias deben repetirse las elecciones generales del 29-O, tras los fallos judiciales.)
b. Congreso Nacional.
c. Andalucía.
d. País Vasco.
e. Elecciones municipales y autonómicas.»

Aznar escribe a continuación:

«Cuestiones: ponencias políticas.
a. El bloque político y el tejido social.
— El fortalecimiento del PP.
— La apertura y relación social: crédito político y social.
— Las debilidades estructurales del PP (enlaza este último punto con el primero mediante una flecha).
b. Hacia el centro.»

En este apartado, el presidente popular destaca cuatro cuestiones muy concretas; el nacionalismo moderado, el regionalismo, el CDS y las actuaciones por comunidades autónomas y sectores. Luego, cita escuetamente las «tesis de pactos» y la estrategia de oposición y confrontación al PSOE, que incluye la estrategia parlamentaria. Finaliza esta sección con una referencia a la cuestión internacional.

Por lo que se refiere a la ponencia de los estatutos, básica para comprender el nuevo equilibrio de poder interno que Aznar quiere establecer en el partido, y que tantos problemas ha dado en el pasado, escribe:

> «a. Regionalización: equilibrio: P.P. C.A. ... etc.
> —poderes— nacional - regional - provincial incompatibilidades.
> b. Simplificación y reducción de órganos
> — potenciación regional
> — cambiar nombre de la J. D. Nacional.
> c. Supresión permanente
> d. Reducción ejecutiva: 30
> e. Supresión v.p. (vicepresidencias)
> Creación V.S.G. (vicesecretarios generales). Secretarios área.
> Comisión ejecutiva.»

Más adelante, José María Aznar encarga una serie de trabajos concretos a personas determinadas. Así, el dedicado a «objetivos y plazos» al secretario general; «análisis e investigación sociológica por zonas» a P.A. (Pedro Arriola); las «relaciones sectoriales» a Rodrigo Rato y a los distintos portavoces en el Parlamento; y, finalmente, «diputados y senadores e implantación territorial» a Juan José Lucas.

Aznar termina su documento con estas recomendaciones:

> «Evitar:
> — pesos muertos
> — maquinaria autojustificativa
> — objetivos y no personas.»

Las ideas están claras.

—Ahora, Paco —recomienda al secretario general—, a trabajar.

Federico Trillo, vicepresidente segundo del Congreso de los Diputados y eterno aspirante a ocupar la secretaría general del partido, es el encargado de redactar la ponencia de estatutos. A estas alturas sabe que ha perdido la batalla. Para evitar la rivalidad que todavía pudiese existir entre Trillo y Alvarez Cascos, éste pide expresamente al jefe que el cargo de secretario general sea por designación del presidente, y no por elección del congreso.

—De esta forma, José María, tú estás más libre por si en un momento dado quieres prescindir de mí...

—Como quieras, Paco —contesta Aznar.

Francisco Alvarez Cascos también comunica a Trillo su deseo de que en el nuevo organigrama se suavicen las competencias de la secretaría general para dar más juego a las vicesecretarías, que van a estar ocupadas por dos personas importantes y de la máxima confianza del presidente: Juan José Lucas Jiménez (Organización y Territorial), y Arturo Moreno Garcerán (Formación y Acción electoral).

Un asturiano en la «corte de Valladolid»

Cascos hace una demostración de generosidad desde la fuerza. FAC, como se le conoce en el argot interno, está seguro y firme en sus posiciones. En el momento de la Refundación, en enero de 1989, sólo cuenta con la confianza de Manuel Fraga. En ocho meses se ha ganado el respeto del sucesor, que inicialmente le mira con recelo, a base de trabajo y sentido común. Lo que realmente llama la atención del líder en los meses que van de enero a septiembre de 1989 es su capacidad de encaje ante la adversidad y el coraje derrochado en los peores momentos del partido, tras el fracaso electoral cosechado en las elecciones europeas. El «manchismo» aprieta entonces con fuerza, y muchos observadores pronostican el principio del fin de la Refundación. FAC es un elemento determinante en el apuntalamiento del edificio que amenaza ruina. Trabaja sin descanso.

El gijonés, con pinta de boxeador a causa de su nariz achatada, producto de su afición al balonmano, sabe que no es del agrado de otro «barón», el comisario europeo Abel Matutes, que ha presionado a Fraga para que nombre secretario general a su amigo, el jefe del partido en Cataluña, Jorge Fernández Díaz.

Pero Aznar es un hombre práctico. Seguidor entusiasta del Real Madrid, recuerda unas declaraciones de Santiago Bernabéu justificando el fichaje del polémico jugador alemán Uli Stilike ante las críticas de la prensa y los aficionados:

—Uli es trabajador, ordenado, se sacrifica por el equipo y, además, tiene mala leche. ¿Dónde encontrar otro mejor y con esas características?

José María piensa que la situación en términos políticos es muy parecida, y hace suyos estos argumentos para mantener en su puesto a FAC.

Alvarez Cascos sabe que va a revalidar su mandato el sábado 7 de octubre de 1989, cuando Manuel Fraga le comenta en Asturias, a bordo de su Volvo «intercooler»:

—Paco, Aznar está muy satisfecho contigo. Me alegro doblemente, por él y por mí. Ello demuestra que no me equivoqué al apostar por ti.

Cascos contrae el rostro y se sonroja ligeramente, como hace siempre que recibe una información importante. La confirmación le llega directamente siete días más tarde por boca de José María Aznar, de un modo público y solemne. El 14 de octubre, a las ocho y media de la tarde y en el teatro Campoamor de Oviedo, se celebra un mitin que cierra el candidato a la Presidencia del Gobierno. Antes han intervenido Gabino de Lorenzo, Pedro Martínez Arévalo, Mercedes Fernández González, Juan Luis de la Vallina y Francisco Alvarez Cascos. Aznar alza la voz como acostumbra cuando quiere que el mensaje quede meridianamente claro, y dice:

—Este que veis aquí, Francisco Alvarez Cascos, Paco,

candidato número uno al Congreso por Asturias, es el mejor secretario general que ha tenido nunca, en toda su historia, nuestro partido.

Los paisanos rugen. Alvarez Cascos se pone de pie y saluda. Emocionado, se funde en un abrazo con el jefe. Muy cerca, en las primeras filas del público, sentada al lado de Ana Botella, la bella asturiana Elisa Fernández Escandón sabe en ese instante que no tiene más remedio que continuar viviendo en Madrid. El trabajo codo a codo durante un año ha acercado posiciones. Alvarez Cascos es el indiscutible «número dos», y Federico Trillo una personalidad relevante por ahora en el «círculo interior», pero nada más.

Sin embargo, falta algo en el *curriculum* político del ingeniero de caminos asturiano de pelo lacio y carácter de capataz de minas. Esa asignatura pendiente la supera con matrícula de honor el día 1 de febrero de 1990, con ocasión del debate parlamentario sobre el «caso Juan Guerra». Para continuar con la tradición de que al «número dos» del Gobierno, Alfonso Guerra, le debe responder el «número dos» de la oposición, Aznar encarga a FAC que se prepare. Además, en el PP se sabe que Guerra va a disparar con bala contra el portavoz, Rodrigo Rato, por unas cartas en las que éste solicita emisoras para la cadena Rato dirigidas a miembros del Gobierno.

Cascos, con la ayuda esencial de Alvaro García de la Cruz, su jefe de gabinete, calvo y con cara de empollón, redacta un discurso agresivo y documentado en el que se recuerda la actuación del canciller alemán Willy Brandt —padrino político de Felipe González— cuando se descubrió que un colaborador suyo había espiado para el Este. Invita a Guerra a dimitir, siguiendo el ejemplo teutón, y en caso contrario pide su destitución por parte del Presidente del Gobierno. La cita al ex canciller es una aportación directa de Pedro Arriola.

Las secretarias de Cascos, Mamen García y Charo Navarrete —una muchachita de la que se dice que posee los ojos más bellos de todo el Partido Popular—, han trabajado duro toda la noche anterior hasta las tres de la madrugada mecanografiando el discurso. La orden del líder es tajante:

—¡A por ellos, Paco, a por ellos!

El mismo día del debate, por la mañana, Alvarez Cascos lee el texto de la que va a ser su intervención de la tarde ante el pleno del grupo parlamentario popular. La cita a Willy Brandt, que asesta un duro golpe al jefe del Gobierno, se recoge al final del discurso, pero los diputados de la derecha entienden mayoritariamente que debe ir al principio de la intervención. Esa es la opinión del líder, de Rato, Trillo, De la Vallina, Cisneros, De Palacio, Martínez Villaseñor y Fernández Miranda. Motivo más que suficiente para cambiar el discurso a toda prisa. Apenas queda tiempo.

La sesión parlamentaria, que ha suscitado un interés sin precedentes, comienza a las cuatro y media de la tarde. El portavoz popular escucha atentamente el discurso del vicepresidente Guerra. Su planteamiento le viene como anillo al dedo. Le cuadra su intervención. Cambia impresiones con Aznar, a su izquierda, y con Rodrigo Rato, a su derecha, y sube por fin a la tribuna de oradores inquieto y nervioso. Pero de inmediato se da cuenta, por la cara de Felipe González y Alfonso Guerra, de que sus mensajes están calando. Que hacen daño. En esta primera parte del debate se afianza en los argumentos políticos. En la réplica habrá tiempo para hacer acusaciones concretas. Cuando regresa a su escaño, después de haber triturado la posición política del Gobierno, solicitado la dimisión del vicepresidente y exigido responsabilidades al propio Presidente, el grupo popular le tributa una ruidosa ovación. Su jefe de filas susurra:

—Muy bien, Paco, muy bien.

Pero la política es extraña. Tres meses después, sus argumentos contra González serán recogidos literalmente para ser arrojados contra José María Aznar y pedir su dimisión por el «caso Naseiro», lo que enfurecerá al duro asturiano.

Los diputados de alrededor le palmean el hombro. Para la mayor parte del hemiciclo ha sido una auténtica revelación. En Santiago, Fraga, que ha seguido el debate desde su despacho en el palacio de Raxoi a través de la radio, sonríe complacido ante la intervención de su ahijado político. La pobre réplica posterior de Aznar en respuesta a una insinuación de Guerra sobre unos presuntos negocios inmobiliarios en Burgos, permite a los comentaristas políticos establecer al día siguiente comparaciones entre el «número uno» y el «número dos» del principal partido de la oposición. La balanza se inclina a favor del secretario general. Mariano Rajoy, diputado por Pontevedra, y José Manuel Romay Beccaria, por La Coruña, dos de los más genuinos repesentantes del «*lobby* gallego», que resultará decisivo para que Fraga aúpe políticamente al asturiano, se acercan a felicitarle.

—Paco, hoy has conseguido afianzarte como auténtico «número dos» del partido. Fraga está emocionado. Enhorabuena. Ha sido una magnífica reválida. Faltaba por demostrar tu valía política; la organizativa y tu capacidad de trabajo es conocida.

Pocos kilómetros al norte del palacio de la Carrera de San Jerónimo, desde un piso del edificio Feygón cercano al estadio Santiago Bernabéu, Elisa y sus cuatro hijos —Iciar, Pablo, Elena y Fernando— han seguido el debate por Tele-Madrid. Están orgullosos.

Decantada la continuidad de Francisco Alvarez Cascos, que pasa de ser «hombre de Fraga» a «hombre de Aznar», sólo resta la cuestión de qué hacer con los siete vicepresidentes. Una cuestión espinosa y de mucho tiento, pues debe evitarse volver a dar la impresión ante la opinión pública de que la derecha se sumerge otra vez en la cloaca de sus querellas intestinas y que disfruta chapoteando en ella.

La ira de los caídos

En el mes de enero, Aznar comenta con el reducido equipo su intención de prescindir en el próximo organigrama de los vicepresidentes. En todo caso, podría dejar uno o dos.

Alvarez Cascos, Lucas, Trillo, Rato y Félix Pastor Ridruejo son partidarios de la supresión total. También recibe asesoramiento en este sentido de Pío Cabanillas, «el más gallego entre los gallegos», en opinión de Aznar. La publicación de la noticia en la prensa no pilla desprevenidos a los vicepresidentes; saben que sus días están contados. José María Aznar, por no convocarlos, no los llama ni a «maitines». Isabel Tocino está desconcertada. Fernando Suárez echa humo desde el Parlamento Europeo, donde nunca aceptó el liderazgo de Oreja. José Antonio Segurado ya ha decidido volver a sus negocios. Javier Rupérez no está en disposición de pedir ni protestar. Marcelino Oreja ya tuvo su oportunidad. Abel Matutes hace tiempo que «pasa» del partido. A Miguel Herrero sólo le interesa, tal y como están las cosas, la alcaldía de Madrid. Y Félix Pastor, por último, prefiere el papel de «consejero áulico». Además, su corazón está enfermo y la notaría y sus negocios le ocupan mucho tiempo.

Tocino y Fernando Suárez son los más críticos, aunque de distinta forma y manera. Pero Fraga ha dado su consentimiento, vía «haga usted lo que crea que deba hacer». Y Aznar lo hace. En la dirección se opina que con la retirada de Fraga del puesto de mando las vicepresidencias no tienen sentido, por cuanto se crean para establecer un equilibrio interno. Esos cargos no pueden sobrevivir a la retirada del fundador; no tienen razón de ser.

El durísimo ataque que lanza Fernando Suárez dos días antes del X Congreso contra la línea de flotación del nuevo presidente no es sólo una cuestión de vicepresidencias. Suárez afirma que Aznar es igual de autoritario que Fraga, «pero sin su carisma», y anuncia su intención de no asistir al cónclave. El espigado ex ministro de Trabajo en el Gobierno Arias Navarro está molesto porque ha sido relegado en términos generales y reales. Con Fraga siempre mantuvo discrepancias y una línea crítica, pero don Manuel le respeta intelectual y parlamentariamente. «Estos chicos», sin embargo, ni siquiera le llaman para que aclare los problemas de convivencia que se están dando en el seno del grupo parlamentario europeo. El equipo de Aznar está informado de que Suárez crea serios problemas en Bruselas y Estrasburgo —especialmente con Marcelino Oreja—, y que no acata la disciplina del grupo Parlamentario. Nunca soportó ir detrás de Oreja en las listas, ni que éste sea el jefe de la delegación. Considera que tiene más estatura política, intelectual y personal que el guipuzcoano.

No hay intento alguno de establecer contacto ni por parte de Aznar ni de Fernando Suárez en los días previos al congreso. Aznar no puede permitirse el lujo de realizar ningún gesto que pueda interpretarse como de debilidad ante uno de los fenecidos «barones». Es uno de los puntos esenciales de su liderazgo. Sólo recibe personalmente, y durante diez minutos como mínimo, a los que van a formar parte del nuevo comité ejecutivo. Al resto, *morituri te salutant.*

En cuanto a Isabel Tocino Biscarolaga, tiene que borrar a toda prisa con *tipex* el cargo de vicepresidente que figura en su tarjeta de visita cuando, a los pocos días de la celebración del cónclave de Sevilla, remite invitaciones para una conferencia que pronuncia en el Club Siglo XXI el jueves 19 de abril sobre «La revolución de la libertad». En algún momento, ha tenido la tentación de retirarse de la política y dedicarse a su cátedra y a sus hijos. Pero la ha resistido. Forma parte del comité ejecutivo, y es la portavoz del grupo popular en el Congreso para los temas europeos. La política da muchas vueltas, y quién sabe si no volverá a tener su oportunidad. En el mes de mayo de 1990, cuando Aznar está «tocado» por el «caso Naseiro», es frecuente escuchar este comentario entre la clase política y periodística:

—Tocino está en campaña.

José María da orden expresa de que se extremen las atenciones externas y de cara a la galería respecto a la diputada cántabra y miembro supernumerario del Opus Dei. Para dar ejemplo, él personalmente se levanta del sillón presidencial y acude a recibirla con dos besos en la mañana del 31 de marzo, cuando hace su entrada en el Palacio Iberoamericano de Sevilla. Isabel viste para la ocasión un traje de falda larga de ante y, como es costumbre en ella, va muy maquillada. Aznar y Tocino posan para los fotógrafos antes de subir al estrado, pero ella no está precisamente feliz. El presidente lucha por arrancarle una sonrisa, un gesto complaciente, pero no lo encuentra. Termina la sesión fotográfica, sube a ocupar su puesto en la tarima. El resto del Congreso lo pasa desapercibida y meditabunda.

—Debe ser duro para ella, porque estuvo a punto de ser la bendecida —comenta la periodista Lucía Méndez.

A Miguel Herrero y Rodríguez de Miñón le preocupan más en esos días el estado físico de su gato, *Constitución*, que mantener el rango de vicepresidente en el Partido Popular. Es amigo de José María Aznar, su antiguo partidario y colaborador, pero ya se ha dicho que en política «todos los amigos son falsos y todos los enemigos verdaderos». A él sólo le sirve ser el jefe de la derecha. La última vez que habla largo y tendido con Aznar es el 2 de septiembre, después de la ratificación de José María por la junta directiva nacional. El candidato invita a cenar a Herrero en el restaurante Solchaga y, durante tres horas, le pide su opinión y consejo sobre algunos temas.

—José María —insiste Herrero—, no conviertas la dirección nacional en un séquito obediente. Amplíala con otras tendencias y mete a los «manchistas». Por ejemplo, yo te recomiendo que lleves a Hernández Mancha como número dos por Madrid, detrás de ti.

—¡Pero si lo tengo reservado para ti, Miguel! —se asombra Aznar ante tamaña generosidad, no muy común en la vida política.

—Pues da igual. Sé que no me vas a hacer caso, pero la dirección tiene que ser menos personalista y más colegiada.

—Muy bien, Miguel, quiero que te encargues de los temas de Exteriores.

—Así lo haré.

Para Herrero y Rodríguez de Miñón, Aznar no deja de ser su alumno, alguien que le ha ganado hábilmente la partida. Acepta la situación, por injusta que le parezca. Descubre además que el antiguo diputado por Avila no se casa con nadie, y que o acepta lo que Aznar le propone o no hay juego. Sibilinamente, pero no hay juego. En Sevilla, Miguel Herrero se muestra serio y reservón. Toma notas de todo. Escribe mucho. Las noches las reserva para cenar con columnistas políticos. Es verdad que, de cara a la galería, tiene gestos inequívocos de apoyo al nuevo presidente. Cuando es citado como miembro del comité ejecutivo, se levanta y saluda a los compromisarios, luego tiende su mano al presidente, le pasa el brazo por el hombro, y le levanta el brazo. «He aquí mi jefe», significa con el gesto. «Le respeto y le acato, aunque no me guste. Ya he perdido otras veces.»

Aznar también tiene gestos de atención con su antiguo jefe en el Parlamento. Durante el primer día de trabajo, y una vez que Manuel Fraga ha abandonado su silla en la presidencia, José María va en su busca —Herrero está situado en una esquina de la mesa— y le sienta a su derecha. Allí permanece toda la tarde tomando notas.

—¿En qué crees que pensará Herrero? —pregunta una periodista de la revista *Tiempo* a un miembro de la nueva dirección popular.

—En el argumento para su próximo cuento —contesta el interpelado.

El sentido común y el realismo político aconsejan a Aznar pasar el «rodillo». Pero la mano de hierro es más fuerte y menos dolorosa si se envuelve en guante de raso. Es el consejo de Manuel Fraga, que nunca supo aplicarse el principio a sí mismo.

El domingo día 1, una vez clausurado el cónclave, es el día ideal para ofrecer un «almuerzo de desagravio» a todos aquellos a los que no ha podido complacer. El lugar elegido es La Dorada, donde su propietario, Félix Cabeza, ha dado orden al *maître* de esmerarse al máximo. El Partido Popular no sólo es un buen cliente, sino su opción política. La suya es una de las fortunas que más han crecido en los últimos años, hasta el punto de que ha podido invertir en líneas aéreas. José María Aznar sienta a su mesa a Miguel Herrero, Isabel Tocino, Javier Rupérez, Marcelino Oreja, Francisco Alvarez Cascos, Arturo Moreno y Juan José Lucas, entre otros.

Lo más llamativo de cara a la opinión pública es la supresión de las vicepresidencias, pero la labor más compleja desde el punto de vista político y personal para los nuevos dirigentes es formalizar la composición del comité ejecutivo. La idea de Aznar es clara: reducción. De cincuenta miembros debe pasarse a treinta. El personalmente asume esa labor.

Sólo hay una persona a la que consulta lo que desea hacer. Se trata, lógicamente, de Manuel Fraga.

—Sólo intervendré en lo que afecta a Galicia —corta Fraga.

—¿Y qué hago, don Manuel?

—Déjelo como está.

Aznar lo entiende claramente: en la nueva ejecutiva deben tener silla propia José Manuel Romay, Mariano Rajoy y Pío Cabanillas Gallas. También debe entenderse que la llave de la caja debe seguir en el bolsillo de Rosendo Naseiro.

Para el «círculo interior» está claro que si la estrategia marcada pasa inexorablemente por la «apertura al centro», que en términos electorales y de política práctica no es otra cosa que recoger los votos de la antigua UCD, hay que colocar caras nuevas en la ejecutiva de esa tendencia. Pero para meter a unos, y encima reducir el número, hay que echar a otros. En la primavera de 1990 se acuña en Génova 13 un término maldito: los «caídos». Se refiere a aquellos que no volverán a formar parte del comité ejecutivo, y que son: Pedro Agramunt (Valencia), José Luis Beotas (hermano de Enrique, anterior responsable de Comunicación), Pedro Calvo (ex secretario general de Nuevas Generaciones), Gabriel Cañadas («vieja guardia»), Joaquín Espert (ex presidente de La Rioja), Jorge Fernández (presidente del PP en Cataluña), Luis de Grandes (procedente de Democracia Cristiana), Rafael Hernando, José Luis Molina (alcalde de Toledo), Luis Ortiz (democristiano), Luis Guillermo Perinat («vieja guardia»), Miguel Ramírez (conflictivo), Miguel Arias («manchista»), Manuel Renedo («manchista»), Angel Sanchís («vieja guardia», ex tesorero) y Fernando Suárez (autoexcluido). Los nuevos son: Gabriel Cisneros Laborda (ex UCD), Gaspar Aviño («fraguista»), Juan Tomás Esteo Palomo (sindicalista de Talbot, apadrinado por Félix Pastor), José Manuel Fabra (ex UCD), Arturo Moreno (hombre de Aznar) y José Manuel Otero Novas (ex UCD). José María Aznar tiene que convencer a alguno de sus colaboradores más próximos, como Juan Carlos Vera, Carlos Aragonés o Guillermo Cortázar, de que no queda sitio para ellos en el comité ejecutivo.

Federico Trillo cierra la ponencia de estatutos limitando la presencia de Nuevas Generaciones en los órganos de representación del partido, lo que motiva la protesta de su secretario general, Tomás Burgos, un joven «aznarista». Pero no se admite la protesta. Trillo, además, acusa veladamente al «clan de Valladolid», a Cascos y a Lucas, de marginarle en Sevilla y de no darle oportunidad de intervenir políticamente.

Francisco Alvarez Cascos, responsable de coordinar la ponencia política, deja este trabajo visto definitivamente para sentencia a las tres de la madrugada del jueves día 29 de marzo. Alvarez Cascos acude a su despacho a las doce y media de la noche, después de cenar en el restaurante Plaza de Chamberí con tres periodistas (dos hombres y una mujer), a los que ha invitado cuatro horas antes. La cena transcurre en un ambiente relajado y divertido, mientras se consume jamón, queso, carabineros y demás platos rápidos pedidos. Poco antes de dar por concluida la reunión, Alfredo Fuentes García, de setenta años, abogado, gafas y bigotito antiguo, que no ha dejado de escuchar desde la mesa de al lado, donde cena con su esposa, se acerca a la mesa de Cascos y los periodistas.

—Perdone, don Francisco, y ustedes también señores.

Soy un antiguo militante de Alianza Popular desde 1953 —explica al tiempo que enseña un carné con las siglas de AP.

—¡Hombre, eso está muy bien! —comenta un jocoso Cascos—. Pero en 1953, Alianza Popular no existía...

—Da igual —contesta el buen hombre—. Quiero decir que me afilié cuando aquello de los «siete magníficos», y deseo, don Francisco, presentarle mis respetos...

—Pues muchas gracias, amigo...

El abogado Fuentes García continúa hablando:

—Fraga ganó todas las oposiciones, menos la que tenía que haber ganado. A ver si ustedes, los jóvenes, lo consiguen.

—Hacemos lo que podemos —contesta Cascos—. Pero haga que le renueven el carné. AP se llama ahora Partido Popular.

—¡Anda, coño, pues sí que estoy despistado! —ríe el abogado.

El clima en el PP es tan eufórico y triunfalista, que uno de los periodistas aprovecha para tomarle el pelo al secretario general.

—¡Vais lanzados, don Francisco!

—Somos como la «quinta del Buitre», maestro.

—Eso sí, mira, porque tenéis buenos buitres dentro —se carcajea el periodista.

Las claves de la nueva estrategia

El equipo de José María Aznar que da cuerpo a la ideamadre en la ponencia política está formado, junto al secretario general, por las siguientes personas: Alejandro Muñoz Alonso, Gabriel Cañellas, Guillermo Cortázar y José Luis Alvarez. Vascos y catalanes juegan un papel importante en lo referente a sus comunidades. La idea clave consiste en hallar una fórmula que permita ampliar la base electoral en Cataluña y Euskadi, compitiendo con Convergencia i Unió y el Partido Nacionalista Vasco. Los vascos Julen Guimón y Leopoldo Barrera hacen sus aportaciones, al igual que Alejandro (Alex) Vidal Cuadra en cuanto a Cataluña. El documento reflexiona sobre el papel del partido desde su fundación en 1976. Subraya la superación del «síndrome de oposición», para convertirse «en la única alternativa posible y plausible al hegemonismo socialista». Al analizar la «estrategia para los momentos actuales», los autores se refieren a los cambios ideológicos en Europa, y al derrumbamiento del comunismo. Respecto al caso español, se afirma textualmente:

> «En España, tras las elecciones de 1982, Felipe González y el PSOE renuncian a los tópicos de la política económica socialista (nacionalizaciones, planificación...) y, primero vergonzantemente, después con más descaro, abrazan los supuestos del neocapitalismo y proclaman su fe en el mercado. Esta conversión no queda en mera teoría y, como es bien sabido, bajo la égida del PSOE se ampara una desafortunada carrera por el enriquecimiento personal, haciéndose de la especulación un deporte nacional».

Está dicho y escrito. Aznar quiere sacar este tema. Dar «caña» al PSOE donde más le duele, en el punto más vulnerable en esos momentos de la acción socialista: la quiebra del estilo ético, o dicho en otras palabras, la corrupción.

Los redactores apuestan también por dos claves de la nueva estrategia política: el avance hacia el centro y el compromiso regional.

> «Para lograr el objetivo de convertirse en alternativa al Gobierno, el Partido Popular, por convicción y por pragmatismo, debe conquistar nuevas franjas del electorado español en el espacio político asignado al centro, abandonado y vacío, cedido voluntariamente por quienes compitiendo antaño por ese espacio a nivel estatal para construir una alternativa al PSOE, hoy anuncian sin ambigüedad su decisión de renunciar a ser competidor del

socialismo para convertirse en su percha, con todas las consecuencias que ello supone. El avance hacia el centro define, pues, la estrategia de partido ganador que caracteriza en esta tercera etapa al Partido Popular.»

Es la batalla por el centro, que en los próximos meses va a resultar encarnizada.

Adolfo Suárez ordena al diputado y portavoz del CDS, Antonio Fernández Teixidó, que aterrice ese fin de semana en Sevilla y denuncie el «acoso y derribo» del PP contra su partido. Así lo hace el catalán, pero con escasa fortuna. A la conferencia de prensa apenas asisten media docena de informadores, y los periódicos la recogen pobremente, merced al despacho facilitado por la agencia EFE. Ello provoca que al día siguiente, 2 de abril, Suárez conmine al controvertido secretario general, José Ramón Caso, que salga a la palestra y arremeta contra la nueva dirección popular con este argumento: «Se vistan como se vistan, son la derecha.» El fuego graneado de acusaciones mutuas durante esa semana es muy intenso. El sillón de regidor mayor de la capital de España de Agustín Rodríguez Sahagún tiembla. Este anda desconcertado. Aznar despacha el martes 3 de abril con su director de Medios, y analizan la polémica en la prensa.

—Miguel, la idea a transmitir es ésta: «El que más chifle, capador.»

Un viejo dicho castellano que consagra lo esencial del liberalismo y la libre competencia. El líder popular juega sin embargo con ventaja. La poderosa máquina de su partido aplasta a esas horas la endeble estructura centrista en numerosas provincias, especialmente en Castilla y León, Andalucía, Cataluña y Canarias. Los hombres de Aznar ofrecen poder y futuro, frente a la incertidumbre y desconcierto de las filas centristas.

Madrid es una ciudad emblemática. Haber superado a Felipe González en voto popular en las elecciones del 29-O, es el triunfo del que más ufano se siente José María Aznar. El 30 de octubre de 1989, Aznar recibe una llamada del alcalde de Madrid, Agustín Rodríguez Sahagún, que llega al cargo pocos meses antes gracias al pacto municipal PP-CDS. Ambos se conocen perfectamente, y existe aprecio mutuo. Los dos han sido diputados por Avila y han conversado largamente en el Parlamento. Agustín llama «oficialmente» para felicitarle por los resultados obtenidos.

—José Mari, ¿qué quieres hacer con el pacto en el Ayuntamiento?

—Nada, Agustín. Dejarlo como está, tranquilo.

—Pues es que me llegan rumores de que tienes fuertes presiones para romperlo...

—¿Y que vuelva la alcaldía al PSOE? Hay que estar loco. Los pactos hay que cumplirlos, y profundizarlos si es posible.

—Entonces, José Mari, ¿puedo hacer mis planes aquí? Sabes que trabajo dieciséis horas diarias...

—¡Coño, Agustín! Por mi parte, sí. Pero habla con Adolfo. El es el que tiene problemas con nosotros, y anda ahora buscando al PSOE.

—Yo lo que quiero saber es si tienes pensado dar satisfacción a la gente que tienes por aquí que pide romper la coalición y mi cabeza.

—Que no, Agustín. Te doy mi palabra —responde Aznar.

Agustín Rodríguez Sahagún respira tranquilo. Ha apostado mucho en mayo de ese mismo año al aceptar sustituir a Juan Barranco —su enemigo mortal— por dar satisfacción a Suárez. Ahora éste le deja a los pies de los caballos con su espectacular giro de acercamiento y apoyo a los socialistas.

—Agustín, comprende que los acuerdos con el PP nos han hecho mucho daño. El batacazo de las elecciones europeas y de las generales está clarísimo. Nos hemos equivocado, y el PSOE nos ha machacado a través de la televisión, presentando los acuerdos concretos con el PP como un pacto general.

—Lo que quieras, Adolfo, pero yo quedo en una situación muy difícil. Yo vine aquí porque me lo ordenaste tú.

—Estoy convencido, Agustín, de que Aznar no va a romper el pacto. ¿Cómo podría justificarlo políticamente? Seguirás siendo alcalde.

El regidor de la capital no está de acuerdo con la estrategia del «duque». Cree que desde que él ha dejado de estar a su lado no ha cometido más que errores, y que la presencia de José Ramón Caso no puede ser más nefasta. En el partido, por contra, creen que Agustín va por libre y «a lo suyo» desde que es alcalde. Rodríguez Sahagún quiere acabar su mandato y repetir durante cuatro años más. Confía en la cascada de inauguraciones que hasta entonces tiene prevista y en la imagen personal. Desde luego, no en su partido.

—Si me presento yo solo saco más votos que como cabeza de lista del CDS —gusta de comentar a los amigos.

Las alternativas que se le presentan en la primavera de 1990, cuando restan quince meses para las elecciones, son varias: acuerdo con el Partido Popular a espaldas del CDS, acuerdo con el PSOE dentro de la línea general de entendimiento con Felipe González —su amigo Javier Solana Madariaga le puede ayudar mucho— y, en último caso, encabezar una candidatura personal y «por libre» que obtenga un número de concejales suficiente como para ser el fiel de la balanza entre la izquierda y la derecha. Financiación no le va a faltar. Y cuenta con buenos amigos en los medios de información.

En Génova 13 también se piensa en el alcalde Rodríguez Sahagún. Es cierto que se conocen sus debilidades, entre ellas su «caos mental» y su excesivo afán de protagonismo. Sin embargo, no es menos cierto que es un personaje popular y de una demostrada capacidad de trabajo. Pero lo que realmente hace atractivo al abulense para «los chicos de la derecha» es su imagen de sintonía con Suárez, de albacea del centrismo.

—Puede gustarnos o no —dice en una reunión del «círculo interior» el empresario Arturo Moreno—, pero lo cierto es que si el PP logra incorporar a Rodríguez Sahagún a su proyecto, Adolfo Suárez habrá sufrido uno de los golpes más definitivos. Y, además, se hacen las elecciones desde la alcaldía.

—Estoy de acuerdo con Arturo —interviene Lucas—. La gente tendría la sensación de que le abandona el último fiel.

Rodrigo Rato no parece tan convencido. Quiere la alcaldía para su amigo Miguel Herrero. Esta es otra de las ventajas de incoporar a Rodríguez Sahagún al proyecto popular. José María Aznar huye de los envites interiores, de las intrigas, y conoce las ambiciones de unos y otros. Así que, además de las ventajas anteriormente reseñadas, si Agustín se mostrara dispuesto se evitaría un problema interno y se cerraría una importante vía de agua, algo que Aznar teme y de lo que ya ha tenido las primeras muestras con el «clan de Valladolid». Nadie quiere dar el primer paso. Hay fluidez, cordialidad y respeto en las relaciones personales, pero son partidos diferentes, y ahora mismo a la greña. Rodríguez Sahagún confía en las «palabras de los hechos» para afianzar su candidatura. Los domingos por la mañana, siempre que puede convencer a Mercedes, su mujer, de que no puede ir a pasar el fin de semana al chalé de El Escorial, se reúne con algún colaborador o periodista para analizar la situación en el Ayuntamiento y explicar sus planes para 1993. En la cafetería Le Relais del hotel Eurobuilding, a cien metros de su domicilio de la calle Padre Damián, Felipe, el encargado, tiene siempre reservada para él la mesa del fondo, «por si viene el alcalde». También el café cortado y el «pincho» de tortilla con medio bollo de pan. Agustín disfruta siendo alcalde de Madrid. Su sueño dorado tiene que prolongarse cinco años más. Por ello repite a sus interlocutores: «Tengo que jugar muy bien mis bazas.»

Otra vía estratégica y táctica, casi obsesiva para Aznar, es su acercamiento a los sindicatos. Pocos días después de haber superado la reválida de las elecciones generales, asesorado por Félix Pastor Ridruejo, da instrucciones para que se conecte con la dirección de la Unión General de Trabajadores (UGT) y Comisiones Obreras (CC. OO.)

—Miguel, intenta que la foto con Nicolás Redondo la den en primera página. Me interesa mucho.

—Vale, jefe. No paras.

—Para eso nos hemos venido de Valladolid, ¿no?

—Joder, qué tío.

En esos momentos, Nicolás Redondo y Felipe González todavía no se hablan desde la huelga del 14 de diciembre.

—Voy a disputarle al socialismo un partido en su propio terreno. Se va a enterar Felipe de quién soy yo. Ya está bien de que tengan el monopolio del sindicalismo. Yo no tengo conflicto alguno con Redondo y Gutiérrez, y he demostrado en Castilla y León que soy capaz de alcanzar acuerdos sociales.

El notario Félix Pastor Ridruejo tiene bien aleccionado a su «niño» de que no es posible tener éxito político sin contar con los sectores sociales. Es más, son imprescindibles.

—Tú puedes hacerlo, José María. Fraga no. Pero en tu caso es ineludible. Aprovecha la ocasión. Aquí radica en parte tu éxito.

—¿Crees que habrá receptividad?

—Por supuesto. Redondo está interesadísimo en desligarse del PSOE. Lo he visto claro. Tienes que aprovechar el enorme «cabreo» que tiene con Felipe. Mis informes, José María, hablan de que la relación es irreversible. Nicolás sabe que el Presidente le pone verde, y conoce todas las maniobras urdidas desde el palacio de La Moncloa para jubilarle.

El día 12 de diciembre de 1989, a las diez de la mañana, Aznar se dirige al número 12 de la calle de San Bernardo, sede central del sindicato socialista. José María insiste en su interés en la foto de estos encuentros, y ha encargado a su jefe de prensa que trabaje los medios y busque una «portada». Viste una chaqueta azul oscura y pantalón gris marengo, camisa blanca de imperceptibles rayas azules y corbata granate. En la mano lleva una carpeta de plástico enrollada con el esquema de sus planteamientos socioeconómicos básicos. Le acompañan José Antonio Segurado, Rodrigo Rato y Celia Villalobos. Nicolás Redondo, jersey fino a grandes cuadros, le recibe en la puerta del sindicato. Por parte ugetista también están presentes José María Zufiaur, Apolinar Rodríguez y Antón Saracíbar. Fotos y más fotos. A ambos dirigentes les interesa, dado el momento político. Las delegaciones hablan durante una hora. Aznar expone sus puntos de vista y asume en esencia las reivindicaciones históricas desde el 14-D de los sindicatos. Redondo pregunta. Segurado hace grandes aspavientos con la cabeza y las manos. Rato pone cara de interesante. Celia sonríe por cualquier motivo.

El jefe de la derecha introduce su discurso recordando a los sindicalistas que, frente a la cerrazón del Gobierno socialista que preside Felipe González para alcanzar acuerdos, él puede presentar en Castilla y León el «pacto social». El histórico líder ugetista sonríe escépticamente de cuando en cuando; no olvida que tiene enfrente al representante de la derecha. Con otra cara y maneras, es cierto, pero, ¡para qué engañarse! En esos momentos, los dos tienen un interés común: dar un aviso a Felipe González para que baje del pedestal de la prepotencia. El secretario general de la UGT pregunta directamente:

—¿El Partido Popular está dispuesto a apoyar en el Parlamento la «deuda social» que los sindicatos reivindicamos?

—Sí —contesta Aznar—. Pero dentro de un paquete de medidas y contraprestaciones, como el compromiso de mayor productividad y competitividad...

—Sí. Lo mismo que dice la CEOE... —afirma Nicolás Redondo, sonriendo pícaramente.

—No es que lo diga la CEOE, Nicolás. Es que es verdad. Tú conoces mejor que nadie la situación de nuestras empresas y lo que se les viene encima en 1992.

Aquello no da para más. El objetivo está cumplido. Al día siguiente todos los periódicos publican la foto de José María Aznar en la rueda de prensa, «coronado» por unas enormes siglas de la UGT. Algo nunca visto. Es la primera vez que el jefe de la derecha explica su postura a los sindicatos de *motu proprio*.

—Yo no tengo ningún conflicto con vosotros, Nicolás.

—Lo sé, José María.

—Por lo tanto, quiero que sepas que esto ha cambiado y que los recelos ya no tienen sentido.

—Eso espero. Pero no te engañes. Nosotros somos de izquierda, y vosotros la derecha. No quiero que te confundas.

—No me confundo, Nicolás. Yo también quiero que sepas que conmigo en La Moncloa no hubiera habido 14-D.

—Pues me alegra saberlo.

Aznar sale feliz. Posa durante varios minutos en la puerta para que se vea bien que está en casa de la UGT. La mano derecha en el bolsillo, relajado, y con una amplia sonrisa. Ahora, a la casa de Comisiones Obreras, kilómetro y medio más allá, en la calle de Fernández de la Hoz número 12.

Dos líderes rivalizan en juventud y modernidad. Antonio Gutiérrez, pelo cortado a navaja, viste una elegante chaqueta marrón claro, camisa blanca, corbata a rayas y pantalón azul marino. El dirigente de Comisiones está acompañado por Agustín Moreno, Julián Ariza —el «carrillista» crítico dentro del sindicato— y Elvira Salce, entre otros. Agua mineral Fonsana en la mesa de trabajo, con vasos de plástico. Aznar ha pedido a Félix Pastor Ridruejo que esté presente en esta reunión con CC. OO. Y lo hace. El planteamiento es el mismo que ante la dirección del sindicato socialista. Antonio Gutiérrez derrocha amabilidad; quiere que sus invitados estén cómodos. Es la primera vez en la dura y azarosa vida de la organización sindical que reciben una visita de esta naturaleza. Y a él, un hombre inequívocamente de izquierdas y militante del Partido Comunista, también le viene bien.

Gutiérrez y Aznar bromean.

—¡Qué elegante estás, Antonio...! —piropea Aznar.

—¡A ver si la elegancia va a ser patrimonio de la derecha!

—¡Ja, ja, ja!

—Siempre habéis creído que los de izquierdas somos unos cutres e impresentables.

—¡Ja, ja, ja! Los tiempos cambian, Antonio. Todos cambiamos.

—Espero que para mejor.

Ariza se muestra incómodo. El está en contra del encuentro. Los «carrillistas» preparan ya su confluencia con el PSOE, y esta visita es algo contra el Presidente. Antonio Gutiérrez le ha colocado al fondo de la mesa, a su izquierda, enfrente de Celia Villalobos —la esposa de Pedro Arriola— y al lado de Félix Pastor, con el que no ha cambiado palabra.

El encuentro dura sesenta minutos, y su contenido es básicamente igual que el de la entrevista desarrollada en la sede de la UGT. Aznar, sin embargo, hace especial hincapié en que él es un dirigente político para el que el «hecho sindical» es absolutamente imprescindible en la democracia, y que es un hombre que cree en el pacto y en la negociación.

—Yo —dice en un momento determinado— me llamo José María Aznar, tengo treinta y siete años y soy un hombre de mi tiempo. Conozco la situación de mi país, y tengo algunas ideas que creo pueden ayudar a su mejora y desarrollo. El pasado es el pasado, y a mí me interesan básicamente el presente y el futuro.

El mensaje es captado por el sucesor de Marcelino Camacho. Ambos no llegan a los cuarenta años, no han conocido la guerra civil, y se amamantan políticamente del pacto. Minutos más tarde, la foto bajo las siglas de CC. OO.; algo que hubiera removido en su tumba de Echalar al abuelo del dirigente de la derecha. Pastor Ridruejo consigue que Aznar incluya en el comité ejecutivo a Juan Tomás Esteo Palomo, un sindicalista de Talbot que el soriano logra captar para la derecha en los peores momentos no sin ímprobos esfuerzos. Así, junto a empresarios, abogados del Estado, diplomáticos, presidentes de empresas, ingenieros, notarios y otros miembros de la élite social, se sienta un trabajador de mono y manos encallecidas. Aznar está dispuesto a darle juego —aunque no tanto como al presidente de la CEOE—, tal como los acontecimientos posteriores demostrarán.

Por lo que respecta al «compromiso social», la ponencia subraya por vez primera en la historia de la derecha española su «vocación autonomista». Plantea la profundización en los aspectos regionales como una estrategia encaminada a recuperar y consolidar los espacios ocupados actualmente por las fuerzas regionalistas y, sobre todo, «nacionalistas en el País Vasco y Cataluña». Es la tercera obsesión del joven líder. Los informes que paulatinamente le facilita Pedro Arriola —«¡qué gran descubrimiento y qué favor le debo a José María Cuevas!»— hablan de que no es ni será posible gobernar en España desde el centro-derecha sin tener presencia importante en Cataluña y el País Vasco. Ahora la representación es casi marginal. Los mismos estudios sociológicos son terminantes: la figura de Manuel Fraga produce un enorme rechazo en esas comunidades históricas; ahora bien, otra cara y otras actitudes pueden recoger parte del «voto españolista» y de centro-derecha que ha ido al Partido Socialista.

Aznar quiere dar un vuelco a la situación. Por de pronto, hay que «cargarse» a los responsables de Cataluña. Primero, a Jorge Fernández Díaz, el amigo de Abel Matutes. Pese a los requerimientos de Fernández Díaz, ex gobernador de UCD, por formar parte del comité ejecutivo, se le cierran las puertas. No seguirá al frente ni será el candidato del partido en el feudo de Pujol. En su lugar estará Juan Manuel Fabra Vallès. En el País Vasco, el hombre es Jaime Mayor Oreja. Julen Guimón abandona la política en el mes de mayo para dedicarse a la justicia.

—Juanjo —ordena al vicesecretario general—, quiero que no falte de nada en el País Vasco y Cataluña. Quiero que me organices viajes frecuentemente. No olvides que yo empecé en este partido en cuestiones autonómicas. Es mi especialidad.

En el mes de marzo tiene lugar un encuentro con dos mil estudiantes en la universidad barcelonesa de Bellaterra, un diálogo a «calzón quitado» con los jóvenes.

—Ese día —afirma Lucas— creí de verdad que estábamos en presencia de un auténtico líder de proyección nacional.

Un congreso para el futuro

Al Partido Popular le faltan por rellenar trescientos carnés para iniciar su X Congreso con el redondo número de doscientos setenta mil militantes. El más importante fichero de todas las formaciones políticas del arco parlamentario, según las fuentes de los propios partidos. A esa cifra de militantes corresponde, según los estatutos, dos mil ochocientos compromisarios que tienen voto en el congreso. Los dirigentes tienen buen cuidado de yugular desde el inicio cualquier tentación provincial y regional de manejo de los compromisarios. Tanto Aznar como el resto de su equipo conocen bien ese tipo de procederes, tan habituales en congresos anteriores. Se muestran orgullosos del «avance en el proceso de garantías internas para la elección de esos compromisarios», pero en Sevilla no se puede permitir ningún imprevisto, ninguna sorpresa. Es el cónclave de la sucesión, del relevo, de la euforia, del principio de la victoria, del asalto al poder. Al frente de la comisión organizadora Aznar coloca a Félix Pastor, quien al final no puede estar presente en el congreso porque unos días antes sufre un grave accidente de circulación que, unido a su precario estado de salud (ha sufrido ya un infarto), le llevan a la UVI de la clínica Ruber. Pastor Ridruejo es el hombre de la autoridad moral, el Tomás Moro de la derecha española.

La «cocina» queda en manos de Pedro Viñarás, un alto funcionario del partido adscrito a la vicesecretaría de Lucas, del que además es primo. Viñarás se encarga de la intendencia, de que todo esté a punto; en definitiva, de que las cosas funcionen.

La cifra oficial de gastos del X Congreso se eleva a treinta millones de pesetas, pero en la realidad la cifra es el doble, sesenta millones. Los compromisarios corren con sus gastos de transporte y alojamiento. La prensa, miembros de la organización, representantes extranjeros y funcionarios del partido van a Sevilla a gastos pagados. No se incluyen llamadas telefónicas particulares ni «extras». Los periodistas —ciento ochenta enviados especiales de los medios informativos de Madrid y ciento veinte de provincias, más corresponsales extranjeros— encuentran en sus habitaciones de los hoteles Husa-Sevilla y Macarena, junto a la carpeta informativa del congreso, una pluma estilográfica negra, marca Ciros, con punto de semioro. Tres mil pesetas a precio de mercado. Pero la pluma es especial: lleva la firma de José María Aznar, un rasgo de imaginación de Rodríguez.

Los creativos del eslogan, «Centrados con la libertad», son Lleó y Marqués, los mismos de la campaña de las generales. Aznar desea que aparezca la palabra «libertad» unida a la principal idea política del «giro al centro», cuestión que no ofrece demasiadas dificultades.

En Sevilla no se producen imprevistos ni sobresaltos, salvo uno: el gesto efectista de Fraga al romper en público la carta de dimisión que unos días antes le ha hecho llegar su sucesor. Es el gesto que ha quedado grabado en las retinas de miles de telespectadores. Mientras el fundador hace pedazos la carta y acto seguido se la guarda en el bolsillo, Aznar se tapa la cara con las manos para que no se vean las lágrimas que ruedan por sus mejillas. ¿Montaje o naturalidad? Algunos observadores sostienen que el golpe estaba preparado, pero no existe base alguna para sostener esa tesis, y sostenerla significa desconocer por completo la personalidad de Manuel Fraga.

Sin embargo, quince días antes del congreso, un redactor político de un importante diario de Madrid se acerca hasta la quinta planta de Génova 13 a retirar el texto íntegro de las ponencias, y allí se encuentra con Rodríguez.

—¿Qué tal, Miguel Angel, cómo va el congreso? —pregunta al director de Información.

—Estupendo. Todo preparado para que el primer día llore Fraga, y el segundo Aznar.

Lloraron los dos a la vez.

Aznar y Fraga apenas se ven ni se hablan en la capital andaluza. Tampoco en los días y semanas anteriores. Los dos se hospedan en el hotel Tryp Colón, como el resto de los dirigentes populares, pero no mantienen ni un encuentro a solas. Si el golpe de efecto estaba preparado, ¿a qué viene taparse el rostro con las manos? Alguna persona próxima a Aznar afirma que ese gesto del presidente también pudo ser de rabia. Lo cierto es que no ha comentado el hecho con nadie, salvo con su esposa, Ana, y ninguno ha querido nunca hablar de ello. Sonríen cuando se les pregunta sobre el tema.

Un personaje tan cercano a Fraga y tan profundo conocedor de su personalidad como Romay Beccaria, dice a un genuino representante del «clan de Valladolid»:

—¡Ojo!, no os fiéis demasiado. Fraga ha roto una fotocopia, no la carta auténtica.

Algunas semanas más tarde, el rey don Juan Carlos recibe en despacho a un ex dirigente del centro-derecha con el que suele intercambiar puntos de vista, y al que a menudo pide consejo u opinión acerca de diferentes cuestiones de la vida nacional.

—¡Oye —manifiesta el monarca—, qué faena le ha hecho Manolo a Aznar con lo de la carta! Rompiéndola delante de todos... Es como decir que el que decide es él...

Hoy, el «estado mayor» aznarista considera un error haber remitido la carta. No era la instancia adecuada, y venía a demostrar un grado de dependencia excesiva, como han observado los analistas políticos.

Los resultados conseguidos en las elecciones parciales de Melilla, el 15 de marzo de 1990, son la rampa de lanzamiento para un triunfalismo desbordado. Se ha derrotado al PSOE en toda regla; la tendencia se está invirtiendo. Precisamente en el hotel La Muralla de Melilla, el día 13 de ese mismo mes de marzo, durante una cena, el secretario general muestra al presidente su preocupación e inquietud ante los posibles efectos negativos que una sobrecarga de responsabilidad pudiera tener para su salud y equilibrio. Después de Melilla viene el debate de Presupuestos en el Parlamento, posteriormente el X Congreso y, tres días después, el debate sobre la cuestión de confianza.

—Tranquilo, Paco, me encuentro bien.

Aznar ha cogido otro «tic»: se atusa el pelo hacia atrás cada vez que tiene ante sí un compromiso importante. La seguridad en sus propias condiciones físicas y psicológicas no es obstáculo para que una vez terminada la votación que concede la confianza de la Cámara a Felipe González, el jueves 5 de mayo, Aznar se vuelva hacia atrás y diga:

—¡Vaya tres semanas! ¡Voy a buscar una playa en el desierto y me pierdo!

En las semanas previas al congreso, José María pide papeles a muchas personas de dentro y fuera del partido. Entre ellas al enigmático Pedro Arriola, que «es una computadora al día» y un colaborador imprescindible. Fiel a su sistema de trabajo, y con el material recibido, esquematiza una serie de ideas claves a las que, posteriormente, da cuerpo y redacción personalmente. Una vez pulido el texto y realizadas las consultas y correcciones pertinentes, el discurso final no lo ve «ni Dios».

A las diez de la mañana del sábado 31 de marzo, Aznar llega al Palacio Iberoamericano con su maletín negro de piel, regalo de su madre, muy gastado por el uso. Sólo lo suelta para recibir a Isabel Tocino y saludar a los escasos e irrelevantes invitados extranjeros, entre ellos Richard Sacher, ministro del Interior de Checoslovaquia, y Egor Klepsch, presidente del Grupo Popular en el Parlamento Europeo. Valéry Giscar d'Estaing excusa su presencia por telegrama: en París se reúnen los estados generales galos. Giulio Andreotti se enfrenta en Roma a su novena crisis de Gobierno.

En el interior del maletín hay dos textos fundamentales. El primero de ellos debe leerlo ante el pleno del congreso, a las siete y media de la tarde, para defender su candidatura y la lista del comité ejecutivo, la única que se presenta. Pocas horas antes, el fundador ha inaugurado el congreso tocando a rebato y dedicando a la «vieja guardia» un serio aviso: «Yo seré un disciplinado e incondicional militante de José María Aznar, y no voy a tolerar maniobras ni intrigas contra el nuevo líder.» Fraga recibe desde hace tres meses cartas, telegramas, visitas y quejas de viejos dirigentes protestando por la marginación y el agravio a los que se consideran sometidos por el «aznarismo». La reacción del «teniente Manolo» es típicamente *made in Fraga*: manda todas esas cartas y mensajes a Génova 13 y, concretamente, al secretario general. «Sólo me ocupo de Galicia, mi querido amigo», es su permanente respuesta a los que protestan.

Fraga, que viste traje oscuro con motivos galaicos en el ojal —y al que los compromisarios quieren llevar en volandas con sus aplausos y vítores cada vez que advierten que se le quiebra la voz—, se ha fotografiado una hora antes con el presidente de Andalucía, José Rodríguez de la Borbolla, en los jardines del palacio Monsalves. Le ha prometido que Galicia estará presente en la Expo 92, «como corresponde a una comunidad donde atracó la *Pinta*, señor presidente».

El primer discurso de Fraga permite escribir a Francisco Frechoso en *El Mundo*:

> «Y junto a los más viejos navegantes de la nave ''popular'', la reconvención a intrigantes, conspiradores y arribistas que tanto menudearon durante su mandato, para que dejen su política de ''hacer a los hombres y gastarlos''.»

Anabel Díez y Juan Ibáñez reseñan en *El País*:

> «A un año y dos meses del llamado Congreso de la Refundación, en el que la extinta Alianza Popular se convirtió en Partido Popular y en el que Antonio Hernández Mancha, con un significativo ''usted tranquilo, don Manuel'', se retiró por la fuerza de la presidencia del partido para ser asumida de nuevo por Fraga, muchas cosas han cambiado en esta organización, fundamentalmente en los aspectos internos. Resulta difícil encontrar voces discrepantes en su seno, y hasta quienes se han quedado descolocados no pasan del comentario crítico reservado, conscientes de que los nuevos dirigentes

han conseguido aglutinar a la inmensa mayoría del partido.»

Ocho días después la contestación interna meterá plomo entre las alas del aguerrido «halcón».

Manuel Fraga Iribarne no puede entregar el «testigo que será bien llevado» gratuitamente. El se considera, ante todo, un hombre de Estado. El alto concepto que tiene de sí mismo le obliga a cargar con las maletas de las personas a las que invita a acompañarle en algún viaje, y también al abrazo continuo «de las Españas». En Sevilla deleita a sus enfervorizados seguidores con un recorrido poético por las tierras de España, sus ríos y sus afluentes. Desde el Miño al cercano Guadalquivir. Unos metros más abajo, de pie, su jefe de gabinete en la Xunta de Galicia, el periodista Jesús Pérez Varela, aplaude a rabiar mientras comenta emocionado:

—¡Es un genio, un monstruo! ¡Grande, grande!

Fraga es consciente de que está en Andalucía, y de que las elecciones autonómicas esperan a la vuelta de la esquina.

—Esta tierra, que es de María Santísima, no es feudo político de nadie, y menos de ningún Guerra.

Fraga, antaño señor del trueno y de la cañonera, de los estados de excepción y de la firmeza, el de las manos poderosas en las que no se le rompía España, escoge ahora, a sus sesenta y siete años, la clave lírica y poética. Genio y figura.

—Estamos aquí, en Sevilla, compendio de los mundos, relicarios de todas las bellezas y elegancias; Sevilla, novia de España, que expresa su alegría por sevillanas.

«¡Olé!, ¡Olé!», grita enardecido el público. Don Manuel está embalado, ha puesto la directa y habla para la Historia. Saluda enfáticamente a los «amigos» de las dos Castillas, a los vascos, asturianos, cántabros, catalanes, navarros, riojanos, leoneses, murcianos, gallegos... Así hasta nombrar las diecisiete comunidades autónomas, para finalizar con un saludo muy especial «a los amigos de la Europa del Este», argumento que le permitirá al día siguiente conjuntar una pieza política muy del gusto del catedrático universitario de Derecho Político.

José María Aznar toma posesión de la tribuna de oradores a las siete y media de la tarde. En la calle llueve a mares. Saluda con la «uve» de victoria, y se atusa el pelo. Sonríe ligeramente, como le han aconsejado que haga sus asesores de imagen. Va a defender su candidatura y a hacer un recorrido histórico por la accidentada vida del partido. El es un ganador, y todo ganador debe ser generoso.

—Mi reconocimiento al fundador, Manuel Fraga, a Félix Pastor Ridruejo...

Aplausos. Llega el momento de saber si la herida sigue abierta.

—Mi reconocimiento y gratitud —pausa e inflexión de voz, para subir el tono a continuación— a Antonio Hernández Mancha.

Aznar le busca con la mirada entre los compromisarios. El público se ha puesto en pie y ovaciona —el perdedor siempre despierta conmiseración—, mientras el líder se vuelve hacia donde cree que se encuentra el ex presidente. Pero allí no hay nadie. El trámite está cumplido. A otra cosa. José María tiene prisa por decir algunas cosas claras, «por corto y por derecho», a sus subordinados. Mañana se dirigirá al Gobierno de Felipe González y a la sociedad española, pero la intervención de hoy está destinada para el consumo interno.

—Mi candidatura forma parte de un proyecto político diseñado para «ga-nar». Para construir un «par-ti-do ga-na-dor». «Ga-na-dor»...

Ofrece al asno el pienso que desea, una vieja táctica recordada días atrás por Arriola. Inmediatamente se cura en salud. Conoce las dificultades, la endeblez del partido y la fortaleza del adversario.

—Pero no esperéis milagros. Sólo ofrezco honradez y un equipo leal, trabajador y capaz.

El equipo que saltará hecho añicos un mes después. Abajo, los congresistas agrupados por autonomías admiran a su líder y al resto de los miembros de la dirección, situados en una imponente plataforma blanca y distribuidos a la manera del Presidium del Soviet Supremo de la URSS. La sobriedad castellana manda por lo demás en el escenario del X Congreso. Sobre sus tonos claroscuros destacan sobremanera las jóvenes y bellísimas azafatas vestidas con trajes de chaqueta amarillos y minifaldas que les permiten lucir unas imponentes piernas, orgullo de la organización.

—No son azafatas de congresos, sino modelos, y la mayor parte militantes del Partido Popular —aclara ufano Pedro Viñarás.

Inmediatamente reluce la clave política básica del cónclave: el giro al centro. Aznar sabe que las bases del Partido Popular son reacias a aceptar el cambio, y les advierte de su error. En primera fila, entre las sillas de los invitados, asisten al congreso, nostálgicos y un poco temblorosos, Juan Arespacochaga, Carlos Robles Piquer y otros genuinos representantes de la Alianza Popular de hace catorce años. Aznar recurre a la vehemencia.

—Si queremos un partido ganador es imprescindible avanzar hacia el centro político, y abrirlo urgentemente a la sociedad para conquistar más crédito político y social.

¿Qué significa esto último? Ni más ni menos que dar siete vueltas al sepulcro del Cid y enterrar para siempre los viejos fantasmas de la derecha: su miedo a la libertad, a la reivindicación social, y la servidumbre respecto a los poderes fácticos. Hay que explicarlos más claramente.

—El gran desafío que tenemos delante y al que debe responder el Partido Popular se reúnen así: un partido independiente, moderado y centrado.

El clima «fraternal» del congreso, desconocido entre la derecha, no permite aventurar tampoco sorpresas a la hora de la votación de la candidatura. Alvarez Cascos y Juanjo Lucas están atentos a los resultados. No podía ser de otra forma: el noventa y siete por ciento de los compromisarios da su apoyo. Tampoco interesa el cien por ciento que es demasiado fácil de conseguir. Basta con que un puñado de compromisarios prefieran la alegre noche sevillana a hacer cola ante las urnas. O más sencillo aún: que unos cuantos amigos voten en blanco. Así se hace.

La jornada de clausura se diseña para lanzar la «alternativa». Los estrategas populares, especialmente el ascendente Arturo Moreno Garcerán y Pedro Arriola, piensan que inventar lo que ya está inventado es una pérdida de tiempo. ¿Qué hizo hace ocho años Felipe González? Hay que copiar su mensaje, su estilo y, en lo que se pueda, sus formas y parafernalias. Las palabras son claves para este menester: libertad, cambio, ilusión, eficacia. Felipe González llenó un octubre de 1982 todas las plazas de toros y polideportivos del país con frases como ésta: «Hay que recuperar el amor por el trabajo bien hecho»; o la llamada sincera «a no tener miedo a la libertad». José María Aznar lo calca en el Palacio Iberoamericano de Sevilla. El presidente popular es consciente de que las oportunidades que se le van a conceder para alcanzar su objetivo en las próximas elecciones generales son escasas y, por tanto, hay que poner los cimientos para ese objetivo desde el primer momento.

Deja a Fraga la diatriba contra el Gobierno socialista —«Los inquisidores de ayer son los corruptos de hoy»—, y él se sitúa por encima de la lucha partidaria para ofrecer «un proyecto de libertad» sobre el que asentar su candidatura al palacio de La Moncloa. Incluso en la idea de tranquilizar a la sociedad ante su hipotética llegada al poder, «sin traumas y sin peligros», recuerda al líder del PSOE en 1982. Serena también a los reticentes dentro del PP, afirmando que su actuación será similar a la de Manuel Fraga: «En él he visto siempre la abnegación, la entrega, la hombría de bien y el sufrimiento, y eso es lo que quiero ofrecer.»

Los compromisarios escuchan en silencio. Entre ellos, y en calidad de invitado, está el ex ministro de UCD José Pedro Pérez Llorca, el famoso *silver fox* de las Cortes Constituyentes.

—Estoy aquí sólo por la amistad que me une a José María.

Las alusiones a la ética como condición *sine qua non* de los gobernantes permite un clarísimo parangón con aquel «estilo ético de gobernar» que ofrecía Felipe González. Aznar dice hablar a sus militantes «desde la reflexión y no desde la emoción». El Presidente del Gobierno suele repetir que habla «desde la razón y desde el corazón».

Los miedos de don Felipe

Pero la «bomba» de la intervención de Aznar se reservaba para el «decálogo», inspirado por él pero concebido y redactado por un equipo de expertos minuciosamente escogidos. La «gran esperanza», como es calificado minutos antes por el fundador, esboza su «proyecto de libertad» en forma de decálogo. También González había utilizado esta fórmula en su política exterior. Se busca con ello un efecto específico ante la opinión pública: destrozar la especie, manoseada hasta la saciedad en los últimos años, que se refiere a la ausencia de alternativas y programas de gobierno distintos a los del PSOE.

—¿Queréis alternativa? Pasado mañana la tendréis. Y muy clarita —decía Aznar a un grupo de periodistas la noche del viernes 30, durante un cóctel en el hotel Husa-Sevilla.

A las seis de la tarde del domingo 1 de abril, Felipe González se relaja releyendo un libro en una salita de la parte este del palacio de La Moncloa. El servicio de guardia de la Oficina del Portavoz del Gobierno le hace llegar los teletipos con las noticias nacionales e internacionales del día. La agencia EFE incluye entre ellas un despacho que recoge el «decálogo» textual expuesto por Aznar horas antes. El Presidente deja a un lado el libro, se cala las gafas de fina montura Frame Germany, y lee atentamente el «proyecto de libertad» ofrecido a los españoles por el jefe de la oposición y su principal contendiente político.

González sonríe irónicamente. Ordena que le pongan con Alfonso. El vicepresidente se apresta en esos momentos a volver a Madrid, después de pasar, como es habitual, el fin de semana en Sevilla. El «caso Guerra» sigue proporcionando titulares a toda la prensa nacional.

El secretario particular de Alfonso Guerra, Rafael Delgado, Fali, tiene que soportar durante ese fin de semana los comentarios nada caritativos hacia su jefe que hacen algunos enviados especiales de la prensa de Madrid. La noche del viernes, día 30, coincide cenando en el restaurante La Giralda con Raúl Heras, Fernando Jáuregui y Pilar Cernuda, que acaban de participar en el programa radiofónico *La Linterna* en los estudios de la COPE en Sevilla. Jáuregui lanza dardos envenenados contra Alfonso Guerra, pero Fali, que lo ha escuchado, no dice ni una palabra. Da buena cuenta de la cena a toda prisa, y se larga a la misma velocidad. Pero esa noche no está de suerte: el *pub* Abades, donde suele acudir a tomar copas, también se encuentra repleto de periodistas. Y para mayor desgracia, también de Madrid.

Ocho días después, el 9 de abril, la revista *Tiempo* publica un informe bajo la firma de Antonio Casado, un periodista muy bien relacionado con los círculos socialistas, bajo el atractivo título «Los planes de Felipe para frenar a Aznar». Introduce el trabajo con el antetítulo «Los socialistas temen la línea ascendente del nuevo líder del Partido Popular». Ese mismo día estalla en Valencia el «caso Naseiro». El documento periodístico se abre con un afirmación que el autor pone en boca de dirigentes del PSOE: «Por primera vez desde el año 82, Felipe tiene la sensación de que, ahora sí, existe una alternativa.» Tal afirmación, recuerda el periodista, se realiza después del debate sobre la cuestión de confianza celebrado el 4 de abril. Más adelante afirma que Felipe González ha descubierto súbitamente que pudo haberse equivocado cuando anunció *urbi et orbi* que su sucesor todavía estaba estudiando el bachillerato. «Lo que sí ha descubierto es que con Aznar ya no sirven los habituales argumentos contra la opción que éste representa: carece de pasado.» «Alfonso Guerra», prosigue el informe, «no piensa matizar tanto cuando se dispone a elaborar una receta orientada a neutralizar la ascensión de Aznar». Eso incluye la utilización de la figura de Manuel Fraga como biografía arrojadiza contra la testa de Aznar. «Fraga es quien manda», será el mensaje.

En el mismo número de la revista se incluye un sondeo de Sigma-2 que refleja un aumento espectacular de la popularidad de Aznar. Una semana antes, la misma publicación daba cuenta de que el PSOE deseaba pactar con el CDS ante el empuje de la nueva derecha. Adolfo Suárez recibiría ayuda económica, destinada a saldar sus deudas —cerca de dos mil seiscientos millones—, y a cambio ayudaría política y parlamentariamente a Felipe. En ese acuerdo, según José Carlos Blanco y Francisco Núñez, tendría cabida una estrategia destinada a acosar al Partido Popular en comunidades autónomas y ayuntamientos una vez remitido el revuelo por el «caso Guerra». Blanco y Núñez creen advertir en los dirigentes socialistas un temor al riesgo de que cale en la opinión pública esta «nueva derecha sin pasado, plagada de jóvenes sin historia».

Tras el Congreso de Sevilla comienza una rápida batalla contra el CDS. Había que engullirlo de forma inmediata. En el vuelo *charter* número 252 Sevilla-Madrid, fletado por el PP, regresan muchos periodistas y funcionarios del partido. En la plaza 8E para no fumadores se sienta un joven rubio y con gafas, de enorme parecido con Jorge Verstrynge, llamado José Luis Moreno. A su lado está el nuevo secretario de Organización, el liberal Juan Carlos Vera Pro, acompañado de su esposa. Moreno trabaja en la secretaría de Organización de Nuevas Generaciones. Una vez que el avión inicia el despegue, abre su maletín y saca una agenda de mesa y un listado con el membrete del CDS. A su izquierda se encuentra Diego Armario, el periodista de Radio Nacional, que le mira sorprendido.

—¿Qué hace un funcionario del PP con un listado del CDS?

—Estoy preparando citas para atraerlos al PP.

—¡Joder con estos tíos, sí que tienen prisa!

El primer «lapsus» de Aznar como presidente lo tiene poco después de ser elegido. El domingo día 1, a las diez de la mañana, reúne al comité ejecutivo para proceder al nombramiento del nuevo equipo. Al presentarlo ante el pleno del congreso, el presidente lee los nombres de los titulares: secretario de Organización, Juan Carlos Vera; de Relaciones Internacionales, Gabriel Muñeco de Lecea; secretario de Formación, Guillermo Cortázar; secretario de Programas, Carlos Aragonés... así hasta el secretario general. Pero se olvida de citar a los vicesecretarios generales, Juan José Lucas y Arturo Moreno. Estos están desconcertados.

—¡Coño, nos ha cesado! ¡Empezamos bien! —exclama Lucas.

El lunes 2 de abril de 1990, un informador vuelve a interrogar al flamante «ejecutivo» Pío Cabanillas.

—Pío, ¿crees que el muchacho llegará lejos?

El gallego hace honor a su fama.

—¿Sabes —pregunta Cabanillas— por qué Colón llegó a América?

—No, Pío.

—Pues por dos cosas: porque tenía voluntad de llegar, y los vientos alisios a su favor.

—¿Y podrá hacerlo con este barco?

—Da igual. Si tiene los vientos a favor, llegará. Y los tiene —responde el gallego.

La dirección del viento es uno de los hechos físicos más volubles y cambiantes que hay en el cosmos. El «halcón» da fe de ello.

EPÍLOGO

«A mí se me exige más que a Felipe González... ¿por qué?... He hecho avanzar a la derecha en medio año más de lo que lo hizo durante décadas...; he superado con éxito todos los envites que uno tras otro se me han presentado; he demostrado coraje y derrochado razón...; sé muy bien el riesgo que corro enfrentándome al PSOE y trabajando seriamente por articular una alternativa que permita disputar en breve y a medio plazo el poder al socialismo...; tengo la sensación y el vértigo de haber vivido años, cuando sólo han pasado meses...»

Es la confesión a corazón abierto, con ojeras y agotado físicamente, de un joven líder que en la cruenta primavera política de 1990 prueba en sus carnes los más acerados aguijones del oficio público a causa del «escándalo Naseiro», que desata las pasiones inveteradas de la derecha que dormían larvadas en el corazón y las vísceras de un cuerpo social invertebrado, cainita, burlón y desertor.

El 29 de octubre de 1989, el «chico de al lado» rompe el techo electoral del jefe espiritual de la derecha, Manuel Fraga, y muchos se preguntan entonces si acaso estamos ante el hombre de la década. José María Alfredo Aznar López no es un genio, ni un líder carismático. Ni siquiera un «número uno». Pero tampoco es un petimetre a quien la suerte le ha regalado lo que tiene, ni una caña a la que pueden bambolear todos los vientos. No. He aquí un dirigente político que se baña a diario en el sentido común, en la prudencia y el raciocinio, sin perder el estilo épico. La praxis le aconseja fiarse sólo de su mujer.

De no mediar un oscuro «pinchazo» telefónico —¿quién en su vida personal, profesional o social puede aguantar semejante desatino antidemocrático?—, el «halcón» hincharía sus pulmones en el cielo abierto, mientras que el plomo que han dejado en sus alas todos los Naseiros, Palops o Sanchís le obligan a rasear en ocasiones como ave de corral.

Su problema no es nuevo. La grey que apacienta es un saco de intrigas y un culebreo de iniquidades. ¿Por qué estos hombres tienen tal vocación de daño? Después de haber investigado a fondo los últimos años de la derecha, comprendo ahora la tristeza que prende en algunos de sus dirigentes y que, al igual que Miguel Angel Buonarroti, les lleva a lamentar: «La realidad es inexplicable; siempre estamos sucios; el amor está alejado; la libertad no existe; la felicidad es una antigua quimera, y los otros nos acechan con el rencor del que defiende una pequeña finca. Busco la luz, y hallo ceniza.»

He sido testigo privilegiado del calvario que la rapaz mesetaria aceptó padecer en el terreno que más odia y teme: el del dinero. ¿Es ineludiblemente necesario pasar por el Gólgota para resucitar? «Felipe no lo hizo», contesta.

Andalucía ha demostrado hasta qué punto al pueblo le interesan los escándalos en la política. Sólo se busca el bienestar en forma de subsidio, subvención o prebenda. El problema para Aznar es su partido, y los poderes externos que lo manejan y desestabilizan. Una cosa parece clara a estas alturas del festejo: si el ex presidente de Castilla y León cae cortado en rodajas en breve plazo de tiempo, la derecha española tendrá que esperar al menos una década antes de volver a acariciar cualquier intento serio de alternativa al socialismo. Porque para hacer más dramática la espera, cualquier proyecto se asienta sobre los 5.300.000 votos que son, se manifiestan y votan derecha.

Si, por el contrario, el jefe popular logra imponer su orden, aplicar la cirugía, arrojar sin que le tiemble el pulso toda la morralla que almacena en sus bodegas la nave de la derecha, estará en condiciones de ampliar el espectro y su base social, y con ello de intentar lo que siempre se ha negado en democracia a la derecha: ocupar el poder político. Para ello necesita proceder a la conquista y anexión del centro, donde la inmolación de Adolfo Suárez en el altar de Felipe González le sitúa en condiciones óptimas para apropiarse de ese millón largo de votos que fluctúa en el espectro, y que a la postre resulta básico para la conformación de la mayoría. Además, la institucionalización del nacionalismo vasco y catalán de centro-derecha hace matemáticamente imposible que la derecha española pueda obtener los apoyos necesarios para gobernar en solitario sin contar con ella, al modo y manera de como lo hace el Partido Socialista. En principio, un entendimiento sobre esta base resulta harto complicado y difícil, si bien en política lo imposible, a veces, se hace en cinco minutos, y los milagros en cinco minutos más. José María Aznar sabe que es tarea vana preservar el presente. Conoce lo inexorable que es la mudanza de la vida y, naturalmente, de la vida política. Lo estúpido que resulta no dar paso al mañana inteligente.

A la hora de cerrar estas páginas, el autor conoce, al menos, dos operaciones políticas diseñadas a partir del «caso Naseiro» con objeto de propiciar su caída. La primera se refiere a la reedición de las invitaciones de conocidos dirigentes de la derecha al caballero de Banesto, Mario Conde —entre ellos José Antonio Segurado y determinados banqueros—, para que decida cambiar la gestión de las cuentas corrientes por el objetivo de llenar urnas y amasar votos.

—Mario, eres el personaje más valorado por la sociedad española y por los jóvenes.

La segunda apunta al nido de conspiradores con etiqueta socialdemócrata que se nuclea en torno a los ex ministros Juan Antonio García Díez y Carlos Bustelo, Mariano Rubio, Jaime García Añoveros y otros, a los que la defunción de UCD y la fallida «operación Roca» dejó huérfanos. Todo depende de la suerte que corra el «muchacho». El «caso Naseiro» ha vuelto a abrir muchas heridas que ingenuamente se creían cerradas para siempre. En el proceso de cicatrización es donde se comprobará si hay capacidad de liderazgo, o si por el contrario estamos ante el espejismo ilusionado de la flor de un día. Los anglosajones definen estas situaciones con una frase brillante: *Only time will tell* (Sólo el tiempo lo dirá).

En mi tierra castellana enseñan con justeza que es de hijos bien nacidos el ser agradecidos. Mi reconocimiento a compañeros y amigos como Luisa Palma, Javier González Mendez, José Antonio Martínez Vega, Manuel Peris, José Ramón Verano, Miguel Angel Jimeno, Pilar Sebastián, Consuelo Alvarez de Toledo, Santiago Orduña y Luz, que con su ayuda me han demostrado que la amistad no está, felizmente, en almoneda.

Madrid, junio de 1990

APENDICE DOCUMENTAL

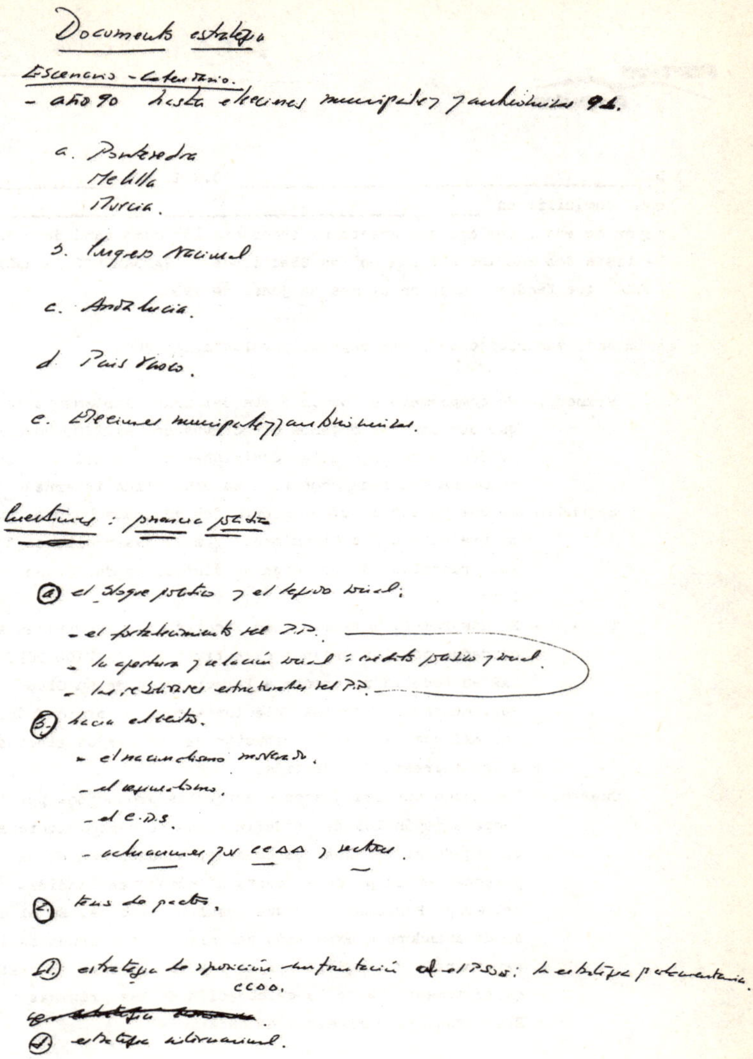
Documento estrategia

Escenario - calendario.
- año 90 hasta elecciones municipales y autonómicas 91.

a. Pontevedra
Melilla
Murcia.

b. Congreso Nacional

c. Andalucía.

d. País Vasco.

e. Elecciones municipales y autonómicas.

Cuestiones: proceso político

(a) el slogan político y el referente social:
- el fortalecimiento del P.P.
- la apertura y relación social: crédito político y social.
- las restricciones estructurales del P.P.

(b) hacia el centro.
- el nacionalismo moderado.
- el regionalismo.
- el C.D.S.
- actuaciones por CEOE y sectores.

(c) tema de pactos.

(d) estrategia de oposición confrontación con el PSOE: la estrategia parlamentaria.
CCOO.

(e) estrategia internacional.

Página del manuscrito original del documento de estrategia que Aznar escribe en enero de 1990. En él se contienen las líneas básicas de actuación política para sus dos primeros años al frente del Partido Popular. Pero no contaba con el «caso Naseiro».

Partido Popular

ANDALUCIA

D. ______________________________ D.N.I. nº ____________

con domicilio en ______________________________________

mayor de edad, declaro que acepto mi incorporación como candidato en la lista del PARTIDO POPULAR en las Elecciones al PARLAMENTO DE ANDALUCIA, que tendrán lugar en el mes de junio de 1990.

Asimismo, manifiesto de forma expresa y voluntaria, que:

Primero.- Me comprometo a formar parte del Grupo Parlamentario que decidan los órganos directivos del PARTIDO POPULAR y, dentro de éste a las Comisiones que me asignen, sometiéndome en cada momento a su disciplina interna

Segundo.- Me comprometo al cumplimiento del programa bajo el que me presento a las Elecciones y a su desarrollo según los criterios de los órganos directivos del Grupo Parlamentario.

Tercero.- Me comprometo a asumir como propias las directrices acordadas por los órganos directivos del PARTIDO POPULAR en todo lo referente a la actuación de su Grupo Parlamentario y en las relaciones con la opinión pública, así como en la contribución de los cargos electos a los ingresos del Partido.

Cuarto.- Reconozco que los gastos electorales producidos por la campaña según los datos definitivos de gasto electoral entregado al Tribunal de Cuentas, suponen una deuda personal en la parte alícuota al número de candidatos del Grupo Parlamentario que resulten electos. En el caso de abandono o expulsión del mismo, esta deuda será determinada y exigible por el PARTIDO POPULAR en cualquier momento hasta la celebración de las próximas Elecciones al Parlamento de Andalucía

La del Partido Popular es una historia de tránsfugas y traiciones. Juan José Lucas, «hombre fuerte» del «aznarismo», hace firmar un documento a todos los candidatos andaluces para evitar fugas. Gabino Puche, el cabeza de lista, es un prohombre «manchista». Ahora, todos los cargos cobrarán a través del partido.

Partido Popular

.../...

Quinto.- Me comprometo a presentar en el Registro de intereses que a tal efecto establezca el PARTIDO POPULAR la correspondiente declaración comprensiva de todas mis actividades profesionales así como de cuantos intereses económicos y patrimoniales se exigan para el mencionado Registro.

Sevilla, a veintiuno de abril de mil novecientos noventa.

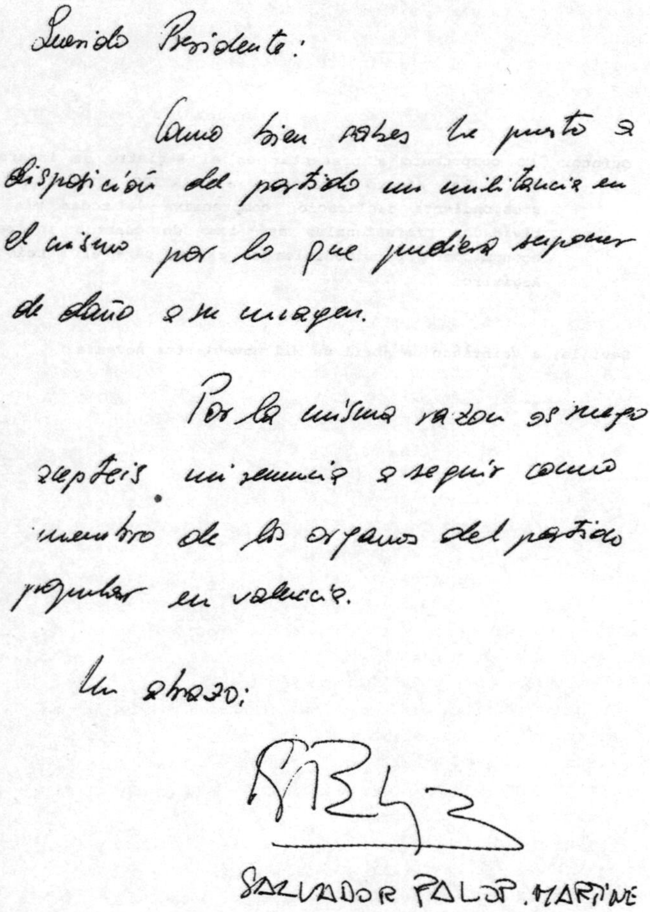

Querido Presidente:

Como bien sabes he puesto a disposición del partido mi militancia en el mismo por lo que pudiera suponer de daño a su imagen.

Por la misma razón os ruego aceptéis mi renuncia a seguir como miembro de los órganos del partido popular en valencia.

Un abrazo:

SALVADOR PALOP. MARTINE

De esta manera variopinta, informal y «desclasada» presenta su dimisión Salvador Palop a los órganos de dirección del PP valenciano. Pero se quedaba con la concejalía en el Ayuntamiento.

IV - MODIFICACIONES ORGANICAS URGENTES.-

Con vistas a conseguir que sea operativa y transparente la gestión económica de A.P. (ingresos y gastos), es preciso que la Intervención se desgaje del área de influencia del Coordinador General 2º. La Intervención debe ser un órgano "staff", dependiente directamente del Presidente y del Secretario General. (SANCHIS)

En el momento actual, según se desprende del organigrama de A.P., la Intervención es un mero departamento, vinculado y subordinado jerárquicamente al Coordinador General - 2º, quien asume con plenitud, entre otros cometidos, la administración financiera. La eficacia de la Intervención - queda en entredicho, por la paradójica circunstancia de que sea el inferior quien tenga que fiscalizar los actos, decisiones y comportamientos del inmediato superior. Increible.

Si, como creemos, por indicación de la Presidencia del Partido, se ha de instituir la figura del Supervisor Nacional de Gestión Económica y del Personal, parece lógico que - las funciones típicas de la Intervención fueran absorbidas - por el Supervisor quien, de hecho, vendría a configurarse como un Interventor General del Partido circunscrito al área - económica.

De seguir adelante con la figura del Supervisor Nacional, y que este cargo fuere asumido por el que suscribe e informa, solicitamos de la Presidencia:

-Que se institucionalice este puesto, dentro del organigrama del Partido, como órgano de asesoramiento y censura en cuanto tenga relevancia económica, en la doble vertiente de ingresos y gastos, y que orgánicamente dependa de forma directa del Presidente y del Secretario General.

-Que se perfilen sus cometidos, con conocimiento general de todos los departamentos del Partido.

-Que se integre en el área de sus competencias el departamento de contabilidad, lo que permitiría seguir muy de cerca el quehacer económico de A.P.

-Que se le faculte para organizar el departamento de contabilidad, y para contratar a un profesional experto y de su absoluta confianza, quien asumiría el asesoramiento contable y jurídico-fiscal de A.P.

2/VIII/1986

Fdº: ROSENDO NASEIRO DIAZ

Ultima página del famoso «informe Naseiro», realizado en agosto de 1986. Todo un prodigio de la «cuenta de la vieja». Cuatro años después, el «boyante emigrante gallego» sólo vivirá para acabar con el juez Manglano.

José A. Segurado

Capitán Haya, 3-1º C
Telfs. 456 31 59 - 456 38 01
28020 - Madrid

Madrid, 27 de Febrero de 1990

Excmo. Sr.
D. Manuel Fraga Iribarne
Presidente
PARTIDO POPULAR
MADRID

Mi querido Presidente y amigo:

A la vuelta de mi viaje a Galicia he reflexionado sobre los temas abordados en la espléndida cena a la que tan amablemente me invitaste. Quiero agradecerte tu paciencia, interés y sobre todo el cariño personal que una vez más me demostraste.

Como sabes, hace varias años, decidí entrar en la actividad política fundamentalmente por tres razones: por estimar que al haberse realizado todos mis sueños personales era el momento de devolver a la sociedad lo mucho que de ella había recibido, por considerar que podía aportar algo a la unión del centro-derecha y por la ilusión de construir un gran Partido Liberal desde el que las ideas liberales y sus soluciones se aplicasen en la sociedad española.

Durante estos últimos cinco años me he dedicado plenamente a la actividad política y he ofrecido a la misma todo mi tiempo y experiencia, ilusiones y recursos.

Hoy creo poder afirmar que he devuelto algo de lo mucho que la sociedad me ha dado, que he contribuido modestamente a la unión del centro-derecha, al promover y participar con entusiasmo, y creo que con generosidad, en todas las iniciativas de coordinación y unión de fuerzas afines. Es evidente que no conseguí, a pesar de tantos esfuerzos de mucha gente, un gran Partido Liberal pero sí contribuimos a la vigencia actual de las ideas liberales desde un partido serio y coherente que participó en la refundación del Partido Popular con toda responsabilidad.

Al incorporarme al Partido Popular, ahora hace ya un año, me encargaste de la responsabilidad de los temas económicos y me propusiste como Vicepresidente del Partido y de su Grupo Parlamentario. Me dediqué plenamente a mis funciones, así como participé diariamente en las decisiones de estrategia del Partido.

Cuando tuviste el acierto de proponer a José Mª Aznar como líder del Partido le presté todo mi apoyo desde el primer momento y con la máxima ilusión.

José Mª Aznar, que por su autoridad, eficacia y dedicación se ha revelado como un buen líder para el Partido Popular, consolidará, conjuntamente con su equipo y desde la plena legitimidad del próximo Congreso que le elegirá como Presidente, el nuevo proyecto de partido y de oposición.

Ahora, en estos momentos, cuando el viento y las encuestas

José Antonio Segurado escribe una pulcra carta despidiéndose de la vida política. El juego de las sospechas comenzaría un mes después. El «círculo interior» de Aznar respiró satisfecho.

José A. Segurado

Capitán Haya, 3-1º C
Telf. 456 31 59 - 456 38 01
28020 - Madrid

2a Hoja.

nos son favorables y la lejanía del Congreso lo hace factible, he estimado poder presentarte, debido fundamentalmente a razones personales, la dimisión irrevocable de mis cargos de Vicepresidente, de Presidente de la Comisión Delegada de Asuntos Económicos del Comité Ejecutivo y de miembro de la Junta Directiva y del Comité Ejecutivo. Continuaré, como es obvio, con la militancia en el Partido. Con fecha de mañana, presentaré mi renuncia al escaño para el que fui elegido y volveré a mi actividad empresarial privada desde donde continuaré apoyando las ideas liberales como las mejores soluciones para nuestro país.

Estoy seguro que respetarás mis razones personales y sabes que en mí tienes un amigo que te quiere y admira y que desea agradecerte una vieja amistad que dura ya catorce años y que espera acrecentar en el futuro.

Te envía un fuerte abrazo tu amigo,

SENADO

El Senador

Sr. D. Pablo Sebastián
Director de "El Independiente"
Marqués de Riscal 11. Madrid.

Sr. Director:

En el diario de su dirección correspondiente al día 17 Abril 1990, aparece en portada, bajo el título "El Supremo decidirá en el caso Sanchís", una información que, por no ajustarse a la realidad, me veo en el caso -valga- de desmentir, al tiempo que le ruego a Vd. curse las instrucciones oportunas en orden a su rectificación.

La información inexacta es la siguiente: «Angel Sanchís fue tesorero de Alianza Popular hasta el congreso de la 'refundación', cuando se produjo el regreso de Fraga al frente del primer partido de la oposición».

A tal efecto debe Vd. recordar lo siguiente:

El señor Fraga abandonó la presidencia de Alianza Popular en Diciembre de 1986.

En febrero de 1987 se celebra el VIII Congreso de AP. Fui elegido presidente y, acto seguido, relevé al Sr. Sanchís Perales, de las funciones de Tesorería que venía ejerciendo en el partido bajo la presidencia de mi predecesor, y atribuí dichas funciones a otra persona.

En Enero de 1989 cuando el Sr. Fraga regresa a la presidencia de nuestro partido en el IX Congreso, llamado de la "refundación", atribuye las funciones financieras al Sr. Naseiro, quien, durante mi mandato, tampoco ocupó puesto alguno en el comité ejecutivo de Alianza Popular.

Atentamente le saluda.

Ant.º H. Mancha

Hernández Mancha aprovechó el «caso Naseiro» para poner tierra de por medio respecto a los implicados. «Yo me cargué a los sospechosos», viene a decir, en carta con membrete del Senado y de su puño y letra.

Los documentos adjuntos son el fruto de cuatro reuniones de trabajo de los abajo firmantes. En ellas ha existido un espíritu común que las ha hecho excepcionalmente fáciles.

Aparte de lo que, sobre temas generales y organizativos, se dice en las páginas siguientes a lo largo de todas las reuniones ha existido unanimidad en considerar que el próximo Congreso de AP es decisivo para el futuro de la España no socialista y que por ello es máxima la responsabilidad que se contrae ante el pueblo español.

Como se dice en el informe es necesario recrear el espíritu, el mensaje y la organización de la derecha española, integrar por vía de superación a franquistas y no franquistas, conservadores y progresistas bajo el liderazgo de Manuel Fraga y abrir las puertas ideológicas y organizativas de forma que se pueda incorporar cuanto de valioso hay en la España no socialista.

Por último todos los reunidos han estado asimismo unánimes en señalar la responsabilidad histórica que recae sobre los hombros de Manuel Fraga porque en frase feliz de uno de los presentes, que todos asumen, "no sabemos, aunque lo deseamos, si después de 1986 Fraga será Presidente del Gobierno, pero sí sabemos que puede y debe de ser el Pablo Iglesias de la derecha española".

Madrid, 18 de julio de 1983.

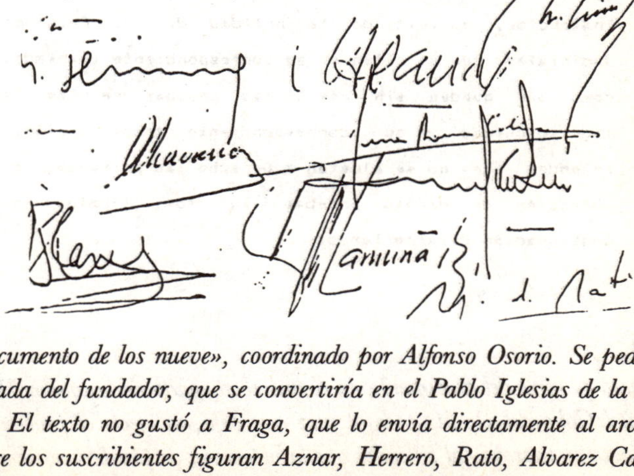

«Documento de los nueve», coordinado por Alfonso Osorio. Se pedía la retirada del fundador, que se convertiría en el Pablo Iglesias de la derecha. El texto no gustó a Fraga, que lo envía directamente al archivo. Entre los suscribientes figuran Aznar, Herrero, Rato, Alvarez Cascos, Miguel Arias, Gabriel Camuñas y José Ramón Lasuén.

886009
PAULINO MONSALVE GURREA
PROCURADOR
Martínez Campos, 15
Tel. 448 47 61 - MADRID

AL EXCMO. SR. MAGISTRADO-INSTRUCTOR DE LA SALA 2ª DEL TRIBUNAL SUPREMO EN EL PROCEDIMIENTO ESPECIAL 610/90

D. PAULINO MONSALVE GURREA, Procurador de los Tribunales, en nombre y representación de D. Salvador PALOP MARTINEZ, según tengo acreditado en el Procedimiento Especial 610/90, comparezco y como mejor proceda en Derecho, D I G O:

Que se nos ha concedido traslado de las actuaciones judiciales referentes a las Diligencias Previas 295/90 procedentes del Juzgado de Instrucción nº 2 de Valencia y, una vez estudiadas, formalizamos el procedente escrito, dentro del plazo concedido por el Excmo. Sr. Instructor, solicitando la nulidad de las Resoluciones Judiciales que se citan en su correspondiente apartado, así como que queden sin efecto las pruebas de las cintas magnetofónicas y su correspondiente transcripción, por entender que no se ajustan a Derecho las primeras, ni la obtención de dichas pruebas en los términos que a continuación desarrollamos:

Primera página del documento en el que el abogado de Salvador Palop, Manuel Cobo del Rosal, pide al juez que deje sin efecto el proceso que ha puesto en marcha, al entender que la obtención de pruebas no se ajusta a derecho.

INDICE ONOMASTICO